Cesare Pavese

Die Nacht von San Rocco

Erzählungen

Aus dem Italienischen
von Charlotte Birnbaum

Claassen

Die italienische Originalausgabe sämtlicher Erzählungen von Cesare Pavese erschien 1960 in einem Band unter dem Titel »Racconti« bei Giulio Einaudi editore, Turin. Die erste deutsche Ausgabe erschien bei Claassen 1966 in einem Band unter dem Titel »Sämtliche Erzählungen«, zuletzt 1983 unter dem Titel »Nacktheit. Sämtliche Erzählungen«.

Die Deutsche Bibliothek – CIP-Einheitsaufnahme

Pavese, Cesare:
Sämtliche Erzählungen : in zwei Bänden / Cesare Pavese. Aus dem Ital. von Charlotte Birnbaum. – Hildesheim : Claassen.
(Claassen extra)
Orig.-Ausg. u.d.T.: Pavese, Cesare: Racconti
NE: Pavese, Cesare: [Sammlung <dt.>]

Bd. 1. Die Nacht von San Rocco : Erzählungen. – 1992
ISBN 3-546-00009-9

Claassen extra

Umschlagmotiv: Enrico Pellegrino.
Druck und Bindung: Bercker, Kevelaer.
Printed in Germany.
ISBN 3-546-00009-9

Cesare Pavese
Die Nacht von San Rocco

Sämtliche Erzählungen in zwei Bänden
Band 1

Erzählungen 1936 - 1938

Land der Verbannung

I

Sonderbare Umstände meiner Tätigkeit hatten mich ausgerechnet tief nach Unteritalien verschlagen; ich fühlte mich dort sehr einsam und sah dieses schmutzige kleine Dorf als eine Art Strafe an, wie sie jeden von uns mindestens einmal im Leben erwartet –, oder auch als ganz abgelegenen Ort, wo ich mich sammeln und merkwürdige Erfahrungen machen konnte. Und eine Strafe waren sie, alle die Monate, die ich dort verbrachte, während mich der Ort, was fremdartige Erfahrungen anlangt, nicht wenig enttäuschte. Ich bin Piemontese und betrachtete die Dinge dort unten so voreingenommen, daß mir wohl ihre wirkliche Bedeutung entging. Jetzt hingegen erinnere ich mich an die kleinen Esel, die Wasserkrüge am Fenster, die gut gewürzten Saucen, an die Schreie der alten Weiber und an die Bettler auf eine so heftige, geheimnisvolle Art, daß ich es wahrhaftig bedaure, all dem nicht eine wärmere Aufmerksamkeit geschenkt zu haben. Und wenn ich daran zurückdenke, wie schmerzlich ich damals die Himmel und die Straßen des Piemont entbehrte – wo ich jetzt in einer solchen inneren Unruhe lebe –, so kann ich daraus nur folgern, daß wir im Grunde eben so beschaffen sind: nur was vergangen oder verändert oder entschwunden ist, enthüllt uns sein wahres Gesicht.

Dort unten war das Meer. Ein fernes, dunstiges Meer, das noch heute, wenn ich trübe gestimmt bin, wie eine Fieberphantasie in mir geistert. Dort war alles Land zu Ende, über dürftigem, flachem Strand eine vage, ungeheure Weite. Es gab Tage, da starrte ich, auf den Kieseln sitzend, in die drohenden Wolken, die sich am Meereshorizont zusammenballten, mit einem Gefühl von Angst. Ich hätte mir auch über dem unmenschlichen Steilufer nur Leere gewünscht.

Der Strand war trostlos, aber nicht abstoßend. Gern ging ich, so entsetzlich langweilig war es im Dorf, am Morgen oder gegen Abend den Strand entlang, auf den vom Wasser rund geschliffenen Steinen, weil ich mich nicht im Sand abplagen wollte; und ich gab mir Mühe, mich an den blühenden Geranienbüscheln oder an den mächtigen Agavenblättern zu freuen. Jedesmal empfand ich ein Unbehagen bei den versandeten, abgerissenen oder zerfetzten Stücken von Feigenkakteen; an diesen Blättern war das fleischige Grün vertrocknet, das Netzwerk der Fasern lag bloß.

Ich erinnere mich an einen Julimorgen, der so intensiv blau war, daß Meer und Himmel ineinander übergingen. Wenige Schritte oberhalb der Kiesel lagen die verblichenen, abgenutzten Boote; einige, leicht geneigt, schienen vom nächtlichen Fischfang auszuruhen. Die Wellen kamen am Ufer fast geräuschlos an, als wären sie von der ungeheuren Wasserfläche zermalmt.

Dort sah ich ihn, den hierher verbannten Arbeiter, er saß im Schatten eines Bootes. Er blickte nach dem Hügel, hinauf zu den starken Mauern aus hellem Stein, wo der alte Teil des Dorfes lag. Der Mann schien verzückt von der Klarheit des Himmels, die alles milderte und wie mit Schleiern überzog. Als ich vorbeiging, drehte er sich nicht um. Die Schirmmütze hatte er in die Stirn gezogen, der braune Anzug war an den Ellenbogen zerrissen und an den Knien ausgebeult.

Als ich vorbei war, hörte ich ihn rufen. Aus meiner Tasche sah, deutlich erkennbar, eine Turiner Zeitung.

Während der junge Mann las, hatte ich mich in den Bootsschatten verkrochen und ruhte aus. Es roch nach sonnenheißem Holz und glühendem Sand. »Baden Sie gar nicht?« fragte ich ihn nach einer Weile.

»In diesen Tagen reden alle dasselbe«, erwiderte er und kramte in der Tasche. »Haben Sie etwas zu rauchen?«

Ich gab ihm zu rauchen. Ich begann mich in der Sonne auszuziehen.

Er fing von neuem an: »Ich bin kein politischer Mensch. Ich suche in den Zeitungen nicht die Politik. Es macht mir Spaß, zu lesen, was zu Hause los ist. Aber sie reden nur von Politik.«

»Ich dachte, Sie seien...«

»Ich bin ein gewöhnlicher Verbannter«, unterbrach er mich rasch. »Ich habe einen Soldaten verprügelt. Aber ich bin ein gewöhnlicher Verbannter.« Er zog die Mütze wieder über die Augen. »Ich habe ihn aus persönlichen Gründen verprügelt.«

Ich zog die Badehose an und setzte mich in die Sonne. Ich sah auf das nur leicht zitternde, reglose Meer. Ich kostete im voraus den Schaum, den meine Armbewegungen machen würden, die Kühle des Grundes, die Sonnentupfen unter Wasser. Der Mann, den ich dort am Boot sah, machte mir Eindruck. Lange Ärmel, schwere Hosen, die heruntergezogene Mütze – wie brachte er es nur fertig, nicht zu ersticken!

»Baden Sie nicht?« fragte ich wieder.

»Ich bade lieber im Fluß«, erwiderte er nachdenklich.

»So etwas gibt es hier nicht«, sagte ich.

Triefend kam ich wieder ans Ufer und warf mich auf den Sand. Die Augen hielt ich geschlossen.

Als ich sie dann öffnete und mich aufsetzte, warf ich einen verwirrten Blick über die Küste. Auf die zum Verzweifeln stumpfe Farbe der fetten Pflanzen und der nahen, rosagetünchten Häuser prallte immerzu diese Sonne. Mein Anzug bildete am Boot einen dunklen Fleck.

»Sind Sie auch verbannt?« rief der junge Mann mir zu.

»Ein bißchen sind wir das hier alle«, sagte ich laut. »Die einzige Erleichterung ist, ins Wasser zu gehen.«

»Und im Winter – was für eine Erleichterung gibt es da?«

»Im Winter denkt man an zu Hause.«

»Daran denke ich auch im Sommer.«

Er kam heran und setzte sich neben mich in den Sand. Jetzt hatte er die Jacke ausgezogen; er trug ein dunkles, ärmelloses Hemd.

»An welche Gegend, meinen Sie, denken die Leute hier unten?« fragte er.

»Sie denken an Oberitalien, mehr noch als wir.«

»Mag sein, aber sie sind hier zu Hause. Sie vermissen nichts.«

Über den Schienenstrang – zwischen dem Strand und den ersten abgeblätterten Häusern am Meer – kamen einige Frauen. Sie gingen in ihre Bucht zwischen den Felsen, weiter oben am Strand, um zu baden. Es waren alte Frauen, in braunen Kleidern, von kleinem Wuchs; bei ihnen war ein Mädchen in Weiß.

Ich wollte irgend etwas sagen. »Sicher schwimmt man im Po besser. Dort gibt's weniger Sonne, und es ist bequemer.«

»Wo haben Sie in Turin gewohnt?«

Ich sagte es ihm.

»Aber was tun Sie in diesem Dorf?«

»Ich arbeite an der Provinzstraße. Ich bin Ingenieur.«

Der Verbannte rieb sich die Nase am Handrücken. »Ich war Mechaniker«, sagte er und sah mich an. »Bekommen Sie Post aus Turin?«

»Ab und zu.«

»Ich habe gestern was bekommen«, und er holte aus der Tasche eine Ansichtskarte mit dem Bild vom Bahnhof. »Kennen Sie den Platz?«

Ich betrachtete lächelnd eine Weile das Bild und gab es ihm verlegen zurück.

»Es stehen Grüße darauf, von einem Mädchen. Wenn sie mir Grüße schickt, so heißt das, sie setzt mir Hörner auf. Ich kenne die Weiber.«

Mir gefiel diese Prahlerei nicht. Ich zündete mir eine Zigarette an, ohne ihm zu antworten: ich wartete auf das, was noch kommen würde. Aber der Mann schwieg. Nach einer Weile gab er mir mit einem mürrischen Gruß die Zeitung zurück und stolperte über den Sand davon.

II

Abends, wenn ich von der Arbeit kam, ging ich manchmal durch den Ortsteil am Meer; und immer wieder war es mir unbegreiflich, daß diese Erde für manchen ihrer in der Welt verstreuten Söhne die einzige war, Siegel und Zuflucht des Lebens. Dabei dachte ich nicht an die Dürftigkeit der Felder und den Mangel an Wasser, nicht an die auf unechte Art bizarren, fetten, gewundenen Pflanzen, nicht an die Nacktheit der Küste. Diese Dinge sind nichts als Natur, und ich selbst bekämpfte sie damit, daß ich eine Straße asphaltierte.

Wirklich feindselig und leer war die Art, wie die Menschen dahinlebten: Worte und Ausdrücke von regelrechter Schlampigkeit, sie entstellten die Sprachreste einer undurchdringlichen, weit zurückliegenden Zeit. Lebhaft und lässig zugleich verließen die Männer zu jeder Tageszeit ihre ärmlichen Häuser, etwa um zum Barbier zu gehen. Es schien, als nähmen sie den Tag gar nicht ernst. Sie verbrachten ihre Zeit auf der Straße, oder sie saßen an den Türen, um zu schwatzen, und sprachen den gleichen Dialekt, den im Innern, fern in den Bergen, die Viehhüter und Köhler sprachen. Vielleicht arbeiteten sie nachts oder verborgen in den erstickend heißen Häusern, die sie eifersüchtig bewachten; aber im Licht der

Sonne schienen sie, vom Morgen bis zum Abend, nur gelangweilte Gäste zu sein, vollkommen frei. Und keiner wünschte seine Frau auf der Straße zu sehen. Es kamen nur die alten Frauen heraus, es kamen die Kinder heraus, doch die jungen, blühenden Frauen, die kamen nicht heraus.

Sicher wirkte das Dorf darum so unfreundlich. Die Männer schienen sich hier nur wie zufällig aufzuhalten. Sie waren gar nicht eigentlich mit ihren Äckern und Gassen verbunden. Sie besaßen sie nicht. Sie lebten hier wie entwurzelt, und ihre ständige Lebhaftigkeit verriet eine tierhafte Unruhe.

Doch in der Abenddämmerung wirkte unter dem Himmel auch das Dorf versöhnlicher. Vom Meer kam eine leichte Brise, auf den Gassen wälzten sich die Kinder, die alten Weiber kreischten. Aus den Türen kam der Dunst der in Öl gebackenen Speisen, und ich setzte mich oft vor eine Osteria, dem verlassenen Bahnhof gegenüber. Ich sah die Ziegen vorbeiziehen, die dem Dorf die Milch gaben, nickte in dem Halbdunkel ein und schmeckte die Einsamkeit. Bittere Rührung überkam mich wenn ich daran dachte, daß hinter mir, jenseits der Berge, die große Welt weiterlebte, und daß ich sie eines Tages wieder durchschreiten würde. Dort war jemand, der auf mich wartete, und diese Gewißheit gab mir von allem eine heimliche Distanz und für jede Langeweile eine Geduld, die etwas Traumartiges hatte. Ich zündete mir eine Zigarette an.

Sofort war Ciccio da. »Cavaliere, gebt Ihr mir eine?«

Und er rieb sich erwartungsvoll die Hände. »Ich rauche genauso gern.«

»Danke untertänigst.«

Ciccio war klein und ganz braungebrannt; er hatte ein graues Bärtchen und verschmitzte Augen. Er hatte einen verschossenen Mantel um sich herum drapiert, die Füße waren in Stoffetzen gewickelt, die er mit Riemchen befestigt hatte. Waren die Almosen in Wein umgesetzt, hielt er sich verborgen, um kein häßliches Schauspiel abzugeben. Er kam aus einem Dorf im Innern, und seine Geschichte war bekannt. Die Leute hatten sie mir erzählt, voller Stolz, wie sie alles erzählten, was sie anging.

Ciccio war nicht ganz normal, ab und zu packte ihn ein Wahn, und er ging unterwegs auf Gespenster los, die er in der Luft erblickte. Das war von ihm übriggeblieben, als seine Frau mit einem Mann verschwunden war. Und Ciccio ließ alles fahren, Arbeit, Haus und Würde, und trieb sich ein Jahr an der Küste herum, ohne daß ihm bewußt wurde, wen er suchte. Dann steckten sie ihn ins Hospital, aber das wollte er nicht, er kehrte in seine Heimat zurück und wurde der wahre Ciccio, der symbolische Bettler, der einen Zigarettenstummel oder ein großes Glas Wein einem ordentlichen Teller Suppe vorzog.

Wenn die Männer in der Osteria Karten spielten, jagten sie ihn, weil er sie störte, fort. Aber wenn sie sich langweilten, oder wenn ein Fremder durchreiste, war Ciccio Gold wert. Er war eine überzeugende Demonstration der lokalen Leidenschaftlichkeit.

In den ersten Zeiten seines Bettlerlebens war er bald hier, bald da an der Küste etliche Male eingelocht worden, und davon hatte er eine so große Angst vor dem Eingesperrtwerden behalten, daß er sogar im Winter unter den Brücken schlief. »Was würde es sonst bedeuten: zu leiden?« erklärte er mir einmal ganz plötzlich mit mühsamer Stimme. An diesen Satz dachte ich oft. Lebten vielleicht noch Selbstvorwürfe in ihm, die seinem Dasein jetzt einen Sinn gaben? Ciccio war etwas verrückt, aber durchaus nicht immer blöde. Ein niederschmetterndes Erlebnis wie das seine, ein Leid, so stark, daß es ihm den Sinn verwirrte, konnte sehr wohl eine eigene, wirkliche oder eingebildete Schuld ans Licht gehoben und ihm das Recht zu Klagen genommen haben. Doch so, selbst des Trostes beraubt, auszurufen: wie unrecht hat man mir getan! – wäre Ciccio doch zu unglücklich gewesen. Damals nahm ich lieber an, er spreche nur eben sinnloses Zeug, wie er es übrigens beim Betteln schon reichlich tat.

Auf bestimmte flegelhaft-taktlose Fragen nach seinem Unglück antwortete Ciccio mit so wirren Reden, daß er damit das Gespräch in andere Bahnen lenkte. Als das blonde Mädchen aus der Stadt ankam, das man heimlich herholte und zum gemeinschaftlichen Vergnügen für zwei Tage in der Metzgerei unterbrachte, sagte der Metzger zu Ciccio: »Siehst du, Ciccio, du hättest deine Frau umbringen sollen. Jetzt macht sie die Hure wie diese hier.« Aber Ciccio sagte mit einem verschmitzten Ausdruck: »Wenn die Frau Sünde tut, gehört ihr der Spaß und dem Mann die Sünde. Soweit wir uns noch daran vergnügen können ...«

III

Nachts saß ich, bis ich müde wurde, am Strand und hörte im Dunkeln dem gleichmäßigen Rauschen des Meeres zu. Manchmal blieb ich im Albergo, sah den Arbeitsplan durch oder las noch einmal meine Zeitungen und gab mich beim Rauchen Phantasien über meine Versetzung hin, die bald kommen mußte.

Eines Abends – ich ging unruhig vom Strand ins Dorf zurück – rief mich jemand. Ich drehe mich um und erkenne den Arbeiter aus Turin; er sitzt auf einem Mäuerchen. Ich wunderte mich, denn ich wußte, daß die Vorschrift ihm verbot, zu dieser Zeit außer Hause zu sein.

»Wie geht es, Otino?«

Er gab mir eine Zigarette, und wir gingen auf der Straße, die von Olivengärten gesäumt ist, hin und her. Unter dem kühlen Himmel roch es herb nach septemberlichem Land. Der Verbannte sprach kein Wort. Wir gingen etwa fünfzig Meter, dann kehrten wir um, immer hin und her vor den alten Häusern, in deren einem er wohnte.

»Das ist eine praktische Art, zugleich zu Hause zu sein und Luft zu schöpfen«, sagte ich schließlich.

Der Mann schwieg; soweit ich sah, mit zusammengepreßten Lippen. Und im Gehen starrte er vor sich auf den Boden.

»Haben Sie noch viel abzubüßen?«

Auch diesmal beachtete er mich nicht, aber er sagte irgendwie mühsam, als schnüre ihm etwas die Kehle zu, und ohne mich dabei anzusehen:

»Ich schlage jemandem den Schädel ein.«

Ich blieb stehen und packte ihn am Arm: »Was zum Teufel geht hier vor?«

Er machte sich los, blieb ebenfalls stehen und brummte unfreundlich: »Ihnen brauche ich das nicht zu sagen – die Frauen sind Luder. Ich bin hier und mach den Mönch, und die dort läßt sich schaukeln.«

»Die mit der Postkarte? Wenn sie Ihnen doch schreibt!«

Der Mechaniker sah mich haßerfüllt an. »Sie war meine Frau.«

Ich sah ihn erschreckt an.

»Als ich im Kittchen saß, kam sie mich jeden Tag besuchen und weinte und wollte mitkommen. Aber wovon sollte sie hier leben? Hier gibt es keine Fabriken. Später habe ich sie verstanden und habe ihr geschrieben, sie solle kommen. Sie hat mir nicht mehr geantwortet. In diesem Augenblick ist sie mit irgendeinem im Bett.«

»Aber seid ihr nicht...«

»Wir lebten zusammen.« Er räusperte sich, und ich sah zu Boden.

»Nun ja«, sagte ich dann verlegen.

Wir hatten uns an das Mäuerchen gelehnt, auf dem er zuvor gesessen hatte. Die dunklen Umrisse der Ölbäume standen wie eine Mauer um uns her. Mein Gefährte holte so schwer Atem, als hätte er gebrochene Rippen. Dann fuhr er los: »Gehen wir!« So nahmen wir mit raschen Schritten unseren Weg wieder auf.

»Aber daß sie Ihnen nicht schreibt«, sagte ich nach einer Weile, »bedeutet noch nicht...«

»Ach was!« unterbrach er mich. »Die nicht! Die ist keine Frau, auf die man sich verlassen kann. Auch als ich mit ihr zusammen war, mußte ich jeden Tag neu anfangen. Nie wußte man, was sie im Sinn hatte. Nicht daß sie mich kommandierte – aber sie war hart, hart. Ruhig war ich nur, wenn ich sie zum Weinen gebracht hatte. Zwei Jahre habe ich sie festgehalten. Damals hat sie es mir recht gemacht.« Das kam heraus, als würde er gefoltert. Er sprach zögernd, aber er konnte auch nicht an sich halten. Die angespannten Backenmuskeln machten sein Gesicht noch magerer.

»Warum schreiben Sie ihr nicht, Otino? Die Mädchen in Turin sind liebenswürdig. Sie wird gewiß antworten.«

»Die nicht. Vor einem halben Jahr habe ich ihr geschrieben, sie solle kommen, sofort, drei Briefe habe ich ihr geschrieben. Die Antwort haben Sie gesehen.«

In seiner möblierten Höhle sprach er weiter. Er erklärte mir, er sei verbannt worden, weil er auf einen Soldaten, der dieser Frau den Hof gemacht hatte, mit Fäusten losgegangen war und ihm den Kopf übel zugerichtet habe. Fünf Jahre hatte er dafür gekriegt und das erste noch nicht hinter sich gebracht. Jetzt wollte er sich den Schädel an der Wand einrennen.

»Warum machen Sie kein Gnadengesuch?« fragte ich vorsichtig.

»Das Gesuch? Das werde ich machen«, sagte er und starrte wütend auf die Kerze. »Das werde ich machen. Ich muß... Und wenn ich zwanzig Jahre dafür kriege...«, fügte er trocken hinzu. »Sobald ich zurück bin!«

Ich betrachtete ihn mit Unbehagen. Dort stand ein wurmstichiger Tisch mit einem Haufen zusammengeknüllter Zeitungen, ein schmutziger Teller und die brennende Kerze, die in eine Flasche gesteckt war. Ihre Flamme erstickte fast in diesem Dunst aus Schweiß, Rauch und Bettgeruch.

Er ging auf und ab. Von meinem Schemel aus beobachtete ich ihn. Ich kannte diese mürrischen, schweigsamen Burschen, wie er einer war. Ich wußte nicht, was ich ihm noch sagen sollte.

Schließlich wagte ich die Frage: »Und Sie können nicht ohne dieses Mädchen zurechtkommen?«

»Ich komme ohne sie zurecht!« schrie er. »Ich komme schon ein Jahr ohne sie zurecht.« Und er lehnte sich an die Wand. »Ich werde auch weiter ohne sie zurechtkommen. Aber daß sie ohne mich zurechtkommt – das will ich nicht.«

»Jetzt wissen Sie es«, fuhr er trocken fort. »Hören Sie, ich spreche als Freund zu Ihnen, auch wenn wir das noch nicht sind. Wenn Sie ein Mädchen haben, machen Sie ihr ein Kind. Es ist die einzige Art, sie zu halten.«

»Dazu braucht es Ruhe.«

IV

In der Langeweile der Tage im Dorf begleitete mich der Gedanke an den Verbannten, der friedlos, immer allein, mit starrem Blick in seinem Zimmer auf und ab oder am Strand entlang ging. Es war wie ein Albdruck. Er ließ sich kaum sehen, weil er durch mich an seinen Schmerz erinnert wurde, aber es genügte ein Gruß von weitem oder daß ich seinen Namen nennen hörte, und ich spürte in mir eine ungewohnte Erschütterung: ich wußte, ich war in diesem verlassenen Lande nicht allein, jemand litt hier, wie auch ich hätte leiden können. Die Qual, fast waren es Gewissensbisse, die mir die Erbitterung des Verbannten bereitete, nahm mir das letzte Interesse, das ich für das Leben dort aufbringen konnte. Ich sehnte mich nun danach, von hier, wie von einer öden Insel, fortzukommen. Und doch – je näher der erhoffte Tag des Abschieds heranrückte, um so mehr überließ ich mich mit einem bitteren Vergnügen der trostlosen Atmosphäre dieses Ortes.

Unter meinen Straßenarbeitern hatte ich einige, die die Welt gesehen hatten, ohne dort ihr Glück zu machen, oder das Glück war ihnen zerronnen. Am frühen Morgen hockten die Leute jämmerlich auf der Schwelle der Baracke, die wir oben an der schon fertigen Brücke über der Flußmündung aufgestellt hatten. Ich rauchte mit ihnen in der kalten Luft, vor dem niederen Meereshorizont, und jeder Zug an der Zigarette fühlte sich im Mund feucht an.

Die Arbeiter unterhielten sich.

»In Niù Orleàn lag ich am Morgen mit der Frau im Bett. Die Arbeitszeit war kurz, und das Leben war leicht. Verflucht die Zeit im Jahr, als ich an den Fluß zurückging.«

»Glück ist Glück. Wenn du erst anfängst zu arbeiten, bist du geliefert.«

»Danach muß man Vincenzo Catalano fragen: er hat Schiffskiele abgekratzt und mit den Negern auf der Erde geschlafen.«

»Man darf nicht blöde sein. Die Bauern, die schinden jeden.«

»Nur draußen in der Welt geht es einem gut.«

»Man braucht nur nach Oberitalien zu gehen.«

»Man darf nur nicht blöde sein.«

»Dort war am Ufer des Meeres eine Palmenallee, ich bin einmal vom Morgen bis zum Abend da entlanggegangen und habe noch kein Ende gesehen. Nachts war ich immer noch in der Stadt. Und dort in dem Café traf ich ...«

Die Brücke war fertig, ich brauchte die Leute nur noch zu überwachen. Meine ganze Arbeit bestand darin, daß ich die drei, vier Männer beobachtete, die unter dem Kessel Feuer machten und Karten spielten. Nahe am Kessel war eine angesengte Agave. Der Dunst des frischen Asphalts vermischte sich mit dem Salzgeruch des Strandes, und dieser aufsteigende Dunst verschleierte eine bleiche Sonne, die den Augen weh tat.

Dann ging ich, Schritt um Schritt, vom Meere fort und die kahle Straße hinauf, wobei ich die Augen halb schloß, um jene fremden Berge nicht deutlich sehen zu müssen.

Unten auf der Straße begegnete ich manchmal Bauern auf ihrem Esel. Das Tier, kleiner als der Padrone, schaute, wenn es geduldig an mir vorübertrottete, nicht zu mir hin, während der Bauer die Mütze zog. Er kam ein Stück weiter unten von der Küste, aus einem hundert Jahre alten, zerfallenen Haus oder aus einer Hütte, und musterte mich schweigsam aus großen, dunklen Augen. Für manchen dieser Bauern war das Meer nichts als eine ungewisse blaue Wolke. Bisweilen kam eine braungekleidete, sonnenverbrannte, runzelige Bäuerin vorüber, von kleinem Wuchs, barfuß, einen Korb auf dem Kopf, oder sie zog ein Ferkel hinter sich her, das auf den drei Beinen humpelte, die der Strick ihm frei ließ. Sie gönnte mir keinen Blick: die Augen waren unbeweglich auf die Straße gerichtet, die vor ihr lag.

Solche Begegnungen machten mich nicht satt. Das waren fremde Menschen, die auf ihrer Erde ihr Leben lebten.

Ich kehrte zu den Baracken zurück, und die Straßenarbeiter saßen da und warteten auf mich, weil irgendeine Schwierigkeit aufgetaucht war, die zu lösen nicht ihre Aufgabe war. So wurde es Mittag, dann Abend, dann kam der nächste Tag; und mit dem Oktober begann die Sintflut.

Die Straße weiter zu asphaltieren, war unmöglich. Es regnete in Strömen. Ich schrieb an die Firma, sie solle mein Gehalt und ihr Geld hier sparen, und verkroch mich ganze Tage in die Osteria.

Einmal nahm mich der Metzger beiseite. »Ingenieur, gebt zehn Lire dazu, und Ihr seid Teilhaber. Sonntag schreibe ich. Die Ware kommt Mittwoch, und bis Freitag könnt Ihr jederzeit, sobald Ihr Lust darauf habt, dreimal klopfen, und es erwartet Euch die Liebe.«

Die kleine Blonde stieg eines Abends bei Wind und Regen aus dem Zug, der Metzger schützte sie mit einem Schirm, ein anderer nahm ihr Köfferchen, und sie verschwanden in der dunklen Gasse hinter der Kirche.

Das ganze Dorf wußte es, doch in der Osteria war immer nur unter den zuverlässigen Gästen davon die Rede; der Metzger prahlte, man werde auf diese Art für Concetta noch manchen weiteren Kunden finden. Sie fütterten sie mit Fleisch und Oliven, aber sie hielten sie eingesperrt. Der eine ging, der andere kam. Ich war am zweiten Abend dort. In dem dunklen Laden erkannte ich undeutlich zwei ausgeweidete Ziegenlämmer, die an Haken über einem Trog hingen. Der Metzger kam mir entgegen, öffnete mir eine andere, wurmstichige Tür und ließ mich mit einem Händedruck eintreten.

V

Von Concetta wurde in der Osteria oft gesprochen. Der eine sagte, sie sei fade, ein anderer schlug vor, sie recht bald wieder her zu holen. »Jedenfalls steht fest, daß sich diese Mädchen in der Stadt zu sehr abrackern. Das nächste Mal muß sie ausgeruhter herkommen.« Eindruck gemacht hatte vor allem der Kontrast zwischen der dunklen, wohlgepolsterten Haut und dem fremdartig zarten, blonden Haar.

»Das kommt von einer Kreuzung«, erklärte der Barbier. »Sie ist im Waisenhaus aufgewachsen. Das sind die Besten. Damals in Algier war ich bei einem arabischen Mädchen, die war weiß wie Milch und rothaarig. Sie sagte, sie sei die Tochter eines Matrosen.«

Ich fluchte innerlich; mich sollten sie nicht mehr fangen. Und auch diese Gespräche hinterher gefielen mir wenig. Es ist peinlich, Männer aus einem anderen Landstrich von Frauen reden zu hören. So lenkte ich ab: »Hat einer von euch den verbannten Mechaniker gesehen?«

»Leise!« flüsterte ein kräftiger junger Bursche, wobei sich sein Gesicht unseren Köpfen näherte. »Ganz leise! Gestern ist einer von der Polizei gekommen, ihn zu verhören. Es handelt sich um einen Mord.«

»So ein Pack!«

»Wen haben sie denn umgebracht?«

»Aber nein. Ihn haben sie nicht festgenommen. Sie wollten nichts als eine Aussage. Das Verbrechen ist in Oberitalien geschehen.«

»Was wißt ihr von der Sache?«

»Ich habe ihn erst gestern abend am Strand gesehen. Er rannte wie ein Verrückter. Er trug keine Mütze, und es regnete.«

Ich eilte, ihn aufzusuchen. Zu Hause war er nicht. Ich fragte die Nachbarn nach ihm. Er war, wie immer, bei Tagesanbruch fortgegangen. Ich kehrte um, suchte am Strand und fand dort, unter einem kieloben liegenden Boot, Ciccio: er umwickelte sich die Füße.

Ciccio hatte ihn gesehen. »Ich zeige ihn Euch. Aber es ist weit.«

Wir gingen durch das Dorf. Die Menschen waren neugierig geworden. Wir stiegen bergauf; das Meer war hinter uns. Um Mitternacht kamen wir an einen Bogengang, der die niedriger liegenden Dächer überragte. Zu Füßen einer Säule saß Otino; er starrte vor sich hin.

Er hob das Gesicht, verärgert und mit einem schmerzlichen Ausdruck. Er winkte mir einen Gruß zu.

»Was ist geschehen, Otino?«

»Was geschehen mußte.«

Ciccio hatte sich an eine andere Säule gesetzt. Von dorther machte er mir Zeichen, daß er etwas zu rauchen haben wolle. Ich hätte ihn am liebsten zur Hölle geschickt.

»Ich habe erfahren, einer von der Polizei ...«

»Hier erfährt man alles«, sagte Otino mit finsterem Gesicht. Dann sah er umher und musterte Ciccio.

»Der hört nicht zu, er ist nicht ganz normal«, sagte ich. »Wenn Sie mir etwas erzählen wollen, können Sie es tun.«

»Ist es der, dem die Frau davongelaufen ist? Der muß gründlich abgewirtschaftet haben, daß er in einem solchen Zustand ist!«

»Otino, seit einer halben Stunde suche ich Sie: man hat mir gesagt, Sie fühlten sich nicht wohl.«

»Ich?« fuhr er los. »Ich mich nicht wohl fühlen? Ach was! Ich kann nur eins nicht schlucken«, und seine farblosen Lippen brachten jedes Wort einzeln heraus, »und zwar, daß ich es jetzt nicht mehr tun kann.«

»Was?« stammelte ich.

»Aber so lassen Sie das doch!« schrie er mir ins Gesicht. »Hier weiß man ja doch alles. Wozu stellen Sie sich dumm?«

»Otino, wenn ich es Ihnen sage, können Sie es mir glauben. Ich habe erfahren, daß einer von der Polizei mit Ihnen gesprochen hat, aber was er gesagt hat oder was für Auskünfte er hat haben wollen, davon habe ich keine Ahnung.«

»Geben Sie mir was zu rauchen«, sagte er barsch. Ich hielt ihm das Päckchen hin; dann sah ich zu Ciccio hinüber und warf ihm seine Zigarette zu. Er fing sie im Fluge auf.

»Also hören Sie. Meine Frau«, und er versuchte ein Lächeln, »meine Frau ist umgebracht worden von einem Arbeitskameraden, mit dem sie seit einem halben Jahr zusammenlebte; aber ein Verhältnis hat sie seit zwei Jahren mit ihm gehabt. ›Der Unterzeichnete wird befragt, warum er die Ermordete häufig aufgesucht hat‹ – aufgesucht! –, ›und ob er zu wichtigen früheren Vorkommnissen ein aufklärendes Wort sagen könnte.‹ Und wissen Sie das Allerschönste?« sagte er darauf und packte mich am Arm. »Er hat sieben Schüsse auf sie abgegeben, alle ins Gesicht.«

Zu lachen versuchte er jetzt nicht mehr. Er sprach hart und lebhaft und wiederholte die Worte, als fühle er sich dazu verpflichtet, ohne daß seine Stimme schwankte. Als er zu Ende war, wiegte er den Kopf hin und her und starrte dabei auf die Zigarette, die er noch unangezündet zwischen den Fingern hielt. Dann packte es ihn. Er preßte die Zigarette in der Faust zusammen und schleuderte sie fort, mit einem Aufbrüllen, als werfe er auch die Hand weg.

Ich spürte den Ruck an meinem Arm, den er noch immer fest

umklammert hielt. Als ich mich von ihm freimachte, sagte ich leise: »Entschuldigen Sie, Otino.«

»Eins kann ich nicht schlucken, daß ich es jetzt nicht mehr tun kann«, stöhnte er wieder. »Seit zwei Jahren!« Und er umfaßte mit beiden Händen den Kopf. »Seit zwei Jahren!«

Ich verließ den Bogengang, der sich zum Meer hin öffnete, erstarrt und niedergeschlagen. Die beiden, die dort zurückblieben, taugten nicht eben dazu, einander Gesellschaft zu leisten. Und doch sah ich sie Tage danach zusammen auf der Piazza: sie saßen auf dem langen Baumstamm. Sie sprachen kein Wort, aber sie waren immerhin beisammen.

Ich verbrachte die letzten Tage damit, daß ich, sogar im Regen, umherirrte. Das Meer zu betrachten, vermied ich: es war schmutzig, aufgewühlt, furchterregend. Dorf und offenes Land schienen mir kleiner geworden. Mit wenigen Schritten war ich überall am Ziel und kehrte dann unbefriedigt um. Ich konnte nicht mehr. Jede Farbe war ertrunken, und in dem schlechten Wetter waren die Berge verschwunden. Jetzt fehlte dem Dorf auch der Hintergrund, der meinen Spaziergängen in der Vergangenheit einen Horizont gegeben hatte.

Vom Fenster des Albergo aus blieb im Regen nur der kahle Hügel mit den schmutzigweißen starken Mauern auf dem Gipfel sichtbar: das alte Dorf. Mit diesem Bild vor Augen, fuhr ich eines Morgens, als wie üblich das Licht zu verlöschen drohte, von dort ab, meinem Schicksal entgegen.

Der böse Blick

Eines Tages hörte ich die Kassiererin sagen: »Er sieht aus wie ein Kranker – wie eklig er ist!« Ich drehte mich erstaunt um – sie sprachen tatsächlich von meinem Arbeitskollegen, der mit einem Arm voll Büchern langsam die Treppe heraufkam. Gerade als ich mich umdrehte, tauchte über dem Fußboden sein kahler Kopf auf, dann kamen die krummen Schultern, der lange graue Kittel – und Berto trat heran, um den Stoß Bücher, den er gegen die Brust gedrückt hielt, auf den Tisch zu legen. Sein ängstlich gespanntes Gesicht, das wie erstarrt wirkte, hatte den Ausdruck eines Menschen, der sich bemüht, nicht zu weinen, und sonderbarerweise erschienen seine Augen unter den Lidern eingesunken, schimmernd wie Wasser in einem Brunnen.

»Und doch ist er nicht verheiratet« flüsterte der erste Gehilfe der Kassiererin zu, die den Mund noch immer zu einer Grimasse des Abscheus verzogen hatte. Ich hörte ihnen zu; sie sah mich an und machte mir ein Zeichen. Ich näherte meinen Kopf ihren gesenkten Köpfen und mußte an bestimmte Abende denken, wenn man aus dem Geschäft in eine milde Frühlingswärme hinaustritt. Nie war ich dieser Frau, die für mich, den Laufburschen, unerreichbar war, so nahe gewesen. »Gigi hört uns zu«, sagte sie lächelnd. Der erste Gehilfe fragte mich finster: »Macht er im Lager immer so ein Gesicht?«

»Je nun, Signore, irgendein Gesicht muß er wohl machen«, antwortete ich.

»Du bist ein aufgeweckter Junge«, fuhr er fort. »Sagt er dir nicht, was ihm fehlt, jammert er dir nie etwas vor? Es ist einfach nicht erlaubt, daß man die Menschen ohne einen Grund so anschaut.«

»Ich werde mich darüber beschweren«, sagte die Kassiererin.

»Sollte im Geschäft ein Brand ausbrechen, oder sollten sie jemanden entlassen, dann würde ich sagen: er hat den bösen Blick. Aber ich bin nicht abergläubisch«, sagte der andere etwas befangen. »Was meinst du dazu, Gigi?«

»Mich schaudert, wenn er an mir vorübergeht«, flüsterte die Kassiererin. »Ich fürchte, er kommt aus dem Gefängnis.«

»Das Alter dafür hat er: um die vierzig.«

Diesen Verdacht hatte ich nie gehabt. Ich war damals noch sehr jung und wenig darauf aus, die Gesichter anderer Menschen zu studieren, und am allerwenigsten das des schweigsamen Berto. Ich sah ihn sehr selten, denn ich fuhr den ganzen Tag mit dem Rad umher, um bestellte Bücher abzugeben. Die wenigen Stunden, die ich im Lager zubrachte, weil ich dort Pakete auspacken oder für die Gehilfen Bücher heraussuchen mußte, sah ich fast immer nur seinen Rücken: Berto stöberte in den Regalen herum, den Kopf auf die Seite gelegt. Oder er ging mit schnellen Schritten quer durch den Raum, wie ein Schatten, und sah mich an, ohne ein Wort zu sagen. Wenn ich ihm etwas zurief, drehte er sich rasch um und half mir sofort. Ein alter Mann, so erschien er mir; vielleicht impotent. Einmal, als ich vom Regen durchnäßt zurückkam, lächelte er mir flüchtig zu, und dabei verzog er das Gesicht und blinzelte mit seinen merkwürdig fernen Augen.

Wie die Kassiererin gesagt hatte: er sah wirklich aus wie ein Kranker. Aber wie die Fotografie eines Kranken, mit seinem unbeweglichen Gesicht, seinem Ausdruck, der ihm unauslöschlich aufgeprägt war. In dem müden Schimmer der schwachen elektrischen Birnen war um ihn sogar die ungesunde gelbliche Farbe alter Fotografien. Aber er beklagte sich auch nie über diesen schäbigen Geiz des Padrone, obwohl wir Kopfweh bekamen, wenn wir oben auf den Regalen die Buchtitel lesen mußten; man merkte ihm die Ermüdung höchstens an der stummen Nacktheit seiner Augen an, die immer im Begriff waren, sich mit Tränen zu füllen. Einmal – ich bemühte mich gerade sehr, in einem Winkel ein Buch ausfindig zu machen – brach ich über diese jämmerliche Bude in Verwünschungen aus und zündete ein Streichholz an. Berto eilte herbei und blies es aus. Dann sagte er voll Empörung, das sei zu gefährlich, es könne ein Brand entstehen.

Es war an dem Abend, als ich von dem Widerwillen der Gehilfen erfahren hatte. Ich betrachtete Berto genau und fand ihn abstoßend. Mit einemmal ärgerte mich dieser kahle Kopf, der nach unten gezogene, nur durch Grimassen gehaltene Mund und die verrunzelte, zusammengeschrumpfte Haut, wie durch Fieber des Leibes oder der Seele festgefroren. »Hör mal, hast du Bauchweh?« rief ich laut und richtete mich auf.

Berto wiederholte mir mit seiner leisen Stimme, man dürfe kein Streichholz anzünden; auch er würde im Lager gern rauchen, aber der Padrone habe es klipp und klar verboten, und man könne ihm das nicht verübeln. Ich lachte laut heraus und erklärte ihm, ich hätte wirklich eine Krankheit gemeint: Koliken, eine Magenverstimmung, etwas im Gedärm. »Oder hast du etwa Tripper?« fragte ich zum Schluß.

»Ich hatte ihn, als ich so alt war wie du«, sagte Berto zögernd. »Es ist eine häßliche Krankheit. Aber ich bin vollkommen geheilt.«

»Und was fehlt dir jetzt?«

»Jetzt?« Über dem ihm eigenen gespannten Ausdruck breitete sich ein Staunen aus, das sein Gesicht noch bleicher machte. »Nichts fehlt mir. Warum? Sehe ich schlecht aus?«

Er war ganz gewiß aufrichtig. »Du siehst aus wie ein Toter, genauso. Wirst du zu Hause geschlagen?«

Bertos Erregung legte sich. »Mein Junge«, sagte er, und er sprach ganz langsam, »ich lebe allein. Es ist lange her, daß jemand mich geschlagen hat. Ich habe mich wohl erkältet; ich bin alt, darum sehe ich so schlecht aus.«

Diese ernste, betroffene Art, meine Fragen aufzunehmen, hinderte mich daran, weiterzufragen. Es war, als gehe man auf Sand: man müht sich ab und kommt nicht voran. Doch gelogen hatte er ganz gewiß nicht. Und im übrigen – wenn man ihn eine Weile betrachtete, zeigte sich auf seinem Gesicht nicht eigentlich Krankheit. Es mußte ein beständig stechender Schmerz sein, der ihm den Mund auf diese Art zusammenzog und die Augen so tief in ihre Höhlen zurücksinken ließ. Und dann – wo ist der Kranke, der eine Gelegenheit, sich zu beklagen, nicht begierig ergreift? Bertos Gesicht zeigte eher eine Traurigkeit wie die eines verwöhnten Kindes, das gleich losweinen wird. Sogar ich begann mich in seiner Gegenwart schlecht zu fühlen. Wie kam es, daß ich das bisher nie bemerkt hatte?

Als ich am Tag danach hinaufging, weil ich auf ein Paket wartete, benutzte ich die Gelegenheit – zwei nörgelige Kundinnen verlangten gerade wegen irgendeines Durcheinanders den Padrone zu sprechen – und näherte mich dem ersten Gehilfen, der bleich und äußerst höflich mit den beiden verhandelte.

»Es scheint, Krankheiten hat er nicht«, flüsterte ich ihm zu, ein wenig stolz auf die vertrauliche Mitteilung.

»Was denn? Wer?« fuhr er mich an.

»Berto«, sagte ich eingeschüchtert.

»Zum Teufel mit ihm! Ihr seid schuld daran, wenn die Bestellungen nicht ausgeführt werden. Man braucht euch nur anzusehen, da vergißt man alle Bücher. Was kommt ihr einem hier immer in die Quere?«

Ich brachte mich, so gut ich konnte, in Sicherheit. Die Kassiererin hingegen rief mich um die Mittagszeit freundlich in den Flur und sagte, während sie sich den Hut aufsetzte, ob ich ihr wohl die Bücher nach oben tragen könne. »Du bist am flinksten, Gigi; und dann braucht man im Geschäft Leute, die ordentlich aussehen. Wie kann man den alten schwachsinnigen Kerl da ertragen?« Und sie fügte hinzu, wobei sie sich schüttelte: »Ich sehe ihn selbst nachts im Dunkeln vor mir wie ein Gespenst.« Ich antwortete ihr, ich würde ihr gern behilflich sein, aber wenn ich zu Besorgungen unterwegs sei, müsse schon Berto sie bedienen. Die schöne Luisa ging lächelnd davon.

Nach dem Abend mit dem Streichholz sah ich meinen Kollegen einige Tage kaum. Wir grüßten uns jetzt, wenn wir das Geschäft verließen; oft sogar spürte ich, wie er mich anblickte, und wenn ich seinen Augen begegnete, sah ich in ihnen ein mühsames Lächeln. Dieser Ausdruck beunruhigte mich und verursachte mir ein fast körperliches Unbehagen. Immer steckte in ihnen diese erbärmliche Angst, diese grausame Einsamkeit. Was für Farben nahm wohl die Welt an, durch diese Augen betrachtet?

Eines Abends verließen wir das Geschäft gemeinsam; es war schon dunkel, und ich, erregt von einer frischen Brise, die nach Schnee roch, forderte Berto auf, wir wollten uns in eine Osteria setzen und ein Glas Wein trinken. Ich erinnere mich, daß Berto, als wir um die Ecke bogen, den Blick zu dem hohen Gebäude des E-Werks hob, das nachts mit seinen unzähligen erleuchteten Fenstern den Himmel erhellt, und daß er stehenblieb und sagte: »Wie viele Menschen arbeiten dort! Das geht sicher noch die ganze Nacht so weiter.«

»Und du, was machst du am späten Abend?«

»Ich gehe zu Bett und lese. Das ist das einzige Vergnügen, das ich kenne.«

Ich wußte schon, was er las. Fast jeden Abend, das hatte ich schon vor Tagen bemerkt, steckte er sich beim Fortgehen in die innere Tasche des Überrocks einige Bücher, die er am Morgen danach heimlich und sorgfältig wieder hinstellte. Manchmal war es ein Lehrbuch der Geschichte, öfter ein Roman. Übrigens vermutete ich, daß die Kassiererin das gleiche tat.

In der Osteria trank ich ein Viertel, und Berto nahm einen Kaffee. Der Wein erhitzte mir ein wenig das Blut, und ich vergaß das Unbehagen, das seine Gegenwart mir sonst bereitete. Ich entwikkelte ihm sogar meine Pläne: ich wollte erster Gehilfe werden und, inzwischen, während ich darauf wartete, die Kassiererin mit auf den Hügel nehmen.

Berto hörte mit der üblichen Leidensmiene zu. »Du bist jung«, sagte er dann, »du hast noch viel Zeit; du kannst sogar Geschäftsinhaber werden. Aber laß die Kassiererin beiseite: es mag noch so gut gehen – eine Frau kann dir nichts geben als Kinder. Du hast noch viel Zeit vor dir. Denke jetzt daran, Geld zu verdienen.«

»Und was haben dir die Frauen gegeben?« fragte ich.

»Nichts«, sagte Berto ernsthaft und kniff die Augen zusammen, als wollte er lächeln. »Nichts«, wiederholte er dann. »Und dir, Gigi, wird es genauso gehen. Vielen tun sie Schlimmes an. Denke daran, daß zu jedem Mann nur eine einzige Frau paßt, und nicht immer kann man sie finden.«

»Nur eine einzige?« fragte ich besorgt.

»Aber wir sind ungerecht«, fuhr Berto fort. »Für die Frauen ist es genauso wie für uns. Was geben wir denn den Frauen? Viele mißhandeln sie.«

»Ich nicht«, sagte ich.

Kurz – für diesen Abend hüllte sich mir die Gestalt Bertos in einen Nebel, und als ich ihn verließ, gab ich ihm sogar die Hand. Doch schon in der Nacht, im Halbschlaf, verspürte ich eine unbestimmte Furcht: wie war es möglich, daß ich diese toten Augen so weit in mich hatte hineinblicken lassen! Als ich gegen Morgen aus dem Schlaf auffuhr, erinnerte ich mich an ein Geschehnis: ich hatte seine ängstliche Grimasse schon früher einmal, in einem Schaufenster gespiegelt, gesehen; ich war damals noch ein Junge, mein Vater jagte mich gerade unter Gebrüll und Fußtritten aus dem Hause, und da streiften eben diese gespiegelten Augen meinen Blick. Dann hatte ich Arbeit gefunden, war wieder aufgenommen worden, aber ein Abenteuer wie dieses bleibt im Gedächtnis, ich zittere in der Erinnerung daran noch heute. Die Gedanken, die ich mir damals gemacht hatte – und unter ihnen war der heiterste der gewesen, mich in den Fluß zu stürzen –, kamen mir wieder in den Sinn. Jetzt hatte Berto genau das Gesicht eines Menschen, der sich da hineingestürzt hat. Und der noch darüber weint. Immerzu, vom Morgen bis zum Abend.

Am Tage danach mußte neu eingegangene Ware ins Geschäft hinaufgetragen werden, wir beide gingen hin und her mit Armen voller Bücher. Der erste Gehilfe, der uns überwachte, steigerte sich den ganzen Morgen hindurch in eine immer größere Nervosität hinein, und vor allem an Berto hatte er ständig etwas auszusetzen. Ich machte, daß ich davonkam, und merkte, daß, schon als Berto, der Ärmste, das erstemal erschien, ein neben der Kasse stehender Gehilfe demonstrativ seine Hosentasche herauskramte und zu der schönen Luisa etwas sagte. Diese lächelte leicht und warf dann einen gereizten Blick auf Berto, der unter seiner Last schwankte. Alle Augenblicke steckte der Padrone den Kopf aus seinem Büro und verschwand dann wieder befriedigt.

Gegen Mittag konnten wir etwas aufatmen, und der erste Gehilfe rief mich, um mir Besorgungen aufzutragen.

Ich sagte möglichst unbefangen: »Hören Sie, Berto ist ein guter Kerl. Wahrscheinlich hat seine Frau ihn im Stich gelassen.« Der andere sah mich starr an. »Mag ihn im Stich gelassen haben, wer da will – jedenfalls behandelt er die Bücher miserabel.«

»Aber er liest sie doch, ohne sie aufzuschneiden, und er macht nie einen Kniff hinein«, sagte ich.

»Wann liest er sie?«

Ich biß mir auf die Zunge. »Ich weiß es nicht... im Lager, in einem freien Moment. Da werfe auch ich einen Blick hinein.«

»Aha! Lesen etwa wir Gehilfen beim Verkauf? Darum also kommt ihr nie nach oben, wenn ich euch rufe! Das soll das letztemal sein.«

»Aber nein, Signore, ich habe mich falsch ausgedrückt. Berto verliert keine Zeit. Und ich werde in acht Wochen kaum drei Seiten überflogen haben. Er hat mir nur gesagt, daß er gern liest.«

»Aber er kauft die Bücher nicht«, beschloß er diese Unterredung finster.

Jenen ganzen Nachmittag verbrachte ich in der Stadt, um Bücher abzugeben. Ich schwang mich aufs Rad, und los ging es. Es war eine für die Zukunft völlig aussichtslose Arbeit, wie sie auch der Laufbursche vom Metzger tat, und manchmal war sie demütigend; aber heute würde ich die halsbrecherischen Fahrten auf den verschiedensten Wegen gern wiederholen, immer war ich vergnügt und trug keine Verantwortung. Manchmal kam ich auf weit entfernte, ruhige Straßen, wo ich nie gewesen war, und flog geradezu über den Asphalt; mir schien, das sei überhaupt keine Arbeit mehr. Dann fuhr ich sorglos zurück, im Schritt, ich schlängelte mich so durch, betrachtete die Mädchen und rauchte meine Zigarette zu Ende. Auch dafür wurde ich bezahlt.

Am Abend, als es schon dämmerte, kam ich zurück. Nur ein paar Sonnenstrahlen waren auf die gefrorenen Pfützen der Straßen gefallen; ich spürte meine Finger an der Lenkstange kaum mehr, so klamm waren sie. Ich betrat das Geschäft, als sie gerade schließen wollten.

Ich traf den ersten Gehilfen – er war ein trockener Bursche; mit beleidigtem Gesicht ging er vor der Kasse hin und her, und die schöne Luisa betrachtete aufmerksam ihre Fingernägel. Aus dem Büro des Chefs hallte eine zornerfüllte Stimme: »Sie wissen doch wohl, daß Sie damit nahezu einen Diebstahl begangen haben?«

Ich wechselte Blicke mit den anderen beiden Gehilfen; diese machten mir Zeichen, daß jemand ›gehen‹ müßte. Ich dachte, sie meinten mich, und die Beine wurden mir schwach. Wieder blickte ich rundum: keiner rührte sich. Da ging ich quer durch den ganzen Saal, hob das Rad vom Ständer und ging ins Lager hinunter. Das Licht war schon ausgelöscht.

Unentschlossen blieb ich im Dunkeln stehen. Auf der letzten Stufe vernahm ich die hysterisch schreiende Stimme: »Nun gehen Sie doch schon! Und hören Sie auf, einen so anzusehen!«

Hochzeitsreise

I

Jetzt habe ich, vom Leben geschlagen und von Gewissensqualen geplagt, begriffen, wie töricht es ist, Phantastereien zuliebe die Wirklichkeit beiseite zu schieben und den Anspruch zu erheben, etwas zu empfangen, wenn man nichts zu geben hat – aber jetzt ist Cilia tot. Ich denke manchmal, daß ich, ergeben in die Mühsal und Bescheidenheit meines gegenwärtigen Lebens, heute mit Freuden in jener Zeit leben würde, wenn sie zurückkehrte. Oder vielleicht ist dies wieder eine meiner Phantasien: ich habe Cilia gequält, als ich jung war und mich noch nichts hätte aufbringen dürfen, und ich würde sie nun quälen aus Bitterkeit und der Übellaunigkeit meines schlechten Gewissens. Zum Beispiel bin ich mir in allen diesen Jahren noch nicht darüber klargeworden, ob ich sie wirklich gern hatte. Jetzt vermisse ich sie natürlich, sie lebt in mir, sobald ich meine Gedanken sammle; es vergeht kein Tag, wo ich nicht immer wieder schmerzlich in den Erinnerungen jener beiden Jahre wühle. Und ich verachte mich darum, daß ich sie habe sterben lassen, wobei ich mehr unter meiner Einsamkeit leide als darunter, daß sie so jung sterben mußte. Aber – und nur das zählt –: habe ich sie damals wirklich gern gehabt? Gewiß nicht so klar und bewußt, wie man es seiner Frau schuldig ist.

In Wirklichkeit schuldete ich ihr nur zuviel, und ich wußte ihr als Entgelt nichts anderes zu geben, als daß ich ihre Beweggründe blindlings verdächtigte. Und es ist immerhin ein Glück, daß ich in dem mir angeborenen Leichtsinn mich in dieses trübe Wasser nicht tiefer hineinzustürzen vermochte, denn ich begnügte mich damals mit einem rein instinktiven Mißtrauen und verweigerte bestimmten, heimlich nagenden Gedanken Gestalt und Gewicht; hätte ich sie bis auf den Grund der Seele sinken lassen, so hätten sie mich gänzlich vergiftet. Wie dem auch sei – ich fragte mich manchmal: ›Warum hat Cilia mich geheiratet?‹ Ich weiß nicht, was mich dazu bewog, mir diese Frage zu stellen, ob das Bewußtsein eines in mir verborgenen Wertes oder das einer tiefen Unzulänglichkeit. Jedenfalls grübelte ich darüber nach.

Daß Cilia mich geheiratet hatte und nicht ich sie, daran war kein Zweifel. Jene Abende der Niedergeschlagenheit, die ich in ihrer Gesellschaft damit zubrachte, ruhelos durch die Straßen zu wandern, wobei ich scheinbar unbefangen ihren Arm drückte und ihr im Spaß vorschlug, wir wollten zusammen in den Fluß springen – ich gab diesen Gedanken nicht viel Gewicht, denn ich war an sie gewöhnt –, jene Abende verwirrten und rührten sie so sehr, daß sie mir von ihrem Angestelltenlohn eine kleine Summe anbot, damit ich mir in Ruhe eine bessere Arbeit suchen könnte. Ich wollte das Geld nicht haben, ich sagte ihr vielmehr, es sei mir genug, wenn ich am Abend mit ihr zusammen wäre, auch ohne daß man irgendwohin ginge. So sind wir da hineingerutscht. Sie fing es folgendermaßen an: erst sagte sie mir sehr sanft, es fehle mir jemand, der zu mir passe und mit dem ich leben könne. Ich bummelte zuviel durch die Straßen, sagte sie; aber eine Frau, die mich liebe, würde mir ein Zuhause schaffen, daß ich, sobald ich heimkäme, wieder vergnügt würde, so müde oder verdrossen mich der Tag auch gemacht habe. Ich versuchte zu antworten, ich könne nicht einmal genügend für mich allein sorgen; aber ich fühlte selbst, daß dies kein Grund dagegen war. »Zu zweit kann man sich helfen«, sagte Cilia, »und man spart. Man braucht einander nur ein bißchen gern zu haben, Giorgio.« Ich war an jenen Abenden müde und bedrückt, Cilia war lieb und verständnisvoll in ihrem hübschen, selbstgeschneiderten Mantel und mit der etwas rissigen Handtasche: warum sollte ich ihr diese Freude nicht machen? Welche Frau war mehr geschaffen für mich als sie? Sie kannte die Arbeit, kannte die Entbehrungen, ihre Eltern waren Arbeiter gewesen, sie war verwaist; sie war willig und zugleich ernsthaft – mehr jedenfalls, als ich.

Ich sagte belustigt, wenn sie mich so nehme, wie ich sei: mürrisch und arbeitslos, würde ich sie heiraten. Ich war zufrieden; die Wärme der guten Tat und der Mut, den ich an mir entdeckte, richteten mich auf. Ich sagte zu Cilia: »Ich werde dir das Französische beibringen.« Sie antwortete mir mit einem Lachen in ihren demütigen Augen und klammerte sich an meinen Arm.

II

Zu jener Zeit hielt ich mich für aufrichtig und warnte sie noch vor meiner Armut. Ich wies sie darauf hin, daß ich kaum genug für den Tag verdiente und nicht wußte, was ein richtiger Lohn sei. Die Anstalt, an der ich Französisch unterrichtete, bezahlte mich nach Stunden. Eines Tages sagte ich ihr, wenn sie sich eine Position schaffen wolle, müsse sie sich einen anderen suchen. Cilia zog einen Flunsch und bot mir an, ihre Stellung als Verkäuferin beizubehalten. »Du weißt genau, daß ich das nicht will«, brummte ich. In dieser Lage heirateten wir.

Mein Leben änderte sich nicht spürbar. Schon früher war Cilia an bestimmten Abenden zu mir in mein Zimmer gekommen. Die Liebe war nichts Neues. Wir nahmen zwei mit Möbeln vollgestopfte Zimmer; das Schlafzimmer hatte ein helles Fenster, an das wir den kleinen Tisch mit meinen Büchern schoben.

Cilia allerdings wurde eine andere. Ich hatte im stillen gefürchtet, sie werde, wenn sie einmal verheiratet sei, eine vulgäre Nachlässigkeit hervorkehren, die meiner Vorstellung nach eine Eigenschaft ihrer Mutter gewesen war; statt dessen fand ich sie aufmerksamer und feiner, als ich es war. Immer sauber gekleidet, immer ordentlich; sogar der ärmliche Tisch, den sie in der Küche für mich deckte, war ein Beweis ihrer freundlichen Gesinnung, der Sorgfalt ihrer Hände, ihrer lächelnden Bereitwilligkeit. Und gerade dieses Lächeln hatte sich gewandelt. Es war nicht mehr das halb furchtsame, halb schlaue Lächeln der Verkäuferin, die heimlich zu einem Abenteuer eilt, sondern es schimmerte in ihm, noch zögernd, eine bestimmte Zufriedenheit; dieses Lächeln erschien auf ihrem jugendlich mageren Gesicht friedlich, scheu und ernsthaft zugleich. Bei diesem Zeichen einer Freude, die ich nicht immer teilte, verspürte ich einen leichten Groll. ›Sie hat mich geheiratet und genießt das‹, dachte ich.

Nur morgens beim Aufwachen war mein Herz froh. In der behaglichen Wärme des Betts drehte ich den Kopf nach ihr und rückte näher zu ihr hin; sie lag lang ausgestreckt und schlief oder tat, als schlafe sie, und dann blies ich in ihr Haar. Cilia lachte halb im Schlaf und umarmte mich. Früher hingegen hatte mein einsames Erwachen mich wie erstarrt und auch verzagt gemacht, während ich in die Morgendämmerung hinaussah.

Cilia liebte mich. Sobald sie aufgestanden war, begann für sie ein anderes Leben: in Bewegung sein, alles in Ordnung bringen, Fenster aufsperren, mich heimlich ansehen. Setzte ich mich an den Tisch, so schlich sie vorsichtig umher, um mich nicht zu stören; schickte ich mich an, fortzugehen, so folgte mir ihr Blick bis zur Tür. Kam ich zurück, so sprang sie eifrig auf.

Es gab Tage, an denen ich nicht gern nach Hause zurückkehrte. Es störte mich schon, daran zu denken, daß sie unvermeidlich auf mich warten würde – obwohl sie sogar tun konnte, als liege ihr nichts an meinem Kommen –, es störte mich, daß ich mich neben sie setzen, ihr immer so ungefähr die gleichen Dinge sagen würde oder auch nichts, daß wir uns verlegen anblicken und uns zulächeln würden – und genauso übermorgen und jeden weiteren Tag. Es brauchte nur ein wenig Nebel oder eine grau verhangene Sonne zu sein, und schon neigte ich zu solchen Gedanken. Oder im Gegenteil, es war ein klarer Tag mit heller Luft, oder die Sonne brannte auf die Dächer, oder der Wind brachte einen Duft mit, der mich einhüllte und entzückte – und ich zögerte unterwegs, weil mich die Vorstellung ärgerte, daß ich nicht mehr allein war, nicht mehr bis in die Nacht bummeln und in der Osteria hinten in dem einen Corso irgend etwas essen konnte. Da ich immer allein gewesen war, schien es mir schon viel, meine Frau nicht zu betrügen.

Cilia hatte sich, während sie zu Hause auf mich wartete, angewöhnt, für andere zu flicken, und verdiente sich dadurch etwas Geld. Die Arbeit besorgte ihr eine Hausgenossin von etwa dreißig Jahren, eine gewisse Amalia, die uns einmal zum Essen einlud. Sie lebte allein in der Wohnung unter uns; nach und nach gewöhnte sie sich an, mit der Arbeit zu Cilia heraufzukommen, und sie verbrachten den Nachmittag zusammen. Ihr Gesicht war durch ein schreckliches Brandmal entstellt, sie hatte sich als Kind einen Topf mit kochendheißem Wasser über den Kopf gegossen; ihre traurigen, ängstlichen Augen, voller Begierden, wichen dem Blick anderer aus, als wolle sie damit, daß sie sich so bescheiden gab, ihre entstellten Züge entschuldigen. Sie war ein gutes Mädchen. Ich sagte zu Cilia, sie erscheine mir wie eine ältere Schwester von ihr, und ich scherzte und fragte sie, ob ich, wenn ich sie eines schönen Tages verließe, mit Amalia zusammenleben solle. Cilia sagte, sie würde es mir nachsehen, wenn ich sie mit Amalia betrüge; aber mit einer anderen – wehe mir! Amalia redete mich mit Signore an und wurde in meiner Gegenwart schüchtern, was Cilia und mir Anlaß zu einer tollen Heiterkeit gab und mir ein wenig schmeichelte.

III

Das spärliche Gepäck an Studien, das die Ausübung eines Berufes schlecht und recht ermöglichte und die Wurzel so vieler Verschrobenheiten und schlechter Handlungen war, hätte eine gute Möglichkeit für die Gemeinschaft mit Cilia abgeben können, wäre ich nicht so unbeständig gewesen. Cilia war sehr aufgeweckt und wollte unbedingt alles können, was ich konnte, denn da sie mich gern hatte, empfand sie ihr Gefühl, meiner nicht würdig zu sein, als Schuld und wollte durchaus alles wissen, was ich dachte. Und wer weiß – wäre es mir geglückt, ihr diese armselige Freude zu machen, so hätte ich damals, in der ruhigen Vertrautheit gemeinsamer Beschäftigung, vielleicht begriffen, wie groß ihr Wert war, wie schön und wesentlich unser Leben hätte sein können, und vielleicht würde Cilia noch an meiner Seite leben, mit jenem Lächeln, das ihr in zwei Jahren auf den Lippen gefror.

Ich begann wie immer mit Begeisterung. Cilias Bildung bestand aus wenigen Fortsetzungsromanen, aus den täglichen Zeitungsnachrichten und aus einer harten, frühzeitigen Lebenserfahrung. Was sollte ich sie lehren? Sie hätte indes gern Französisch gelernt und hatte, wer weiß wie, von dieser Sprache schon einiges aufgespürt: wenn sie allein zu Hause saß, suchte sie sich in meinen Wörterbüchern etwas zusammen. Aber ich strebte nach Höherem, ich nahm mir vor, sie müsse die schönsten Bücher lesen und begreifen, von denen ich – mein größter Schatz – einige auf meinem Tisch stehen hatte. Ich konnte es nicht erwarten, ihr Romane und Gedichte zu erklären, und Cilia tat ihr Bestes, mir zu folgen. Zu erkennen, was an einer Erzählung, an einem Gedanken schön und richtig ist, und es mit begeisterten Worten auszudrücken – darin war ich groß. Ich bemühte mich, ihr verständlich zu machen, wie frisch viele Seiten alter Bücher noch heute sind, wie wahr alle die Empfindungen, die gefühlt wurden, als ich und sie noch nicht auf der Welt waren, und wie schön und verschieden das Leben für viele Menschen und viele Zeiten gewesen ist. Cilia hörte mir aufmerksam zu, stellte Fragen und brachte mich oft in Verlegenheit. Manchmal, wenn wir auf der Straße gingen oder schweigend aßen, bat sie mich ganz offen, ich solle ihr bestimmte Zweifel klären; und eines Tages, als ich ihr ohne Überzeugung oder mit Ungeduld – ich weiß es nicht mehr – antwortete, lachte sie laut los.

Ich erinnere mich an mein erstes Geschenk in unserer Ehe: ein

Buch, *La figlia del mare*. Ich gab es ihr vier Wochen nach der Hochzeit, eben als wir mit der Bücherlektüre begannen. Bis dahin hatte ich ihr nie etwas gekauft, weder Geschirr noch Kleidung, dafür waren wir zu arm. Cilia freute sich sehr und schlug das Buch ein, aber gelesen hat sie es nie.

Mit dem wenigen ersparten Geld gingen wir manchmal ins Kino, und daran hatte Cilia richtig Spaß. Es gefiel ihr dort auch darum, weil sie sich eng an mich schmiegen und mich immer wieder um Erklärungen bitten konnte, die ihrem Verständnis angemessen waren. Nie wollte sie, daß Amalia mit uns ins Kino ging, obwohl diese eines Abends darum gebeten hatte. Wir beide hatten uns in einem Kino kennengelernt, erklärte sie mir, und in dieser beglükkenden Dunkelheit mußten wir allein sein.

Die häufige Anwesenheit Amalias bei uns zu Hause und meine wohlverdienten Enttäuschungen bewirkten, daß ich die auf ihre Erziehung ausgerichtete Bücherlektüre rasch vernachlässigte und dann ganz aufgab. Ich begnügte mich damit, wenn ich dazu aufgelegt war, mit den beiden zu spaßen. Amalia verlor ein wenig ihre Unterwürfigkeit, und als ich eines Abends aus der Lehranstalt sehr spät und nervös zurückkehrte, kam es sogar so weit, daß ich in dem schüchternen Blick, den sie auf mich richtete, das Aufblitzen eines argwöhnischen Vorwurfs bemerken konnte. Da stieß mich die schreckliche Narbe in ihrem Gesicht noch mehr ab; ich suchte boshaft die zerstörten Linien darin aufzuspüren; und ich sagte zu Cilia, als wir allein waren, womöglich habe Amalia als kleines Mädchen ihr geähnelt.

»Die Ärmste!« rief Cilia. »Sie gibt alles Geld, das sie verdient, für eine Heilung aus. Sie hofft dann einen Mann zu finden.«

»Aber verstehen denn die Frauen nichts anderes, als sich einen Mann zu suchen?«

»Ich habe ihn gefunden«, sagte Cilia lächelnd.

Ich grinste. »Und wenn es dir ergangen wäre wie Amalia?«

Cilia trat nahe an mich heran. »Würdest du mich dann nicht mehr leiden mögen?« fragte sie stammelnd.

»Nein.«

»Aber was ist denn heute abend mit dir los? Paßt es dir nicht, wenn Amalia zu uns kommt? Sie gibt mir Arbeit und hilft mir.«

Ich hatte an jenem Abend nichts weiter, als daß ich nicht von der Idee loskam, Cilia sei auch nicht anders als Amalia; beide stießen mich ab, und darüber war ich wütend. Ich musterte Cilia mit harten Augen, und ihre beleidigte Zärtlichkeit stimmte mich mitleidig und zornig zugleich. Unterwegs hatte ich einen Ehemann gesehen, dem zwei schmutzige Kinder am Hals hingen, und hinter ihm ging eine kleine verblühte Frau, seine Frau. Ich stellte mir Cilia als alte, häßlich gewordene Frau vor, und das schnürte mir die Kehle zu.

Draußen schienen die Sterne. Cilia betrachtete mich schweigend.

»Ich gehe spazieren«, sagte ich mit einem häßlichen Lächeln. Und ich verließ das Zimmer.

IV

Ich hatte keine Freunde, und manchmal begriff ich, daß Cilia mir alles bedeutete, das ganze Leben. Daran dachte ich, wenn ich die Straßen überquerte, und es schmerzte mich, nicht so viel zu verdienen, daß ich ihr leicht meine ganze Schuld hätte bezahlen können: dann hätte ich mich nicht mehr zu schämen brauchen, wenn ich nach Hause kam. Ich verschwendete nichts von dem, was wir verdienten – ich rauchte nicht einmal; voller Stolz betrachtete ich wenigstens meine Gedanken als etwas, was mir allein gehörte. Aber was sollte ich mit diesen Gedanken anfangen? Ich ging langsam nach Hause, besah die Leute, fragte mich, auf welche Art so viele das Glück erreichten, und sehnte mich nach Veränderungen und sonderbaren Zufällen.

Ich hielt mich im Bahnhof auf und beobachtete den Rauch und den Verkehr. Für mich war Glück immer gleichbedeutend mit dem fernen Abenteuer, der Abreise, dem Schiff auf dem Meer, der Einfahrt in den fremden Hafen mit dem metallischen Klang der Rufe – die ewige Phantasterei. Eines Abends blieb ich erschreckt stehen: ich begriff plötzlich, daß ich mich beeilen müsse, mit Cilia, solange sie jung und verliebt war, eine Reise zu machen; sonst würden mich später eine verblühte Frau und ein schreiendes Kind auf immer daran hindern. ›Wenn wir doch Geld hätten‹, dachte ich wieder einmal. ›Mit Geld kann man alles machen.‹

Das Glück muß man sich verdienen, sagte ich mir, man muß jede Last, die das Leben einem bringt, auf sich nehmen. Ich habe geheiratet, aber ich wünsche kein Kind. Oder war das dumm? Sollte doch mit einem Kind das Glück ins Haus kommen?

Immer in sich gekehrt leben hat etwas Bedrückendes; denn ein an heimliche Gedanken gewöhntes Gehirn wagt es nicht, sich einen Ausweg in richtige Dummheiten zu suchen; wer nur an sie denkt, wird von ihnen gequält. Daß ich mir angewöhnt habe, trüben Gedanken nachzuhängen, hat nur darin seinen Ursprung.

Bisweilen hing ich meinen phantastischen Träumen selbst im Bett nach. In manchen ganz stillen Nächten ohne Wind traf mich plötzlich das ferne, wilde Pfeifen eines Zuges, ließ mich hochfahren, während Cilia neben mir schlief, und rief meine verrückten Vorstellungen wieder wach.

Eines Nachmittags ging ich am Bahnhof vorüber, ohne auch nur stehenzubleiben; da taucht ein bekanntes Gesicht auf und ruft mir einen Gruß zu. Malagigi: seit zehn Jahren hatte ich ihn nicht gesehen. Hand in Hand blieben wir stehen und freuten uns über das Zusammentreffen. Gar nicht mehr schmutzig und boshaft, nicht mehr der Teufel, der Tintenkleckserelen machte und auf dem Abort Streiche ausheckte. Ich erkannte ihn an dem Grinsen von früher.

»Malagigi, du lebst noch?«

»Ich lebe, und zwar als Buchhalter.« Die Stimme war nicht mehr die von früher. Es sprach ein Mann.

»Willst du auch verreisen?« fragte er sofort. »Rate, wohin ich gehe.« Dabei nahm er vom Boden einen Lederkoffer auf, der genau zu dem hellen Regenmantel und zur Eleganz seines Schlipses paßte, und hakte sich bei mir ein. »Bring mich an den Zug. Ich reise nach Genua.«

»Ich hab's eilig.«

»Danach geht es nach China.«

»Aber nein!«

»So seid ihr allesamt. ›Nach China geht man doch nicht.‹ Was habt ihr eigentlich gegen China? Statt mir alles Gute zu wünschen! Ich könnte ja auch nicht zurückkommen. Du bist auch nicht anders als manche Frau.«

»Was für einen Beruf übst du denn dort aus?«

»Ich gehe nach China! Komm herein!«

»Nein, ich kann nicht. Ich bin in Eile.«

»Dann komm und trink einen Kaffee. Du bist der letzte, dem ich auf Wiedersehen sage.«

Wir tranken den Kaffee im Bahnhof, an der Theke, und Malagigi erzählte mir unruhig, sprunghaft von seinen Schicksalen. Er war nicht verheiratet. Er hatte ein Kind gehabt, aber das war gestorben. Die Schule hatte er nach mir verlassen, hatte sie aber nicht ganz durchgemacht. Einmal, als er eine Prüfung wiederholen mußte, hatte er an mich gedacht. Seine Schule war der Lebenskampf gewesen. Alle Firmen rissen sich um ihn. Und er sprach vier Sprachen. Und sie schickten ihn nach China.

Ich gab vor, Eile zu haben, was gar nicht stimmte, und befreite mich von ihm, verärgert und niedergeschlagen. Als ich zu Hause ankam, war ich von der Begegnung noch immer bewegt: meine Gedanken schossen hin und her, eine farblos gewordene Jugend war zu unerwartet wieder aufgetaucht, die Ungereimtheit dieses Schicksals regte mich auf. Nicht daß ich Malagigi beneidet oder daß er mir gefallen hätte; aber daß diese lebendige, absurde Wirklichkeit, in die ich soeben flüchtig hineingeblickt hatte, sich über eine schon graue, zu mir gehörende Erinnerung schob – das quälte mich.

Das Zimmer war leer, denn jetzt ging Cilia oft zu Amalia hinunter, um dort zu arbeiten. Ich blieb eine Weile still für mich und dachte über alles nach in dem Dunkel, in das die bläuliche Gasflamme, auf der der Topf sachte zu kochen anfing, einen matten Schimmer warf.

V

Viele Abende verbrachte ich so, wartend, allein in dem Zimmer, ging hin und her oder warf mich aufs Bett, versunken in jene ganz tiefe Stille des Leeren, die von der Düsternis der Abenddämmerung gemildert und nach und nach erfüllt wurde. Die Geräusche von den darunterliegenden Stockwerken oder von weiter her – Rufe von Kindern, Lärm, Vogelschreie und einzelne Stimmen – reichten kaum bis zu mir herauf. Cilia merkte bald, daß ich mich, wenn ich heimkam, nicht mit ihr beschäftigte; sie steckte den Kopf, weiternähend, aus Amalias kleiner Wohnung, um mich kommen zu hören und mich zu rufen. Ich trat – wenn sie mich hörte – gleichgültig ein, sagte irgend etwas und fragte einmal Amalia ernsthaft, warum sie nicht mehr zu uns heraufkomme, wo es heller sei, und uns zwinge, jeden Abend unser Heim zu verlassen. Amalia sagte nichts, und Cilia wandte die Augen ab und bekam einen roten Kopf.

Eines Nachts sprach ich, um ihr irgend etwas zu erzählen, von Malagigi, und sie mußte über diese sonderbare Figur herzlich lachen. Ich beklagte mich jedoch, daß er sein Glück mache und nach China gehe. »Nach China reisen«, sagte Cilia seufzend, »das würde mir auch gefallen.« Ich verzog das Gesicht. »Vielleicht in einem Foto, das wir Malagigi schicken.«

»Und für uns gibt es keins?« fragte sie. »Giorgio, wir haben noch kein Foto von uns beiden.«

»Hinausgeworfenes Geld.«

»Lassen wir uns fotografieren!«

»Aber wir müssen uns ja nicht verlassen! Wir sind doch Tag und Nacht zusammen. Ich mag keine Fotos.«

»Wir haben geheiratet und keine Erinnerung daran. Lassen wir jetzt eins von uns machen!«

Ich gab keine Antwort.

»Wir werden wenig Geld dafür ausgeben. Das Foto behalte dann ich.«

»Laß dir eins mit Amalia machen.«

Am nächsten Morgen lag Cilia mit dem Gesicht zur Wand, die Haare über den Augen, und wollte mich um keinen Preis ansehen. Ich versuchte einige Liebkosungen, merkte, daß sie nicht mochte, und sprang verärgert aus dem Bett. Auch Cilia stand auf, wusch sich das Gesicht und gab mir mit einer gewissen Vorsicht den Kaffee, wobei sie die Augen gesenkt hielt. Ich ging, ohne ein Wort mit ihr zu reden.

Nach einer Stunde kam ich zurück. »Wieviel ist auf dem Sparbuch?« rief ich. Cilia sah mich überrascht an. Sie saß mit einem verwirrten Gesicht am Tisch. »Ich weiß es nicht. Das Buch hast du. Dreihundert Lire, glaube ich.« »Nein, dreihundertfünfzehn Lire und siebzig Centesimi. Hier sind sie!« Und ich warf die Rolle auf den Tisch. »Gib sie aus, wofür du willst. Feiern wir ein Fest! Es ist dein Geld.«

Cilia erhob sich und trat auf mich zu.

»Warum tust du das, Giorgio?«

»Weil ich ein blöder Kerl bin. Hör mal, ich habe keine Lust, groß zu reden. Geld spielt, wenn es wenig ist, keine Rolle. Willst du noch das Foto?«

»Aber, Giorgio, ich will, daß du zufrieden bist.«

»Ich bin zufrieden.«

»Du, ich hab dich gern.«

»Ich dich auch.« Ich nahm sie am Arm, setzte mich, zog sie auf meine Knie. »Hierher den Kopf, los!« Und das sagte ich so richtig zärtlich. Cilia sagte nichts, sie lehnte ihre Wange an die meine. »Wann gehen wir?«

»Es ist nicht so wichtig«, flüsterte sie.

»Dann hör zu!« Ich nahm sie am Nacken und lächelte ihr zu.

Cilia, noch immer zitternd, drückte sich an meine Schulter und wollte mich küssen. »Meine Liebe, laß uns rechnen. Wir haben dreihundert Lire. Kümmern wir uns um überhaupt nichts mehr, machen wir eine kleine Reise. Aber sofort. Jetzt. Wenn wir darüber nachdenken, reut es uns. Sag es keinem Menschen, auch nicht Amalia. Wir sind nur einen Tag fort. Das soll die Hochzeitsreise sein, die wir nicht gemacht haben.«

»Giorgio, warum hast du sie damals nicht machen wollen? Damals sagtest du, das wäre Unsinn.«

»Ja. Aber dies ist keine Hochzeitsreise. Siehst du, jetzt kennen wir uns. Wir sind sozusagen Freunde. Kein Mensch erfährt davon. Und dann – wir haben die Reise nötig. Du etwa nicht?«

»Natürlich, Giorgio, mir ist es recht. Wohin fahren wir?«

»Ich weiß es noch nicht, aber es geht sofort los. Möchtest du ans Meer reisen? Nach Genua?«

VI

Schon im Zug zeigte ich eine gewisse Unruhe, und Cilia, die mich bei der Abreise zum Sprechen zu bringen suchte, meine Hand festhielt und vor Aufregung ganz außer sich war, begriff nun, da sie mich so mißgestimmt fand, sehr rasch; sie zog ein Gesicht und sah aus dem Fenster. Ich starrte schweigend ins Leere und spürte, wie Räder und Schienen im Rhythmus meinen Körper erschütterten. Im Wagen saßen Menschen; ich beachtete sie kaum. Neben mir flogen Wiesen und Hügel vorüber. Auch Cilia, mir gegenüber, hatte sich zum Fenster hingebeugt, sie schien auf etwas zu horchen, doch bisweilen versuchte sie mit schnell wieder ausweichenden Augen ein Lächeln. So belauerte sie mich lange.

Bei Nacht kamen wir an und fanden schließlich ein großes, stilles Albergo, versteckt zwischen den Bäumen einer verlassenen Allee. Aber erst suchten wir eine Zeitlang und stiegen hinauf und hinunter durch endlose, gewundene Gassen. Es war trübe und kühl, ein Wetter, das einem Lust machte, spazierenzugehen, die Nase in der Luft. Aber Cilia hing mir todmüde am Arm, und ich war recht erleichtert, als ich etwas fand, wo sie sich setzen konnte. Viele blendend helle Straßen hatten wir durchstreift, viele dunkle Gassen, mit klopfendem Herzen, ohne je ans Meer zu gelangen, und die Menschen achteten nicht auf uns. Wir wirkten wie irgendein Paar, das spazierengeht; nur daß wir öfter vom Bürgersteig heruntergingen, und daß Cilia auf Vorübergehende und Häuser ängstliche Blicke warf.

Das Albergo war das rechte für uns: es war gar nicht elegant, und an einem weißen Tisch aß ein starkknochiger junger Mann mit aufgekrempelten Ärmeln. Uns empfing eine hochgewachsene, stolze Frau mit einem Korallenschmuck auf dem Busen. Ich war froh, daß ich mich setzen konnte; das Umherlaufen mit Cilia hatte mich immerhin daran gehindert, mich in das zu vertiefen, was ich in mir selbst erblickte. Ich war ja in meinen Gedanken immer mit mir beschäftigt; und doch hatte ich sie neben mir dulden und ihr wenigstens mit Gesten antworten müssen. Jetzt wollte ich die fremde Stadt allein betrachten, allein kennenlernen; darum war ich hergekommen.

Zitternd vor Spannung wartete ich unten, um das Abendessen zu bestellen; ich stieg nicht einmal mit hinauf, das Zimmer zu sehen und alles selbst zu bereden. Der junge Mann dort zog mich an, sein rötlicher Schnurrbart, sein verhangener, einsamer Blick. Auf dem Unterarm hatte er, verblichen, eine Tätowierung. Er nahm eine geflickte dunkelblaue Jacke vom Stuhl und ging.

Es war schon Mitternacht, als wir an unserem Tisch saßen. Cilia lachte sehr über die leicht gereizte Miene der Padrona. »Sie glaubt wohl kaum, daß wir verheiratet sind«, stammelte sie. Dann, mit müden, zärtlichen Augen: »Aber wir sind es, nicht wahr?« Und sie streichelte meine Hand.

Wir erkundigten uns nach den verschiedenen Sehenswürdigkeiten. Der Hafen war am Ende der Allee, hundert Schritte entfernt. »Sieh einmal an!« sagte Cilia. Sie war müde, aber diesen Spaziergang wollte sie noch mit mir machen.

Mit angehaltenem Atem standen wir schließlich am Geländer einer Terrasse. Es war eine wolkenlose, aber dunkle Nacht, die Straßenlampen ließen den kühlen schwarzen Abgrund, der vor uns lag, noch tiefer erscheinen. Ich sagte kein Wort, ich atmete den wilden Geruch erschauernd ein.

Cilia blickte rundum und zeigte auf eine Reihe Lichter, die im Leeren zitterten. Ein Schiff? Die Mole? Aus dem Dunkel kam ein schwacher Windhauch, hin und wieder ein Lärm von Stimmen, ein klatschendes Geräusch. »Morgen«, sagte sie begeistert, »morgen werden wir das alles sehen.«

Während wir in das Albergo zurückkehrten, preßte Cilia sich hartnäckig dicht an mich. »Wie bin ich müde! Giorgio, schön ist das! Morgen. Ich freue mich. Freust du dich auch?« Und sie rieb die Wange an meiner Schulter.

Ich spürte es kaum. Ich ging mit zusammengebissenen Zähnen, ich atmete, der Wind strich mir schmeichelnd ums Gesicht. Ich war unruhig, fern von Cilia, allein auf der Welt. Als wir die Treppe kaum zur Hälfte hinaufgestiegen waren, sagte ich zu ihr: »Ich habe noch keine Lust zum Schlafen. Geh du hinauf. Ich mache ein paar Schritte auf dem Corso und komme dann zurück.«

VII

Und auch jenes Mal war es das gleiche. All das Böse, das ich Cilia angetan habe – weswegen mich noch jetzt so verzweifelt das Gewissen plagt, im Bett, in der Morgendämmerung, wenn ich mich nicht dagegen wehren, nicht fliehen kann –, all dieses Böse vermochte ich nicht mehr zu vermeiden.

Ich tat alles immer wie ein Tor, wie im Traum, und wurde meiner selbst bewußt erst am Schluß, als auch die Gewissensqual keinen Zweck mehr hatte. Jetzt erkenne ich, wenn auch nur ungefähr, wie es in Wahrheit war: ich habe an der Einsamkeit eine solche Freude, ein solches Genügen gehabt, daß jeder Sinn für eine menschliche Beziehung bis zur Atrophie dahinschwand, so daß ich unfähig wurde, irgendeine Zärtlichkeit zu erwidern. Cilia war für mich nicht etwa ein Hindernis; sie existierte einfach nicht. Hätte ich dies nur begriffen, hätte ich geahnt, daß ich mir selber böse mitspielte, wenn ich mich so verstümmelte, so hätte ich sie wenigstens mit einer unendlichen Dankbarkeit entschädigen können! Denn ihre Gegenwart war im Grunde meine einzige Rettung.

Aber hat je das Schauspiel der Angst eines anderen Menschen genügt, um einem Mann die Augen zu öffnen? Oder braucht es nicht statt dessen den Angstschweiß des Todeskampfs und die heftige Qual, die sich dann mit uns erhebt, uns unterwegs begleitet, sich neben uns niederlegt und uns nachts aufweckt, immer unbarmherzig, immer frisch und voll Schmach?

Bei Tagesanbruch, es war neblig und feucht, die Allee noch verlassen, kehrte ich erstarrt ins Albergo zurück. Cilia und die Padrona fand ich auf der Treppe, nachlässig gekleidet, sie stritten, und Cilia weinte. Als ich eintrat, stieß die Padrona – sie war im Schlafrock – einen Schrei aus. Cilia blieb, ohne sich zu rühren, an das Geländer gelehnt stehen; ihre Miene zeigte einen erschreckten, völlig aufgelösten Ausdruck, Haar und Kleider waren in Unordnung.

»Da ist er.«

»Was ist hier los, um diese Zeit?« fragte ich streng.

Die Padrona begann laut eine Rede zu halten, wobei sie den Morgenrock über dem Busen zusammenhielt. Man hatte sie mitten in der Nacht geweckt – ein Ehemann war abhanden gekommen: Weinen, vor Aufregung zerfetzte Taschentücher, Telefon, Polizeibehörde. War das eine Art? Wo kam ich her?

Ich konnte mich kaum noch auf den Beinen halten, ich betrachtete die Padrona mit abwesendem Blick und fand sie ekelhaft. Cilia hatte sich nicht gerührt; aber der halbgeöffnete Mund holte tief Luft, das verzerrte Gesicht überzog sich mit einer flammenden Röte.

»Cilia, hast du gar nicht geschlafen?«

Noch immer gab sie keine Antwort. Sie weinte, ohne sich zu rühren, mit geschlossenen Augen; die Hände auf ihrem Leib zerrten unruhig am Taschentuch.

»Ich bin spazieren gewesen«, sagte ich finster, »und dann im Hafen geblieben.« Die Padrona hob die Schultern und war im Begriff, darauf etwas zu erwidern. »Kurz – ich bin am Leben. Und ich bin zum Umfallen müde. Ich werfe mich jetzt aufs Bett.«

Ich schlief bis zwei Uhr, fest wie jemand, der getrunken hat. Ganz plötzlich wachte ich auf. Das Zimmer lag im Halbdunkel; von der Straße klangen Geräusche herauf. Instinktiv rührte ich mich nicht. Dort war Cilia, sie saß in einer Ecke, sah auf mich, sah auf die Wand, betrachtete ihre Hände und fuhr hin und wieder zusammen.

Nach einer Weile flüsterte ich: »Cilia, du bewachst mich wohl?« Cilia hob rasch den Blick. Jener verwirrte Ausdruck von vorhin war auf ihrem Gesicht wie festgefroren. Sie bewegte die Lippen; aber es kam kein Wort heraus.

»Cilia, es ist nicht gut, wenn man seinen Mann bewacht«, begann ich wieder und gab meiner Stimme einen kindlich-spaßenden Ton. »Hast du wenigstens etwas gegessen?« Die Ärmste schüttelte den Kopf. Da sprang ich vom Bett und sah auf die Uhr. »Cilia, um halb vier fährt der Zug, los, machen wir schnell, zeigen wir der Padrona ein vergnügtes Gesicht.« Dann, als sie sich nicht rührte, trat ich neben sie und zog sie hoch.

»Hör mal«, sagte ich, während sich ihre Augen mit Tränen füllten, »ist es wegen heute nacht? Ich hätte lügen können und dir erzählen, ich hätte mich verlaufen. Ich hätte dich irgendwie beruhigen können. Ich habe es nicht getan, einfach weil ich diese Faxen nicht mag. Sei ruhig! Ich bin immer allein gewesen. Auch ich« – und da spürte ich, wie sie zusammenzuckte –, »auch ich habe mich in Genua nicht allzusehr amüsiert. Aber ich weine nicht.«

Weiberhaß

I

Unterhalb der Berge, an einer dunklen Biegung der Straße, lag dieses kleine Albergo. Giusto haßte Reisegesellschaften und bediente in solchen Fällen nur aus einem Gerechtigkeitsgefühl der Schwester gegenüber. Darum wurde er im Lauf des Sommers immer widerborstiger.

An einem einsamen Oktoberabend schenkte sich der junge Mann ein Glas aus einer schon halb geleerten Flasche ein, zog die Lampe herunter und setzte sich, die Füße auf dem Tisch, um in einer alten Zeitung zu blättern. Es fehlte ihm, daß keiner seiner gewohnten Gäste da war, der ihm ein Stündchen hätte schmackhafter machen können. »Wenn du hier bleibst«, sagte die Schwester, »schließ die Tür gut zu.« Danach ging sie mürrisch und seufzend die Treppe hinauf.

Giusto blieb vor seinem Glas allein und dachte, während er auf die Zeitung starrte, an seine Angelegenheiten. Hinter der Theke, im Halbdunkel, knarrte das Regal mit den Likörflaschen: vielleicht war es zu alt, oder es lief eine Maus darüber. Von draußen kam durch das angelehnte Fenster nur der Hauch des Dunkels, und man vernahm nicht einmal mehr das leichte Rauschen des Wildbachs, denn der Sommer war zu Ende; unten über den Wiesen mußte nun schon der Nebel liegen. Der Frieden war so tief, daß man das Gras hätte zittern oder einen Stein rollen hören. Als schließlich eine Grille zu zirpen begann, fuhr Giusto auf seinem Stuhl zusammen und nahm das Glas.

»Sie müde, ich genauso. Ob sie zuviel arbeitet? Mag sie heiraten! Dann wird sie mit Vernunft arbeiten. Aber es will sie ja nicht einmal ein Fuhrmann.«

Giusto befeuchtete gerade wieder die Lippen, als ein Schlurfen von Schuhen und erstickte Stimmen ihn aufhorchen ließen. Er erinnerte sich, daß er kurz zuvor gemeint hatte, er höre in der Ferne einen Motor, und blickte auf. Am Fenster erschien undeutlich das Gesicht eines Menschen, jemand sagte hastig »Ja, ja«, und die Tür öffnete sich.

Zwei junge Leute, die sich bei der Hand hielten, huschten herein, ein junger Mann, mager, vorsichtig, nichts als Schultern, und ein brünettes Mädchen mit großen Augen, in einem hellen, enganliegenden Regenmantel. Beide blieben auf der Schwelle stehen und starrten schweigend auf Giusto. Die Frau schleppte einen Koffer, und der junge Mann mit den zerzausten Haaren fuhr sich immer wieder über die Stirn.

»Guten Abend«, sagte Giusto.

Der junge Mann machte eine rasche Bewegung mit der Hand und fragte heftig, ohne weiter in das Zimmer hereinzukommen, ob Benzin da sei.

»Und wo ist der Wagen?« fragte Giusto.

Der Wagen stand draußen auf der Landstraße. Der Motor war stehengeblieben. Man mußte rasch Abhilfe schaffen.

»Ich habe kein Benzin«, antwortete Giusto gelassen und spähte nach der Frau.

Der junge Mann wurde bleich; Giusto sah, wie er einen Moment die Augen schloß. Ein blutleeres Gesicht erschien unter der knochigen Stirn. Die Frau sank auf den Koffer und sah ihren Gefährten an, sie hing geradezu an seinem Gesicht. »Sag kein Wort, Renato, sagen wir darüber kein Wort«, flüsterte sie hastig, mit zusammengebissenen Zähnen. »Wer ist daran schuld? Es tut nichts; du sollst kein Wort sagen. Wohin gehen wir jetzt, Renato?«

Giusto blickte zu dem Mann hin und sah, daß er mühsam nach

Luft schnappte. Er mußte grinsen und fragte, warum sie die Nacht nicht im Albergo blieben.

»Wir können nicht«, sagte die Frau hastig, »und der Wagen? Wir können nicht hierbleiben.« Giusto brummte beleidigt, sie seien schließlich nicht die ersten, die hierbleiben müßten. »Aber der Wagen?« »Den Wagen schieben wir hierher, ich und der Herr. Ist er weit fort? Von wo kommen Sie?« Nach vielem verwirrten Hin und Her gaben beide zu, sie wollten nach Frankreich. »Gut. Morgen sagen wir dem ersten, der auf dem Rad vorüberkommt, er soll im Dorf einen Kanister aufladen, und Sie sind fertig und fahren, wohin Sie wollen; aber wenn Sie dann in den Bergen noch einmal hängen bleiben, hilft Ihnen keiner mehr heraus.« »Kann man denn nicht jemanden ins Dorf schicken?« »Zum Donnerwetter, wenn ich doch nein gesagt habe! Die vom Laden schlafen weiter weg.« »Hör nicht auf ihn, Renato, glaub ihm nicht, er will nur, daß wir hierbleiben. Gehen wir fort!«

Der junge Mann hatte sich inzwischen einigermaßen gefaßt. Er schloß die Tür und trat ins Zimmer. Er bot den doppelten Preis für die Nacht, wenn man ihm ganz ehrlich Bescheid sage. Könne man nicht sofort Benzin auftreiben? Giusto war nahe daran, ihm vor die Füße zu spucken, aber er merkte, daß der Ärmste vor Fieber glühte und ebenso die Frau, die auf dem Koffer hockte und ihre fiebrigen Augen jetzt gar nicht von ihm löste. So schüttelte er nur den Kopf und rief Tosca. Dann stand er auf und sagte laut: »Vor morgen gibt es kein Benzin. Wollen wir den Wagen holen?«

Da sprang die Frau auf, stieß den Koffer mit dem Fuß an die Wand, packte ihren Gefährten am Arm und bat ihn flehentlich, sie hier nicht allein zu lassen. »Meine Schwester ist hier«, sagte Giusto. »Sie kommt schon herunter.« Und er leerte sein Glas.

Den ganzen Weg zwischen dem Schwarz der Wiesen tat Giusto nicht den Mund auf. Als sie am Wagen waren, schalteten sie die Scheinwerfer ein und schoben ihn nun langsam, angestrengt weiter. Auf keine der Bemerkungen, die sich der andere zu machen getraute, gab Giusto eine Antwort; nur einmal brummte er, es sei besser, wenn das Mädchen jetzt an sie beide nicht dächte.

Als sie erhitzt und mit heftig schlagendem Herzen zurückkamen, fanden sie das Gastzimmer leer. Die Wollmütze der Frau lag am Boden, neben dem Koffer, und Giusto hob sie auf. Er trat an die Treppe und hörte, wie die beiden Frauen oben herumwirtschafteten. »Wir sind es«, rief er.

»Sie antworten nicht«, sagte nach einem Augenblick der junge Mann. Giusto beruhigte ihn und fragte, ob sie jetzt schlafen gehen wollten.

»Schlafen?«

»Was denn sonst!« rief Giusto ungeduldig. »Natürlich, wenn es die Signorina erlaubt.«

»Die Ärmste«, sagte der andere mit einer kümmerlichen Grimasse. »Die Ärmste. Nein, ich gehe nicht schlafen.« Und er fuhr sich mit der Hand in die Haare.

Giusto ging mit kleinen Schritten zur Theke und nahm eine Flasche. Daraus schenkte er zwei kleine Gläser ein. »Kognak«, sagte er und schnalzte mit der Zunge. Der andere trank mit geschlossenen Augen das Glas auf einen Zug leer. Dann lief er rasch die Treppe hinauf.

II

Giusto setzte sich wieder an den Tisch, auf den er die Zeitung geworfen hatte. Für einen Augenblick sausten ihm die Ohren; dann war alles ruhig, die Stille wurde nur hier und da unterbrochen durch ein leicht plumpsendes Geräusch und durch das Knarren von Schritten über ihm. ›Einen Hund brauchte man in diesem Haus‹, dachte er. ›Die Leute kommen und gehen und keiner merkt etwas.‹ In diesem Augenblick erschien Tosca, bekümmert, ungeschickt wie immer.

»Sie hat sich aufs Bett geworfen«, sagte sie.

»Er nicht?«

»Er steht neben ihr, streichelt ihr die Hand und starrt vor sich hin.«

»Verheiratet sind sie nicht, sie trägt keinen Ring. Aber sie machen nicht den Eindruck von jungen Leuten, die von zu Hause fortgelaufen sind.«

»Sie ist mindestens dreißig Jahre; es wird seine Schwester sein.«

Giusto lächelte höhnisch. »Wenn sie voreinander Angst haben! Er traute sich nicht einmal, hinaufzugehen. Und mit einer so aufgeregten Schwester ist man nicht nachts unterwegs und vergißt zu tanken.«

»Sie haben nicht gegessen«, sagte Tosca.

»Das dachte ich mir. Und sie haben nicht einmal Decken, wenn sie über den Berg wollen.«

»Still!«

Der junge Mann erschien. Mit dem bleichen Gesicht, das im Treppengang auftauchte, sah er aus wie ein Kranker, der gerade aus dem Bett kommt.

»Brauchen Sie etwas?«

Er kam zögernd näher: »Den Koffer, wo ist der Koffer?«

Giusto stand auf. »Es hat ihn keiner genommen.« Er ging zur Tür und bückte sich. Der junge Mann eilte herzu: »Das mache ich. Das mache ich.«

»Aber nein«, sagte Giusto. »Das ist meine Sache. Aber Sie müssen sich ins Anmeldebuch eintragen. Tosca, das Buch!«

Er ging zur Treppe. Der andere kam hinter ihm her und nahm ihm den Koffer aus der Hand. »Hört, die Signora fühlt sich nicht wohl. Könnt Ihr uns Milch geben?«

Tosca brachte aufgeregt die Milch nach oben. »Heute nacht ist es nichts mit dem Schlafen«, sagte sie zu dem Bruder, als sie herunterkam. »Das Mädchen hat Fieber.«

»Ob sie hergekommen sind, um zu entbinden?« trällerte Giusto.

»Flegel!« rief die Schwester heftig. »Geh ins Bett. Geh ins Bett.«

Bei diesem Ausbruch zog Giusto belustigt die Nase kraus und schickte sich an, hinaufzugehen. »Morgen haben wir ein Kind«, rief er lachend vor dem Zimmer der beiden. »Wenn sie es uns nur nicht hierlassen«, fügte er hinzu, als er in seine Kammer trat.

Tief in der Nacht weckte ihn Tosca, sie rüttelte ihn kräftig wach. Sie war müde, sie konnte sich kaum mehr auf den Beinen halten: jetzt solle er selbst achtgeben, ob die Fremden etwas wollten. Die Frau hatte immerzu geredet, sie war vom Bett aufgesprungen und hatte den Wagen holen wollen. »Und das Kind?« »Was denn Kind! Die beiden haben eine schreckliche Angst, sie haben irgend etwas angestellt. Wenn man sie unversehens anredet, schrecken sie auf wie Karnickel.«

Giusto sprach im Dunkeln irgend etwas vor sich hin, beruhigte Tosca, er werde aufpassen, und begann sich anzuziehen. Es war kalt. Er nahm den Mantel um, trat auf den Treppenabsatz und blieb vor dem Lichtspalt, der aus dem anderen Zimmer kam, auf den Fußspitzen stehen. Er hörte einen langen Seufzer und Geflüster. Er schüttelte den Kopf und ging hinunter.

Als er unten war, trat er in dem schwachen Schein der Lampe an die Tür und sperrte sie auf. Es war stockdunkel; der Himmel war nicht zu sehen. Fröstelnd schloß er die Tür und setzte sich an den Tisch, auf dem noch die Flasche stand.

So verging mehr als eine Stunde. Er döste vor sich hin, fuhr wieder auf und befeuchtete sich die Lippen. Vor ihm lag die alte Zeitung, aber er brachte es nicht fertig, zu lesen. Ab und zu qualmte der Lampendocht.

Er hörte von der Treppe her einen unsicheren Schritt, im Dunkel erschien der rote Punkt einer Zigarette.

»Wer ist dort?«

Der junge Mann kam näher, noch bleicher, die Augen in tiefen Höhlen. Er wollte etwas trinken. Giusto holte den Kognak. »Schläft das Mädchen?« fragte er leise.

Sie setzten sich, einer dem andern gegenüber, und betrachteten einander schweigend. Auf den Wangen des jungen Mannes waren zwei Tage alte Bartstoppeln, dadurch sah er noch armseliger aus. Er trank alles in einem Zug, ohne ein Wort zu sagen.

»Das wärmt!« sagte Giusto. »Das nimmt einem das Herzklopfen. Die Frauen verstehen das nicht.«

Der andere saß in sich versunken da, er schien zu horchen. Plötzlich fragte er mit rauher Stimme: »Kommt hier nachts jemand vorbei?«

»Selten«, sagt Giusto. »Allenfalls im Sommer gegen Morgen, Fuhrleute. Manchmal die Zollwächter.«

»Die Zollwächter? Wo gehen sie hin?«

»Sie trinken ein Glas und gehen weiter, auf Streife. Aber hier herum gibt es keine Diebe und Räuber.«

Der junge Mann erhob sich und begann hin- und herzuspazieren. Giusto folgte ihm mit den Augen.

»Ist die Grenze weit von hier?«

»Mit dem Wagen sechs Stunden. Wer den Paß in Ordnung hat, nimmt besser den Zug.«

Der andere sagte heftig: »Wir haben keinen Paß. Wir ziehen vor ...«

»... das Benzin zu vergessen«, ergänzte Giusto.

»Glauben Sie mir nicht?«

»Lieber Herr, es ist mein Beruf, allen zu glauben. Kommt im Auto ein ehrwürdiger alter Herr daher, im Pelzmantel, in Gesellschaft eines schlecht geschminkten Mädchens, und sagt mir, sie seien Vater und Tochter – ich muß es ihm glauben. Und kommen zwei ohne Ausweise und können nicht schlafen, und er will mir vor

Angst etwas zahlen, damit er nur wegkommt – ich darf die Nase da nicht hineinstecken. Doch von Mann zu Mann kann ich ihn immerhin darauf hinweisen, daß es nicht schwierig ist, die Grenze zu überschreiten: aber wie das gehen soll mit einer Frau, die schreit – das ist die Frage.«

Der junge Mann war stehengeblieben, die Hände in den Taschen. Dann hob er die Rechte an den Mund und biß hinein. Er sagte leise: »Entschuldigen Sie, wenn ich Ihnen lästig geworden bin. Antworten kann ich nicht, verteidigen kann ich mich nicht. Ich möchte nur schlafen.«

Danach setzte er sich ermattet hin. »Verstehen Sie mich recht. Sie werden keine Schwierigkeiten haben, Sie kannten uns einfach nicht. Ganz früh am Morgen fahren wir ab.«

Giusto sah sich wütend um. Im Treppengang meinte er zwei Augen aufschimmern zu sehen. Aber er hielt an sich. »Alles für eine Frau?« fragte er erstaunt. »Was habt Ihr denn getan?«

Der junge Mann hob den bleichen Kopf. In dem knochigen Gesicht schlugen die erloschenen Augen wie im Fieber.

»Was habt Ihr denn getan?«

III

»Ist es sicher, daß das Mädchen schläft?« fuhr Giusto fort. »Diese Aufgeregtheit, diese Angst, nur ja fortzukommen, und die Furcht, die euch den Atem benimmt – wie soll sie da schlafen können?«

»Nein«, sagte der junge Mann, »sie schläft nicht. Sie ist nur wie betäubt, und sie träumt nicht etwa – sie sieht. Immer sieht sie. Seit zwei Nächten schlafen wir auf diese Art.«

»Und was sieht sie?«

»Das, weswegen wir fliehen.«

»Gefängnis?«

»Oh«, flüsterte der junge Mann, »wäre ich unschuldig, dann ginge ich sofort ins Gefängnis und bliebe darin Jahre, das ganze Leben, nur um zu wissen, daß man mir ein Unrecht zugefügt hat. Aber sie wird dann auch ins Gefängnis müssen: sie, die nur dazu gezwungen worden ist. Und dort drin hat keiner Mitleid, dort gibt es nicht mehr Recht und Unrecht. Immer wird uns diese Gewissensqual den Schlaf nehmen. Ich verdiene es, aber sie nicht: sie ist dazu gezwungen worden. Und jetzt muß sie Unrecht und Schrekken leiden.«

Oben von der Treppe kam ein lauter Schrei, heftig, er war offenbar nicht zu unterdrücken gewesen:

»Renato! Ich bin allein!«

Der Unglückselige sprang auf und sah Giusto verwirrt an. »Haben Sie mir zugehört?« fragte er. »Mir zerspringt der Kopf, ich weiß nicht mehr, was ich sage.«

»Gehen Sie hinauf«, sagte Giusto, »Sie haben mehr Fieber als die da oben. Aber erst trinken Sie!« Und er schenkte ihm Kognak ein. Der andere murmelte irgend etwas und stürzte auf die Treppe zu.

Sehr rasch wurde alles still. Giusto setzte sich hin und dachte nach. Die Lampe, matt geworden, kämpfte erbittert gegen das Halbdunkel an. »Und der will nach Frankreich«, sagte Giusto vor sich hin. »Wie machen sie das nur, wie machen sie das!«

Er streckte eine Hand aus, um den Docht hochzuschrauben; da sah er, daß die Flamme bleich war, weil von den Fenstern schon eine schmutzige Helle hereinkam, man erkannte schon die Stühle und den Kalender an der Tür; durch die Ritzen pfiff der Wind. Giusto nahm das Glas, setzte es aber unlustig wieder hin: sein Mund war wie zugeklebt.

Tosca weckte ihn mit dem Klappern ihrer Pantoffeln. Sie kam grau und ungekämmt aus der Küche. Die Lampe war erloschen, man sah nun schon alles deutlich.

»Haben sie in der Nacht gerufen?« Auch ihre Stimme war rauh und wie taub. Giusto räusperte sich und stand auf. »Ich schlief gerade. Es ist recht kalt.«

Er ging zur Tür und sperrte sie auf. Dort in der feuchten, grauen Luft stand der kleine Wagen, mit beschlagenen Scheiben. »Wenn sie aufwachen, gib ihnen etwas zu essen. Ich gehe zur Grangia, sie sollen jemanden schicken, der einen Kanister herholt.«

»Und wer bezahlt ihn?« sagte Tosca rasch.

Als er zurückging, regnete es leicht. Er fand das Paar am Tisch, Tosca schenkte den Kaffee ein. Dem jungen Mann, der sich ängstlich umdrehte, blinzelte er zu. Dann betrachtete er das Mädchen.

»Bald wird das Benzin hier sein«, bemerkte er. »Wie habt Ihr geschlafen?«

Die gespannten Wangen bewegten sich zu einem herausfordernden Lächeln. »Gut«, sagte sie dann und hob die Augen.

»Ich habe gehört, Sie hatten Fieber. Dafür ist Kognak gut, wie bei Ihrem Mann.«

Bei diesem Wort trübten sich die riesigen Augen in dem kleinen Gesicht. Der junge Mann setzte unruhig die Tasse hin. Und Giusto redete weiter. Seine Schwester habe diese Nacht allerlei Fieberphantasien mit angehört. Sie sollten, wenn sie erst in Frankreich seien, achtgeben: lieber sich ein Taschentuch in den Mund stopfen. Tosca hielt in ihrer Tätigkeit erstaunt inne. Es kratzte an der Tür.

Alle schwiegen. Ein älterer Mann kam hereingeschlurft, schlechtgekleidet, einen dünnen Militärmantel umgehängt; mit erkälteter Stimme grüßte er rundum, wobei er die Hand an die Mütze legte und sich verbeugte. Alle betrachteten ihn aufmerksam: sein faltiges Gesicht war klein geworden wie das eines Kindes.

»Es ist nichts«, sagte Giusto schnell. »Pedrotto holt die Milch.«

Der Alte schüttelte die Nässe ab, wie Hunde es tun, kam an die Theke und bemerkte Tosca; sie schenkte ihm etwas ein.

»Pedrotto, ist der Durchgang an der Grenze noch frei?« fragte Giusto friedlich.

Der Mann knurrte etwas ins Glas hinein und sah zu ihnen hinüber.

»Ein geschickter Mann, zu Fuß, kommt immer durch«, rang er sich langsam ab.

»Und eine Frau?«

»Je nachdem.«

Giusto beugte den Kopf zu den beiden hinunter. »Wollt Ihr ihn?« sagte er leise. »Ihr braucht ihm nicht mehr als hundert zu geben, und erst, wenn alles getan ist. Er wird auf der Straße jenseits des Dorfes auf Euch warten. Aber gebt acht, er ist schlauer als Ihr.«

Tosca hatte sich zurückgezogen. »Meine Schwester macht Euch einen Eßkorb zurecht«, fügte Giusto hinzu. »Auch diese Art Treibstoff habt Ihr vergessen. Ihr werdet Zeit genug haben, Hungers zu sterben. Überlegt es Euch gut – packt einen der erst, dann kommt man nicht mehr zurück.«

Der junge Mann ließ den Blick unruhig umherwandern. Da sah die Frau Giusto fest an und sagte laut: »Einverstanden.«

Der Alte ging hinaus. Alle erhoben sich. »Und daß es Euch nicht in den Sinn kommt, den Paß zu zeigen.« »Wir haben keinen«, sagte sie.

Die Morgendämmerung hatte nun alles mit Nebel umzogen, der Dunst sickerte durch die angelehnte Tür. Während Tosca und die Frau abrechneten, ging Giusto mit dem jungen Mann, der sich auf die farblosen Lippen biß, hinaus. Ein Junge kam auf dem Rad mit dem Kanister, und sie gossen alle zusammen das Benzin in den Tank. »Gehen Sie sorgsam um mit dem neuen Vorrat«, sagte Giusto. »Spielen Sie nicht wieder den Verzweifelten!« Der andere senkte demütig den Kopf und bezahlte.

Stillschweigend stieg Giusto hinauf, holte eine wollene Bettdecke und warf sie in den Wagen. »Wenn Ihnen daran liegt, das Mädchen zu behalten, dann lassen Sie sie nicht erfrieren.«

Danach nahm er ihn beiseite und sagte zu ihm: »Mich geht es nichts an, und ich weiß nicht, was Ihr getan habt. Aber ich bin dreißig Jahre, und ich habe immer gesehen, die Frauen kommen heil heraus, und der Mann fällt herein. Gibt es wirklich keinen anderen Ausweg?« Der andere lächelte finster: »Was kostet die Decke?« »Nichts«, brummte Giusto, und sie gingen wieder hinein.

Das Mädchen wartete, sie saß gegen den Tisch gelehnt. Sie hatte einen Hut aufgesetzt und die Lippen nachgezogen: das Gesicht schien nicht mehr das gleiche, vorher war es verfallen und von Sorge gezeichnet gewesen. Nur um die eingesunkenen Augen war sie noch sehr bleich; und an den Schläfen hatten sich Löckchen gelöst. Sie sagte zu ihrem Gefährten, er solle bei Tosca die Rechnung bezahlen, und ging mit dem Koffer zur Tür. Giusto trat beiseite, ließ sie hindurchgehen, dann eilte er ihr nach, um ihr die Wagentür zu öffnen. Die Frau stieg ein.

Nun kamen der junge Mann und Tosca mit dem Korb. »Wenn Ihr im Schnee seid, gebt Pedro nichts zu trinken«, empfahl ihnen Giusto, wobei er sich in den Wagen beugte. »Er ist ohnehin betrunken genug.«

Der junge Mann stieg ein und setzte sich ans Steuer. Der Wagen fuhr erst zurück, dann auf die Straße.

»Addio«, rief das Mädchen.

Der junge Mann lehnte sich hinaus:

»Wir werden uns immer an Euch erinnern«, sagte er.

»Sie täten besser daran, das alles zu vergessen«, brummte Giusto, zu Tosca gewandt, die im Nebel zusammenschauerte.

Der Eindringling

I

Mein Zellengenosse murmelte irgendwelche unverständlichen Worte, die nicht aus den vier Wänden herausdrangen. Nichts hätte uns gehindert, sogar zu streiten oder, mit einiger Vorsicht, zu singen; ich, jung wie ich war, stieß alle Augenblicke klägliche Laute aus, die in einem Stöhnen endeten; aber von meinem Genossen hörte ich nie etwas anderes als ein Gemurmel. Er warf sich auf die Pritsche und starrte an die Decke. Die Sätze tropften ihm aus dem verzerrten Mund wie ein leises, nie sich erschöpfendes Wasser. Oft stellte ich mir vor, ich sei allein, trug den Schemel an die Tür und betrachtete von da aus meine leere Pritsche, den Rücken an den Pfosten gelehnt; dann merkte ich, daß die erstickte Stimme Lorenzos mich bei allen Gesten begleitet hatte und mir eben das eingab, was ich im Augenblick dachte.

Lorenzo war ein großer, dicker Alter; seine Stimme schien von seinen Muskeln erdrückt zu werden. Obwohl er auf diese sonderbare Art mit seinem Atem umging, war er sonst ein schweigsamer Mann; wenn ich ihn etwas fragte, blieb er jedesmal eine Weile unbeweglich, er schien zögernd die Antwort zu bilden, die dann mürrisch und leise kam. Gewiß waren wir am Morgen beide wach und tätig, wuschen und putzten alles mit Eifer, während Klingeln, Stimmen und dumpfe Geräusche zu hören waren. Dann kam der Spaziergang, es wurde gegessen, man hatte immerhin ein paar Gesichter gesehen. Meine Seufzer setzten an dem langen Nachmittag und in der Dämmerung ein; dann brummte auch Lorenzo vor sich hin. Und er fuhr nicht einmal zusammen oder machte eine heftige Bewegung, wie ich es tat, wenn an der Tür etwas Neues passierte, ein Getrampel oder eine Wache, die durch das Guckloch sah, nur um uns zu stören. Er blieb auf der Pritsche liegen oder dort stehen, wo er gerade stand, und rührte sich nicht.

Manchmal las ich irgendein Buch aus der Gefängnisbücherei, und Lorenzo, der nicht lesen konnte, schwankte mit seinem schweren Körper vor und zurück und lockerte schließlich den Gürtel, um sich bequem auf die Pritsche fallen zu lassen.

»Hat man je erlebt«, begann er, »hat man je erlebt, daß einer ein Buch liest, als wäre es eine Zeitung? Das ist eine traurige Gesellschaft, sie ist nicht so viel wert wie ein Stock für jemanden, der allein gehen will. Das ist nichts als Regierungskram: die bieten die Bücher dem Gefängnis an, weil sie ihnen von Nutzen sind. Jemand, der liest, ist ruhig und behandelt den Vorgesetzten anständig; sie tun mit ihm, was sie wollen. Das Gesetz, das geschrieben ist – das ist im Gefängnis die Macht. Es ekelt einen, wenn man hier einen jungen Mann diese Blätter schlecken sieht, als würde er dafür bezahlt. Im Gefängnis darf man nichts tun; man muß die Zeit verstreichen lassen. Ein ordentlicher Mann bringt den Tag allein zu Ende: wenn er es nötig hat, zu lesen, um Gesellschaft zu haben, dann ist er nicht anders als die Frauen, die immer jemanden um sich haben müssen; und wenn sie niemand haben, nehmen sie eine Katze her.«

»Wenn Ihr damit mich meint, Lorenzo«, fuhr ich einmal los, »so müßt Ihr wissen: um die Zeit totzuschlagen, gibt es nichts Besseres als ein Buch. Das beschäftigt einen besser als Kartenspielen.«

»Ein Advokatenbeispiel«, sagte der andere, ohne sich zu rühren. »Beim Kartenspielen ist man in Gesellschaft, und irgendeiner zahlt dann. Und man sieht, wer tüchtig ist, und wer nicht. Es gibt einen Wettkampf und Schlauheit, und es gibt Spielregeln. Nur die Bettler spielen, um diese Lira beiseite zu legen: aber es ist eine Genugtuung für einen Mann, wenn er sich das Glas Wein verdient, weil er sich auf die Sache versteht. Sind etwa im Gefängnis Karten erlaubt? Daran sieht man, daß Bücher etwas anderes sind als Karten.«

Er mochte um die Fünfzig sein, der graue Haarkranz lag ihm immer schön glatt um den Schädel, keiner dieser verbohrten Gedanken brachte ihn durcheinander. Wenn er schwieg, kaute er Zigarrenstummel, dumpf wie ein Rind. Und nie schien er befallen von jener Angst vor dem nächsten Tag, die mich mit jeder Abenddämmerung so qualvoll packte; in dem erleichterten Seufzer, daß ein langweiliger Tag zu Ende ging, war die verzweifelte Gewißheit, daß der nächste Tag die gleiche öde Langeweile bringen würde, die gleiche Hoffnung, genau dieselbe Angst. Als man mich am ersten Abend in die Zelle geführt hatte und eine Wache in der weit offenen Tür stehenblieb und auf mich aufpaßte, während sie draußen mit Geschirr und Decken hin und her liefen, hatte mir Lorenzo von seiner Pritsche aus einen Blick zugeworfen, in dem sich überhaupt nichts regte. Dann waren wir allein; ich redete mit dem Schwung des Unerfahrenen, den die Aufregung in der Zange hat, auf ihn ein und fragte ihn, ob er auf die Vernehmung warte. Aber mein dicker Zellengenosse hatte nur eine Hand gehoben und ärgerlich gebrummt, weder ich noch er seien von der Justiz, der allein es zukomme, solche Fragen zu stellen. Wir würden in Eintracht leben, wenn jeder von uns sich nur um sich selbst kümmere, wenn wir einander mit Vorsicht behandelten, kurz, wenn wir zusammen hausten wie zwei anständige Männer, die der Regen in der gleichen Baracke überrascht habe. Weiter sei nichts nötig, außer daß ich ihn bedauern könne, falls er in der Nacht schnarche.

In jenen Tagen fiel auf die Gefängnisse, auf die Dächer, in die Höfe ein unaufhörlicher Regen, der alles feucht machte und auch die Luft in unserem Gitterfenster bleiern färbte. Ungern berührte man mit den erstarrten Händen die rauhen Decken; jeder Gegenstand, der uns am Morgen erwartete, war feucht und düster; nur der heiße Eßnapf zur Zeit des Essenfassens war, wenn man ihn eng zwischen die Knie gepreßt hielt, so etwas wie eine freundliche Gegenwart. Mit dem Eßnapf beschäftigte sich Lorenzo lange, er schwatzte murmelnd mit ihm, beugte sich über den Dampf und ließ ihn sich zärtlich um das Gesicht streichen, fuhr mit der Hand darüber hin, alles ohne mich zu beachten; er tat, als sei das dort sein Herd.

Sonst lag er immer auf der Pritsche, in seine Selbstgespräche vertieft. Damals dachte ich, das sei die Wirkung des schlechten Wetters, das auch mir Lust machte, mich zu verkriechen, einen halbwachen Zustand zu erstreben und die trübseligen Wände einfach nicht zu beachten. Doch der Regen hörte auf, es kamen lärmende Wirbelwinde, die alles trockneten und hell machten; hoch oben an unserem von Eisenstäben in Quadrate geteilten Himmel zogen weiße Wolken; und Lorenzo verbrachte die meisten Stunden nur damit, daß er eigensinnig an die Decke sah und irgend etwas phantasierte. Ich paßte meine Beine, wenn ich durch die Zelle ging, sehr bald dieser Enge an, und auf die gleiche Art gewöhnte ich mich schließlich an das unaufhörliche Gemurmel Lorenzos. Er redete dabei nie von sich selbst, sondern seine Worte kreisten, bisweilen unzusammenhängend, als sei er betrunken, um meine Gesten oder Fragen; oder es tauchten abgerissene Gedanken auf, immer über das Gefängnis, über Schlauheit, Dummheit und die Osteria. Da ich nichts anderes tun konnte, hatte auch ich versucht, irgend etwas laut zu sagen, als spräche ich zu den Mauern, aber ich fand sehr bald heraus, daß mir diese Art, mir Luft zu machen, nichts nutzte, sie schuf mir keine Erleichterung, im Gegenteil, je schärfer ich mir zuhörte, um so unruhiger wurde ich.

Gegen Abend gelang es mir, zu vergessen, daß Lorenzo vorhanden war; nur wenn er wie betäubt einschlief, vergaß ich das andere, was mich quälte: den Gedanken an den nächsten Tag, und überließ mich der Dämmerung, die mich wie ein Frost fühllos machte. Nur auf diese Art genoß ich mein Alleinsein. Was Lorenzo anlangt, so schien er aus dem Dämmerzustand, in dem er undeutlich vor sich hin brummte, gar nicht mehr herauszuwollen. Während ich eines Morgens, an die Eisenstangen geklammert, am Fenster tief atmend Raum suchte, hörte ich, wie er in der kühlen Stille irgendeinen Fluch brummte.

II

Ich drehte mich um. »Was ist los, Lorenzo?« fragte ich ihn. Er saß auf der Pritsche, hob den Kopf von den Strümpfen, die er gerade anzog, und betrachtete mich.

»Was ist los mit Euch, Lorenzo?«

Auch diesmal gab er keine Antwort, sondern beugte wieder den Kopf und begann schweigend die Spucke im Mund herumzuwälzen, das übliche Zeichen für eine Rede, die er ganz für sich allein zu führen gedachte. Da begann ich durch die Zelle zu gehen, an meine Unruhe festgeklammert, denn in einem Moment hellsichtigen Entsetzens, wie es mich in solchen Morgenstunden häufig überfiel, sah ich vor mir, wie ausweglos alles war.

Plötzlich verwandelte sich das Gemurmel in deutliche Worte.

»Wenn Ihr Euch nicht beherrschen könnt, was wollt Ihr erst in der Strafanstalt anfangen oder später, wenn Ihr freigekommen seid? Ihr benehmt Euch wie ein Kranker, der sein Fieber pflegt. Lest lieber Euer Buch! Aber wenn es Euch nicht einmal beibringt, wie man sich im Gefängnis benimmt, dann heißt das, Ihr seid wirklich verrückt, und man hat auf der Polizei die Begleitscheine vertauscht. Wäre ich Ihr, dann würde ich eine Eingabe machen, eine nette Eingabe an diese Stelle.«

»Das paßt mir nicht«, unterbrach ich ihn, neu belebt. »Es würde mir dort genauso gehen wie hier.«

Nach einer Weile redete ich weiter. »Hört, Lorenzo, worüber habt Ihr Euch vorhin beschwert? Ich habe Euch nichts getan, und ich möchte, daß alle diese Geschichten aufhören. Im Gefängnis sind wir ohnehin: wenn wir auch noch streiten, wird dies das Fegefeuer.«

Mein dicker Zellengenosse sprang auf. Mit einer der riesigen Hände, die mich hätten an die Decke schleudern können, schneuzte er sich die Nase. »Habt Ihr auch noch geträumt?« fragte er zweifelnd.

»Wieso geträumt?«

»Also gut: Ihr habt nicht geträumt. Und warum spielt Ihr dann den kleinen Jungen?«

»Ich spiele gar nichts.«

»Ihr wißt noch nicht mal, was das ist: in der Welt leben. Und Ihr kommt ins Gefängnis. Ihr raucht immerzu, so viel sie Euch geben, denn Ihr braucht ein Beruhigungsmittel, von Euch aus schafft Ihr das nicht. Wen habt Ihr draußen? Kommt Euch die Liebste nicht besuchen?«

»Ich bin verheiratet«, stammelte ich.

»Dann wird Eure Frau endlich beruhigt sein, daß Euch die Lastwagen nicht breitquetschen. Habt Ihr ihr das Bett angezündet, weil Ihr mit den Streichhölzern gespielt habt?«

»Lorenzo, Ihr könntet mein Vater sein, ich lasse Euch reden. Es stimmt, ich bin in Eurer Zelle und nicht Ihr in meiner, aber daran bin ich nicht schuld. Ich habe Euch auch nicht danach gefragt, warum Ihr hier seid. Wir sind hier, und damit genug.«

Wieder betrachtete mich der Alte zweifelnd. »Dann behaltet es auch im Gedächtnis, daß Ihr hier seid. Und kapiert, was das heißt. Beißt Euch nicht in die Fäuste und seufzt nicht immerzu. Lauft nicht an die Tür, wenn jemand vorüberkommt. Legt Euch auf die Pritsche und lernt, allein zu sein. Ein Junge, der zum Zahnarzt geht, versteht mehr davon als Ihr.«

Auch dieser Morgen ging vorüber. Die Runde kam durch, sie brachten das Brot. Lorenzo ging an die Luft. Ich blieb allein in der Zelle, in der Stille, die zu tönen schien, und blickte mich um. Manchmal weigerte ich mich, mit hinauszugehen, so zur Abwechslung, nur um etwas zu tun, was ich selbst wollte. Aber ruhig war ich an dem Tag nicht. Irgendwie erschöpft schleppte ich mich in der Zelle hin und her und dachte bei mir: ich bin doch wirklich allein. Und ich merkte, daß diese Vorstellung mich nun schon erschreckte.

Meine Frau hatte mir geschrieben, wenn jene unwürdige Beschuldigung beim Prozeß wirklich an mir hängen bliebe, werde sie, so sehr müsse sie sich dann schämen, die Auflösung der Ehe beantragen, und sie danke Gott, daß wir in den drei Jahren keine Kinder bekommen hätten. Diese Nachricht war mir über dem Kopf zusammengeschlagen, wie eine Welle über einem Schwimmer zusammenschlägt: ich schlug um mich, als ich sie las, und schlug hernach um mich, unter Wasser wie über Wasser. Und ich mußte sehr bald erfahren, daß ein solcher Brief keinem Gefangenen je erspart bleibt: unmißverständlich und mitleidlos oder mit Aufwand von viel Tinte geschrieben – immer ist es dieser Brief, den man dir eines Tages durch das schmale Guckloch in die Finger schiebt. An jenem Morgen sah ich mich selbst wie in Glas eingeschlossen, nicht mehr ein Gefangener zwischen Mauern und Eisenstangen, sondern isoliert in der Leere, in einer kalten Leere, wie man sie in der Welt nicht kennt. Dies war die wirkliche Qual: daß die Welt den Eingeschlossenen ausschloß. Ich sehnte mich nicht so sehr danach, hier herauszukommen, als daß die Welt in meine Leere hereinkäme und sie mit Farbe erfüllte, sie mit Gesten oder Worten erwärmte. Lesen genügte nicht, darin hatte mein Zellengenosse ganz recht; die in der Welt draußen mußten wenigstens an mich denken, mir ein Zeichen geben, daß sie es taten, damit sich nicht alles in diese grausige, unnatürliche Regungslosigkeit auflöste.

Als Lorenzo zurückkam, hatte er immer noch nicht vergessen, daß ich gesagt hatte, er könne mein Vater sein. Über diese Vorstellung kicherte und brummte er eine Weile, und ich, müde, immerzu zu lesen, hörte ihm zu.

»Im Gefängnis«, so fuhr er dann fort, »darf man sich keine Illusionen machen. Nur Dummköpfe machen sich Illusionen. Die Regierung locht uns ein, um uns zu strafen: es steht bei uns, daß wir sie betrügen und aufrechter als vorher herauskommen. Hier sieht man alles, wie es ist. Wer plagt sich denn im Gefängnis? Die Häftlinge etwa? O nein, plagen tun sich die Vorgesetzten, sie rennen und schleppen, sie schreien wie die Gepäckträger auf dem Bahnhof. Uns lassen sie in Ruhe. Eben darum kriege ich, wenn ich mit ansehe, wie sich hier drin einer grämt, größte Lust, ihn zu schlagen. Im Gefängnis stirbt keiner.«

»Sie sagen es wohl nicht, aber es sterben schon welche.«

»Es ist was Großes, ohne die Menschen fertigzuwerden«, redete Lorenzo weiter, nun nur noch in sein Selbstgespräch vertieft. »Was ist denn schon diese Welt? So viele unnütze Worte werden gesagt, man äfft die Leute mehr nach als ein Affe es tut. Einer, der frei herumgeht, hat nie Frieden. Er sieht eine Frau – schon will er sie; er sieht ein Stück Land – schon legt er Hand darauf. Es kommt die Wache und fragt ihn: ›Warum hast du diese Frau angerührt? Warum hast du dieses Land gestohlen?‹ ›Aber ich brauchte es‹, sagen alle diese Dummköpfe. ›Wenn Sie es brauchten, kommen Sie mit, dann werden Sie es nicht mehr brauchen.‹«

»Recht hat sie, die Wache. Aber da gibt es welche, die sind doch schlauer als alle Wachen. ›Sie brauchen nicht so laut zu reden, schließlich sind wir nicht zusammen aufgewachsen.‹ Nun, auch wenn der Kerker voll ist – irgendeine Zelle gibt es immer. ›Ihr sollt allein bleiben‹, heißt es nun. Wer schlau ist, platzt da laut heraus. Als ob er nicht immerzu allein gewesen wäre! ›Gut, probieren wir es.«

»Und von da an weiß er Bescheid. Er hat keine Angst mehr vor der Zelle und läßt die Wachen rennen. Man sieht die ganze Welt, als betrachte man sie vom Mond aus. Sieh mal, dort ist ein Toter, dort ist ein Betrunkener; dort ist eine Frau, die ein Kind umbringt. ›Sperrt die Leute doch ein. Bringt den Toten dort unter die Erde. Nur zu!‹«

»Aber wer schlau ist, der läuft nicht, denn das Gefängnis hat Platz für alle. Es gibt so viele Zellen, und jeder hat seine eigene. Er hat das Recht, allein zu sein. Hier sieht man, wie die Menschen sind: sie wüten drauflos, wenn man sie allein läßt.«

III

Nachts, unter der spukhaften kleinen Lampe, horchte ich unruhig auf den Atem, der von der Pritsche neben mir kam. Meine Müdigkeit war nur im Kopf, ich fühlte mich nie richtig müde. Ich fragte mich, ob ich im Halbschlaf ebenfalls diese rauhen Seufzer ausstieße. Ich lag still, um einzuschlafen, um die Ängste ja nicht aufzurühren; mir schien, sie kauerten um meinen Kopf, bereit, loszuspringen und mich zu quälen. Heimlich, ganz vorsichtig näherte ich mich dem Vergessen. Aber sobald der Berg Lorenzo sich quietschend, murmelnd umdrehte, öffnete ich wieder die Augen zu diesem schmutzigen Licht. Die Runde schob geräuschvoll den Riegel zurück und trat ein. Ich schloß die Augen von neuem.

Tief in der Nacht fiel ich in Schlaf und träumte zusammenhangloses Zeug, wo alles wieder war wie früher und mein Sinn, seiner Ungeordnetheit bewußt, keinen Frieden fand. Ganz töricht sah ich mich wieder als Jungen und riß aus, in die Felder, oder ich redete mit meiner Frau und erwies ihr dumme Zärtlichkeiten.

In der ersten Dämmerung, wenn es noch halb dunkel war, lag ich bereits wach und spürte das heftig losplatzende Schlagen der Glocke schon im voraus; ich nahm die erstickte Schwingung schon wahr, wenn der, der die Glocke gepackt hielt, noch gar nicht angeschlagen hatte.

Lorenzo setzte sich auf seiner Pritsche erst dann auf, wenn uns die ersten sonderbaren Klingellaute erreichten: man kontrollierte die Eisenstäbe. Und fertig angezogen war er, wenn der hell klingende Hammer von Zelle zu Zelle bis an die unsere gelangt war.

Die Tür wurde aufgestoßen, und der Oberaufseher trat grüßend ein. Eine Wache lief ans Fenster und hob den Sperrbalken.

Eines Morgens ertönte laut ein Schrei: »Ich sage es allen ...«

»Geh du weiter«, sagte der Oberaufseher zu der Wache. »Was wollt Ihr?«

In dem betäubenden Lärm kam Lorenzo aufgeregt heran und stammelte irgend etwas.

»Was ist los?« schrie der Oberaufseher. Die Wache erwartete ihn schon an der Tür.

Mein Riese ließ in dem Schweigen – nur der Hammer hallte weiter – sein weiches Gesicht nach unten hängen und streckte die Lippe vor. Mit feuchten Augen sah er den Oberaufseher an.

»Was wollt Ihr?«

»Nichts«, sagte Lorenzo.

Der Oberaufseher faßte sich zweifelnd an den Nacken. »Habt Ihr eine Beschwerde?« fragte er und blieb an der Tür stehen.

Lorenzo wiederholte eifrig, zu mir gewandt: »Habt *Ihr* eine Beschwerde?« Der Oberaufseher ging hinaus, die Tür wurde zugeworfen.

Gleichmütig tat Lorenzo die gewohnten Dinge. Man kam den Kehricht holen, und er war an der Reihe, ihn hinauszufegen. Dann stopfte er einen Strumpf und kaute den Zigarrenstummel. Wir gingen zusammen zum Spaziergang, und Lorenzo saß, an die

Mauer des kleinen Hofes gelehnt, auf einer Illustrierten von mir, die Schläfen zwischen den Händen. Es war nicht möglich, etwas zu ihm zu sagen; die beiden Male, die ich es versuchte, knurrte er wie ein Hund. Da legte ich mich lang hin und studierte am Himmel den Flug der Tauben.

Als wir wieder in der Zelle waren, pflanzte er sich auf den Schemel und stammelte mit gesenktem Kopf:

»Hattet Ihr eine Beschwerde?«

»Lorenzo, so etwas tut man nicht«, sagte ich nervös. »Ihr müßt lernen, wie man sich im Gefängnis benimmt.«

»Wenn Ihr eine Beschwerde habt«, fuhr jener unbeirrt fort, »will ich Euch Bescheid sagen. Ihr wißt nicht, was eine Beschwerde ist. Man muß sie mündlich machen, nicht auf die Eingabe schreiben, denn Papiere heben sie auf und verlesen sie im Prozeß. Im Gefängnis muß man schlau sein. Sie behalten Euch absichtlich hier, um etwas zu erfahren und Euch zu betrügen. Ihr dürft lesen, Ihr dürft schreiben, dann seid Ihr ruhig und unterschreibt alles, was gebraucht wird. Habt Ihr noch nicht gemerkt, warum sie kommen und an die Eisenstäbe schlagen? Es ist nicht Überwachung: keiner hat je die Stäbe zerbrochen. Aber dadurch, daß sie daran schlagen, machen sie Lärm, früh und abends, sie hoffen dem Gefangenen damit den Kopf zu verwirren, ihn dahin zu bringen, daß er schreit, redet, und dann sagen sie zu ihm: wir werden sehen, wir werden sehen, aber jetzt schreibt, setzt Eure Unterschrift hin. Dann benachrichtigen sie den Richter.«

Ich wußte nicht, was ich antworten sollte, ich brach ein Stück Brot von dem frischen Brotlaib ab und käute damit sozusagen das wieder, was ich hörte.

»Lorenzo«, unterbrach ich ihn, »so weit haben Sie Euch gebracht?«

Lorenzo spähte argwöhnisch nach mir hin. »Nein«, sagte er langsam. »Aber sie versuchen es mit allen. Man muß schlau sein.«

Am Abend, um die Zeit, als weiter entfernt das Hämmern an den Eisenstäben wieder anfing, kam mir die Szene vom Morgen ins Gedächtnis. Und ich trat an die Pritsche von Lorenzo, der dalag und mit erstorbenen Augen an die Decke starrte. Er fuhr zusammen.

»Hört, Lorenzo«, sagte ich barsch zu ihm, »was habt Ihr denn vom Oberaufseher gewollt?«

Lorenzo schloß die Augen, als sei er eingeschlafen.

»Lorenzo«, wiederholte ich, »spielt nicht den Dummen. Was ist das mit dieser Lüge von heute morgen?«

Ohne die Augen zu öffnen, hob er die große Hand und machte mir ein Zeichen, ich solle näherkommen. Zugleich näherte sich, mit kurzen Pausen, das lebhafte Hämmern. Verärgert und gereizt von dem Lärm, wiederholte ich die Frage und faßte ihn am Handgelenk. Mit einer wütenden, raschen Bewegung drehte der Riese den Arm um und ließ ihn mir heftig auf die Brust fallen, wobei er aufsprang und mich auf die Knie drückte. So krampfhaft packte er das Hemd und die Haut über dem Brustbein, daß ich wohl den Stoß spürte, aber nicht den Schmerz. Er keuchte erregt; seine verdrehten Augen kamen mir ganz nahe.

»Kein Wort mit dir«, heulte er mit haßerfüllter Stimme, »weder mit dir noch mit den anderen, ich spreche mit niemand. Ich will dich nicht sehen, nicht mal bei Nacht. Die Pritsche gehört mir, die Zelle gehört mir.«

Ich schlug um mich, keuchte und dachte nur an das eine: ich mußte mich von ihm freimachen, ehe die Wachen hereinkamen. Immer schärfer hallten mir die Hammerschläge im Kopf. Die Ohren dröhnten. Und immerzu prustete Lorenzo mir ins Gesicht, den Mund verzerrt, stieß mich vor sich her, ohrfeigte mich pausenlos mit seiner riesigen Hand.

Dann spürte ich, wie jemand mich wegriß, ich sah Wachen und fiel zu Boden. Lorenzo hatte mich halbtot geprügelt. Drei Männer warfen sich auf ihn und packten ihn an den Beinen, um ihn zu Fall zu bringen. Im Kampf trat mir einer auf die Hand. Schließlich stürzten alle auf die Pritsche und hielten Lorenzo, der spuckte und brüllte, darauf fest.

»Schafft ihn nach unten«, sagte der Oberaufseher und ging voran. Alle setzten sich in Bewegung. »Ihr bleibt hier.« Einer von der Wache hob die Sperrbalken und hämmerte diese betäubenden Schläge. Dann gingen sie und verschlossen die Tür.

Einen Augenblick danach öffnete sich das Guckloch. »Hat Euch dieser verrückte Kerl verletzt? Haltet Euch bereit für das Verhör.« Und das Guckloch wurde wieder geschlossen.

Die drei Mädchen

Mich wundert es, daß Clara, Lucetta und sogar Signora Ugolina, die doch kein Mädchen mehr ist, so gern wiederholen, alle Männer seien abscheulich, sie verachteten sie und wüßten nicht, was sie mit ihnen anfangen sollten. Sie sprechen von nichts anderem. Ich habe sicher nie in seidener Bettwäsche geschlafen, aber so etwas sagte ich nicht einmal bei mir selbst, als ich noch ein dummes kleines Mädchen war. Bei Clara, die sogar mich abscheulich findet, weil ich Boot fahre, braucht einen das ja nicht zu wundern. Clara ist aus Kristall und leicht und zerbrechlich wie Glas. Sie tut, als wäre in diesem Kristallglas ein kostbarer Likör, der nicht verschüttet werden darf. Nun, den werden sie miteinander im Winterpalazzo trinken, wenn sie dann dort wohnen, sie und das häßliche schielende Mädchen, das sie überallhin mitnimmt, auch dorthin. Lucetta, nun, die redet das nur so hin: die Männer sind gewalttätig, Betrüger, Nichtsnutze; aber wären sie nicht so, würde sie es dahin bringen, daß sie so werden, und sie ist überall hinter ihnen her. Ihr Fliegersoldat zum Beispiel, dieser freche Kerl, der hinter der vorgehaltenen Hand an der Zigarette herumbeißt, wobei er den Mund verzieht und ihr zublinzelt: nach dem ist sie ganz verrückt und kommt zu mir, sich Luft zu machen. Er behandelt sie schlecht, sagt ihr Flegeleien, leiht Geld von ihr; aber er braucht ihr nur ein halbwegs freundliches Gesicht zu zeigen, und schon fliegt Lucetta ihm an den Hals. Lucetta hat eine kecke Art, sie scheint mir ein verflixt aufgewecktes Mädchen zu sein, sie muß den Männern gefallen; schade nur diese alberne Art. Manchmal denke ich aber auch, sie ist im Grunde dafür zu schlau, und ich würde mich nicht wundern, wenn ihr gerade die schlechte Behandlung, über die sie sich beklagt, Spaß machte; wahrscheinlich tobt sie sich mit so etwas aus.

Ich kann den Abend nicht vergessen, als ihr Buchhalter kam und uns am Ausgang abholte. Das war, bevor sie im Nirvana ihre große, tolle Liebe kennenlernte. Angesichts dieses brillentragenden Typs wollte ich schon lachend davongehen, aber Lucetta, die irgend etwas im Schilde führte, hatte im Blick eine kalte Überspanntheit und wollte, daß der ernsthafte Gino uns beide unterhakte. So schleppten wir ihn mit uns durch die Stadtmitte, ich freundlich-zurückhaltend, Lucetta aber hüpfte neben ihm her, gab ihm ab und zu einen Stoß mit dem Ellenbogen und brach immer wieder in ein tolles Gelächter aus, das dem Mann in die Ohren gellte; alles vor den Augen der Passanten.

»Beruhige dich doch«, sagte er zu ihr. Zu mir war er voller Nachsicht, ja, übertrieben höflich, um Lucetta für ihre Ungezogenheiten zu strafen; und er erzählte mir von seinem Leben, von dem, was ihm nicht paßte, wie von dem, was ihm Vergnügen machte. Er hatte etwas von einer Wanze, er suchte auszuweichen, sich zu verbergen, und ich war ja kein Bettlaken! Lucetta brachte ihn ohne Mitleid dahin, daß er laut sprach, sie schüttelte ihn, sie drohte auch mir, weil ihr mein Benehmen nicht paßte. Sie nannte ihn ›Bauchweh‹. Beunruhigt brach er die Erklärung, wie seine Stunden eingeteilt seien, ab und wisperte dieser Verrückten zu: »Beruhige dich doch, Luci, beruhige dich!«

»Ein Mann wie du müßte sich verkriechen, wenn er mit so schlechterzogenen Mädchen spazierengeht. Los, warum verkriechst du dich nicht? Warum springst du nicht in eine Kloake? Was für ein Mann du bist! Was willst du von mir? Wenn du dich schämst, sag es! Wir schämen uns nicht.«

Das vor dem E-Werk. Ich sah ihn an mit dem Lächeln einer guten Mama, was den Unglücklichen völlig aus dem Gleichgewicht brachte.

So ist Lucetta nun mal; an Regentagen nennt sie die Männer Schurken. Aber Lucetta ist gedankenlos, sie lebt vom vergnügten wie vom traurigen Augenblick, und sie verzweifelt, wenn ihr boshafter Liebster ihr klipp und klar sagt, daß er nicht die Absicht habe, sie zu heiraten. Sie ist alles andere als dumm, nur ein wenig verrückt: sie erwartet zuviel von der Welt. Unterwegs tut sie unbefangen und lacht über die Männer, aber nichts ist leichter, als sie zu überrumpeln, so daß sie die Augen vor Lust aufsperrt. Manchmal scheint mir, sie geht nackt und weiß es nicht. Eines Abends, als wir ausgingen, wich ein aufdringlicher Mensch uns nicht von der Seite. Ich zog sie weiter und gab keine Antwort. Nach einer Weile bemerkte Lucetta ärgerlich: »Schade, daß es nicht zwei waren.«

Diese Stadt-Mädchen beneide ich nicht. Ich bin barfuß inmitten der Weinberge aufgewachsen, dann wurde ich in ein Internat gesteckt, aber mein Vater düngt noch jetzt sein Land selbst. Mir scheint jedoch, ich weiß von vielem mehr als sie. Die Männer verabscheue ich weder, noch machen sie mir Not, aber ich suche sie auch nicht wie eine Katze. Wenn ich durch die Straßen spaziere, kommen mir allerlei Gedanken; eines jedoch kann man nie vergessen: genau wie die anderen, die nur darauf achten, wie wir angezogen sind, nichts von uns wissen, so wissen auch wir nichts von ihnen. Mir scheint, das ist ein schönes Spiel: Farben auswählen, eine bestimmte Art annehmen, sich zu geben, auf den Gang oder auf den Blick achten; aber ich – ich weiß, es ist ein Spiel. Lucetta nimmt es ernst.

Die Signora Ugolina verstehe ich schon gar nicht. Als ich in Begleitung der Tante zu ihr in die Wohnung hinaufkam, küßte und umarmte sie die Tante und dann auch mich. Das mag noch hingehen; aber dann begann sie, sobald sie saß, sich rosa Flecken aufzumalen und mich mit ihren dunklen Augen zu verschlingen, und die Tante sagte etwas zu ihr, und die Signora wandte sich an mich, wobei sie den Kopf hin und her bewegte: da lachte ich ihr, so jämmerlich erschien mir das, ins Gesicht.

Als ich dann bei ihr wohnte, lernte ich sie besser kennen. Jetzt brauche ich nur darauf zu achten, welche kleine Falte sich zusammenzieht, und ich weiß, was für eine Hitze, je nach der leidenschaftlichen Aufwallung, ihr glühend ins Gesicht fahren wird. Die Signora ist nicht alt, aber von starkem Knochenbau; wenn ich sie so vor mir sehe, bin ich sicher, sie hatte als junge Frau eine nicht gerade schöne Figur; und Clara, die manchmal zum Essen kommt, flüstert mir mit zusammengekniffenen Augen zu, unsere Gastgeberin sei noch jetzt der Liebe nicht abgeneigt.

Mir gegenüber war sie in der ersten Zeit sehr taktvoll. Mit gelegentlichen Bemerkungen stutzte sie mich zurecht, wenn ich eine gewisse provinzielle Verlegenheit zeigte, riet mir so nebenbei, wie ich mich besser anziehen könne, begleitete mich manchmal auf die Straße; aber im großen ganzen ließ sie mich allein handeln, umhergehen und alles ausprobieren.

»Ihr Mädchen regt mich mit eurer Geschäftigkeit richtig auf«, seufzte sie damals. »Was ihr für ein unabhängiges Leben führt! Das steht euch gar nicht. Wenn du dich am Morgen wecken läßt, Lidia, um dich in Windeseile anzuziehen und fortzueilen, kommt es mir, wenn ich hier allein bin, vor, als sei ich die einzige Frau auf der Welt. Was sind für euch die Tage? Kalenderseiten. Ach, ich fühle mich alt, wenn ich sehe, daß ihr die Zeit so verbringt. Denkst du nicht daran, Lidia, für eine bessere Zukunft zu sorgen? Gib acht, daß nicht eines Tages andere, unbarmherzigere Mädchen kommen und euch fortjagen, wie ihr es mit uns Alten tut, und euch ins Haus verbannen, so daß ihr nur noch der Erinnerung lebt. Man bleibt jung nur dann, wenn man es gewesen ist.«

Aber sie hat sich erhitzt, ihre Muskeln verkrampfen sich, die Haut glänzt, sie kann sich jetzt, wo sie vertrauter mit mir geworden ist, Luft machen. Wir haben uns rasch verständigt: sie ist nur den Jahren nach älter als ich; alles übrige, Gedanken, Ängste, fixe Ideen, kann sie mir wie einer Freundin anvertrauen. Sie läßt mich einen verkrampften Neid ahnen, den zu erkennen ich Mühe habe, so gut hält sie ihn immer unter dem wohlwollenden Seufzer der weisen Signora verborgen.

»Lidia«, sagt sie bekümmert zu mir, »das härteste Schicksal ist, wenn man in meine Jahre kommt und sich davon überzeugt, daß alles Illusion ist, dreckige, widerliche Illusion. Es hat keinen Sinn, alles dranzugeben, sich bis zum letzten zu opfern, ja es bis zum Kniefall getrieben zu haben; solange uns ein wenig Grazie und Blut bleibt, nehmen sie es, reden darüber und streiten sich darum, halten an uns fest; und dann, wenn sie nicht mehr wissen, was sie mit einer Frau anfangen sollen, werfen sie es ihr sogar vor, daß sie sich vor ihnen gedemütigt hat. Hast du ihnen gefallen, hast du sie einmal vergnügt, so mußt du dich dazu verstehen, sie immer zu vergnügen. Auch das hat es gegeben. Das ist schrecklich, Lidia, daß ich dir das in meinem Alter sagen muß.«

»Lassen Sie mir also meine Illusionen, Signora.«

»O Lidia, du hast an so etwas noch Spaß. Aber mir wird dabei eiskalt: ich kenne euch Mädchen, ihr glaubt, es ist genug, wenn ihr die Männer in hündischem Gehorsam anblickt, und schon beherrscht ihr sie. Ihr wißt eines nicht: daß der gemeinste, dümmste, einfältigste Mann eine Frau kränken, sie demütigen, ihr Leben zerbrechen kann. Die Natur hat es so gewollt.«

Diese Dinge sagt sie bei Tisch, wobei sie mir starr in die Augen sieht, die Farbe wechselt, ihren Ekel auf den Bissen überträgt, den sie hingelegt hat. Ich beuge mich über meinen Teller, esse rasch und mustere sie von oben bis unten. Diese Härte in ihren Augen hindert mich, sie zu begreifen. Sie ist, mag sie sich auch immer so geben, gewiß keine kleine erschreckte Frau, die man mit Füßen getreten hat, dafür ist sie auf ihre Demütigungen viel zu sehr versessen. Wenn mich etwas so tief gedemütigt hätte, brächte ich es nicht fertig, davon zu sprechen. Oder vielleicht übertreibt sie gern, um sich mehr als Frau zu fühlen.

Aber es ist schon wahr: in der Stadt kann man nicht leben, ohne so etwas zu denken. Ich merke es, wenn ich mich anziehe, auf die Straße trete und meine Augen umherwandern lasse. Jetzt begreife ich, warum ich in den ersten Tagen so flink aus dem Haus trat, so vergnügt losging und vor mich hin sah, glücklich über den Streifen Himmel, der überall mit einem geht. Alles das hat auf dem Land keine Bedeutung: dort gibt es zu viel Himmel, und er ist für niemanden von Nutzen. Aber es ist nicht nur der Himmel. Es macht Freude, zu denken, daß über und mitten in den Straßen ein frisches Licht ist, Sonne und Schatten, der Gehsteig, die Menschen, die darauf gehen. Aber es ist nicht nur dies. Da gibt es weiter die Überraschung, das Glück, sich als Frau zu fühlen und niemandem etwas zu schulden; und wenn man einem Passanten in die Augen sieht, zu wissen, er ist genauso ein Mensch wie man selbst. Da gibt es vor allem eine ruhige Gespanntheit, fast eine gesammelte Bangigkeit der Erwartung, einer absurden Hoffnung.

Man kann gar nicht anders, als daran denken. Es ist ein schönes Spiel, das dem unruhigen Hin und Her, den Farben, einfach allem einen Sinn gibt. Bis dahin verstehe ich Lucetta: sie erzählt mir von dem, was ihr so begegnet, von Ärger, der doch vergnüglich ist, von den unsinnigen traurigen Stimmungen; ich höre ihr zu und merke, daß sich hinter ihren blitzenden Augen anderes verbirgt. In den ersten Tagen genügte eine Stimme auf der Straße, ein Gruß, das Lächeln des ersten besten Passanten, daß ich mich in eine helle, luftige Freude hinaufgehoben fühlte, die um so heftiger war, je heimlicher sie blieb. Ein solches Spiel trieb ich ganz instinktiv, so daß mir ganze Straßen in dieser Art Trunkenheit sozusagen lebendig wurden; ich berauschte mich geradezu an dem mir so spürbaren Unbekannten. Und dann wunderte ich mich, wenn ich merkte, daß unter alledem der unwillkürliche Blick steckte, den ein Mann mir zuwarf: und die Frau, die mit ihm ging, packte ihn jäh verärgert fester. Oder ein schöner, gerade eben geborener Gedanke, der aus nichts bestand, aus einer lächelnden Erinnerung. Oder das ruhige Pulsieren des Blutes.

Aber ich bleibe auch in diesen Augenblicken ich selbst. Ich achte auf meinen Gang und freue mich daran für mich allein; höchstens begegne ich dabei den Mauersteinen oder den vorübereilenden Autos, ohne mich aus dem Griff zu lassen, ohne mich zu verraten. Denn das ist die Gefahr: sich verraten. Signora Ugolina und Lucetta sind Menschen, die sich verraten, und daraus entsteht all ihr eingebildetes Unglück. Sie lassen sich anmerken, daß sie das, was ein einfaches Spiel ist, ernst nehmen.

Wie hat sich die Signora damals aufgeregt, als Nanni mich zu Hause abholte! Während sie sich mit ihm unterhielt, betrachtete sie genau jeden dicken Knöchel an seinen Händen; sie ließ ihn erzählen, wie er mich nenne; ob er nur mir zuliebe Bootsfahrten mache; ob er immer diesen weißen Trikot trage; ob er in einem möblierten Zimmer, oder bei seiner Familie wohne. Kurz, sie suchte ihn gründlich auszuforschen, eifrig und liebenswürdig, wobei sie überzeugt war, sie tue es für mich. Nanni hörte ihr mit seiner gewohnten Gelassenheit zu, die Jacke über der Schulter, und lächelte kaum. Als wir hinausgingen, packte er aus und fragte barsch: »Hat sie auch mit dir was vor?«

»Ein bißchen sind wir alle so«, erklärte ich ihm. »Als ich ein kleines Mädchen war, habe ich meine Katze geküßt und ihr Reden gehalten, wie sie die Signora dir gehalten hat. Dann, wenn wir Frauen werden...« – Nanni amüsierte sich – »und uns verlieben, gibt es solche, die begreifen, daß die Männer anderes wollen, und solche, die es nicht begreifen. Aber ein kleines Mädchen zu bleiben wie sie, ist eine seltene Gabe.«

»Was seid ihr für Frauen«, platzte Nanni los.

Die letzten vier Wochen sahen wir uns jeden Abend. Er arbeitete in der gleichen Straße und kam mich am Ausgang abholen. Wir gingen zusammen essen, und immer hatte er die Signora schon angerufen, daß ich spät zurückkommen würde. Die Signora blieb wach, wartete mit Herzklopfen auf mich und verkündete mir, ich gäbe ihm zu sehr nach und ließe ihm zuviel Freiheiten. Sie hatte kein Vertrauen zu diesen gleichmütigen Augen und dieser über die Schulter geworfenen Jacke. Sie unterstellte ihm die blödesten Pläne und fragte mich, wie er in Unterhosen aussehe.

Aber Nanni hatte mich verstanden, oder vielleicht war er immer so gewesen. Ich erinnere mich noch daran, wie er an den Abenden, wo ich zu ihm hinaufstieg, lange in Schweigen verfiel, in dem Halbdunkel, das von Rauchspiralen durchzogen war. Er tat alles, wie es mir gefällt: mit größter Einfachheit, er war wie ein Junge, der seinen Apfel ißt. Zum Beispiel fragte er mich nie: »Bist du mein Mädchen?« Ich sah ihn erregt werden und fürchtete jedesmal, er sei im Begriff, irgend etwas Dummes zu sagen, und statt dessen kam die verlegene Aufforderung, hinunterzugehen, uns zu bewegen, uns anderswo tüchtig auszulüften.

Sobald er draußen war, wurde er ganz munter; er schritt aus, als gehöre die Straße ihm, und wir liefen lebhaft los. Nie wurde er müde, aber ich bückte mich sehr bald und rieb mir lachend das Schienbein. Dann gab Nanni nach, und wir gingen in ein Café.

Wir redeten über einfache Dinge: er erzählte mir von seinem unwiderstehlichen Drang zu reisen und bedauerte, daß er nicht Matrose sei, und fragte mich nach meinem ländlichen Zuhause, und ob ich immer in diesen Büros weiterleben wolle. Ihm gefiel die Stadt nicht; er riet mir, meine Arbeit hier aufzugeben und in meine Gegend zurückzukehren. Er begriff nicht, was eine Frau dazu bewegen könne, Angestellte zu werden. Ich war jedesmal wieder überrascht, wie einfach er seinen Gedanken Ausdruck gab; ich glaubte mich in seiner Gesellschaft zu spiegeln, wenn ich ihn so ruhig das ausdrücken hörte, was ich nur mir selbst eingestand.

Als er fortging, um im Bergwerk zu arbeiten – er hatte diese sitzende Lebensweise satt –, sagte er mir das so schüchtern, als sehe er irgendeine Schuld darin.

»Aber Nanni, daran tust du sehr recht. Du wirst leben, wie es dir gefällt, ohne Jacke, die Füße immer schmutzig. Denn Stiefel trägt man im Bergwerk doch wohl nicht? Und dann gibt es dort keine Frauen. Ich wünschte, ich könnte auch hin gehen.«

Nanni bewegte die Lippen zu einer Antwort, doch dann lächelte er mir nur verständnisvoll zu und schwieg. Wenn ich mich an nichts weiter von ihm erinnerte, so würde mir der Schatten jenes Lächelns dafür genügen, daß ich, sobald ich daran denke, vor Zärtlichkeit die Augen schließe. Ich war so glücklich, daß er mich nichts fragte; denn hätte er gesprochen, so fürchte ich noch jetzt, ich hätte ja gesagt.

Es machte mir einen geradezu blödsinnigen Kummer, als ich mit ansah, daß er fortreiste, während ich ins Büro zurückkehren mußte. Ich kam vom Bahnhof, wo selbst der Kohlengeruch – es war ein kühler Morgen – einem Lust machte, in einen Zug zu springen und auszureißen. Ich dachte an die nackte, verqualmte Erde, die Nanni liebte, an jene kalten, bodenlos tiefen Löcher, in die er hinabsteigen würde, und hob die Augen zu dem luftigen Himmel, wie Nanni sie zu ihm aufheben würde, wenn er wieder heraufkam.

Wie allein ich war, spürte ich Tage danach, als Clara mich mit einem Augenzwinkern fragte, ob denn Frauen auch allein rudern dürften. Ich merkte die Absicht, riet ihr, den Badeanzug unter das Kleid zu ziehen, und eines Sonntags befanden wir uns auf dem Fluß. Clara hatte ihre schielende Freundin mitgebracht; diese machte ein mürrisches Gesicht. Sie legten sich unten im Boot lang, rieben sich die Beine mit Öl ein und zogen sich vorsichtig aus. Wir glitten unter ein baumbestandenes, verlassenes Ufer. Clara, die schlank ist, wie eben Blonde schlank sind, blieb in ihrem hübschen Badeanzug. Ich ruderte, die beiden zankten sich. Sie zankten sich mit Blikken, wandten einander den Rücken zu, rissen sich Kleidungsstücke weg, schwiegen. Die Sonne schien kräftig, ich schloß halb die Augen, ruderte, dachte an die Vergangenheit, mir war, als wäre Nanni noch hier und griffe heftig in die Ruder, und ich säße im Boot und starrte in die Wolken.

Clara versteht sich in ihrer kalten Art darauf, zu reden. Sie begann über mein langsames Rudern zu scherzen und stopfte inzwischen das unangenehme Lachen der anderen mit einer Handvoll Bonbons. Diese, blaß und knochig, hatte sich auf dem Bademantel aufgesetzt, kratzte sich die behaarten Waden, und während sie die Bonbons lutschte, hörte sie nicht auf, sich über die Sonne zu beklagen. Ich begreife nicht, wie Clara, die so kristallglasfein sein will, mit einem so häßlichen, dummen Mädchen intim sein kann. Mögen sie sich doch gern haben, wenn ihnen daran liegt, aber warum es auch im Badeanzug so offen zeigen? Und warum zu mir kommen und den Ausflug wünschen, wenn die Sonne sie stört?

Mutlos und verärgert wie ich war, genoß ich nicht einmal mehr in Heiterkeit den Ausflug, ich hätte allen beiden gern die Ruder um den Kopf geschlagen. Wenn ich den Ausflug heute mit denen damals verglich, hatte ich kaum den Mut, daran zu denken, daß ich an diesen selben Ufern so blödsinnig glücklich gewesen war.

Aber dann riß mich gerade die Schielende aus der Verlegenheit. Als längsseits an uns ein Boot voll lustiger junger Männer vorüberkam, die uns die üblichen Wünsche zuriefen, machte sie begeistert den Bademantel los und schwenkte ihn hocherhoben hin und her. Da wollten die jungen Männer natürlich näher heranrudern und redeten weiter dummes Zeug; sie hielten die Ruder zu uns herüber, einer war schon dabei, ins Boot zu springen, da versetzte Clara ihrem Schatz eine schallende Ohrfeige, und ich stieß mich mit heftigen Ruderschlägen von dem Boot fort. Dadurch fiel dieser junge Mann jäh ins Wasser. Es gab Geschrei und Gelächter; wir kamen mit Mühe davon.

Nun war es nicht mehr mit anzusehen, wie Clara und die Schielende sich betrugen: die eine giftig, die andere zitternd vor Wut, stritten sie sich endlos herum. Schließlich hörte ich auf zu rudern und flüsterte Clara zu: »Eure Szenen macht zu Hause. Hier müßt ihr lernen, mit Männern umzugehen.« Clara sah mich an, fand keine Antwort, warf mit zusammengezogenen Brauen einen letzten Blick auf jenes Wesen und sagte dann: »Es wird besser sein, wir kehren um.«

Seitdem habe ich beim Bootfahren eine unangenehme Empfindung. Aber um jenen Ausflug tut es mir nicht leid, denn nur, wenn ich daran zurückdenke, finde ich wieder jenes Gefühl der Befreiung, das ich schon vergessen hatte. Es liegt mir nichts mehr an Clara oder Ernestina: ich kehre zu mir selbst zurück. Als ich mit den beiden, die sich so in mein Boot gedrängt hatten, an Land stieg, fiel wie ein Gewicht jede Qual eines dummen Bedauerns, jede Trauer der Erinnerung von mir ab: Nanni war eine liebe Gesellschaft gewesen, ich war das gleiche für ihn gewesen; wir hatten Gefallen aneinander gefunden und hatten uns umarmt – das war genug. Ohne es zu wissen, hatten wir einander verstanden. Eben die heitere Klarheit, die wir gegenseitig gesucht hatten, durfte in unserer Erinnerung keinen Riß bekommen. Weder die Freundinnen noch das Gewicht der Tage zählten etwas. Sich nicht verraten: nicht einmal sich selbst gegenüber. Weiter auf dem Fluß rudern, die Vergangenheit heraufrufen, aber auf jeden Schritt und jeden Blick achten. Lieber die Augen schließen.

Das frohe Bewußtsein, daß ich mich wiedergefunden hatte, muß mir in den ersten Tagen eine nicht zu zügelnde Vergnügtheit verliehen haben, denn Lucetta, die sich auf Vergnügtheit versteht, sagte zu mir: »Was hast du, Lidia? Kommt dein Ruderer zurück?« Ich fragte sie, ob sie tanzen gehe, und wollte sie dabeihaben. Aber Lucetta hatte von ihrem Plagegeist das Versprechen, er werde sie abholen, und verbrachte einen Nachmittag am Arbeitstisch damit, daß sie immerzu aufsprang und alles rundum anlachte. Dann gingen sie untergehakt miteinander los. Nach dem Essen traf ich sie im Nirvana.

Jetzt hat auch Signora Ugolina gemerkt, daß Nanni nicht mehr da ist, und betrachtet mich am Abend besorgt, als sei ich krank. Sie errötet und seufzt, führt noch verkrampftere Reden als sonst und paßt genau auf, ob ich mich quäle. Sie sieht nicht ein, daß ich, nun so allein, weiter Bootsfahrten unternehme.

»Oh, Lidia, ich habe gefühlt, daß es so enden mußte. Ich versetze mich an deine Stelle und leide für dich. Du warst so davon eingenommen! Und was willst du jetzt tun? Ihn vergessen, Lidia. Schreibt ihr euch?«

»Oh, Lidia, ich verstehe dich, diese Schmerzen nehmen einem den Atem, sie bewirken, daß wir uns selber verachten. Aber was hat er dir gesagt? Hat er dir etwas versprochen? Glaube nicht an diese Versprechungen, glaube an gar nichts! Du Ärmste! Bist du zu ihm in die Wohnung gegangen?«

Ich lasse sie reden und antworte mit Grimassen, ohne ihr die Genugtuung zu geben, die sie haben möchte, nämlich ihr von Erniedrigungen und unwürdigen Dingen zu erzählen. Die Signora öffnet manchmal, um mir Mut zu machen, die Kloaken ihrer Vergangenheit und flüstert mir Geheimnisse zu. Sonderbar, daß sie dabei nicht errötet. Im Gegenteil, sie wird blaß und schwitzt.

Und doch könnte ich ihr Dinge erzählen, die sie aufs höchste verwundern würden. Damals, o ja, da war ich krank. Ich kam gerade aus dem Internat, als mich jenes Fieber überfiel. Aber würde sie verstehen, wie jene Anfänge in diesen Frieden eingemündet sind?

Wenn ich manchmal nachts aufwache und mich fest ins Kissen drücke, in der Beklemmung eines Traumes, mit brennenden Händen, und keinen Finger zu rühren wage – dann erinnere ich mich an damals. Ich fühle mich wieder entwurzelt und elend, ich sehe mich wieder mit ängstlichen Sprüngen durch die Felder rennen, plötzlich stehenbleiben, Herzklopfen bis zum Hals, die Nasenflügel gespannt, erschreckt von dem, was ich tat, mehr noch erschreckt bei dem Gedanken, es zu lassen. Und dann kam Giusto pfeifend heran, sagte »du armes Mädchen!«, nahm mich um die Taille, fühlte, wie mein Herz schlug, lobte mich dafür, stieg dann an das Flüßchen hinunter: und ich folgte ihm.

Dort an jenem Ufer standen ganz junge Kastanien – später habe ich in einem Buch von mir ein großes getrocknetes Blatt wiedergefunden; und knotige, scharf einschneidende Betten von Farnkraut gab es, nur hier und da ein wenig Moos. Die ersten Male warf mich Giusto zu Boden, wo es ihm gerade paßte, und lachte, wenn ich mich auf einem unerträglich harten Stein von ihm losmachte. Eines Tages sagte er zu mir, er fühle sich als Mann, und wenn ich dorthin komme, sei ich also mit ihm zufrieden. Wie ein dummes Ding verbarg ich das Gesicht an seiner Brust und gab mir Mühe, mich nicht mehr zu beklagen. Ich wußte nicht einmal, daß ich die Stärkere war.

Aber indem ich so durcheinandergeriet, schafften mir diese Hetzjagden wenigstens Luft; auf dem Rückweg war ich allein und von Kräften, doch manchmal sogar heiter. Ich setzte mich abseits an die Tenne und dachte, während mir das Gesicht glühte, wieder daran, wie ich entwischt war. Ich war wie eine läufige Hündin. Jetzt zittere ich, wenn ich an die Gefahr denke, die mir gedroht hat. Aber vielleicht schützten mich gerade die Heftigkeit dieses Fiebers, die Ängste, überhaupt alles. Giusto, der jungverheiratet war, dachte darüber nicht einmal nach; ich war sechzehn Jahre alt.

Alles das könnte ich der Signora erzählen; aber wie ihr meinen Zustand innerhalb meiner Familie beschreiben: die schlaflosen Nächte, den Widerwillen, wenn ich mich erhob, und die wütende Angst, sooft ich bedrückt an die Zukunft dachte und nicht zu hoffen wagte, daß diese dumme Abhängigkeit jemals aufhören würde? Lucetta könnte ich es vielleicht erzählen; aber sie bewundert mich zu sehr.

Giusto hatte seit einem Jahr eine ziemlich blasse, unterwürfige Frau. Sie war, das erfuhr ich später, schon schwanger. Sie besorgte ihm Haus und Geschäft, ein Stoffgeschäft fast außerhalb des Dorfes. Ich geriet an Giusto eben darum, weil ich in jenem Sommer mit solcher Freude von zu Hause in das neue Geschäft eilte, um mir den Stoff für das erste Kleid auszusuchen, das Mama mir nach dem Internat zu kaufen erlaubte. Unter den Augen seiner Frau preßte Giusto meine Hand zwischen den Falten eines grünen Seidenmusselins, der mir wahre Schauer verursachte, so schön war er. Und obwohl ich Giusto später als das erkannte, was er war: ein kleiner Schürzenjäger, bin ich noch jetzt verwirrt, wenn ich mich an das schillernde Aufblitzen seiner Augen hinter den Stoffen erinnere.

Die schüchterne Frau lächelte mir zu, sooft ich vorüberkam. Sie wußte, glaube ich, daß sie schon betrogen wurde, doch nicht, mit wem; und sie fragte nicht und behielt ihren Kummer für sich. Sie war oft in der Kirche. Jetzt weiß ich, daß ich nicht einmal die erste war. Ich konnte diese Frau verstehen: ich selbst war auf sie nicht eifersüchtig, sondern ich sah in meiner und ihrer Erniedrigung eine Art gemeinsames Schicksal, eine gemeinsame Freude und Qual –

sie war noch nicht zwanzig Jahre alt. An etwas erinnere ich mich gut: nie habe ich sie darum beneidet, daß sie seine Frau war; und das heißt, daß etwas der Zerstörung widerstand, vielleicht nur ein Instinkt, eine schwache, doch gesunde Stimme in mir, denn ich war ja noch ein kleines Mädchen und kehrte ja auch als das zurück. Wenn ich an die Gefahr denke, in der ich war, mich zu verlieren, und wie ich plötzlich, instinktiv, wie aus einer unbewußten Kraft heraus mich gerettet habe, dann glaube ich wirklich, daß alles in uns geschieht, ohne daß wir etwas dafür können; daß Vernunft und Wille nichts als Worte sind; daß keiner sich von sich aus verliert oder sich rettet, sondern wir bleiben immer die, als die wir geboren sind.

Giusto wollte über mich bestimmen, und statt dessen wurde ich unter seinen Händen erwachsen. Seine Macht hatte darin bestanden, daß ich ein so verzweifeltes Bedürfnis empfand, von den Feldern wegzukommen, daß ich in die Stadt gehen, mich selbst besser kennenlernen wollte, wie ich es mir im Internat erträumt hatte. Er fand mich furchtsam und ängstlich, und er brauche, meinte er, nur die Hand auszustrecken, so habe er mich schon verführt. Aber die Wahrheit ist, daß mir seine groben Zärtlichkeiten und seine kalten Augen gefielen, wie ich mir selbst im Spiegel gefiel. Im übrigen hat mich bisher noch keiner wirklich zu verführen gewußt.

Inzwischen litt ich, denn ich war völlig außer mir, und ich hatte auch die Unklugheit begangen, ihm von meinen Träumen zu sprechen, weswegen er mich oft ›Tippfräulein‹ nannte. Als ich einmal zögernd zu ihm sagte: »Du bist verrückt. Morgen komme ich nicht«, versuchte er mir Angst zu machen: er warf mir einen eiskalten Blick zu. Aber der Sommer brannte, und ich konnte nicht aufhören. Im übrigen begehrte ich ihn nicht einmal. Mein früher so fester Entschluß war irgendwie wankend geworden; denn später überredete ich die Tante doch dazu, für mich hier Arbeit zu finden, und brachte alle dahin, daß sie dem zustimmten. Vorläufig heulte ich leise und senkte den Kopf.

Dann mit einemmal war ich frei. Ohne es zu wollen und ohne Anstrengung. Ich heulte und litt nicht mehr. Beinahe begriff ich es nicht einmal. Ich fand mich allein, mit klopfendem Herzen und ein wenig müde, aber heiter, heiter und klar wie das Wasser; so heiter war dort nicht einmal der Himmel. Ich ging an jenem Tag durch einen Rebgarten von uns, um den Kastanienpfad zu erreichen; es war schon später Nachmittag, und zwischen den Rebstökken erhob sich ein großer, blasser Mond. Ich hatte an dem Abend keinen besonderen Groll, vielmehr hatte ich mich davon überzeugt, daß Giusto ernsthaft etwas vorhatte, und daß sich hinter seiner groben Art nur die Furcht versteckte, mich zu verlieren. Ich war von zu Hause ziemlich ungeduldig fortgeeilt in dem Gedanken, ich würde mich vielleicht ein wenig verspäten. Ich ging in mich versunken, stieß an die Rebstockreihen, dachte an die Begegnung und war über mich selbst erstaunt. Hin und wieder bückte ich mich mit einem heftigen Ruck, strauchelte über die Schollen, erregt, daß ich dorthin ging.

Und mit einemmal war ich frei. Ich hielt inne, richtete mich auf, fragte mich, was ich bei Giusto suche. Ich lächelte mir selber zu. Ich stellte ihn mir vor: allein, wartend, leicht unsicher, mit gerunzelten Brauen, in giftiger Stimmung. Ich hörte mich in der Stille lachen. Ich brannte darauf, ihn zu prüfen, ihn zu verletzen, ich rannte ein Stück, hielt wieder inne und lächelte, ich hörte die Fledermäuse vor dem Mond hin und her schwirren; und da hob ich die Arme wie ein Kind, wie ein richtig dummes Ding, schrie, lachte und – kehrte um. Ich war allein. Ich genügte mir selbst. Auch die boshafte Lust, den verlassenen Giusto vor mir zu sehen, ließ mich los. Ich war frei und allein.

Weder an jenem Abend noch an den folgenden Tagen ging ich zu Giusto. In der ersten Zeit spielte ich zu Hause die Erschöpfte, und so hörte Giusto, daß ich nicht gesund sei. Die Wahrheit ist, daß ich ihn noch ein wenig fürchtete und ihm vielleicht nicht hätte gegenüberstehen können. Aber sobald ich mich davon überzeugte, daß mein Blut von dem Fieber des ganzen Sommers wirklich befreit war – wie bei einem Sprung ins Wasser Müdigkeit und Schweiß verschwinden –, hatte ich keine Scheu mehr, auszugehen.

Ich sehe ihn noch immer vor mir, wie er durch die Felder bummelte, nach mir spähte, mir folgte und mir einmal gegenübertrat, mit finsterem Gesicht, gekränkt. Aber die Drohungen und flehentlichen Bitten machten mich nur ungeduldig; die Szenen mit seiner Frau wurden bekannt und empörten alle; bei mir erreichte er nichts mehr. Dann wurde ihm ein kleines Mädchen geboren; ich beschloß, in die Stadt zu gehen, und habe nie mehr etwas von ihm gehört.

Die Nacht von San Rocco

I

Zu der Tenne, die glatt und hart war wie eine Marmorplatte, kam die Frische des Abends herauf. Am Fuß eines Hügels, wenn die Sonne eben auf der anderen Seite untergegangen ist, scheint sich die Erde mit einem eigenen Licht zu erhellen, einem kühlen, stillen Licht, das von den Steinen und allem Kahlen ausgeht. In die reglose Luft hinter dem Stall brach, auf dem Wind schaukelnd, von fernen Hügeln hin und wieder der wirre Lärm von Tanzmusik ein, es klang wie ein weithin hallender Streit aus rauhen Kehlen.

Die Burschen schleiften die nackten Füße über die kühle Härte des Bodens, während sie das letzte Stück Tenne mit Rutenbesen blankfegten. Beide benutzten, mit einem Seitenblick nach dem Pater, den Moment, wo er den Kopf zu dem Faß hinunterbeugte – und nun los, jeder gab dem andern einen scharfen Hieb um die Ohren. Ein dritter Bursche, gleichfalls barfuß, in langen Hosen, saß auf dem Mauervorsprung und knotete eine geschälte Weidenrute fest um seinen Besen, der auseinandergegangen war. Dabei fielen ihm immer wieder die Haare über die Augen, und dann warf er jedesmal den Kopf zurück. Als jene beiden gerade besonders heftig fegten, sah er heimlich zu dem Pater, der, die Soutane geschürzt, noch immer über das Faß gebeugt stand, um die Masse mit dem Stock umzurühren, und flüsterte dem Kleineren zu:

»Los, spritz ihn mit Jauche!«

Auf der Tenne stand ein zweites offenes Faß, und auch aus diesem kam ein übler, heißer, starker Geruch, der sanfter wurde, wenn er in die Abenddämmerung aufstieg. Der Junge hob den Besen, um ihn da hinein zu tauchen. Aber er fiel ihm aus der Hand. Der Pater hatte sich mit rotem Gesicht wieder aufgerichtet und wischte sich die Finger an der Sackleinenschürze ab; und der andere Bursche lief brüllend davon: »Pater, Pater, Rico will mich vollspritzen!«

Der Pater sah ihm mit scheelem Blick nach und wandte sich zu dem, der dort saß. »Du bist der Stein des Anstoßes, immer du, Biscione«, rief er ihm zu, während er den Handrücken zur Stirn hob, um sich den Schweiß abzuwischen; aber er hielt inne, so daß die Hand in der Luft blieb. »Was tust du hier? Warum sitzt du so faul da? Ihr habt schon zu Abend gegessen, wie, und da habt ihr einen vollen Bauch! Für Dünger sorgen, darin sind wir alle tüchtig; nur wenn es heißt, ihn zusammenmischen, läßt man die Arme hängen. Los jetzt, fegt die Tenne, es wird Nacht.«

»Die Tenne ist fertig«, sagte Biscione, ohne sich zu rühren.

Da bog der Lehrer auf dem Pfad von der Düngergrube her um die Ecke, die Jacke über die Schulter gehängt; er schnallte sich den Hosengürtel zu.

»Schön frisch ist es hier«, brummte er, während er dicht an der Stallmauer entlangging, wo die Tenne nicht festgestampft war. Er setzte sich auf den Trog vor der Pumpe, einen ausgetrockneten Trog voller Lumpen, streckte die Beine aus und holte durch die Nase tief Luft, wobei er die Augen halb schloß.

»Seht euch die Ameisen an, die hier entlangziehen«, sagte der Pater, zur Erde gebeugt. »Sieh du her, Biscione. Auch die gehen zum Fest. Wie sie rennen! Sie spüren, daß die Mohrenhirse bald geerntet wird. Wir werden ihnen die Mohrenhirse schon geben!«

»Ruhen Sie sich einen Augenblick aus, Pater«, sagte der Lehrer plötzlich, während er sich eine Pfeife stopfte, »und horchen Sie, wie sie dort spielen. Es ist, als sei es der klare Himmel, der spielt; der Wind selbst macht heute abend Musik.«

Biscione führte die anderen beiden zu dem Rutenhaufen. Der Pater wandte sich dem Lehrer zu und kam zwischen den Fässern näher.

»Es ist ein schlimmer Wind, der uns diese Musik hergetragen hat. Und Sie sprechen vom Himmel. Wer unsere Jungen ausfindig machen will, der muß sie zwischen den Schaubuden suchen. Scheibenschießen und wilde Tiere, wilde Tiere und Scheibenschießen. Wie viele sind heute zur Wiederholungsstunde gekommen?«

»Zwei.«

»Aha! Und die Eltern sind noch ärger. Sie essen und trinken, trinken und tanzen. Würden sie wenigstens der Musik zuhören! Sie werden es nicht glauben: gestern ging ich über die Piazza, ich hatte oben auf dem Gemeindeamt zu tun, und sehe – es war sechs Uhr nachmittags – diese... diese Lehrerin vom Bahnhof – sie wird in Ihrem Alter sein, Professore –, wie sie Arm in Arm mit ihrem Vater – ihrem Vater, sage ich Ihnen –, wie also die beiden auf diese Bahn mit den kleinen Autos steigen und rundherum fahren, vorwärts und rückwärts, und schreien und die anderen Autos anspringen, losstoßen wie Tiere. Stellen Sie sich vor, was in diesen Autos in der Nacht vor sich geht! Einer, so hat man mir gesagt, hat sich immerhin die Hand zwischen zwei Autos zerquetscht.«

Der Lehrer blickte mit einem blassen Lächeln in den Rauch seiner Pfeife, und durch ihn hindurch sah er, wie in einem beschlagenen Spiegel, die beiden Burschen, die Ruten banden. Biscione war verschwunden.

»Richten wir nicht, Pater! Nicht alle Junggesellen sind so bußfertig wie wir.«

»Aber hören Sie denn nicht«, brummte der Pater, während er einen Stummel aus der Soutane zog und lebhaft darauf herumbiß, »hören Sie nicht, wie die jungen Leute die ganze Nacht auf der Straße zurückkommen, von einem Graben in den anderen, berauscht, daß sie sich nicht mehr auf den Beinen halten können? Wie sie all das Zeug herauskotzen und kaum wissen, was sie alles in sich hineingeschüttet haben, und unserem Gittertor Fußtritte versetzen, als sei hier die Osteria? Und sogar Frauen sind dabei!«

»Je nun, zur ›Madonna di settembre‹ wird eine schöne Prozession auch das Gittertor abwaschen.«

»Wenn es nur das wäre!« schnaubte der Pater los. »Diese Zigeuner von den Schaubuden haben das Geschäft gewittert, sie werden nicht so bald aus dem Tal ziehen. Sie sind, mit Verlaub zu sagen, wie der zusammengerührte Mist hier: wenn man einmal die Hände hineinsteckt, verlieren sie den Geruch nicht mehr.«

Und der Pater rieb sich wieder die Fäuste an dem Sack ab, der ihm vom Hals herabhing. Es waren kräftige braune Fäuste mit schwarzen Streifen in den Falten, unter den Nägeln, um die Handgelenke. Sie schienen aus Holz zu sein oder aus einem ganz runzeligen Fleisch. Unter dem Sackleinen kamen die Füße heraus, barfuß und ebenfalls knotig, erdverschmutzt und gedreht wie Wurzeln.

»Schlecht ist dieser Geruch nicht«, sagte der Lehrer ungerührt. »Ganz früh am Morgen, wenn die Jauche in die Furchen verteilt wird, ist er sicher nicht unangenehm.«

»Einverstanden, wenn er von Rindermist kommt«, sagte der Pater. »Aber bei dem hier tränen einem die Augen. Er ist so heiß und sauer, daß er nicht einmal wirklich düngt.«

Der Lehrer zog an der Pfeife. »Für mich ist das ein Zeichen von Vorrecht und Elend unserer Lage. In unserem Körper gibt es ein teuflisches Element, den bösen Willen, der auch das vergiftet, was wir ausstoßen. Die Säure ist im Geist.« Und er betrachtete durch den Rauch heimlich das hagere Gesicht des Paters.

»Nichts leichter als das«, sagte der Pater, »nichts leichter als das... Biscione! Sind die Besen fertig? Wo ist dieser verflixte Kerl hin?«

Während Rico und der andere herankamen, wobei sie lange Büschel von Erlenruten schwangen, erschien Biscione: er rannte herbei und tat, als ziehe er sich noch die Hosen hoch. Der Pater ging ihm entgegen, sah ihn fest an und packte ihn am Handgelenk. Biscione war fast so groß wie er, aber schmächtiger und bleicher. »Du hast geraucht, was?« fragte der Pater und näherte das Gesicht dem seinen. »Woher nimmst du das Geld?« Ohne darauf zu antworten, machte Biscione den gefangenen Arm los und knöpfte sich ostentativ die Hosen zu.

Der Pater ließ nicht locker. »Du hast geraucht«, wiederholte er. »Führe keine Komödie auf. Man spürt es am Atem. Woher nimmst du das Geld?« Biscione gab keine Antwort.

»Er wird die Kippen sammeln«, sagte der Lehrer von der Pumpe her.

»Ach wo! Ich habe sogar zwei Kippen von Zigaretten gefunden, die er geraucht hat«, knurrte der Pater. »Er verkauft die Pfirsiche körbchenweise – falls er nichts Schlimmeres anstellt. Aber ist es dir bewußt, daß du stiehlst, was dem Herrgott gehört? Weißt du das?« Und er durchsuchte keuchend Biscione's Taschen, wobei er ihm den Arm mit einem heftigen Ruck wegschob. Er fand nichts. »Mit sechzehn Jahren! Das sind nun die armen Kinder, die wir aus Barmherzigkeit aufnehmen! Der Prior sagt, sie seien blöde. Wenn man sie sich selbst überlasse, würden sie in den Gräben schlafen, würden übel enden. Du, du bist genauso wenig blöde wie ich und der Lehrer. In den Gräben wirst du allerdings enden, wenn nicht schlimmer. Du Herumtreiber!« Und er gab ihm eine Ohrfeige. »Reiß du mir noch einmal nachts am San Rocco-Fest aus!« Und er versetzte ihm wieder eine. »Du weißt ja nicht, was du tust!« Ein Tritt mit dem nackten Fuß stieß ihn drei Schritte weit fort. »Nimm dir eine Rute und arbeite, Biscione. Dieser Name, du Viper, paßt zu dir.«

Aber Biscione, der sich schlaff hatte zu Boden fallen lassen, schnellte hoch und war im Begriff, auf den Pater loszuspringen. Der Bursche zitterte, hob die Arme, griff in den Stoff der Kutte, bis auf die Haut, und beugte sich vor. Der Pater, empört, stand aufgerichtet, wartend da, die Soutane war ihm hinten bis auf die Fersen gerutscht. Biscione spuckte, knurrte, dann wandte er den Kopf und den ganzen Körper ab, lief los und verschwand hinter den Ställen.

Der Lehrer hatte sich erhoben und schwenkte die Pfeife in einer Hand.

Der Pater stand mit offenem Munde da, als wolle er schreien; dann schüttelte er sich und wandte sich an die anderen: »Sind die Besen fertig? An das Faß! Diese elenden Musikmacher, sie hören nicht einmal zum Ave Maria auf. Ihr beiden, los!«

Der Lehrer setzte sich wieder. Die durchsichtig klare Luft begann dämmerig zu werden, sie dämpfte und isolierte die Geräusche, die unter dem weiten Raum des Himmels alle kühler und leiser schienen. Die Hügel – hinter dem Rauschen der Maulbeerbäume jenseits der Anhöhe – waren dunkel und fern. Diese plötzlich losbrechenden Klänge der Musik schwebten jetzt häufiger mit ihren Wirbeln durch die ruhige Luft heran und lösten sich im Himmel von dem Durcheinander, dem Feuer, dem Wein, aus dem sie entstanden, bis sie reiner, überirdischer Klang wurden wie der des Windes.

Auf der stumpfen Härte der Tenne stampften die nackten Füße. Die beiden Burschen standen gebückt vor dem Faß, die Erlenruten bereit. Sie sahen einander nicht mehr ins Gesicht, sie schienen gespannt auf ein Spiel zu warten. Der Pater stellte sich hinter das Faß, die Beine, die in verwaschenen Unterhosen steckten, gespreizt, und packte den Faßrand mit ausgebreiteten Armen. Wie ein Kämpfer gab er dem dicken Faß einen Stoß und schaukelte es, um den Inhalt umzuschwenken. Er flüsterte: »Fertig?« Die beiden Burschen hockten gespannt da. Nun stieß er das Faß nach vorn, die Öffnung auf sie, auf die Tenne zu. Einen Augenblick hielt er es so schräg im Gleichgewicht, dann ließ er es langsam, vorsichtig nach vorn fallen; er begleitete diese Bewegung mit dem ganzen Körper: er beugte sich, keuchte, reckte die Arme, den Rücken, die Waden, knirschte mit den Zähnen, stöhnte. Zwischen die beiden Burschen, die vor ihm hockten, strömte nun diese schwärzliche, heftig schäumende dicke Flüssigkeit. Sie fiel schwer herab wie Öl und bildete einen See. Die Burschen waren zurückgesprungen. »Los, ihr beiden«, brüllte der Pater mit gespannten Muskeln, »los, hinein, breitet es aus.«

Da bückten sich die beiden und schlugen mit den Ruten los. Ein mächtiger Schwall nach dem anderen kam herab, prasselte und schäumte und verspritzte nach allen Seiten Kotstücke. Sie waren auch mit den Füßen hineingesprungen und schlugen um die Wette um sich, hoben die pfeifenden Besen, senkten sie sogleich, weil sie tropften, kniffen die Augen zu und wandten die Nase weg, streiften einander manchmal, wenn sie losschlugen, taub und besessen. »Ihr wüsten Kerle«, brüllte der Pater in seiner Anstrengung, »hört auf, es rinnt ja schon. Geht an die Seite. Ihr könnt doch nicht alles fressen! An die Seite, anständig... nur eben leiten... Ah!« Und er räusperte sich und spuckte den Schleim aus, immer über das Faß gebeugt, immer wie festgenagelt an dieses Gefäß, das die Jauche ausgoß, unerschöpflich, langsam ausgoß.

Bis zu dem Lehrer gelangten Spritzer der üblen Masse, manche flüssig, manche fester, der Kopf wurde ihm ganz benommen, der scharfe Geruch ätzte Augen und Nase. Die ferne Musik dröhnte. Ihn packte eine wütende Lust, Schuhe und Strümpfe abzulegen, sich auszuziehen, sich ebenfalls hineinzuwerfen in den Spritzregen, und, das Bärtchen im Wind, zu springen und zu schreien. Aber er zuckte nicht mit der Wimper – außer der Tränen wegen, die ihm aus den weitaufgerissenen Augen rannen.

Die beiden Burschen hatten sich schon beruhigt. Bei den Worten des Paters machten sie nun, zerknirscht, gebückt, kleine Schritte, fegten mit dem langen, schon nicht mehr zu erkennenden Besen langsam in der strudelnden Masse, zerteilten den Schaum, leiteten ihn weiter, paßten gegenseitig aufeinander auf. Als der Pater das Faß austropfen ließ, hatte er sich in dem abendlichen Licht bis zur Erde gebeugt, Pater und Faß bildeten eine einzige Masse.

»Dieser Geruch, Pater, steigt in den Kopf wie Most«, sagte dort im Schatten der Lehrer und spuckte aus.

»Daran sind wir sicher alle mit schuld.«

II

Rico stellte sie Stallaterne auf das Fensterbrett und sah sich in dem Vorratsraum um. Die großen Schattenmassen tanzten ein wenig mit dem Licht, alles schwankte wie in einem rötlichen Erdbeben; dann beruhigten sich die herabbaumelnden Knoblauchkränze, die aufgeblätterten Maiskolbenbüschel vom vorigen Jahr, der geschwollene Stoß von Kornsäcken, und erschienen wieder in unbestimmten Umrissen.

»Er ist hier, er schläft.«

Die beiden Burschen traten barfuß auf den gestampften Lehmboden und ließen das Licht am Fenster.

»Der Pater wollte, daß wir uns waschen«, wisperte Rico schwer atmend. »Ich bin müde; lieber strecke ich auf dem Strohsack die Füße heraus.«

»Wenn dich der Pater erwischt, wirst du sehen, was er mit dir macht. Sieh dir Biscione an! Heute ist er aufsässig geworden«, murrte Gosto leise.

»Du bist ein Esel. Biscione tut alles mit Absicht. Sieh doch hin – hat er ihm was getan? Nichts. Biscione ist ausgerissen und schlafen gegangen. Auf die Art hat er nicht mehr gearbeitet. Jedesmal, wenn Biscione es darauf anlegt, daß er einen Tritt bekommt, müssen wir allein weiterarbeiten. Als der Garten umzugraben war, hat er es genauso gemacht. Dann hat der Pater ihm verziehen, aber inzwischen habe ich weitergegraben. Du warst damals auf dem Weinberg.«

Rico rückte die Stallaterne heran, um sie auszulöschen. In dem schwankenden Licht wurden plötzlich die drei Strohsäcke an der Wand sichtbar: auf dem letzten, zerrissenen lag bäuchlings, die Beine nebeneinander, mit nacktem Oberkörper, Biscione; die bleichen Arme waren unter dem Gesicht gekreuzt. Er hatte sich nicht gerührt, weder bei den knurrenden Worten von Gosto, noch beim Knistern der dürren Blätter in den Maisstrohsäcken. Gostos Schatten schwang hin und her: er hatte eine Bewegung gemacht, als schleudere er einen Stein nach ihm, und verzog dabei den Mund.

»Nicht doch«, wisperte Rico und blies die Laterne aus, so daß der Vorratsraum plötzlich in Finsternis sank.

Man hörte ein Stöhnen, als die Körper sich ausstreckten, das knisternde Ächzen der Strohsäcke, Grunzlaute, einen Seufzer; dann erschien wieder ungewiß im Dämmerlicht das große, weit geöffnete Fenster.

Durch das Fenster hallte in der kühlen Nacht bald ganz nahe, bald fern wieder der Lärm von Musik herein, klar und gedämpft zugleich. Sie schien mit dem Wind keuchend zu atmen; plötzlich hörte sie auf; sie kam wieder, undeutlich, mit dem Gezirp der Grillen vermischt; sie wurde zugedeckt von einer kräftigen Stimme, die irgendwo zu singen begann; dann verlor sich die Stimme, sie erstarb in der Nacht, und die Wellen der Töne verhallten zwischen den Bäumen.

»Rico«, knurrte Gosto, »du stinkst, daß einem schlecht wird.«

»Du bist es, der stinkt. Ich bin über die Wiese gelaufen, um mir die Füße sauberzumachen.«

»Das hat nicht genügt, Rico. Es war noch kein Tau da.«

»Der Pater wird dich morgen ausschelten. Du wirst sehen. Du bist nicht Biscione.«

Gosto sagte, gedämpft, weil er gegen den Strohsack sprach: »Ich frage morgen den Pater, ob er mich zum Baden in die Ebene gehen läßt. Er hat gesagt, wenn wir nicht heimlich ausreißen, läßt er uns mal hin. Ich weiß einen kleinen See, frisch wie der Brunnen, wo die Mädchen hingehen. Einmal habe ich schon welche gesehen, sie hatten nur das Hemd an. Ich sage ihm, wir nähmen für untenrum was mit, und dann rennen wir bis zum Bad der Mädchen. Der Pater läßt uns hingehen, damit wir uns waschen, wenn wir was für untenrum mitnehmen; und so bleiben wir dort, solange wir wollen.«

»Wie hast du das gemacht, daß du die Mädchen gesehen hast, Gosto? Sie lassen niemanden zusehen.«

»Es gibt dort auf dem Sand vom Fluß Schilf; man kann nahe herankommen, ohne daß sie es merken. Frage du den Pater auch, dann läßt er uns hin. Du hast es auch nötig, dich zu waschen.«

»Du bist ein Esel, Gosto. Die Tenne ist schon fertig; morgen ernten wir die Mohrenhirse. Die Arbeiter kommen, es geht noch vor Tag aufs Land. Ausgerechnet morgen soll er uns hingehen lassen! Statt dessen werden wir so viele solcher Handkörbe tragen, daß wir das Bad im Hemd machen werden. Morgen wird auch Biscione arbeiten müssen.«

Gosto seufzte mit einem gurgelnden Laut und drehte sich krachend um. Im Vorratsraum gab es immerzu irgendein Quietschen, ein Nagen, ein Schwirren. Biscione rührte sich nicht.

»Wir gehen ein andermal dorthin, mit Biscione«, flüsterte Rico. Und nach einer Pause: »Gehen die Mädchen immer dorthin?«

»Wenn Biscione auch noch mitkommt, merkt es der Pater. Heute ist er schon wütend geworden. Er ist imstande, mit den Mädchen zu reden, und dann komme ich nicht mehr mit«, brummte Gosto.

»Wie sind die Mädchen? Sieht man es?«

»Nein, sie behalten das Hemd an. Aber man sieht die Beine. Bei den Großen sind sie weiß wie Butter.«

»Biscione hat mal eine mit einem Mann gesehen, als er zu den Rossi zum Traubenstampfen ging. Er sagte, sie lagen hinter den Brombeerbüschen, gegen Abend, auf der großen Wiese, und machten es wie die Hunde. Er hat gehört, daß die Frau lachte.«

»Wann war das?«

»Letztes Jahr, am Rosenkranzfest.«

»Biscione sündigt. Warum hat er es nicht dem Pater gesagt? Müssen nur wir beide beichten?«

»Und dann ist der Mann weggegangen, und die Frau hat ihn gesehen und zu ihm gesagt, sie hätte sich im Gras umarmen lassen.« Die dünne, mühsame Stimme von Rico schlug in ein ersticktes Lachen um.

»Uh!« machte Gosto bestürzt und preßte den Mund auf das Kopfkissen.

»Mir hat Biscione mal eine Zigarette gegeben«, fing Rico leise von neuem an.

»Hast du sie geraucht?«

»Sicher.«

Wieder hallte der ferne Wirbel der Musik zwischen den Bäumen herüber. Rico wartete, bis sie von den feinen Stimmen der Grillen übertönt wurde, dann wiederholte er eifrig:

»Sicher. Und er hat mir gesagt, der Pater hätte keinen Kropf, nur weil er raucht. Sieh dir den Lehrer an, der Pfeife raucht: er hat nicht wie du einen Kropf. Du müßtest rauchen, um den Kropf loszuwerden. Ich werde rauchen, damit ich keinen kriege.«

»Aber Biscione hat nie einen gehabt.«

»Eben weil er raucht. Er hat mir gesagt, der Pater ließe uns nicht rauchen, weil wir dann einen Kropf kriegen und niemand uns außerhalb Arbeit geben wird.«

»Aber die Frauen, die nicht rauchen, haben doch auch nicht alle einen Kropf.«

»Bei den Frauen ist es anders. Und dann – einmal ist auf der Landstraße eine in einem Wagen vorübergefahren, sie kam aus Canelli, und ich habe gesehen, daß sie rauchte.«

Eine Weile war es still. Dann sagte Gosto ganz leise:

»Du wirst sehen, heute nacht reißt er nicht aus wie am Sonntag. Wenn der Pater es merkt, läßt er ihn nicht mehr herein. Darum ist er heute gegen den Pater frech geworden.«

»Biscione reißt aus, wann er will, und kommt hier immer wieder herein«, sagte Rico entschieden, »auch wenn du ihn verpetzt wie am Sonntag.«

»Aber er war tanzen gegangen.«

»Du Esel! Wie sollen sie einen, der barfuß ist, auf den Tanzboden lassen! Nein, er ist in die Bude mit den wilden Tieren gegangen, und er sagt, dort gibt es noch vieles andere, aber das ist das Schönste.«

»Wirklich?«

»Dort gibt es eine Frau, angezogen, als wäre sie nackt, in einem glitzernden Trikot: sie wartet an der Tür und ruft die Leute herein. Von drinnen hört man den Löwen, der im Käfig springt, und der Tierbändiger schlägt mit einer Forke auf die Stäbe, damit er sich umdreht. Er sagt, er brüllt wie der Donner. Alle gehen hin, ihn zu sehen. Biscione konnte nicht hinein, weil man zehn Soldi bezahlen muß, aber er sagt, man hört alles von draußen, sogar den Tierbändiger, der mit dem Löwen spricht, und die Frau, wenn sie tanzt. Sogar die Streu riecht nach wilden Tieren, sie riecht anders als unsere. Dann, als sie schlossen, hat Biscione mit dem Tierbändiger gesprochen. Er sagt, er trägt Stiefel und Armbänder aus Leder. Er ist ein Ungar und kennt die Löwen, als wären sie Rinder. Er ist einen Augenblick zum Scheibenschießen gegangen und hat viermal mit dem Luftgewehr geschossen, immer ins Schwarze. Dann, sagt er, hat er mit den Mädchen gelacht und mit ihnen auf ungarisch gesprochen, und die Frau ist gekommen, nackt wie sie war in diesem Trikot, um ihn zu holen, und er ist mit der Peitsche hinter ihr her gelaufen bis zu dem Wagen, in dem sie schlafen.«

»Hat die Frau wirklich nur einen Trikot an?« knurrte Gosto leise in die Stille hinein.

III

Als die Musik lauter losdröhnte, hob Biscione plötzlich den Kopf. In der einsamen Nacht kam auf dem Wind nur dieser weinselige Lärm herüber. Biscione lag da, ohne sich zu rühren, die Augen aufgerissen, und bald unterschied er die riesigen Wände, die beängstigend unbestimmt umherhängenden Geräte, die Säcke, die herabbaumelnden Maiskolbenbüschel. Vom Strohsack kam schnaufend der schwere Atem von Gosto.

Biscione erhob sich vorsichtig und stieg aus dem Fenster. Draußen war es kühl, noch tiefe Nacht. Er hob den Blick zu den Bäumen, durch die viele Sterne schimmerten: nein, es war noch nicht zu spät. Er hörte keine Grillen zirpen. Leichtfüßig lief er durch den Hof nach der Pforte des Paters. Im Laufen hielt er eine Hand fest auf die Hosentasche.

Als er an der Pforte angelangt war, sah er mit gesenkter Stirn rundum und horchte. Nur der Lärm kam von fern mit dem Wind, die Musik hatte ausgesetzt. Nichts war zu vernehmen, nicht einmal das Tropfen der Pumpe. Irgendein Geräusch hätte zu hören sein müssen, das Grölen eines Betrunkenen auf der Straße, das Bellen eines Hundes; doch die Nacht schien völlig leer, in der Schwebe, feindselig, sie rauschte Biscione in den Ohren, als warte sie auf etwas.

An der Pforte also sah er rundum und hielt die Sichel hoch. Er schwang sie einen Augenblick im Halbdunkel der Mauer. Sie war kalt, die große gekrümmte Klinge, aber der glatte, oben abgebrochene Horngriff bewahrte die Wärme der Hose. Biscione ließ die Klinge lachend über die Wange gleiten und erschauerte unter der eisigen Kälte. Dann schwang er sie mit ruhigem Arm durch die Luft. Hätte der Pater wie Gosto einen Kropf, dann wäre der jetzt ab. Biscione erinnerte sich an damals, als er die Viper in zwei Hälften gehauen hatte. Was für ein Schlag! Und die beiden Stücke hörten nicht auf, sich zu winden. Biscione entfuhr ein Knurren.

Er wollte die Pforte aufstoßen. Sie war verschlossen. »Gemeiner Kerl! Er traut keinem«, zischte er, trat zurück und lief ans Fenster. Das war offen, weit offen. Biscione beugte sich vor: ihm schien, dort im Dunkel war nichts zu hören. Die Grillen zirpten, so laut sie konnten. Etwas anderes war nicht zu vernehmen. ›Wenn ihn die Grillen nicht aufwecken, weckt ihn auch sonst niemand auf. Wenn nur nicht die Betrunkenen jetzt zu grölen anfangen!‹ Aus dem Dunkel kam ein leichtes Knistern – vielleicht das Holz im Wind –, da fiel Biscione die Sichel aus der Hand. Er fing sie gerade noch auf, sie war schon fast am Boden, aber er zuckte zusammen und stöhnte: als er sich bückte, war er mit der Stirn heftig auf das Fensterbrett geschlagen. Ihm schien, als schwanke im Dunkeln alles: die Nacht, die Sterne. Er fiel unter dem Fenster auf die Knie, blieb wie betäubt liegen, preßte die Stelle, wo es schmerzte, und ächzte leise.

Im Zimmer rührte sich nichts. ›Herrgott, mach, daß er mich nicht gehört hat.‹ Dann erhob er sich, horchte. Er stieg über das Fensterbrett ein.

Als er die Füße auf die kalten Ziegelsteine gesetzt hatte, ging er blindlings weiter, mit zusammengekniffenen Augen, um sich schneller zu gewöhnen. Plötzlich blieb er stehen, weil er in der Nacht von fern ein Geschrei hörte. Er packte die Sichel und spähte in das Dunkel. Wieder wandte er sich dem Fenster zu. In dem schwachen Licht bemerkte er die ersten Ziegelsteine unter dem Fensterbrett, in der Ecke einen Stuhl, die Umrisse des Schrankes. Er drehte sich um: dort war der blasse Fleck vom Bett. Er hielt den Atem an und tat wieder einen Schritt. Das Licht flammte auf und überflutete ihn da, wo er stand.

Im Bett aufgerichtet, ein Bein am Boden, die Haare wirr, so starrte ihn der Pater mit weitaufgerissenen Augen an; eine Hand war noch am Schalter. Das weite Hemd war offen, das knochige Bein, das die zurückgeschlagenen Decken entblößten, war ausgestreckt, um den Fußboden zu erreichen. Er hob die Linke von der Brust und wies mit ihr auf Biscione, der rasch die Sichel in die Hose steckte.

»Was suchst du hier, du Mordbube?«

Biscione warf den Kopf nach allen Seiten, er wollte losrennen, in den Hof springen, sich ins Dunkel retten. Aber da spürte er, wie ihm die eiskalte Sichel das Bein hinunterglitt und den Fuß behinderte.

»Du sollst mir nicht ausreißen!«, schrie der Pater und sprang vom Bett auf, daß sein weites weißes Hemd flatterte. »Solange ich am Leben bin, sollst du mir nicht ausreißen. Wo wolltest du etwas entzweischlagen?« Er fuhr auf ihn los und schüttelte ihn. Biscione wand sich und versuchte, sich niederzubeugen. »Stell dich hierher. Stell dich hierher. Von Nacht zu Nacht werden wir mehr zu Dieben. Was hast du an den Füßen?« Biscione wollte sich zu Boden werfen, er knirschte mit den Zähnen und knurrte. Aber der Pater schob ihn entschlossen mit einer Faust beiseite, bückte sich und hob das Werkzeug auf, das klirrend heruntergefallen war. »Du Teufelsbraten! Also mit Sicheln geht man um Mitternacht spazieren. Was wolltest du hier kaputthauen? Übst du schon das Einbrechen?«

»Ich wollte niemandem etwas antun«, knurrte Biscione. Er klammerte sich rücklings an den Tisch, wo er keuchend stehengeblieben war.

»Eins von beiden: mit der Sichel haut man entweder etwas kaputt, oder man bringt einen um. Umbringen – da weißt du wohl noch nicht, wen. Was also hast du hier drin gesucht?«

Von dem harten Licht geblendet, starrten sie einander an: der Pater, kurzsichtig, erhitzt, in diesem Hemd, das aussah, als habe es ihm der Wind übergeworfen; Biscione, keuchend, schlaff wie die Hosen, die ihn zu Boden zogen. Sie starrten einander stumm an. Ein boshaftes Grinsen spielte um Biscones Mund. Bis zum Halsgrübchen war der Pater behaart.

Bei diesem Grinsen blitzten die Augen des Paters. Er schüttelte sich, er zitterte am ganzen Leibe. Bestürzt drehte er den Kopf nach allen Seiten. Dann hob er den Blick, sah Biscione von der Seite an, nahm die Sichel in die andere Hand und bekreuzigte sich mit einem großen Kreuz; als er dann die Hände faltete, wollten sich die Finger nicht recht ineinanderfügen. Biscione stand aufmerksam da, mit gesenkter Stirn.

»Rühr dich nicht von der Stelle«, herrschte ihn der Pater an. Er ging rasch ans Fenster und sah hinaus. Dann schloß er es. Er ging zum Bett zurück und suchte die Unterhosen. »Rühr dich nicht von der Stelle«, wiederholte er drohend. Er legte die Sichel auf den Nachttisch; er fuhr in die Unterhosen, dann suchte er die Soutane. Rasch warf er sie sich über den Kopf, und als er wieder daraus auftauchte, sah er schnell zu Biscione hinüber. Dieser hatte sich vom Tisch nicht fortbewegt, aber er hatte sich darangelehnt und verfolgte jede Geste des Paters mit dem leichten Grinsen, das er schon vorhin gezeigt hatte.

»Hier gibt es nichts zu lachen, du Dummkopf«, sagte der Pater, als er angekleidet auf ihn zutrat. Biscione beugte sich zur Seite, als wolle er einen Schlag abwehren.

»Knie jetzt hin.«

Aber Biscione stemmte die Hände auf den Tisch, wobei er den Pater immerzu anstarrte.

»Knie hin«, knurrte der Pater und hob die Faust. »Törichter Kerl, knie hin: du könntest heute nacht sterben.«

Biscione ließ sich zu Boden gleiten und stieß die Knie auf die Ziegelsteine. Was der Pater für Knoten an den Füßen hatte! Wenn er nach oben spähte, sah er die über ihn gebeugten, zornigen Augen.

»Ich bereue, Herr, mein Gott –«

»Ich bereue, Herr, mein Gott«

»den entsetzlichen Gedanken, den ich gehegt habe –«
»den entsetzlichen Gedanken, den ich gehegt habe«
»gegen meinen Wohltäter –«
»gegen meinen Wohltäter«
»und ich danke Euch, daß Ihr mich gerettet habt –«
»und ich danke Euch, daß Ihr mich gerettet habt«
»in Eurer grenzenlosen Barmherzigkeit –«
»in Eurer grenzenlosen Barmherzigkeit«
»vor dem Tode der Seele –«
»vor dem Tode der Seele.«

»Jetzt bekreuzige dich und sprich das Bekenntnis der tiefsten Reue.« Biscione faltete die Hände über der Brust, senkte den Kopf und begann fromm vor sich hin zu murmeln. Der Pater stand mit ausgestrecktem Arm über ihm und sprach die Worte mit. Als Biscione zögernd den Kopf wieder hob, zeichnete er ihm auf die Stirn ernst das Zeichen der Absolution.

»Gott sei Dank«, sagte er keuchend. »Hoffen wir, daß es dir Nutzen bringt. Samstag wirst du dann mit den anderen beichten, verstanden? Und dann wirst du die Generalbeichte ablegen, und wir werden sehen, was du verdienst. Bis zum Samstag wirst du fünf Vaterunser, Ave Maria und Gloria aufsagen, jeden Abend.«

Biscione hatte sich wieder erhoben, er schlug sich mit den gekreuzten Armen gegen die Schultern, wobei er den Pater, der sich die Stirn abwischte, unruhig ansah.

»Du Herumtreiber, war es diese Stirn, die du zerschlagen wolltest? Weißt du nicht, daß auch nur der Gedanke daran Todsünde ist? Danken wir dem Herrn, der mich und dich hat retten wollen. Aber was hat dich gepackt? Das weißt du selbst nicht. Alles, weil ich dir nicht erlaube, zu rauchen?«

Biscione, noch immer unruhig, ließ ihn reden, dann sagte er rauh, mit einem Blick auf das trübe Fenster:

»Samstag bin ich nicht mehr hier.«

»Wie das?«

»Ich habe es Euch ja gesagt, Pater. Ich gehe von hier fort.«

»Und wohin willst du gehen?«

»Irgendeine Stelle finde ich schon, aber hier bleibe ich nicht.«

»Wohin willst du gehen, du Herumtreiber? Bei dem, was du getan hast und weiter tun wirst? So also bereust du, so besserst du dich? Gott hört dich, du Aas. Aber wenn dich der Pater nicht behält, wer soll dich sonst behalten? Willst du wirklich in einem Graben verrecken? Gerade morgen, wo die Ernte beginnt, und mit der Todsünde am Halse? Laß das bleiben, Biscione. Du brauchst nicht auszureißen: von mir aus ist dir verziehen; aber Gott ruft dich, daß du Rechenschaft ablegst und dein Leben änderst.«

»Ich gehe fort, denn hier sind wir nichts als Tiere.«

»Wieso Tiere?«

»Tiere. Sagt zu Rico und Gosto, was Ihr wollt; aber mich einen blöden Kerl nennen und einen Hungerleider – in Gegenwart des Lehrers –, das durftet Ihr nicht tun. Ich arbeite wie die anderen, mehr als die anderen, weil ich kein blöder Kerl bin; aber wenn ich fertig bin, bin ich fertig und will mich ausruhen, wie der Lehrer sich ausruht, wie alle sich ausruhen; will, wenn ich Lust dazu habe, rauchen und ins Dorf gehen, wenn die Tagesarbeit zu Ende ist, wie alle Arbeiter. Das von heute Nacht bereue ich und werde es nicht wieder tun, aber ich werde nicht so blöde sein, länger für jemanden zu arbeiten, der mich nicht bezahlt.«

»Biscione«, schrie der Pater, »du hast bereut und denkst noch an Lohn? So also fürchtest du Gott? In deinem Alter?«

»Ich wollte Euch nichts stehlen«, redete Biscione weiter, »und wenn ich jung bin, so bin ich daran nicht schuld. Ich arbeite wie ein anderer, wenn Zeit ist, zu arbeiten, und will genauso bezahlt werden.«

»Aber daß du ißt, daß du hier schläfst, daß du was anzuziehen hast, ist das nicht Bezahlung genug?«

»Nein, das ist nicht genug. Zu essen gebt Ihr auch den Arbeitern. Und Ihr gebt ihnen Tresterwein zu trinken, und uns nicht. Schlafen kostet nichts. Und die Hosen schenken sie Euch, wenn sie zerrissen sind, aus Barmherzigkeit. Rico, der kleiner ist, paßte zweimal hinein, er hat sie abschneiden müssen. Mir paßt es hier nicht.«

Der Pater ging langsam zum Fenster und machte es auf. In die erstickende Wärme kam ein milder Nachthauch. In den Hof schob sich, ungewiß, das Lichtrechteck nach draußen, in die Nacht voll dumpfer Laute und ferner Triller; der vage Lärm hallte bis hierher.

»Höre, Biscione: du bist im Unglück geboren; draußen hast du keine Familie, du hast niemanden, du kommst aus dem Hospital. Denke jetzt nicht an den Lehrer. Ihr seid keine Herrensöhne, die zur Wiederholungsstunde kommen. Hier findet ihr ein Zuhause, lernt ein Handwerk, habt das gute Beispiel vor Augen. Warum begnügst du dich nicht damit? Warum bist du dem Herrgott nicht dankbar? Glaubst du denn, du würdest, wenn du von hier fortgehst, Arbeit finden, in deinem Alter, ohne unsere Hilfe? Unglück würdest du finden, Laster und Versuchungen. Worauf du dich verstehst, hast du ja heute abend gezeigt. Das nächste Mal würdest du irgendeinen anderen bedrohen, der das ernst nehmen würde.«

»Die Welt ist voller Leute, die drohen und sich Achtung verschaffen. Wenn man seinen Lohn hat, leidet man nicht unter Versuchungen.«

»Siehst du, Biscione, du bist unglücklicherweise kein blöder Kerl, aber der Herr hätte dir eine Wohltat erwiesen, wenn er dich als Dummkopf hätte zur Welt kommen lassen. Bei der Landarbeit ist es ein Glück, einfältig zu sein, nie über die eigenen Rinder hinaus zu sehen und dem Herrgott Dank zu sagen für das wenige Gute...«

»Auch Ihr, Pater, seid kein Dummkopf, und es gibt nicht nur die Landarbeit.«

Der Pater näherte sich und sah ihn scharf an.

»Was für Arbeit sonst?«

»In der Ebene ist einer, der vier Lire am Tag verdient damit, daß er die Pferde von der Schau auf der Piazza versorgt. Ein bißchen Stroh früh und abends und sie zur Tränke führen. Es ist schon ausgemacht, daß er mit ihnen nach Alba geht...«

»Ha, da ist er, der Teufel!« wetterte der Pater los. »Die Pferde von der Schaubude! Den ganzen Tag rumbummeln, nach Alba gehen, ein Zigeunerleben führen, ich hätte es mir denken können, daß es von dorther kam... Da hast du die Feste und das, was sie bewirken! Haben die dort dir den schönen Rat gegeben zu dem, was du vorhin getan hast? Du hast mir gegenüber bereut, ich habe die Reueworte mitgesprochen. Du hast bereut. Herumtreiber! Und du wagst von Lohn zu sprechen. Aber einen Lohn bekommt jemand, der arbeitet, nicht jemand, der Musik macht und mit Tanz durch die Straßen zieht. Ist es noch nicht genug? Was für Wunder haben sie dir sonst in Aussicht gestellt?«

»Die Wunder vollbringt Ihr, Pater. Wer spricht von Musikmachen und Tanzen?«

»Du elender Herumtreiber, weißt du nicht, daß sie alle von zu Hause ausgerissen, daß sie Verbrecher sind? Wenn du bei dem Leben, das du hier führst, schon ein solches Aas bist – was wirst du erst bei diesen Leuten anstellen?«

Der Pater, rot vor Erregung, fuchtelte mit den Armen und sprach sehr laut, um das Hundegebell und das Gebrüll Betrunkener zu übertönen, das gerade jenseits der Bäume auf der Straße losbrach. Auch Fido hatte zu kläffen begonnen, er raste am Gittertor an der Laufkette, an die er festgemacht war, hin und her, daß das Drahtseil surrend schwang. Plötzlich eilte der Pater ans Fenster und spähte hinaus. Er brummte irgend etwas mit seiner rauhen Stimme und kam zu Biscione zurück, wobei er heftig den Kopf schüttelte.

»Da hast du die Früchte von dieser Art Leben«, sagte er scharf, mit leiserer Stimme. »Das alles willst auch du tun? Das Zeug dazu hast du, o ja. Aber gib acht: dort werden auch die Schlauen von den noch Schlaueren übers Ohr gehauen. Du wärest nicht der erste, der sich bei ihnen zu Tode schuften muß, und der dann, wenn das Fest zu Ende ist, auf die Straße gesetzt wird, ohne daß sie ihm auch nur ein paar Kupfermünzen geben.«

»Es ist überall schwierig, zu seinem Geld zu kommen; darum will ich auch nur für den halben Lohn arbeiten. Halben Tagelohn bis zur Traubenlese, und essen und schlafen. Denn ich bin jung. Bei der Aussaat wird man weitersehen. Sonntags frei und die Erlaubnis, auszugehen, wenn die Arbeit nicht drängt.«

Biscione sah dem Pater gerade ins Gesicht; die Hände hatte er jetzt in den Gürtel gesteckt, auf den nackten Leib.

Der Pater sagte rasch:

»Den freien Sonntag gebe ich dir, wenn du den Lohn nicht ausgezahlt haben willst, sondern ihn bis zur Aussaat stehen läßt. Aber erst werden wir den Prior hören.«

»Sonntag ohne Lohn ist wie Messe ohne Wein. Und hier seid der Prior Ihr. Ich bin nicht alt genug, den Lohn stehen zu lassen. Einigen wir uns. Und Samstag beichte ich bei Euch.«

Der Pater zog sich die Fingerknöchel lang.

»Jetzt ist Schlafenszeit, Biscione. Wir werden mit dem Prior darüber reden. So etwas macht man nicht bei Nacht aus, und ich kann nicht...«

»Einerlei, ob bei Nacht oder am Tag. Hauptsache, man verständigt sich. Wir halten es also so: ich bin ausgerissen und zur Ernte zurückgekommen, als man Arme nötig hatte, und Ihr habt mich in Tagelohn genommen. Um mich vor den Versuchungen zu bewahren. Ist daran etwas nicht recht?«

Der Pater ging langsam zum Nachttisch, um die Sichel zu holen, und kam wieder an den Tisch. »Biscione, du verfluchter Kerl, du verdientest sie auf den Kopf.« Er hielt sie ihm hin und fügte hinzu: »Geh schlafen und stelle sie an ihren Platz.«

»Einverstanden, Pater.« Er steckte sich die Klinge in den Gürtel. Doch dann zögerte er, sah sich überall um und kehrte entschlossen zum Tisch zurück. »Aber das ist eine Messe ohne Wein, Pater.«

»Was soll das heißen?«

Biscione grinste. »Auf gute Abmachungen wird eins getrunken.« Und er rührte sich nicht vom Fleck.

»Du elender Herumtreiber«, schimpfte der Pater. »Um diese Stunde! Ausgerechnet du wagst das zu verlangen?«

Aber er ging zum Schrank und holte eine große Flasche und ein Glas. Er kam wieder an den Tisch und mischte den dunklen Wein. »Nimm! Ich nicht, ich habe morgen Messe zu lesen. Es ist schon nach Mitternacht.«

Während Biscione den Wein schlürfte, kamen durch das geöffnete Fenster wieder brüllende Stimmen; jemand trat gegen das eiserne Gittertor. Das rasende Geheul von Fido vermochte den Lärm kaum zu übertönen.

IV

Der Lehrer hörte von dem eisernen Tischchen aus, an dem er saß, dem letzten Musikstück zu, das auf der Piazza noch einmal besonders laut aufklang. Das Dröhnen der Baßtrompeten überdeckte die hellen Klarinetten, die Becken tobten, der schmetternde Trompetenklang ballte sich und schwoll zu einem zerreißenden Stoß; danach fiel alles unerwartet ab in ein leise wimmerndes Getön, als stürze die Musik mit all ihren Stimmen, nachdem sie den Gipfel erreicht hatte, brummend zu Boden.

In der kühlen, vom Wein gedämpften Nacht begann nun wieder das Hin und Her der Gäste. In dem großen Raum, der von dem lauten Sprechen vibrierte, war es zum Ersticken heiß. Bei dem Geschrei, das die dichte Rauchdecke bewegte, brachen die Menschen in Schweiß aus. Um die Tische hockten Fuhrleute, ihre rotwollenen Gürtel um den Leib, alte Bauern, den Hut über den Augen, kräftige junge Burschen im Mantel, Gläser in der Hand; schlürfende Lippen, Ohrfeigen am Tisch, brüllende Stimmen, hingeknallte Karten, Weinlachen. Draußen, zum Donnerwetter, war das Fest.

Der Lehrer an seinem Sitzplatz neben der Tür erfrischte sich damit, daß er die Hand an die leere Bierflasche legte; er lehnte, wie üblich mürrisch lächelnd, an der Wand. Zwischen den Tischen mit den nur undeutlich erkennbaren Männern steuerte die mürrische Magd hindurch. Sie war eine große, knochige Frau mit starken Hüften; wenn sie aus den Liter- oder noch größeren Flaschen, die sie hierfür aus der Strohumhüllung nahm, Wein goß und ihn mischte, verzog sie den Mund zu einer verächtlichen Grimasse, als wäre ihr alles, Wein und Fest, widerlich. Sooft sie sich aufrichtete, schnellten ihre Hüften hoch, und dann schloß der Lehrer halb die Augen.

Vor der Tür – dort, wohin das rötliche Licht der am Deckenbalken aufgehängten Lampe fiel, der Lehrer konnte es gut erkennen – hatten zwei Bauern mit ihren schweren Stimmen einen Streit angefangen. Sie bewegten sich nicht: man hörte nur, in dem Krach und Durcheinander von Trompeten und Schreien und dem lauten, nicht enden wollenden Getrampel, die rauhen, schwerfälligen Schimpfworte, die sie ausstießen; es klang wie das Keuchen zweier Ochsen. Sie fuhren eine Zeitlang damit fort, starrköpfig, zwischen fernen Rufen von Leuten, die einander suchten, und dumpfen Geräuschen, bis die Magd auf die Schwelle trat und mit kreischender Stimme zu schimpfen anfing, um sie zu verjagen. Dann folgte eine große Stille, in der sich nur ein wütender Trompetenstoß irgendwo erhob; und die beiden Bauern stießen die Magd beiseite und betraten mit unsicherem Schritt den Raum, gewichtig Arm in Arm, und strebten einem Tisch im Hintergrunde zu.

Die Magd blieb einen Augenblick in der Tür stehen, ihre Hüfte zwei Handbreit von der Wange des Lehrers entfernt, und reckte den Hals in das rote Licht, um in das Halbdunkel zu starren, das von hin und her schwankenden Azetylenflämmchen schwach erhellt wurde. Auch der Lehrer beugte sich vor und spähte zwischen Hüfte und Türpfosten hinaus; die Magd drehte sich mürrisch um und betrachtete seine Hände. Dabei wurde ihr Gesicht finster, und sie sagte unwillig: »Entschuldigen Sie.«

»Ihr nehmt mir die Luft weg«, stammelte der Lehrer.

»Luft ist hier genug«, gab sie zurück und lief los, weil jemand sie rief.

Als die Nacht weiter fortschritt, wurde das Getöse draußen weniger betäubend. Nur ab und zu erhob sich in dem immer schwächer werdenden Lärm noch eine verloren brummende Musik, belebte die Nacht noch einmal und erstarb dann. Aber die Lampen wurden ausgelöscht, die Piazza leerte sich. In der Ferne, auf den Wegen die Hügel hinan hallten vage, mit dem Winde schwankende Rufe. Im Raum waren weniger Menschen und mehr Rauch, es roch schärfer nach Wein, die Leute schwatzten anhaltend, mit rauhen Stimmen.

Der Lehrer hatte sich die Pfeife angezündet und sie zwischen die gesunden Zähne gesteckt; er betrachtete mit kleinen Augen alles rundum durch diesen Rauch. Die Magd hatte sich an die andere Seite der Tür gesetzt; sie sah, eine schwere Hand auf die vorstehenden Knie gestemmt, unruhig nach draußen, wo Leute mit schlurfendem Schritt vorübergingen. Was wie eine Grimasse aussah, war in dem faltigen Gesicht nur Müdigkeit.

Einmal wurden ihre Züge von einem Lächeln erhellt. In der Tür war eine zweite Frau erschienen; sie trug einen bis zum Boden reichenden dunklen Mantel, den sie über dem Busen zusammenhielt; ihr erhitztes, aufgelöstes Gesicht war von blondem Haar umrahmt. An der Schwelle zögerte sie und lächelte der Magd zu.

»Adele«, sagte sie.

Adele rückte die Knie beiseite, so daß die Frau zwischen ihr und dem Tisch hindurchgehen konnte. Sie setzte sich in die Ecke.

»Jetzt ist Schluß«, seufzte die Blonde und ließ sich mit geschlossenen Augen gegen die Wand fallen. »Ich bin so richtig hundemüde.«

Adele lächelte – ein knochiges Lächeln. »Ich etwa nicht?« sagte sie, ohne den Mund zu bewegen. Dann stand sie auf, sie wollte gehen, hielt aber an der Tür inne und sah suchend hinaus.

»Es ist nicht eilig, Adele, ich habe heute abend nicht einmal Lust auf Milch. Überall riecht es: was für ein muffiger Geruch hier drin! Sie schreien und stinken wie die Tiere. Aber die können sich ja auch nicht waschen.«

Als sie die Beine unter den Tisch streckte, erschienen rosa Stiefelchen und, da ein Zipfel des Mantels wegrutschte, der rosa Strumpf, ein Teil von dem Trikot, der den Körper bis zum Busen eng umschloß. Wie sie so in ihrer auseinanderklaffenden Hülle dasaß, schien sie nackt – in einer unnatürlichen Nacktheit, ohne Leben.

»Wartest du immerzu auf ihn, Adele?« fragte sie müde und blickte in dem Rauch halb nach ihr hin.

Adele drehte sich lebhaft um. »Ich frage mich nur eins: warum springt er sonst vom Karren, wenn es noch nicht einmal Abend ist, und steht dann nicht mehr auf – er sitzt dort auf Ihrem Stuhl –, und ich falle um vor Müdigkeit, und er hält mich hier fest, daß ich ihm bis Tagesanbruch zuhöre, während er ißt und lacht, und wenn es nach ihm ginge, brächte er mich sogar zum Tanzen ...«

Die Blonde hörte zu, gereizt, wobei sie die Unterlippe über die Zähne zurückzog.

»Und dann kommt San Rocco, und ich kriege ihn nicht mehr zu sehen. Er fährt auf seinem Karren los, betrunken, zieht im Tal in allen Schenken umher, schläft unter den Sternen, aber solange irgendwo ein Fest und ein Schanktisch ist, kommt er hier nicht einmal zum Sterben her. Überallhin geht er trinken, hierher nicht. Und da soll ich nicht auf ihn warten! Aber ich frage mich: ist der Wein nicht überall derselbe? Was würde es ihm ausmachen, hierher zu kommen? Es würde ihn auch weniger kosten.«

»Kein Mann achtet auf das, was er ausgibt, wenn er sich vergnügen will«, sagte die Blonde langsam. »Und den Wein zu Hause lieben sie nicht. Kämen sie dann wenigstens am Morgen nicht heim! Sie wagen es kaum, sich blicken zu lassen, der Kopf tut ihnen weh, aber sie müssen uns was vorflennen. Und wir sind dann so dumm und machen ihnen Kaffee.«

»Ich habe ihn noch nicht geheiratet, ich kann ihn nicht kommandieren«, knurrte Adele. »Aber wenn einmal der Tag kommt, dann mahle ich diesem Herumtreiber den Kaffee auf dem Kopf. In den Gräben – da soll er meinetwegen schlafen, aber nicht ohne mich.«

Die andere lächelte leicht. »Glaube mir – ich bin ja darauf hereingefallen –: wenn er sich jetzt schämt und fortgeht, um zu trinken, dann schämt er sich, wenn er einmal verheiratet ist, bestimmt nicht mehr.«

Die Blonde öffnete den Mantel und fächerte sich mit dem Zipfel heftig die mageren Wangen. Sie saß da, in dieses weichliche Rosa eingezwängt, die leichten Haare wehten, wenn sie sich bewegte, hin und her, sie spitzte die viel zu roten Lippen, sich Luft zuzublasen – in ihrer rauchigen Ecke sah sie aus wie eine Kalenderfigur, und einige Gruppen im Zimmer starrten sie an, steckten die Köpfe zusammen und unterhielten sich über sie. Der Lehrer, der seinen Pfeifenrauch in die andere Richtung blies, sah immerzu verstohlen zu ihr hin, hörte zu und schluckte heimlich-gierig den Speichel hinunter.

»Für mich ist das ganze Jahr San Rocco«, sagte die Blonde keuchend. »Und wir sind immer in den Gräben, auf den Straßen in einem Karren, der schwankt und naßregnet. Du brauchst wenigstens nicht Tag und Nacht hinter ihm her zu ziehen, und wo du hinkommst, kennst du keinen Menschen – wie es uns geht; du brauchst nicht mit zwei wilden Tieren zusammenzusein, die immerzu Ansprüche stellen, die sich schmutzig machen und fressen, sich schmutzig machen und fressen, den ganzen Tag, immer gibt es nur sie, und man muß sie säubern und muß sie füttern, sonst werden sie krank, und wir selbst haben nichts mehr zu essen. Er denkt an nichts als an seine Tiere, und wenn es regnet, muß er hinausgehen und ihnen den Käfig zuhängen, und wenn kein Geld da ist, muß man für sie welches auftreiben; wenn ich ein Kind bekäme, würden sie es fressen ...«

Der Lehrer hörte wie gebannt zu.

»Und doch, alles würde ich ertragen, wenn nicht dieser Gestank wäre«, fuhr sie keuchend fort. »Sechs Jahre schon rieche ich nichts als diesen Gestank. Und überall stinken die Leute: Musik, Lärm, rote, betrunkene Gesichter, Leute, die den Mund aufreißen, Leute, die brüllen und trinken. Wenn Sommer ist, Schweißgeruch, wenn Winter ist, Stallgeruch. Bis nachts im Bett rieche ich ihn. Er, er bringt ihn mir mit; er füllt sich, sobald wir haltmachen, mit Wein, kriegt mit allen Streit und kann die Nacht natürlich in den Gräben zubringen, er hat den Geruch der wilden Tiere jetzt schon in der Haut, er stinkt mehr als der Löwe ...«

Adele war bei dem Lärm eines Karrens und der mit den Hufeisen klappernden Pferde an die Tür gesprungen, und die Blonde fuhr, an den Lehrer gewandt, fort:

»Wie ich es nachts fertigbringe, mit ihm zu schlafen, verstehe ich nicht: ich könnte genausogut im Käfig schlafen; aber es mag sein, daß ich jetzt schon selber stinke. Warum, zum Beispiel, bin ich hier drin? Warum?« Sie sah reihum, wobei sie die Augen weit aufriß. »Wein und Schweiß. Hier sind nichts als Betrunkene. Gib mir die Milch, Adele. Ich stinke auch schon, ich stinke.«

Der Lehrer schlug die Pfeife auf die hohle Hand und trocknete sich die Stirn, ohne etwas zu antworten.

Adele drehte sich von der Tür her um und betrachtete gedankenlos die Blonde. »Er ist vorübergefahren«, hauchte sie.

»Wer? Ach, dein Fuhrmann? Na siehst du!«

»Aber sie waren zu viert, alle peitschten sie das Pferd. Betrunken waren sie schon, und da gehen sie weitertrinken.«

Die Blonde faßte sie bei der Hand, zog sie an den Tisch und sagte ohne sonderliche Aufregung:

»Tröste dich, Adele. Meiner, den ich geheiratet habe, hat heute abend sogar die Löwen im Stich gelassen, mitten in der Schaustellung. Ich habe sie selber peitschen müssen. Na, ob ich mir Luft gemacht habe! Mir war, als schlüge ich ihn, als rächte ich mich für all diese Schweinerei. Wer weiß, in was für einem Zustand er morgen früh zu mir zurückkommt: ihr Frauen hier im Dorf wascht euch ja nicht! Los, hol mir lieber die Milch.«

Als sich Adele mit einem grimmigen Blick entfernt hatte, räusperte sich der Lehrer und sagte plötzlich:

»Ist Ihnen dieser Trikot nicht zu warm?«

Die Blonde sah ihn von der Seite an, öffnete den Mantel, wobei sie den Blick auf den Busen senkte, und gab zur Antwort:

»Soll ich ›ohne‹ gehen?«

Eine Weile war es still, dann begann der Lehrer wieder:

»Mir scheint es nicht so, als hätten Sie diesen Geruch.«

»Was wissen Sie davon!« rief die Blonde.

Als Adele mit der großen Tasse Milch wiederkam, fragte die Blonde sie schläfrig:

»Ist dieser Herr schon mal mit den Händen an dich rangegangen?«

Adele sah den Lehrer, der die Augen aufriß, von der Seite an und sagte, wobei sie die Zähne wie ein Pferd bleckte, mit spöttisch verzogenem Mund:

»Der? Der ist Lehrer: er hält es mit den Priestern.«

Die Blonde machte, während sie trank, große Augen; hinter der Tasse versteckte sie eine matte Grimasse.

»Ich wollte sichergehen«, sagte sie mit Nachdruck, als sie fertig getrunken hatte. Dann legte sie sich den Mantel über die Schultern.

»Wenn Sie wirklich mögen, mein Herr, dann wollen wir an die kühle Luft gehen. Dieser Trikot ist mir tatsächlich sehr warm.«

V

Der Pater löschte das Licht und trat in den finsteren Hof. Dort unter den Bäumen, die die Straße verbargen, winselte Fido, die Laufkette schwang und riß heftig an dem Draht über ihm. Der Pater rief ihn mit einem leise keuchenden Laut, und Fido sprang ihm, ein dunkles Katapult, wild mit den Pfoten gegen die Brust. »Sei brav, Fido«, flüsterte der Pater. »Auch in dich ist der Teufel gefahren. Brav. In diesen Nächten mußt du an der Kette bleiben.«

Fido rieb sich an seiner Hand, er winselte wie rasend und hielt ihm den Kopf hin, er wollte durchaus von der Kette losgemacht werden. Der Pater packte ihn an den Pfoten, setzte ihn kräftig auf den Boden und trat zurück. Dabei wiederholte er: »Sei brav. Halte Wache und gib ein gutes Beispiel.« Fido zerrte am Draht und suchte den dunklen Schatten, der sich entfernte, zu erreichen; und halb erdrosselt fiel er zurück, krümmte sich und kläffte leise.

Der Pater ging an das Fenster vom Vorratsraum und tastete nach der Laterne. Er bückte sich und zündete sie an, dann richtete er sich wieder auf, die Hand mit der Laterne ausgestreckt; das Licht fiel plötzlich in den weiten Raum, auf die Strohlager. Die großen Schatten schwankten durcheinander, ein scharfer Geruch, ein Gemisch von Heu, Dung und Schweiß wehte dem Pater ins Gesicht. »Sie haben sich nicht gewaschen, die Flegel.« Die halbnackten, aufgedeckten, gelben Körper zitterten, fest gegen den Strohsack gedrückt. Rico schlief zusammengerollt und verdreht, das Gesicht auf dem Strohsack, einen Ellenbogen steckte er rücklings heraus. Gosto, die Hosen über dem nackten Bauch aufgeknöpft, lag mit offenem Mund zur Zimmerdecke gewandt; ein stockender Atem kam aus dem dicken, bräunlichen Kropf, der aussah wie eine Zitze, die dort entstanden war, ihn zu ersticken. Auf dem letzten Strohsack lag Biscione, auf der Seite, ebenfalls in Hosen, die Augen fest geschlossen, die Lider gerunzelt unter dem Licht. »Der schläft so wenig, wie ich schlafe«, knurrte der Pater. Zum erstenmal bemerkte er, daß Bisciones Wangen hier und da rote Flecke von Flaum aufwiesen. Oder vielleicht war es der Widerschein des Lichtes.

Er schwenkte die Laterne nach oben, sein Blick lief über die Säcke, über die dürren Maiskolbenbüschel, über die in der Ecke aufgehäuften Klingen der Sicheln; in der reglosen Nacht kam von irgendeinem entfernten Hof der gedämpfte Klang eines Liedes zu ihm her, eine eindringliche, kräftige Stimme, die in der Stille vollkommen klar herübertönte, sich entfernte und nach und nach erstarb. Wenigstens der dort feierte San Rocco für sich allein.

Der Pater schüttelte sich, senkte die Laterne und ging nach dem Stall. An dem schräglaufenden Seitenflügel des Hofes unterhalb vom Heustadel verlief die niedrige, weiße, schräge Mauer des Stalles. Der Pater bog um die Ecke und stieß, die Laterne hochhebend, die Holztür zum Stall auf.

Alles in dem schweren Halbdunkel war ruhig. Die beiden Rinder lagen hingegeben auf der Streu jenseits der Stufe und käuten wieder. Sie bewegten kaum die Ohren, als plötzlich das Licht auf sie fiel, und schauten weiter ins Leere; die großen Mäuler schaukelten in dem gleichen, schweigenden Rhythmus wie die Kinnladen.

Der Pater setzte die Laterne auf das niedrige Fenster. Draußen hinter dem Gitter erschien im Lichtkreis der feste Boden der Tenne, hier und da dunkel und mit Krusten bedeckt von der Feuchtigkeit, die darübergegossen worden war. Auf der Seite der Maulbeerbäume hingegen war die Tenne von einer Mauer von Finsternis begrenzt.

Der Pater trat, die dreizackige Mistforke in der Hand, auf die Stufe und gab dem Rind einen kräftigen Stoß in den Rücken. Das Tier drehte ihm friedlich die Stirn zu, die Kette klirrte. Da stach der Pater mit der Forke zu, damit es sich erhob; und krachend, prustend, mit dem Maul an die Krippe stoßend, hob das Rind sich auf die vorderen Knie, dann stellte es, mit dem Schweif wedelnd, die mächtigen, mit Kot beschmutzten Schenkel hoch.

»Du Mistvieh«, sagte der Pater. »Du bist noch dreckiger als die Burschen.«

Er stemmte den nackten Fuß auf die Stufe, fuhr mit der Forke in die Streu, nahe bei den Hufen, wo das Stroh ganz durchtränkt war, und hob ein großes schwärzliches Stück hoch. Den Griff mit beiden Händen haltend, ging er zu dem Faß hinten im Stall und lud die volle Forke, mit einem Seufzer der Erleichterung dort ab. Dann kam er mit einer Forke voll Stroh zurück, warf es unter das Rind und verteilte es dort. Sobald der Pater damit fertig war, beugte das Tier, das nicht aufgehört hatte, die Kinnladen hin und her zu schieben, die Beine und legte sich wieder hin. Die ganze Zeit über schaute das andere Rind ins Leere und kaute weiter.

Es war erstickend heiß hier; der Pater ging ans Fenster, löschte die Laterne und blickte zwischen den Eisenstäben ins Dunkel hinaus. Von der kaum zu erkennenden Tenne stieg, mit der Finsternis vermischt, der üble Geruch hoch, der sich in der Kühle der Nacht noch immer nicht aufgelöst hatte. Die Tenne nahm nun den Tau auf, und der mußte das Erdreich durchtränken, so daß es ohne Risse fest wurde. Unruhig warf der Pater einen letzten Blick auf die bleich schimmernden Massen der Rinder, die sich im Halbdunkel kaum abhoben; als er an das große Tor kam, hob er den Querbalken an den Türflügeln hoch und schlüpfte hinaus. Er hatte einen Schritt vorwärts getan, um den festgestampften Platz mit dem Fuß zu ertasten, da sah er in dem schwachen Licht der Sterne undeutlich eine menschliche Gestalt; die suchte den Weg auf dem erhöhten Damm über der Düngergrube.

»Wer ist da?« rief er.

Es blieb einen Augenblick still, dann sagte der Schatten, der reglos dastand:

»Sie brauchen sich nicht aufzuregen, Pater – ich bin es.«

Und er sprang auf die Tenne hinab. Er stapfte über den gerade erst festgeklopften Boden zu dem Pater hin; dieser fand kaum die Zeit, ihm zuzurufen: »Am Rand gehen, Professore!«, da stand er schon neben ihm.

»Es macht nichts«, sagte er und strich mit den Schuhen über den Boden. »Schlamm, Mist und Tau sind die Grundstoffe der Nacht.«

»Es macht wohl etwas«, schimpfte der Pater, »Sie verderben mir mit den Schuhen den frisch geklopften Boden. Um diese Stunde sind Sie unterwegs? Ich glaubte, Sie wären schon eine Zeitlang oben und schliefen.«

Der Lehrer blickte sich tiefatmend um. Er hob den Kopf zum dunklen Himmel und zog wieder geräuschvoll die Luft ein. Er blickte dem Schatten des Paters nach, der sich auf das Stallfenster zu bewegt hatte. Er hörte, wie ein Wachszündholz angestrichen wurde, und sah in dem jäh aufflammenden Schein, daß der Pater, das tanzende Flämmchen mit der Hand schützend, auf die Tenne zuging und sich bückte, um den Zustand des Bodens zu prüfen. Dabei hob er die Soutane; er war barfuß.

»Und Sie, Pater, machen Sie einen langen Abend oder einen frühen Morgen?« fragte er ohne jede Scheu, und in seiner Stimme schwang Fröhlichkeit.

»Sie, scheint mir, haben die ganze Nacht durchgemacht«, war die mürrisch gebrummte Antwort. Das spärliche Licht schwankte verzweifelt; wenn es aufflammte, schloß sich die Finsternis ringsum noch schwärzer zusammen. »Sind Sie gar nicht schlafen gegangen?« Der Pater keuchte, als er sich mit diesen Worten wieder aufrichtete.

»Zuviel Lärm von Betrunkenen, vom Fest, zuviel Grillenzirpen, zu heiß«, war die etwas wirre Antwort. »Übrigens – ich habe nicht gemerkt, daß die Grillen aufgehört haben, und daß es beinahe kühl ist: wie kommt denn das?«

»Weil fast schon der Morgen dämmert«, sagte der Pater.

»Ist das möglich? Wie rasch die Sommernächte vergehen!«

»Besonders an San Rocco. Das sagen auch die Arbeiter, die morgens in der Ackerfurche einschlafen.«

»Was mich betrifft – müde bin ich nicht, aber ich habe einen mächtigen Hunger. Müde bin ich nicht; mir scheint, ich habe entdeckt, daß die Nacht alle Sinne schärft.«

»Darum schläft man des Nachts.«

»Schade drum, Pater.«

Jetzt konnten sie schon im Dunkel unbestimmte Umrisse unterscheiden. An die Steinmauer des Stalles gelehnt, hatten sie vor sich die niedrige Fläche der Tenne, dahinter, düster, das Mäuerchen des ersten, erhöhten Feldes, das von den schwarzen Maulbeerbäumen gekrönt wurde. Jenseits der Maulbeerbäume ahnte man nur den weit ausgedehnten, aufsteigenden Hügel unter dem leeren Raum voller Sterne, einer einsamen Zone des Himmels. Der Hauch einer Brise wehte belebend über den strengen, nächtlichen, dumpfen Geruch, und die Blätter regten sich leise knisternd mit.

»Ich setze mich hierhin«, sagte der Lehrer. »Ich warte auf den Morgen.« Und er steckte, an die Pumpe gelehnt, die Pfeife in den Mund. »Es kann ohnehin nicht mehr lange dauern.«

Der Pater ging in der Mitte der Tenne hin und her. Er wollte unter den nackten Fußsohlen die Feuchtigkeit spüren, die an bestimmten Stellen noch vorhanden war. »Wenn die Morgensonne diese Seen vorfindet«, brummte er zwischen den Zähnen, »bricht sie sie mir wie Glas. Verfluchte Burschen, statt alles auszubreiten, haben sie einen Brei gemacht.« Und er leckte den Daumen an, spuckte darauf und hob ihn hoch, um die Brise zu spüren.

»Was für ein Frieden heute nacht«, ließ sich der Lehrer aus seinen Rauchwolken heraus vernehmen. »Schimpfen Sie nicht, Pater.«

»Dieser verfluchte Biscione!«

»Pater, Sie stehen doch immer bei Morgengrauen auf – warum haben Sie mir nie gesagt, wie schön diese Nachtstunden sind? So geheimnisvoll und ruhig. Es ist eine andere Welt. Alles hat ein anderes Gesicht, alles lebt im Geheimen. Es geschehen die sonderbarsten Dinge. Man freut sich schon, zu atmen. Man fühlt sich gestreichelt vom Dunkel, von den Gerüchen, von der Stille.

Man fühlt sich größer, im Guten und im Bösen. Man fühlt sich wohl allein, und man fühlt sich wohl in Gesellschaft. Sogar dieser Gestank tut gut, er ist frisch und warm, er ist kräftig, ist menschlich. Nachts kann alles geschehen.«

»Wußten Sie das nicht?«

»Ich erinnere mich erst jetzt daran, daß ich es als Junge gewußt habe. Aber damals hatte ich Angst vor dem Dunkel.«

»Hören Sie, Professore«, sagte der Pater und stellte sich fest auf die Tenne, »mir scheint, die frische Luft hat auf Sie die gleiche Wirkung wie der Wein. Bis gestern habe ich geglaubt, Sie seien enthaltsam.«

Der Lehrer rauchte einen Augenblick weiter, dann brach er in ein rauhes Lachen aus.

»In der Tat«, stammelte er und räusperte sich, »in der Tat: ich habe einen Wein getrunken; den Wein, den man nur nachts trinkt... den Wein der Meditation«, fügte er hinzu und sah den Pater an.

Plötzlich redete er weiter. »Ich bin zufrieden, daß ich auf der Welt bin, Pater«, und er hob das Gesicht und schwenkte die Pfeife. »Haben Sie diese Zufriedenheit nicht auch?«

»Nicht an San Rocco – im ganzen Jahr. Und wenn Sie mich um Rat fragten, so würde ich Ihnen sagen, Sie sollten den Frieden und die Stille nicht in dieser Nacht suchen. Wo zum Teufel haben Sie sie gefunden?«

Der Lehrer spuckte auf die Erde.

»Ich habe beide nicht gesucht, sie sind zu mir gekommen«, sagte er langsam und überzeugt, und über das Gesicht, das schon aus der Dämmerung auftauchte, ging ein stolzes Lächeln.

Der Pater hob die Schultern. Dann drehte er den Kopf begierig nach dem Hügel, der sich schwarz vor dem bleichen Himmel abhob, und atmete wieder den Wind ein.

Freunde

Vom zementierten Hof schrie ein junger Mann mit kräftiger Stimme hinauf zum dritten Stock, wo sich hinter schmalen Lichtstreifen Schatten bewegten:

»Seid unbesorgt – natürlich bin ich arbeitslos.«

Im Hof und auf den Treppen brüllten Kinder, und in allen sechs Stockwerken waren Fenster erleuchtet, eins am andern, und warfen Reflexe auf die Balkongeländer.

Unbekümmert um all das Stimmengewirr, hatte sich im dritten Stock eine Frau herausgelehnt.

Unten an der Treppe tauchte ein hochgewachsener junger Mann auf. Er trug einen Hut. Der andere – Kopf- und Barthaar rot und zerzaust, um den Hals, über einem Blusenhemd mit Taschen, ein weißes Halstuch nachlässig geknotet – traf in der Mitte des Hofes mit ihm zusammen und wies mit dem Daumen hinter sich nach oben. Da hob der mit dem Hut den Kopf und bewegte, ohne zu sprechen, die Hand zum Gruß. Die Frau trat wieder ins Zimmer zurück.

Die beiden gingen auf die Straße hinaus.

»Wieviel auf der Welt gegessen wird«, sagte der Rote. »Aus dem ganzen Haus kommt nichts als Backdunst. Schon wenn man dran denkt, erschrickt man.«

Der andere faßte an seinen Hut, als er an einem kleinen Mann in Hemdsärmeln vorüberkam, der rittlings auf einem Stuhl vor der Tür saß.

»Hast du etwas gefunden?« fragte er dann den Roten ernsthaft.

»Hör mal, Celestino«, sagte dieser, blieb stehen und faßte ihn am Ärmel, »ich gehe mit dir, um mich zu zerstreuen. Allein schaffe ich das nicht. In einer Minute habe ich die Zigarette zu Ende geraucht, aus Nervosität. Ich weiß nicht, wohin. Ich komme zu dir, um vergnügt zu sein, und du fragst mich, ob ich etwas gefunden habe. Nein, ich habe nichts gefunden, und ich pfeife drauf. Merkst du endlich, daß mich das anödet? Hat deine Frau dich so weich gemacht? Du bist nicht mehr der von früher. Du ähnelst meinem Vater. Sogar einen Hut trägst du – wie er. Aber ich sage dir eines: mein Vater gebrauchte bei seiner Frau, wenn sie nicht wollte wie er, den Gürtel.«

Celestino machte den Arm frei und sagte: »Zum Gürtel nimmt der seine Zuflucht, dem die Hände nicht genügen. Dieses System wenden bei der Frau alle an, die sich nicht anders zu helfen wissen. Aber was hat Gina damit zu tun? Und du?«

»Ich? ... Nichts. Ich wollte damit nur sagen, daß das ein schlechter Anfang ist. Du hängst zu sehr an ihr.«

»Wie sie behandelt werden soll, mußt wohl du mir sagen – du hast es ja wohl bei den Negerinnen gelernt!«

Der Rote hob den Arm und ließ die Hand kräftig auf Celestinos Schulter niederfallen. Celestino, verärgert, sah ihn mit kleinen Augen an, und als er ihn lachen sah, wurde auch sein Gesicht heller. »Von Frauen«, rief der Rote, »soll man immer erst nach dem Obst sprechen. Wir sind Freunde – weg mit der Frau! Celestino, Celestino, wir werden alt: du hast die Frau, ich habe die Wut. Klare Abmachungen: wir wollen nicht mehr von deiner Frau sprechen, aber auch nicht von mir, ob ich arbeite oder nicht. Wohin gehen wir?«

»Spazieren, es ist frisch.«

Unter die Bäume des Corso warfen die Laternen bald Lichtflecke, bald dichte, kühle, vage Schatten. Von den Pflanzen stieg ein intensiver Wohlgeruch auf; die Lichtbrechung war am Abend so stark, daß die beiden von Mal zu Mal zu springen schienen; ihre Schatten hüpften mit ihnen von dem lichtgesprenkelten Gehsteig in die Blättermasse und verschwanden dort im Dunkel. Der Rote hatte sich eine Zigarette angezündet und rauchte in langen Zügen. Celestino zog den Hut vor einer schlanken Signorina, die plötzlich um die Ecke kam.

»Die«, flüsterte er dann, »hat vor einem Jahr im Lager angefangen. Jetzt ist sie schon im Chefbüro gelandet.«

»Sag ehrlich: beneidest du sie um die Karriere?«

»Ich? Die? ... Die macht Schweinereien, nicht Karriere. Die würde ich nicht einmal anfassen, wenn sie in Benzin gewaschen ist.«

»Gewaschen ist, nein, allenfalls: gewaschen würde. Celestino, das stammt von deiner Frau. Hast du früher, als du noch keinen Hut hattest, die Mädchen so gegrüßt? Du bist nicht mehr der Alte, Celestino.«

Celestino hob die Schultern.

»Was für eine Idee, die Mädchen in Benzin stecken ...«

Celestino starrte auf eine Schar Gassenjungen, die brüllend, einander jagend, aus einer Querstraße heranstürmten, in der Allee ausschwärmten und sich alle übereinander auf eine Bank warfen. Es gab Fußtritte, Körper auf Körper, Kreischen, und über dem Geschrei der andern eine dünne Stimme, die knatterndes Maschinengewehrfeuer ausstieß, während ein ganz kleiner Junge wie ein Motor brummte, wobei er um die raufenden Buben herumlief, die Arme in der Schwebe hielt und heulte: »Oh, der Ghebì von Abessinien, der Ghebì!«

»Gelüste schwangerer Frauen«, fuhr der Rote fort, »und dann das mit dem Benzin. Es muß eine Frau gewesen sein, die den Flammenwerfer erfunden hat. Sei ehrlich: das stammt von deiner Frau.«

Celestino wand sich und fragte trocken: »Hast du Arbeit gefunden?«

Der Rote blieb stehen, kratzte sich auf dem Kopf und sah den Freund an, eine Hand erhoben, um den Kopf zu schützen. »Blöde sind wir«, sagte er.

»Was sollen wir beide sonst tun«, fing Celestino wieder an, »als von Frauen reden?«

»Früher mochtest du auch den Wein ...«

»Auf den ist sie allerdings eifersüchtig: sie würde nichts sagen wegen Carmela, aber sie würde in helle Wut geraten, wenn ich nach einem guten Trunk heimkäme.«

»Wer weiß, wie Carmela geendet hat. Damals waren wir lustig.«

»Alle Mädchen damals ließen die Zügel locker und vertrieben sich mit uns die Zeit. Darum habe ich Gina geheiratet: schon beim ersten Tanz hat sie mir gesagt, wenn sie merke, daß einer nach Wein stinkt, bekomme sie Lust, ihn zu ohrfeigen.«

»Hat sie dich geohrfeigt?«

»Das ist nur so eine Weiberidee. Natürlich, die armen Dinger: besser, mit einer anderen rechnen, als mit dem Wein; die andere ist immerhin eine Frau.«

»Den wahren Grund«, sagte der Rote, blieb stehen und nahm die Zigarette aus dem Mund, »hat mir ein Kuppler in Massaua verraten – Leute, die sich darauf verstehen, dort unten hat jeder viele Frauen –: die Augen eines Mannes, der betrunken heimkommt, sind genauso blank, er macht ein genauso dummes Gesicht, wie wenn sie ihn ins Bett kommandieren. Konkurrenz. Nun sag mir noch, ob die Araber nicht allerlei merken!«

»Na, und jetzt, wo sie das Kind erwartet, macht ihr allein schon der Geruch übel.«

»Erlaubt sie dir einen Orangensaft?«

Celestino blieb lächelnd im schräg herausstrahlenden Licht eines Tabakladens stehen und winkte ihm, er solle warten. »Gut, daß sie dir wenigstens das Rauchen erlaubt«, schrie ihm der Rote nach.

Er wartete eine Zeitlang und horchte auf den Radiolärm, der hinter den Bäumen aus einem weit geöffneten Fenster kam; dann stieg er die eine Stufe zum Laden hinauf. Hier fand er Celestino, wie er, auf den Ladentisch gestützt, mit dem Inhaber schwatzte.

»Was verkaufst du ihm? Das Radio?«

Celestino machte eine ungeduldige Handbewegung, er sagte noch ein paar Worte und drehte sich lächelnd um.

»Du brauchst nicht so zu schreien. Ich sehe mir einen Apparat an.«

Sie verschwanden in dem Raum hinter dem Laden, und nach einer Weile kam der Inhaber zurück. Der Rote hatte sich in eine Ecke gesetzt und zündete sich eine neue Zigarette an.

»Sie sind in Afrika gewesen, nicht wahr?«

Der Rote hob den Blick: ein rundes, feistes Gesicht mit einem großen Schnurrbart. Auch aus dem Hemd, das über dem Trikot aufgeknöpft war, quollen Haare.

»Alter Kram.«

»Ich habe den anderen mitgemacht.«

Da bemerkte der Rote, daß dem feisten Mann eine Hand fehlte; über der Blässe der alten Narbe war der Stumpf dick und rund geworden.

»Haben Sie sich dabei den Tabakladen verdient?«

»Verdient?« grunzte dieser. »Ich bezahle eine anständige Miete. Und die Wohnung und die Steuer.«

Ein Mann kam herein, um eine Toskanerzigarre zu kaufen. Er zahlte und ging.

»Stimmt es«, fragte der feiste Mann weiter, wobei er den Stummel in den Gürtel steckte, »stimmt es, daß sie in Abessinien die Konzession für den Vertrieb gratis geben, frei von Steuer und Miete auf zehn Jahre?«

»Sie schenken Ihnen dazu noch das Auto, damit Sie zu all Ihren Kunden fahren können.«

»Ich bitte Sie! Ich frage doch nur, ob es stimmt, daß sie den Kriegsversehrten solche Zugeständnisse gemacht haben.«

»Ich bin nicht kriegsversehrt.«

»Das sehe ich sehr wohl«, sagte der andere, wobei er ihn ernst von oben bis unten ansah. »Wo sind Sie gewesen?«

»An Orten, wo es gratis zu rauchen gab.«

In diesem Augenblick trat Celestino wieder ein. Er sprach leise mit dem Inhaber, der dem Roten einen scharfen, nicht eben freundlichen Blick zuwarf. Am Ende des Gesprächs schlug Celestino dem Mann mit der Hand auf die Schulter, sagte zu ihm: »Höchstens« und ging hinaus, wobei er den Freund vor sich her schob.

»Mit solchen kleinen Vermittlungen schaffe ich für Gina die Kleidung«, sagte Celestino, als sie draußen waren.

»Daran tust du recht«, rief der Rote. »Wisch der Firma eins aus, mach, daß sie die Dummen sind, sonst bist hernach du der Dumme. Schade, daß du Gina geheiratet hast. Als ich dort unten war, sagte ich mir: ›Wenn ich erst mal entlassen bin, mache ich, daß ich aus der Hitze herauskomme, fahre mit dem Geld heim und tu mich mit Celestino zusammen.‹ Statt dessen hast du mir diesen Streich gespielt: dich mit Gina zusammenzutun.«

»Aber du hast das Geld ja auch vertan.«

»Das erste und das letzte. Geld, das im Krieg verdient wird, hält nicht vor. Man sagt sich, ›mich hätte es auch erwischen können‹, und los, weg mit dem Geld. So viele Stationen es von dort bis nach Hause sind, so viele Geldscheine fliegen fort. Dann packt einen der Trübsinn: man denkt an Pinotto, der sich am Tag zuvor noch die Füße wusch – und am Tag darauf haben sie ihn wie einen Spatz auf die Steine geworfen; es kommt einem Celestino in den Sinn, der sich verheiratet hat und auf alles pfeift. Und alles zusammen bewirkt: erst mal wird gesungen, dann doppelt soviel getrunken, in Neapel ist nichts als Sonne, besonders nachts – und das Geld ist hin.«

»Sag mal: stimmt es, daß es nach einem Kampf nach verbranntem Fleisch riecht?«

»Rede mir nicht von Gerüchen.«

»Aber du hast doch geschossen?«

»Auf Vögel.«

»Stimmt es, daß ...«

»Du bist schlimmer als der Kriegsversehrte. Warum bist du nicht gekommen, dir das anzusehen? Eine hübsche kleine Reise mit deiner Frau: man hat euch in die Welt gesetzt, damit ihr Reisen macht, nicht? Die hübscheste Arbeit, die es gibt, reisen. Wenn man die Gelegenheit hat. Du hättest Gina, die den Hauch eines Betrunkenen nicht erträgt, dorthin bringen müssen. Fände ich die Gelegenheit – ich würde morgen abfahren.«

Sie waren, während ihr Gespräch lebhafter wurde, an einen dunklen Platz gelangt, an dessen Ende große Fenster strahlten, hinter einer geschnittenen Hecke. Davor standen müßige Menschen, das Gesicht zwischen die Blätter gedrückt, und horchten auf das lärmende Orchester.

»Nie mehr ins ›Paradiso‹ gekommen«, sagte der Rote. »Seit damals nie mehr in Turin getanzt. In Neapel habe ich mal in einem Saal eine aus Turin getroffen. Sie erkannte mich nicht einmal an der Redeweise, so sehr war auch ich ›verbrannte Erde‹. Ich habe es an der Art gemerkt, wie sie lachte und sagte ›sei brav, hier ist einer eifersüchtig‹. Es heißt, sie halten dort die Frauen eingeschlossen, aber ihr Mann war eine noch größere Kanaille: er schickte sie tanzen, und inzwischen nahm er ein Getränk. Mir hatte das Mädchen Augen gemacht, als ich ihr sagte, von wo ich war. Als wir getanzt hatten, wollte ich bleiben; aber sie sagte: ›Mach daß du fortkommst, du bist nicht mehr in Afrika. Dazu mußte ja wohl Krieg in Afrika sein, daß einer aus Turin sich einen Bart wachsen ließ.‹«

Vor dem ›Paradiso‹ blieben sie stehen. Man sah im Innern die hohen, meergrün gemalten Wände, auf die mit leichten Farben ein paar Palmenhaine gepinselt waren, nackte Neger, Leoparden und Antilopen. Das lärmende Orchester, in Schwarz, saß in einer Nische im Hintergrund. Auf der Tanzfläche glitten Paare vorüber, eng umschlungen, ganz vertieft; ein adretter Unteroffizier ging durch den Saal. Durch die weit geöffneten Fenster wehte die kühle Luft des Abends.

»Wie haben sie das zugerichtet!« rief der Rote. »Das ist nicht mehr das ›Paradiso‹. Und Carmela und Lidia und Ginetta – wohin gehen die tanzen? Gibt es in diesem Viertel keine jungen Burschen mehr?«

»Es ist ein ganz anderes Milieu«, sagte Celestino. »Es sind nicht mehr die Zeiten, wo wir hübsche Kerle waren. Versuch mal in Hemdsärmeln, so wie du bist, hineinzugehen, und du kriegst vom Wirt etwas zu hören.«

»Es werden lauter Neapler Typen drin sein.«

»Nein, nur die Lebensweise ändert sich. Auch Lidia, was sagst du dazu, habe ich in diesem Winter in einem Pelzmantel gesehen, den sie sicher nicht gestohlen hat.«

»Ich möchte das Gesicht von Monsù Berto sehen.«

»Er ist nicht mehr der Wirt. Er ist pleite gegangen. Alles hat einer aus Rom wieder in die Höhe gebracht, er hat sogar die Tanzfläche verändert. Er hat malen lassen, hat in der Zeitung annonciert, hat eine Kassiererin, ein doppeltes Orchester, man trinkt Sekt und ißt Sandwiches: er hat etwas hineingesteckt, aber er verdient daran. Die Leute kommen im Auto.«

»Daran sind die Frauen schuld. Kämen noch Carmela und Ginetta, so solltest du sehen: das Milieu würde sofort anders.«

»Versuche du es mit deinem Bart«, sagte Celestino spöttisch.

Der Rote fuhr sich mit zwei Fingern zwischen Hals und Halstuch. Er blieb eine Weile unsicher, er zerknitterte das seidene Tuch, dann grinste er wieder. »Wenn man denkt, daß ich diesen Fetzen in Massaua als indisches Zeug gekauft habe! Ich wette, es ist Viscosa. Seide! Es ist schon in dem gleichen Zustand wie der Geldschein, mit dem ich es bezahlt habe.«

»Du bist selbst dran schuld, du wäschst dir nicht den Hals.«

»Wieso denn Hals. Bei dem Leben, das ich geführt habe, denkst du nur daran, den Hals zu retten. Dort unten trug auch ein Sultan Halstuch und Bart.«

»Mit diesem verbrannten Gesicht siehst du aus wie der Negus.«

»Hätte ich das Geld, das er hat!«

»Du hättest es ihm wegnehmen sollen.«

Der Rote sah an der grünen Hecke entlang; sein Blick blieb an der Ecke der Piazza hängen, wo eine Reihe blinkender Autos hielt.

»Kurz – um mit einem Mädchen aus Turin zu tanzen, muß ich nach Neapel gehen? Das ›Paradiso‹ gibt es nicht mehr. Du hast gut lachen, du hast deine Frau.«

»Tröste dich, es heißt nicht mehr das ›Paradiso‹.«

»Und wie heißt es?«

»Neue Blüte.«

Celestino amüsierte sich. Er nahm den Roten beim Arm, zog ihn fort und sagte dabei: »Komm, Milio, wenn wir hier stehen, läßt man es uns womöglich bezahlen.« Der Rote ließ sich schweigend von der Piazza wegführen.

Sie kamen durch eine lange Straße mit spärlichen Laternen. Der Rote holte aus dem Stummel die letzten Züge heraus, vorsichtig, um sich nicht die Finger zu verbrennen. Dann warf er das Papiermundstück fort.

»Rauchst du heute abend nicht?« fragte er Celestino mit niedergeschlagenen Augen.

»Eine halbe Zigarre, wenn ich ruhig dasitze. Es ist gesünder und kostet weniger.«

»Wer hat, spart.«

Während sie weitergingen, starrten sie auf das von den Laternen erhellte Pflaster des Gehsteigs. Der Rote, der die Füße schleifen ließ, blieb plötzlich stehen und hob den Kopf.

»Wo beschließen wir den Abend?«

»Schöpfen wir ein bißchen Luft; ich gehe nie aus.«

»Ich laufe seit heute früh auf diesen Steinen. Im ersten besten Café strecke ich die Füße unter den Tisch. Was meinst du?«

»Einen Augenblick, ja.«

Sie gingen die Straße weiter, die kein Ende nahm. Nicht eine Menschenseele kam vorüber. Ab und zu nahm sie ein geräuschlos fahrendes Auto von hinten in einen breiten Lichtstreifen, ließ die beiden Schatten aufspringen und sich um sich selbst drehen, machte jeden Stein sichtbar und entfloh nach vorn in eine plötzliche Finsternis, die von einem roten Pünktchen kaum unterbrochen wurde. Nach einer Weile, als sie, ohne zu sprechen, mit raschem Schritt weitergegangen waren – dabei schweifte ihr Blick über die spärlichen, erleuchteten Läden –, sagte Celestino:

»Im Zentrum haben wir so viele Cafés, und wir laufen hier am Stadtrand umher. Willst du in den Wiesen landen?«

»Es gibt hier nicht mal eine Tram. Wir sind schön dumm. Es ist eine Querstraße.«

»Was ist das schon für ein Unterschied! Es sind schließlich alles Querstraßen, eine wie die andere.«

»Kehren wir um«, rief der Rote und blieb stehen. »Schlimmstenfalls geht man ins ›Paradiso‹. Zu trinken wird es da ja wohl geben. Sonderbar. Turin ist bei Nacht größer als bei Tag.«

Sie gingen die Straße zurück und disputierten dabei. Sie kamen auf die Piazza. In der Luft hallten die schmetternden Klänge des Orchesters. Sie beachteten kaum die Lichtbündel, die die Hecke dort hinten grün aufstrahlen ließen, und bogen in eine Seitengasse ein, von wo der ratternde Lärm einer Tram kam.

»Wir sind wieder in Turin«, sagte der Rote. »Hast du etwas zu rauchen?«

»Magst du die Hälfte von meiner halben Toskaner? Aber wenn man sie noch einmal durchbricht, taugt sie nicht mehr viel.«

»Laß nur. An der Ecke muß eine Kneipe sein.«

Sie fanden die Kneipe. Man ging in dem Lokal auf einen kleinen Innengarten zu, mit einem Laubengang voller Glyzinien, von dem wie eine Frucht eine Birne ohne Lichtschirm herabhing. Nach oben Brandmauern. Sie setzten sich auf eiserne Stühle, an einen abgeblätterten Tisch. Ein Arbeiter, seine Frau und ein Kind saßen am Tisch nebenan, das Kind trank aus einem großen Glas, das es mit zwei Händen hielt. Eine grauhaarige Frau kam und sah das riesige Halstuch des Roten von der Seite an.

»Gibt es einen Kaffee?« fragte Celestino.

»Ach wo!« sagte der Rote. »Ich lasse dir die Toskanerzigarre unter der Bedingung, daß du mit mir trinkst. Ich habe noch zwei Lire, die sollen draufgehen. Magst du keinen Wein mehr? Einen Liter!«

Die Frau entfernte sich. Celestino sah den Roten mit einem bestimmten Ausdruck an. »Nicht ich mag ihn nicht, du weißt es.«

»Eben darum soll es welchen geben«, sagte der Rote. »Daß du ihn magst, genügt. Zum Teufel! Sieh dir den Jungen dort an, wie er schlürft. Der verliert keine Zeit.«

Gerade setzte das Kind das große Glas ab. Es sah auf, seine riesigen Augen schweiften ängstlich rundum, und holte Luft. Sein Blick begegnete dem des Roten; der drohte ihm mit der Hand. Der Junge beugte den Kopf und hustete plötzlich. Der alte Arbeiter kam ihm zu Hilfe, er klopfte ihm auf den Rücken.

Der Wein wurde gebracht. Die Frau mischte mit Wasser. Der Rote stürzte einen Schluck hinunter; währenddessen hielt er den Blick fest auf Celestino gerichtet, der seinen Wein nur eben an die Lippen setzte.

»Los, trink! Rein ist er nicht, aber wenigstens trinken wir ihn zu Hause. Weißt du, daß man in Afrika krank wird vor Gier nach Wasser? Los! So gefällst du mir.«

»Ich kann allein trinken«, sagte Celestino.

»Dann trink.«

Celestino zog aus der Weste die halbe Zigarre; er betastete sie gründlich, wobei er sich in das Licht vorbeugte; dann zündete er sie sorgfältig an, steckte sie, nachdem er den ersten Zug getan hatte, mit Schwung zwischen zwei Finger und stützte einen Ellenbogen auf den Tisch; mit der anderen Hand nahm er das Glas und schlürfte wieder einen Schluck.

»Zum Wohl!« sagte der Rote, packte sein Glas und stürzte den Wein auf einen Zug hinunter. »Trink aus, daß ich dir wieder einschenke«, sagte er zu Celestino.

Celestino deckte die Hand abwehrend über das Glas. Da mischte sich der Rote den Wein in seinem eigenen Glas, gestrichen voll, und wollte dann durchaus die zwei Fingerbreit auffüllen, die in dem anderen fehlten.

Celestino stieß seinen Arm zurück. Ein Schuß Wein spritzte über den Tisch. »Paß auf«, brummte Celestino.

»Ah, es gefällt dir nicht, daß etwas verloren geht?«

»Es gefällt mir nicht, daß es aussieht, als wären wir beide betrunken.«

»Keine Angst«, sagte der Rote und spähte mit kleinen Augen zu ihm hin. »Es wäre schön. Aber trink!«

Celestino schluckte das halbe Glas Wein hinunter und bekam es sogleich wieder gefüllt.

Der Rote stützte die Ellenbogen auf den Tisch und sah den anderen forschend an.

»Dieser Wein ist wie Turin«, begann er, »nur schmeckt er südlicher als unser Barbèra sonst. Doch er wärmt, das ist die Hauptsache. Übrigens – du kannst es mir glauben, die Leute im Süden sind, wenn man mit ihnen zusammenlebt, auch nicht anders als wir. Kanaillen sind überall Kanaillen, aber die aufrechten Leute dort sind freundschaftlich, wie du es dir nicht vorstellen kannst. Wenn du sie jedoch kennenlernst – von den Aufrechten bis zu den Kanaillen: alle schwatzen sie Unsinn ...«

»Ein Direktor und der Geschäftsführer bei uns sind Sizilianer. Junge Männer von dreißig. Vor zwei Jahren mußten sie sich, wenn sie sich die Hosen bügeln ließen, ins Bett legen, und wenn sie jetzt nicht ein Auto haben ...«

»Was hat das damit zu tun? Arbeiten kann jeder, man muß nur Arbeit finden. Doch mir gefallen sie, wenn sie nichts tun. Sie verstehen sich besser als jeder andere darauf, nichts zu tun. Schon bei sich zu Hause sind sie so, aber man muß sie auf der Reise sehen, in Ruhe, wenn sie gerade erst irgendwo angekommen sind. Als erstes gehen sie spazieren.«

Der Rote schlürfte und lud Celestino mit einer Bewegung ein, das gleiche zu tun. Celestino trank mit halb geschlossenen Augen einen Schluck und regte sich nicht.

»Sie nehmen es nicht so schwer wie wir, wenn die Arbeit fehlt. Auch nicht, wenn sie Familie haben. Sie suchen sie nicht, die Arbeit: sie gehen spazieren. Ein Neger aber – laß ihn frei, und er setzt sich auf die Erde. Die Neger trinken ...«

»Sie müssen Dummköpfe sein: ich habe nie von einem Neger gehört, daß er gelernt hätte, ein Auto zu fahren.«

»Und doch, bei dem vielen Wein, den sie haben – die Leute in Neapel trinken nicht. Sie sind gern beieinander, zu vielen, aber sie trinken lieber Anisschnaps. Darin habe ich sie nie begriffen.«

Der Rote benetzte die Lippen und betrachtete den anderen spöttisch. »Was tust du? Spielst du den Mann aus Neapel? Trink mal.« Und Celestino: »Laß mich doch rauchen!« Der Rote grinste. »Trink, sag ich dir! So, wie du es machst, ist es nicht erlaubt.« Celestino hob die Schultern. Der Rote stürzte das Glas Wein hinunter und füllte es wieder.

»Sie haben gute Weine dort«, begann er von neuem und stützte sich wieder auf den Ellenbogen, »sie bringen es ohne weiteres auf zwanzig Prozent. Ich habe einen getrunken, der eine Farbe hatte wie Kaffee. So stark, daß er den Mund trocken ließ. Nicht wie dieses Zeug; wenn da nicht ein bißchen Südwein drin wäre! Los, trink! Früher hast du ordentlich was vertragen. Es ist viel Wasser.«

»Und der Palmwein? Wie steht es damit?«

»Nie gesehen. Es muß etwas wie ganz scharfes Öl sein. Die Neger trinken es schon: wie die Affen.«

»Aber gibt es dort unten keinen Wein?«

»Den Negern genügt es, wenn sie etwas riechen, was stinkt, und sie schlucken es hinunter. Auch Benzin trinken sie.«

Der Rote schob das noch randvoll gefüllte Glas Celestino hin, bis zu seiner Hand, und forderte ihn mit den Augen auf, zu trinken, und Celestino senkte den Kopf und streifte, die Lippen spitzend, den übervollen Rand.

Zwei Soldaten in graugrüner Uniform kamen herein, sie stürzten auf eine Ecke zu, dabei rannten sie wie Jungen einander nach. Celestino beobachtete durch den Zigarrenrauch den Tisch mit den dreien; das Kind war eingeschlafen, die Stirn auf dem Arm, neben der Flasche, und der Arbeiter schaukelte mit seinem Stuhl, die Hände in der Tasche, und starrte ins Leere. Die Frau las zwischen den Tüten Krümel und verstreute Stücke Brot zusammen.

Der Rote rief die Wirtin. »Ich will zahlen.«

»Kauf dir Zigaretten, ich zahle.« »Ich habe dir gesagt, ich zahle.« »Du bist kein Millionär.« »Aber ich habe keine Frau zu erhalten.« Die Wirtin wartete.

Celestino gab ihr zwei Lire hin. »Gut«, sagte der Rote, »dann zahle ich noch einen Wein. Wirtin, einen Liter.«

Celestino wollte aufstehen. Der Rote hielt ihn am Ärmel fest und sah ihn mit einem etwas boshaften Blick bittend an. »Was hast du schon getrunken? Nichts. Trotzdem Angst vor Gina?«

»Was denn Gina! Ich mag keine Schweinereien machen. Morgen muß ich arbeiten.«

»Für einen Freund, Celestino! Du paßt sowieso immer auf, daß du keine Schweinereien machst. Leiste mir noch Gesellschaft. Ich bin den ganzen Tag allein.«

Celestino setzte sich.

»Und trink das Glas aus. Wir verstanden uns doch schon ganz gut. Er ist bestimmt nicht schlecht.«

Celestino trank nicht, sondern zog nervös an seinem Stummel.

Der Wein kam. Der Rote zahlte rasch und mischte ihn ihm, dann schenkte er sich selbst das Glas voll. Er schnalzte mit der Zunge und hob den Ellenbogen.

»Ich wette, du findest keine Arbeit«, rief Celestino mit zusammengebissenen Zähnen.

»Oh«, sagte der Rote, und in seinen Augen blitzte eine gewisse Bosheit auf, »heute abend arbeite ich. Nur daß es ärger ist als eine aufgerissene Straße ... Ich habe Rost in der Kehle; seit vier Wochen trinke ich nicht, weil ich rauchen muß. Ich habe zum Verpfänden nichts mehr als das Halstuch. Wieviel gibst du mir dafür?«

»Einen Tritt in den Hintern, und sonst nichts. Du hast deinen Beruf vergessen, das ist es.«

»Ich habe in Lastwagen und Motorrädern nie so viele verwickelte Geschäfte abgewickelt wie dort unten. Willst du wissen, was ich in Wirklichkeit habe? Ich habe nie etwas vergessen. Aber ihr, die Menschen von früher, ihr habt mich vergessen. Das ist die Geschichte. Trink mal.«

Celestino warf den Stummel fort und benetzte die Lippen. »Los«, sagte der Rote, packte ihn am Ellenbogen und stieß diesen nach oben, »du hast noch etwas vergessen: wie man trinkt.«

»Du Schwein«, knurrte Celestino und wich plötzlich zurück, weil der Wein schwappte.

»Keine Angst. Zum Wohl!« Und der Rote trank ihm zu.

Celestino wischte die Spritzer ab. »Du meinst, du wärst immer noch im Krieg«, brummte er. »Daran, wie du einen anpackst, sieht man, daß du von den Leuten in Neapel kommst.«

»Laß den Krieg beiseite, du weißt nicht mal, wie er riecht. Du hast den Krieg am Radio mitgemacht... Los, wir wollen einander nicht beleidigen: trinken wir lieber!«

Celestino trank nicht.

Der Rote setzte das Glas hin. »Eine schöne Sache, der Krieg. Man denkt an überhaupt nichts mehr. Später denkt man an die Gefahr. Man lebt in den Tag hinein. Du hast deine Stelle, alle haben eine. Die einzige Angst ist, daß man sich verläuft. Ich erinnere mich an einen Mann am Gemma: er lief auf den Planken, den Helm am Hals, dreckig und verschwitzt wie ein Radfahrer, mit zwei solchen Augen, der hält mich an und fragt: ›Wo ist meine Abteilung, heilige Muttergottes! Sag du mir doch, wo meine Abteilung ist.‹ Dabei hatte der sich nur innerhalb der Kolonne verlaufen, aber stell dir vor, einer verläuft sich allein, im offenen Land, dort zwischen den dürren Gewächsen, die aussehen wie verwurzelte Faschinen. Wer kommt dich da schon suchen? Das ist ganz etwas anderes, als dich vergessen. Über dir fliegen diese kleinen Falken.«

Der Rote bückte sich zur Erde, hob den Stummel des Kameraden auf und zündete ihn an, wobei er sich die Lippen verbrannte. Er blies den Rauch in die Luft und stützte sich wieder auf den Ellenbogen, den Blick starr auf Celestinos Stirn gerichtet.

»Ich hatte mich einmal verlaufen«, fing er plötzlich wieder an, und er sprach, als wäre er allein. »Wir kehrten nach Dire Daua zurück. Es war am Anfang der Regenzeit. Wolken, so dick, wie du sie noch nie gesehen hast. Der Himmel dort erscheint viel weiter. Ich komme gegen Abend vom Autosammelplatz, um ein bißchen im Dreck zu waten, auf einem flachen Land, das nach Moder roch. Es war fast wie bei uns, wenn die Weinlese zu Ende ist.

Der Regen überfällt mich noch vor dem Eingeborenendorf. Es war, als fielen Kröten herunter. Ich flüchtete mich in die erstbeste Hütte, denn man kann im Nu den Himmel nicht mehr von der Erde unterscheiden, man läuft Gefahr, zu ersaufen.

Drinnen gab es nichts als Lumpen und Katzenaugen: weiter sah ich nichts, denn es war dunkel. Aber jene Schwarzen sahen auf mich hin. Draußen regnete es, daß es den Boden zerschlug, ich sah, wie der Schaum vor der Tür hochspritzte. Ich dachte: hier versetzen sie mir einen Messerstich und rächen sich für den Krieg. So stand ich an die Tür gelehnt, wie lange, weiß ich nicht: den Rücken zu dem Meer draußen, Bajonett in der Hand, bereit hinauszuspringen. Den Geruch, sage ich dir, spürte ich gar nicht.«

»Und dann haben sie dir nichts getan?«

»Was sollten sie mir tun? Die hatten Angst vor mir! Aber ich habe gemerkt: Krieg machen darf man nur zu vielen. Allein einen umbringen – das ist zum Verrücktwerden.«

»Hast du welche umgebracht?« sagte Celestino und stand auf.

»Ich weiß es nicht. Niemand weiß das. Ich habe sie gesehen, wenn sie tot waren. Das schon.«

»Kriegsgesetz. Gehen wir?«

Der Rote blieb sitzen, er hob nur verwirrt den Kopf.

»Du willst doch wohl nicht, daß wir Wein übriglassen«, stammelte er und nahm das Glas.

»Oh, von mir aus kannst du ihn auch stehenlassen.«

»Leiste mir noch Gesellschaft, Celestino. Du hast sowieso wenig getrunken. Was soll dir Gina schon sagen? Sie weiß doch, daß du mit mir zusammen bist.«

»Eben darum«, sagte der andere grinsend. »Weil ich mit dir zusammen bin, wartet Gina auf mich.«

»Ist es dir lästig, wenn ich trinke und von Afrika rede? Herrgott, ich bin doch dort gewesen, nicht wahr? Du selbst fragst mich danach. Du redest ja von nichts! Erzähl mir wenigstens von Gina. Wann kriegt sie das Kind? Trink aus.«

Der Rote stürzte sein Glas Wein hinunter und füllte, mit unsicherer Hand, soviel nach, wie noch in der Literflasche war.

»Hör mal«, schrie er Celestino nach, der sich unter dem Laubengang entfernte, »ich wollte dich heute abend betrunken machen; dann habe ich gedacht: ›nein, er soll ein Kind haben, er ist nicht arbeitslos, besser tu ich es nicht.‹ Aber leiste mir Gesellschaft.«

»Du bist ein Schwein, Milio. Entweder du gehst sofort mit, oder du bleibst hier.«

Da schrie der Rote: »Nein, ich gehe nicht mit. Entweder mich, oder Gina. Ich komme nicht aus Afrika zurück, um mich von der Frau eines anderen kommandieren zu lassen. Wenn du nicht einmal einen Liter Wein trinken darfst, bist du nicht mehr Celestino ... Trink, dummer Kerl ... Die Neger sind schlauer als du.«

Aber Celestino war schon gegangen.

Sommergewitter

Bis zum Bootshaus vom Bootsverleih am Fuß der Hügel war die Morgensonne noch nicht vorgerückt. Große Bäume gaben dort Schatten. Aber die Häuser der einzelnen Vororte jenseits vom Fluß, der, von der Morgendämmerung erhellt, regungslos dalag, waren klar beleuchtet; und über ihnen war es schon heller Morgen. Die Bootsfrau, eine bleiche Alte, noch ungekämmt, zog mit einem Bootshaken nacheinander die am Steg vertäuten Boote heran; wo die Taue sich besonders stark gelockert hatten, bückte sie sich, die Linke auf der Hüfte, und zog die Taue wieder an. Sooft ein Boot sich mit Gewalt zwischen den anderen verkeilte und das Wasser in Bewegung brachte, schlugen die Bootsrümpfe gegeneinander und schwankten in der Strömung.

Aus dem Raum hinter einem überdachten Schuppen, den ein sackleinener Vorhang abschloß, drangen dumpfe Geräusche, Rascheln, Worte. Jemand zog sich aus. »Gehören die seidenen Strümpfe und das Hemd Euch?« schrie eine grobe Stimme.

Die Alte hob die Stirn und unterbrach unwillig ihre Arbeit. Von einigen roten Wolken jenseits der Bäume kam ein Widerschein, der den Fluß in Flammen setzte und auch ihr Gesicht lebhafter färbte.

»Fein auch der Unterrock. Zwei sind es«, begann die Stimme von neuem. Das Sackleinen wurde beiseite geschoben, und heraus trat ein Bursche, der sich den Badeanzug über der Schulter zuknöpfte. Er war klein und nicht sehr kräftig, braungebrannt, mit krausem Haar.

»Diesmal glaubten wir doch, wir wären die ersten. Aber hier ist es kühl«, sagte er, schlug sich auf die Schenkel, die eine Gänsehaut bekommen hatten, und hüpfte dabei umher. »Man muß verrückt sein, wenn man die Mädchen um diese Zeit aus dem Bett holt, um sie mit ins Boot zu nehmen.«

»Sie sind allein«, sagte die Alte und bückte sich wieder über ihre Arbeit. »Allein, auf den Sport versessen. Und damit niemand sie dabei sieht, stören sie unsereins unverschämt genug noch vor Tag. Sie haben mir nicht mal die Zeit zum Kämmen gelassen. Frauenzimmer!«

»Allein!« hatte der junge Bursche geschrien und einen Sprung vollführt. »Hast du gehört? Wir haben zwei Mädchen vor uns, die allein sind. Komm doch raus, Moro.« Er drehte sich um: »Und wie sind sie, wie sind sie?«

»Habt ihr nicht die Hemden gesehen?« fragte die Frau grinsend. »Hemd und Haut einer Frau sind nicht weit voneinander ...«

»Dicht beieinander. Wie sind sie?«

»Regelmäßig kommen sie nicht. Die eine ist mager, blaß wie Stroh. Die andere sagte wenig, aber sie war doch schon ganz braungebrannt, eine so stämmige Person, daß nicht viel fehlte, und das Boot hätte ein Leck gekriegt, wie sie hineinsprang. Und alle beide reichlich hochnäsig und mürrisch.«

»Sind sie schon lange fort?«

»Eine Stunde.«

»Hübsche Mädchen? Was für ein Trikot?«

»Frag sie, ob die beiden die Tasche mitgenommen haben, Aurelio«, rief eine mürrische Stimme hinter dem Sackleinen.

Die Alte blinzelte ihm zu. »Der versteht es«, sagte sie spöttisch. Lauter fügte sie hinzu: »Ihr könnt ganz ruhig sein. Das sind Frauen, die ihr Boot selber bezahlen. Aber sie sehen aus, als wären sie für mehr gut als für ein Boot.«

»Je nachdem, wen sie finden.« Und aus dem Schuppen trat der andere. Ein Bursche mit starken Knochen, großen schmutzigen Füßen und geröteten Händen; er knotete auf der Schulter, die weiß war wie ein Fischbauch, den Badeanzug fest, der ihm um den Körper schlotterte. Er und die Alte, deren Augen noch boshaft funkelten, sahen einander an. Im Blick des jungen Burschen glomm etwas Unheimliches auf.

Die Alte musterte ihn flüchtig, aber genau von unten bis oben.

»Wir sind neu hier, was? In diesem Jahr noch nie Boot gefahren, soviel ich sehe.«

Aurelio antwortete: »Er kann besser mit dem Ruder umgehen als alle die Ehemänner, die Ihr in den Po geworfen habt. Mit jedem Ruder. Sogar mit einem Stock, sagt er.«

»Ich habe nie gesehen, daß er auch nur vorüberkam. Wenn man ihn so ansieht, ist er eher wie mein letzter Seliger nach drei Monaten Ischias. Es macht Spaß, ein bißchen Luft zu schnappen, was?«

Der Bursche verzog den Mund und spuckte auf die Erde. Er sagte, ohne sich umzudrehen, und es sah aus, als schöbe er eine Zigarette von einem Mundwinkel in den andern: »Fehlt auch nichts?«

Aurelio sprang los und holte hinter dem sackleinenen Vorhang ein winziges Köfferchen hervor, das er in das erste Boot setzte. Dann stieg er selbst hinein, stellte sich hin, die Beine gespreizt, und stieß den Bootsrumpf längsseits an den Steg; dadurch erreichte er, daß der Fluß zwischen den Ruderbooten wild durcheinanderschäumte.

»Ihr braucht nicht auszuschöpfen«, schrie die Alte, als sie mit der eisenbeschlagenen Stange und einem Stechpaddel zurückkam. »Ich habe es schon getan, nachdem mich diese beiden geweckt hatten. Es ist alles in Ordnung.« Und sie streckte ihm mit einer kräftigen Bewegung die Stange hin.

»Hoffen wir«, antwortete Aurelio.

Die Alte wandte sich lachend Moro zu, der regungslos dastand, und betrachtete ihn neugierig und genau. Zu Aurelio sagte sie: »Dein Freund hat noch Schlaf in den Augen. Weck ihn auf! Wenn ihr an eine Brücke stoßt – den Schaden bezahlt ihr!«

»Gib acht«, sagte Moro, »daß sie nicht eher dich anstoßen.« Und er stieg so ungeschickt ins Boot, daß er Aurelio zum Schwanken brachte. »Gebt das Stechpaddel her«, sagte er kalt zu der Alten, »und macht das Tau los.«

Die Alte gehorchte. Aurelio beobachtete den Himmel. Die roten Wolken waren verschwunden. Hinten im Boot stehend, stieß Aurelio die Stange senkrecht ins Wasser, drückte sie mit der Kraft des Handgelenks nach rückwärts und stieß das Boot ab. Es schob sich schwankend zwischen den anderen heraus und hüpfte in der ersten Strömung. Die Alte brummte noch etwas zum Abschied; als niemand antwortete, drehte sie sich um und trat wieder unter das Schutzdach. Aurelio in seinem schwarzen Trikot zog die Stange heraus und stieß sie, den Grund abtastend, wieder hinein, dabei bückte er sich, um das Boot mit Kraft vorwärtszudrücken. Er sah starr, mit zusammengekniffenen Augen, vor sich auf die blinkende, strömende Wasserfläche.

Das Boot lag jetzt in der Sonne.

Moro hatte sich am Boden ausgestreckt; er füllte das Boot ganz aus. Die behaarten Beine hatte er auf die Bootsränder gelegt. Er bedeckte seine Augen mit der Hand.

»Sieh mal, Moro, was für eine schöne Sonne.«

Moro sagte leise: »Wenn man sie hier draußen sieht.«

»Sie ist überall die gleiche«, sagte Aurelio. »Heute früh hat sie Schnupfen. Sieh hin, dort steigen Wolken auf.«

»Im Kerker ist das Häßliche das, daß die Sonne dir nur die Zelle erhitzt. Es ist keine Sonne mehr, es ist ein Backofen.«

»Dafür hast du es im Winter warm.«

»Ach was! Im Winter ist es so kalt, daß dir die Spucke gefriert. Aber im Sommer, da hast du Wut, wenn so eine Sonne scheint, und du, jawohl, du mußt sie in Jacke und Hose aushalten. Die Jacke ziehst du nur aus, wenn sie dich in den Hof holen. Man kann sie nicht ausziehen. Warum kann man nicht? Man kann eben nicht.«

»Kurz, wie als Soldat.«

»Schlimmer. Sie sperren einen absichtlich ein, um einen fertigzumachen.«

Aurelio bückte sich, um die Stange einzutauchen, und lachte. Moro hob die Hand, verdrehte die Augen und gab das Grinsen zurück.

»Ein Gefangener sein heißt soviel wie eine Kanaille sein«, begann Moro von neuem, wobei er wieder sein Gesicht bedeckte. »Für sie ist niemand so sehr Kanaille wie wir. Sie sagen uns, wir müßten unser Leben ändern, und dabei sperren sie uns ein wie Karnickel. Wenn wir unser Leben ändern sollen, dann los, laßt uns schleunigst heraus. Aber nein: du bleibst dort zwei, drei, zehn Jahre, je nachdem, was in deinem Strafbuch steht; es wird gelb, grün, grau – so änderst du dein Leben! Kannst du dir vorstellen, daß einer zwanzig Jahre drin war? Er sah aus wie mein Großvater als Toter, und er war vierzig. Totschlag. Alles, weil er mal getrunken hatte.«

»Es gibt aber auch Dummköpfe, die es wahrhaftig nicht nötig hätten, sich erwischen zu lassen«, sagte Aurelio und beugte sich nieder.

Moro sprang auf und rief Aurelio erregt zu:

»Aber wenn es die Justiz so dämlich anfängt! Warum bringen sie einen nicht auf frischer Tat um? Oder, wenn du nur in eine Tasche gegriffen hast, warum geben sie dir nicht sofort eine Tracht Prügel, wie es sich unter Männern gehört? Dann würde man sehen, wer besser prügelt. Ist das nicht Pfaffenart: einen jahrelang einzusperren?«

»Sie haben dir doch nur anderthalb Jahre gegeben.«

»Ein Jahr ist nichts. Die Tage, die sind lang.«

»Moro, früher warst du schlauer. Das Brot, das du da drin gefressen hast, hast du nicht verdaut. Und von einem verdorbenen Magen kriegt man ein Gesicht, das aussieht wie Angst.«

Moro kramte in dem kleinen Koffer und holte eine Zigarette heraus. Das bleiche Streichholzflämmchen machte in der hellen Sonne die Wangen noch hohler. Heftig warf er das Streichholz weg.

Aurelio sagte: »Sieh lieber zu, daß du es ein andermal gescheiter anfängst! Wo hat es das je gegeben, daß einer am hellen Tag einen Hammer gebraucht! Auf Läden verstehst du dich nicht.«

»Aber vom Boot versteh ich was«, rief Moro und sprang so heftig auf, daß Aurelio schwankte. »Gib mir die Stange!«

Aurelio schlüpfte vorsichtig an Moro vorbei und gab sie ihm. Dann setzte er sich und versuchte zu rauchen. Moro, die Zigarette krampfhaft zwischen den Lippen, ertastete mit der Stange den Grund, dann richtete er sich langsam auf und stieß ab.

Bianca hob das tropfende Paddel, und das Boot glitt in dem unbewegten Wasser unter die Bäume.

»Die Sonne ist weg«, sagte Clara.

Bianca biß die Zähne zusammen, sank schlaff auf die Ruderbank und sah rundum. »Das Wasser ist dunkel, weil diese Wolke vor der Sonne ist. Wenn sie herauskommt, sieht es wieder aus wie Silber.«

»Ob es regnen wird?« fragte Clara.

»Ich glaube nicht. Aber schließlich sind wir hier, um naß zu werden.«

»Das Flußmädchen!« murmelte Clara. Bianca sah weg, um über den spöttisch-lässigen Ausdruck dieser Augen nicht wütend zu werden.

»Hast du gar nicht darauf geachtet, daß dort über dem Po die Schwalben niedrig fliegen?« sagte Clara wieder.

Bianca wandte sich plötzlich nach dem Fluß, der vor der kleinen Mündung, in die sie hineingefahren waren, in einem Sonnenstreifen lebhaft dahinfloß. Mitten in der Strömung schaukelte einsam der Bagger, der an einem schrägen Drahtseil festgemacht war; das Wasser brach sich an ihm in kleinen Wellen.

»Dorthin können wir gehen, wenn es regnet. Ich bin noch nie auf einen Bagger gestiegen.«

»Keine Menschenseele ist hier«, sagte Clara. »Diese Baggerleute verbringen ihr Leben auf dem Wasser – ob sie sich auch mal waschen? Wenn sie flußaufwärts nach Hause gefahren sind, ist der Fluß vollkommen verlassen. Hier kann man sterben oder zur Welt kommen, ohne daß jemand was merkt. Doch das hier«, und sie beugte sich über den Bootsrand, »die Sardinenbüchsen und die zerbrochenen Töpfe, das ist immerhin ein Zeichen von Zivilisation. Wahrhaftig, dein Fluß ist nicht ernst zu nehmen.«

Claras blaßgelber Badeanzug, der dem schlanken Körper eng anlag, warf, als sie sich über den Bootsrand beugte, auf das grünliche Wasser einen etwas helleren Reflex. Bianca betrachtete sie heimlich, mit einem gewissen Widerstreben, ohne ein Wort zu sagen. Doch dann lächelte sie: Clara betrachtete im Wasser ihr Gesicht und rieb mit dem Finger den einen Augenwinkel.

»Na, Donna Clara hat einen Spiegel – da hören die goldigen Bosheiten von selbst auf.« Ihre Stimme zitterte dummerweise.

»Mein Spiegel ist mir lieber. Bei dem kommt dir wenigstens nicht plötzlich ein Schwarm kleiner Fische aus dem Mund. Und du siehst nicht aus wie betrunken. Und hast nicht eine versunkene Schüssel als Aureole.«

Unwillkürlich ballte Bianca die Fäuste. Aber sie fing sich wieder und reckte die steif gewordenen Arme und spreizte die Finger. Wollüstig drehte sie den Kopf und ließ den Blick über den Himmel wandern, zu den Bäumen am Ufer, hinter deren Stämmen unter dichtem Gewölk ein hellerer Streifen glänzte.

»Ich habe dir nicht den Amazonas versprochen«, sagte sie höchst zufrieden, »aber wenn es regnet, werden wir ihn haben. Warum sich schützen? Was gibt es Schöneres als ein Gewitter am Morgen?«

»Hör mal, meine Liebe: wenn du die Absicht hast, ins Wasser zu springen, beeile dich. Hier regnet es binnen kurzem in Strömen, und mein Badeanzug verträgt keine Feuchtigkeit.«

»Ich will sehen, wie er sie schluckt.«

»Bianca, hast du mich darum hergeschleppt? Um mich in das schwarze Wasser zu tauchen, mich mit dem häßlichen Schlamm zu beschmutzen und mich von den Krokodilen fressen zu lassen? Bianca, ich muß meine Haut hübsch erhalten. Ein Glück, daß deine Sonne anständig geworden ist und ein armes blondes Mädchen respektiert, das sonst keine Kleider hat.«

»Dummes Ding«, sagte Bianca und hob die Schultern. »Dieses Leben würde dir guttun, es würde dich kräftiger und selbstsicherer machen.«

»Aber ich bin es, leider bin ich es, kräftig und selbstsicher. Ich hätte das Gegenteil nötig. Kraft zu entwickeln, hat mich eine Menge gekostet.«

Bianca bückte sich, um die Leinenschuhe aufzuschnüren, und sah, während sie zuhörte, verstohlen zu Clara hin.

»Gib nie zu viele Proben von Kraft und Selbstbeherrschung. Man würde es dich bestimmt entgelten lassen.«

»Und du – warum gibst du nicht endlich dieses sinnlose Leben auf?« fragte Bianca lächelnd.

»Es ist noch am wenigsten langweilig.«

»Ich verstehe dich schon«, murmelte Bianca leise und steckte die Hand in die Badetasche, um die Gummikappe zu suchen.

Als sie fertig dastand, wandte sie sich zu Clara, die, lässig auf der harten Ruderbank zurückgelehnt, mit einer Grimasse zu ihr aufsah.

»Also – du kommst nicht mit?«

»Kehre siegreich zurück. Ich werde Beifall klatschen.«

»Schwimm wenigstens hier rundherum, ich halte dich.«

»Mein Schatz, du bist komisch, so etwas macht man mit Männern. Schwimm rasch los und brich dir nicht den Hals.«

Bianca glitt fröstelnd ins Wasser und stieg mit unsicheren Schritten auf die Mündung zu. Sie biß die Zähne zusammen, ließ sich sinken und tauchte unter. Das Wasser war nicht kalt. Dort unten, mitten im Fluß, lachte in der Sonne der Bagger. Sie kam triefend wieder hoch, bis zum Gürtel im Wasser, und spürte gegen die Schultern den kühlen Hauch der Brise.

Sie war bis zu den kräuselnden Wellen und Wasserwirbeln der Mündung gelangt; vor ihr lief stark die Strömung. Ihr Fuß sank ein. Als sie, den Kopf über die Schulter drehend, über das Wasser hin mit einem Blick die niederen Ufer umfaßte, das Boot – einen unbestimmten Fleck –, die Bäume, alles, hob sie die Arme, stemmte die Beine ab, gab sich einen Schwung und schwamm los. Sofort war sie in der unruhigen Strömung im Spiel. Sie wendete den Körper stromaufwärts, dem Bagger, dem Hügel zu, über den bald die Sonne, bald Wolkenschatten zogen, und tauchte das Gesicht in das rauschende Dunkel. Wenn sie, zwischen den Armstößen und ruhigen Schlägen hochschnellend, Atem holte, lief ihr das Wasser gleichmäßig über den Mund herunter. Während Bianca schräg zur Strömung schwamm, hatte sie Mühe, das Gleichgewicht zu halten; sie sah nichts als beim Atmen das rasche Aufblitzen der

Tropfen. Als sie den Kopf ein letztes Mal ermüdet untertauchte, bemerkte sie plötzlich, unbestimmt durch das Wasser hindurchschimmernd, breit die Sonne. Sie hob den Kopf. Der Bagger lag wenige Meter vor ihr.

Bianca umschwamm mit kräftigen Stößen den Steinkasten des Baggers in der Absicht, dort einen Halt zu suchen; da lief über das Wasser ein Schatten. Auch der letzte Strahl Sonne verschwand. Die kalte Brise wurde wieder stärker.

Bianca zog sich auf den Kasten hinauf; dabei schürfte sie sich ein Knie auf. Der metallene Oberbau mit seinen Aufzügen und den noch sandigen Schienen ließ rundum einen schmalen Rand. Unsicher ging Bianca darauf entlang bis zu einem mit Brettern überdachten Verschlag; er reichte bis unten zum Triebwerk. Der Plankenboden war mit Erde verschmiert, in einem Winkel lagen zusammengefaltete Säcke. In der Mitte ließen die Planken ein Loch mit schwarzem, gurgelndem Wasser – dem Fluß –, wo ein Kettenzug mit rostigen Eimern, durch einen hellen Spalt herabhängend, bis auf den Grund reichte.

Bianca trat hinaus, um auf die Strömung zu sehen, die unter dem Kasten wieder hervorkam. Sie ließ den Blick zu der – dicht mit Steinen und Pfählen besetzten – Stromschnelle an der Buhne schweifen, wo sie vor einer Stunde mit kräftigem Rudern stromauf gefahren waren; da dachte sie an Clara.

Hüpfend lief sie auf die Seite des Baggers und suchte die Mündung. Zuerst sah sie nichts als ein niederes, grünes Ufer, sehr fern und reglos unter den vom Winde bewegten Bäumen, dann bemerkte sie hinter einer Landzunge den blaßgelben Badeanzug von Clara, die stehend das Paddel hin und her schwang.

Ihre dünne, durchdringende Stimme rief etwas in den plötzlich aufkommenden Wind; die Hand wies auf den Himmel.

»Huhu! Hier ist Schutz«, schrie Bianca. »Hier ist Schutz.«

Clara schien es gehört zu haben, denn sie bewegte die Hand und verschwand hinter der Landzunge. Dumpf, noch fern, grollte der erste Donner. Bianca riß erregt ihre Badekappe ab. Am Himmel, wo sich erschreckte Wolken gegen den Dunst vorschoben, flammte ein schwacher Blitz. Bianca preßte die Hände gegen die Rippen und starrte auf das Wasser, das unter ihr schäumte. Der Donner ließ auf sich warten.

»Clara«, rief sie laut, »hier ist...« Es begann ein unbestimmtes Grollen, das allmählich, von Echo zu Echo, kräftiger wurde, immer weiter ausgedehnt wie ein Bergrutsch. Es entlud sich fern mit einem dumpfen, nicht ganz geglückten Dröhnen. Bianca schöpfte Mut, sie wurde vor Erleichterung wieder rot. In der Stadt regnete es gewiß. Der Himmel dort talwärts war schrecklich.

»Clara, hier ist Schutz, ich komme dich holen.« Unter den kalten Windstößen, die den Fluß heraufkamen, quietschte der ganze Bagger, die Seile knarrten. »Wo ist sie jetzt hin, das dumme Ding?« murrte Bianca, während sie angestrengt auf das niedere Ufer und die großen Bäume sah, die sich vor dem hellen Streifen am Horizont hin und her bogen.

Dort! Das Boot kam aus der Mündung. In der Mitte saß Clara, gebückt, und vollführte mit dem Paddel große, schäumende Schläge. Aber als sie in die Strömung kam, verlor sie die Richtung, weil sie von den Strudeln und Windstößen erfaßt wurde. »Paß auf!« brüllte Bianca. »Du gerätst an die Buhne«, und sie rannte um den Aufbau, um zu verfolgen, wie Clara unausweichlich stromabwärts glitt. Da stand Clara auf – Bianca erschien sie wie ein Kanarienvogel –, packte die dicke Stange mit der Eisenspitze und bückte sich, tauchte sie ein, um sich weiterzustoßen. Das Boot glitt weiter stromabwärts. Clara umklammerte fest die Stange und stieß sie senkrecht ein, suchte Grund, aber sie kam nicht bis auf den Grund, und die Strömung drängte das Boot jedesmal gegen die Stange und quetschte ihr die Handgelenke.

»Idiot«, brüllte Bianca außer sich. »Schräg halten! Die Stange hinlegen! Nimm das Paddel!«

Schnell stülpte sie die Badekappe über, da hörte sie einen Schrei: Clara war nicht mehr zu sehen, sie war hinter der Stange ins Wasser gefallen. Wilde Strudel hinter dem Boot verrieten, wie sie um sich schlug.

Gerade als Bianca vom Bagger sprang, um zu tauchen, wurde sie von einem Blitz fast geblendet. Erst im Wasser fühlte sie sich in Sicherheit. Sie schwamm wie rasend, den Kopf unter Wasser, ohne zu sehen, ohne zu hören. Der losbrechende Donner erreichte sie nicht; sie dachte an nichts als an Clara; sie nahm alle Kraft zusammen, das Boot zu erreichen, die Stange zu packen, Clara zu packen.

Sie stieß mit dem Arm an die Stange. Sie sah sich in dem spritzenden Wasser um und erkannte weitab etwas Blondes, das schäumte; auf der anderen Seite, in der Strömung, schwamm das verlassene Boot. ›Ohne das Boot kriege ich sie hier nicht heraus‹, schoß es ihr durch den Sinn; und sie schleuderte die Stange nach vorn, auf das Boot zu, schwamm zu ihm hin, schleuderte sie noch einmal weiter. Als sie sich am Bootsrand hochzog, war ihr, als reiße sie sich die Schultern aus. Sie stürzte ganz benommen hinein und packte das Paddel.

Sie drehte sich um – Clara war nicht mehr zu sehen. Erst jetzt merkte sie, daß es in Strömen regnete. Der heftige Regen peitschte im Fluß Wellen und Spritzer hoch. Alles ringsum rauchte von dem feinen Wasserstaub, und ihr Rücken juckte von der Heftigkeit des Sturzes.

Clara war nicht mehr da. Bianca warf den Kopf nach hinten, um sich von den feuchten Haarsträhnen zu befreien, die ihr in die Augen fielen. Sie hatte die Badekappe verloren. Aber sie mußte die Strähnen mit den Fingern auseinanderschieben, so klebte der Regen sie zusammen. Sie brach in einen Schrei aus: »Clara!«

Das ganze Wasser kochte, alles in wildem Durcheinander. Sie richtete das Boot mit dem Paddel gerade und stemmte es gegen die Strömung. Sie spähte durch die qualvollen, krachenden Wassergüsse hindurch nach der Stelle, wo Clara verschwunden war. Tausende von Blasen breiteten zwischen Wasser und Luft eine so fahle, stumpfe Schicht aus, daß es ganz vergeblich war, etwas erkennen zu wollen. In den Regentränen ließ Bianca den Blick an die Ufer schweifen, rundherum, und alles verschwamm im Ungewissen. Sie war auf dem Fluß allein.

Wütend schlug sie das Paddel und fuhr gegen den Strom, auf gut Glück, nur um auf diesem Wasser zu bleiben. Sie beobachtete, die Haare über den Augen, daß ein einzelnstehender Baum am Ufer genau der Stelle entsprach, wo Clara untergegangen war. Vor Angespanntheit mit den Zähnen klappernd, sprang sie in den feuchten Windstößen auf und legte das Paddel hin. »Das Flußmädchen«, murmelte sie keuchend. Dann tauchte sie irgendwo und stieß sich hart den Fuß.

Unter Wasser fand sie eine große Ruhe. Die gleichmäßige, dichte Masse schwächte alles ab und machte jede Bewegung fern, riesengroß. Sie riß in dem Dunkel die Augen auf und tappte umher, sich krümmend, mit Händen und Augen tastend. Sie spürte nichts als das Gewicht des Wassers. Als sie wieder auftauchte, war sie überrascht von Licht und Regen: sie hatte sie vergessen. Das Boot war nicht weit entfernt. Wieder tauchte sie, tastete, mit dröhnenden Ohren, sich schwach mit den Armen weiterstoßend. Wieder tauchte sie auf und schwamm zum Boot. Sie kletterte hinein und riß sich ein Loch in den Badeanzug, weil sie sich mit dem ganzen Körper anklammerte.

Als sie das Paddel wieder in der Faust hielt und, bis zu den Schienbeinen im Wasser, die Augen verwirrt zum anderen Ufer schweifen ließ – schlug ihr das Herz. Ein Boot, von zwei gebückt stehenden Gestalten gestoßen, ruderte in den Dünsten dicht vorüber, unmittelbar auf den Bagger zu.

Bianca begann zu brüllen, sprang auf, schwang das Paddel hin und her. Der lauwarme Regen spritzte ihr in den Mund. Die Gestalten dort drehten sich nicht um.

»Hierher«, brüllte Bianca so laut, daß ihr die Kehle schmerzte. Sie war nahe daran, ›Hilfe‹ zu rufen, aber sie unterließ es. Sie riß aus der feucht gewordenen Tasche, die beinahe schon schwamm, ein Handtuch, sprang auf das Bugbrett und schwang das Tuch im Regen hin und her. Sie ließ nicht nach, zu rufen.

Die beiden waren auf der Höhe des Baggers, legten nun die Stechstangen ins Boot, warfen sich auf die Sitze und erreichten, mit dem Paddel arbeitend, den Bagger. Bianca erkannte, wie der eine hinaufsprang, der andere, im Regen gebückt, ihm das Tau zuwarf. Bianca sah plötzlich auf die schaumige Strömung, die von dem aufgerührten Schlamm ganz schmutzig war; dann schüttelte sie heftig das Wasser ab, richtete das Boot auf den Bagger zu und ruderte mit zusammengebissenen Zähnen dorthin.

Am Rand des Baggers, im Regen tauchte dieser triefende Kopf auf.

»Oh«, sagte Aurelio, der sich auf die Säcke geworfen hatte, »sieh einer an! Das sieht ja schlimm aus!« Moro stand nackt hinten unter dem Dach und wand die Badehose aus; er drehte sich nicht um.

»Es ist ja eine Frau!« rief Aurelio.

Die Frau klammerte sich mit den Händen an den Rand. Das Boot unter ihr schwankte.

»Es ist eine ertrunken«, rief sie schrill. »Kommt, helft mir.«

Aurelio rannte hin und streckte ihr eine Hand entgegen: »Wenn Sie nicht einsteigen, ertrinken Sie noch selbst. Moro, zieh deine Hose an.«

Die Frau, ihre Hand in der seinen, wies mit dem Kopf von ihnen zum Fluß. Sie dampfte vom Regen wie ein Pferd, ihre Haut war gebräunt, aber wie taub, Arme und Beine mit Kratzern bedeckt.

»Meine Freundin ist ertrunken. Man muß sie suchen. Ich rufe schon so lange.«

»Heute würden auch die Fische ertrinken«, sagte Moro im Halbdunkel des Daches, wobei er die Badehose vor den behaarten Bauch hielt.

»Steigen Sie ein, steigen Sie ein«, wiederholte Aurelio. »Und du bedecke dir das Schlimmste. Wenn es so lange her ist, ist sie schon tot. Wo ist es gewesen?«

»Dort unten«, sagte das Mädchen mit vom Weinen erstickter Stimme und zeigte auf die Strömung. Sie wollte ihre Hand frei machen. »Dort unten.«

»Ist sie untergegangen?«

»Die Leute sollen wohl an der Luft ertrinken«, sagte hinter ihnen Moro.

»Steigen Sie ein«, sagte Aurelio. »Zuviel Wasser taugt nicht. Hier ist ein Dach. Das Boot ist schon voll.«

Moro kam heran, die Badehose über den Bauch drapiert. »Wo, sagt sie, ist es gewesen?«

»Dort unten, gleich unterhalb der Sangone-Mündung.« Sie blickte durch die zusammengeklebten Haare von einem zum anderen, es sah aus, als weinte sie.

»Kommen Sie unter das Schutzdach«, sagte Aurelio wieder und zog sie am Arm. »Wenn sie dort untergetaucht ist, trägt die Strömung sie nicht über die Buhne hinaus. Wir wissen, wo wir sie finden. War sie in Ihrem Alter?«

»Konnte sie schwimmen?« fügte Moro hinzu.

»Und ihr, könnt ihr schwimmen?« fragte das Mädchen unfreundlich.

Moro warf sich zu Boden, er saß unter dem Rand des Daches und steckte sich die Badehose zwischen die Schenkel. Er versetzte Aurelio einen Stoß in die Kniekehle; dieser stand noch immer nach draußen gekehrt, um das Mädchen im Boot festzuhalten.

»Was gemerkt, Aurelio?« sagte er aus dem Mundwinkel heraus, »das sind die vom Bootsverleih. – Meine Liebe, wir können besser schwimmen als ihr. Ihr kommt an den Wochentagen her, um euch wer weiß wie aufzuführen. – Nein, Aurelio, wir gehen bei Regen nicht unter Wasser, ob denen das nun paßt oder nicht. Und jetzt regnet es nun mal. Mag sie sie doch selbst herausfischen.«

Aurelio lockerte unentschlossen die Finger und richtete sich triefend unter dem Dach auf. Langsam begann das Boot zurückzuweichen. Das Mädchen blieb einen Augenblick abgekehrt stehen, wobei sie eine Schulter hob, um sich die Wange daran zu reiben. Dann bückte sie sich, die Hand am Paddel, und legte wieder an dem Bagger an.

Ohne ein Wort zu sagen, zog sie sich am Rand hoch, die Halteleine zwischen den Zähnen. Als sie oben war, drehte sie sich um und hockte sich auf die Fersen, um die Leine durch einen Ring zu ziehen. Bei dieser Bewegung erschien auf der linken Seite, wo die Haut blaue Flecke hatte, ein langer Riß in dem schwarzen Badeanzug, und auf dem Schenkel war er unten zerfetzt. Ohne die beiden anzusehen, richtete sich das Mädchen schwankend wieder auf und stellte die triefende Tasche unter das Bretterdach. Aurelio sah, daß sie klein und braun war wie er. Dann setzte sie sich zum Schutz unter das Dach, abseits von den beiden. Sie zog die Knie bis an die Brust, stützte die Ellenbogen darauf und nahm die Wangen zwischen die Hände. Sie blieb regungslos sitzen und starrte in den Regen.

Der ganze Bagger knarrte und vibrierte, in der Strömung schaukelnd. Durch den Spalt im Dach, durch den das Triebwerk lief, drangen kalte Windstöße ein, die ihr schneidend über den Rücken fuhren. Aurelio, auf die Säcke gekauert, sah den großen, nackten Rücken von Moro und die zusammengezogenen Schultern des Mädchens; sie leuchteten vor dem beweglichen Hintergrund des Regens.

»Moro«, sagte er plötzlich in das Schweigen hinein, »bedeck deine Sitzfläche, sonst kriegst du einen Luftzug ab.«

Moro wandte sich ihm zu, an seinem Profil sah man, daß er grinste. »Es gehört sich nicht, daß man in Gegenwart einer Signorina die Hosen anzieht.«

»Meinst du, du wärst schön so? Eine Signorina sieht dort nicht hin.«

»Die sind zu wohlerzogen, um einem zu sagen ›verrecke‹!«

Aurelio fuhr mit einer Hand in den kleinen Koffer, den sie auf die Säcke geworfen hatten. »Moro, willst du eine Zigarette?«

»Wenn sie nicht auch ersoffen sind.«

Aurelio stand auf, um Moro das Päckchen hinüberzugeben, und zog inzwischen eine mit den Lippen heraus. Dann wandte er sich dem Mädchen zu und hielt ihr die Zigaretten hin. »Rauchen Sie eine«, sagte er zu ihr. Sie verzog keine Miene und starrte weiter in den Regen.

»Danke sehr, ich rauche nicht – so hätte es sich gehört«, brummte Aurelio, drehte sich zu den Säcken und versuchte das Zündholz anzustreichen.

»Da siehst du, wie die Frauen sind«, sagte Moro und strich ebenfalls das Zündholz an, vergeblich. »Die ganze Welt steht ihnen zu Diensten. Sie spielen die Tüchtigen und bringen sich in Gefahr, wenn sie nicht mal wissen, was das bedeutet: der Po, und einem, der mit ihnen vernünftig darüber redet, spucken sie auf die Füße und fragen ihn noch, ob er schwimmen kann. Wer es wirklich kann, läßt keinen ersaufen. Wetten, Aurelio, daß auch die andere nicht schwimmen konnte?«

Aurelio, wütend über das Zündholz, warf es samt der Zigarette weg. Unruhig ging er eine Weile unter dem Schutzdach auf und ab; er betastete die Kette mit den Eimern; er fuhr sich mit der Hand unter den Badeanzug, um sich die kühl gewordene Brust zu massieren, und schließlich setzte er sich neben das Mädchen. Moro sah das Mädchen mit zusammengekniffenen Augen an.

Auch Aurelio zog die Knie bis zum Kinn hoch und lehnte die Backe darauf.

»Aber hübsche Mädchen weinen nicht«, sagte er, die Augen halb schließend.

Das Mädchen sprang mit rotem Kopf auf und wollte unter das Dach treten. Aurelio hielt sie an einem Arm fest und versuchte sie hinunterzuziehen. Sie kämpften. »Sachte, sachte, wir kennen uns doch«, sagte Aurelio. »Ich weiß sogar, daß Ihre Freundin blond war.«

Das Mädchen starrte ihn ganz kurz mit den brennenden Augen an. »Das habe ich gesagt«, murmelte sie.

Dann, nachdem sie sich befreit hatte, lief sie hinein. Im Halbdunkel drehte sie sich um. »Wieso wissen Sie das?«

»Sagen Sie mir, wie Sie heißen, und ich werde es Ihnen sagen.« Aurelio lächelte, als er sich aufrichtete.

Das Mädchen sagte rasch: »Piccone. Nun?«

Moro brach in Gelächter aus und schlug sich mit den Handflächen auf die Schenkel. Und Aurelio sagte lächelnd: »Ihren Namen will ich wissen. Was liegt mir an dem der Familie!«

Das Mädchen war einen Augenblick vor Schreck wie benommen, dann wurde ihr ganzes Gesicht flammend rot, und sie wand sich, als habe ihr jemand auf den Mund geschlagen.

In diesem Augenblick fluchte Moro laut los. Er war so plötzlich aufgesprungen, daß die Badehose im Schwung ins Wasser gefallen war. Er warf sich nach vorn, kniete hin und tauchte den Arm ein. Vergeblich. Da sprang er, nackt wie er war, auf das Boot des Mädchens, wirbelte einen großen Spritzer auf und fischte sie triefend heraus. Ohne sich zu bedecken, stieg er wieder an Bord. »Blöde Dinger, sie waren schon trocken«, rief er, warf sie in eine Ecke und ging entschlossen weiter, unter das Dach.

Das Mädchen sah ihn kommen und starrte ihm ins Gesicht. Ohne den Blick von ihr zu lösen, sagte Moro aus dem Mundwinkel heraus: »Die Boote sind voll, geh sie ausschöpfen, Aurelio.« Das Mädchen wich zurück.

»Wo haben wir die Blonde gesehen, Piccona?« sagte ihr Moro ins Gesicht hinein. »Aber die Toten schwimmen, du dummes Ding: sie können besser schwimmen als ich und du. Weißt du, wo die Blonde jetzt ist?« Moro senkte die Stimme; das Mädchen sah seine Zähne vor sich. »Sie steht hinter dir, im Brunnen, sie hat die Augen offen, die Fingernägel zerbrochen und ruft dich, hebt die Hand, faßt dich ...« Das Mädchen drehte sich um und stolperte über die Säcke. Moro lachte hinter ihr her: »Dummes Ding!« Dann warf er die Hände um ihre Hüften.

Aurelio packte ihn an der Schulter. »So geht das nicht, du Flegel. So erschreckst du sie nur. Du glaubst wohl, du wärst noch im Zuchthaus! Ich war zuerst da, das steht mir zu.«

Das Mädchen wand sich auf den Knien. Moro hielt sie fest, die Faust auf ihrem Nacken, und stieß ihr ein Schienbein ins Kreuz. Plötzlich drehte er sein hageres, gespanntes Gesicht Aurelio zu und grinste ihn an. »Geh die Boote ausschöpfen, hab ich dir gesagt. Die Piccona hat mich gesehen, und ich gefalle ihr. Gerade so will sie mich.«

»Du durftest dich nicht ausziehen: das ist kein gleicher Kampf.«

»Na wenn schon«, sagte Moro und hielt das sich heftig wehrende Mädchen angestrengt fest. »Wenn ich dein Geschwätz abwarten soll! Geh die Boote ausschöpfen, sonst sacken sie ab.«

Das Mädchen sank plötzlich auf die Säcke, so daß Moro fast über sie gefallen wäre. In dem schwarzen, zerfetzten Badeanzug lag der Körper schlaff und weißlich schimmernd da.

»Du hast sie umgebracht«, schrie Aurelio.

»Die sind wie die Katzen; sie sterben nur, wenn man sie unter Wasser hält.«

Als Aurelio draußen im Regen war, begann er, statt auf die Boote, auf die Strömung zu sehen. Gelb von Schlamm schäumte sie schmutzig unter dem Wasser des Himmels. Strudel über Strudel bildeten und lösten sich um den Bagger herum, ein Gewimmel unzähliger Wasserblasen. Ein paar Zweige, gewaltsam verdreht, kamen schwankend vorüber und sanken sogleich unter. Der Bagger schaukelte, von tiefen Zuckungen erschüttert. Talwärts war alles grau und unbestimmt: die Massen der Bäume an den verlassenen Ufern erschienen wie aus einer anderen Welt. Dort unten in der Strömung ahnte man das Brüllen und Sichübereinanderschieben des Schaumes über der Stromschnelle an der Buhne.

Die beiden Boote waren bis an den Rand voll Wasser, das des Mädchens halb abgesackt. Aurelio spähte von der Seite her auf den triefenden Eingang zum Schutzdach, dann warf er sich nach vorn und griff die Holzkelle, die im Boot schwamm. Vom Regen geblendet, lehnte er sich weit hinaus und schöpfte mit einigen raschen, lustlosen Bewegungen Wasser aus dem Boot. Er hörte damit auf, als er vom Bretterdach her ein Keuchen hörte, ein trockenes Ächzen, es klang, wie wenn man Stoff zerreißt. Plötzlich drehte er sich um und sah undeutlich im Halbdunkel ein weißes Bündel.

Da setzte er sich an den Rand des Kastens, streckte die dunklen Beine in den Regen und starrte auf das Boot, das leise schaukelte. Das Wasser darin war klar gegenüber dem des Flusses, die lackierten Planken des Bodens, aus hellem Holz, schimmerten hindurch. Nur die eisenbeschlagene Stechstange war da: das Paddel hatte die Strömung fortgetragen.

Er hörte Moro fluchen. Er wollte sich nicht umdrehen. Dann ein Scharren von Füßen im Kampf und ein langes Stöhnen. Dann wieder nur der Regen.

Aurelio knöpfte sich den Badeanzug an den Schultern auf und ließ ihn bis auf die Hüfte hinunter. Dann betastete er seine Brust und pustete sich auf. Die kalte Luft roch nach Schlamm und nach Blättern. Er versuchte die steif gewordenen Lippen zusammenzuziehen und pfiff eine Melodie, ohne daß es ihm recht gelang.

»Fertig, Aurelio«, schallte Moros rauhe Stimme herüber. »Alles andere als tot.«

Aurelio stand rasch auf. Moro saß hinten unter dem Dach, er preßte die Knie an die Brust. Aber Aurelio kam kaum dazu, das Mädchen lang ausgestreckt liegen zu sehen – da sprang sie auf, versetzte Aurelio einen Stoß, lief los und sprang senkrecht ins Wasser.

Aurelio war mit dem Knie auf die Planken geschlagen; er sprang auf und drehte sich um, in den Ohren ein Gelächter Moros.

»Sie hat es dir gegeben: da siehst du die Frauen!«

Das Mädchen war schon weit. Sie schwamm ungleichmäßig, ohne zu tauchen; sie schlug um sich, daß es spritzte. Aurelio sprang ins Boot, um es loszubinden. Das Wasser schwappte fast über.

»Das hat keinen Zweck«, sagte Moro, als er dazukam. »Ich hatte dir doch gesagt, du solltest es ausschöpfen. Jetzt kommst du nicht mehr zurecht. Du hast sie entwischen lassen.«

Aurelio, wütend geworden, wollte sich ins Wasser werfen. Moro hielt ihn fest. »Sie kommt nicht weit. Ich mache eine Frau schon müde. Sieh hin!«

Das Mädchen war von der Strömung erfaßt worden. Im Kampf mit ihr verlor sie die Richtung, ermattete immer mehr, ihre Arme verursachten kaum noch Spritzer. Sie trieb rasch auf die Buhne zu. »Sie kann nicht schwimmen, aber ihren Dienst hat sie getan«, sagte Moro.

»Aber sie ertrinkt, und ich ...«

»Geh wieder hinein«, sagte Moro und zog ihn am Arm. »Bist du verrückt? Es konnte nicht besser kommen. Sie hat selber dafür gesorgt, sich aus dem Weg zu schaffen. Frauen wie die reden hernach.«

Aurelio hatte jenen fernen schwarzen Punkt aus den Augen verloren, so sehr er sich abmühte, etwas zu erkennen. Er bebte vor Erregung.

»Jetzt rauche ich gern«, sagte Moro, als er wieder unter das Bretterdach trat. »Hier sind trockene Streichhölzer.«

Nach einigen Minuten kam auch Aurelio und warf sich mürrisch auf die Säcke. Da sagte Moro: »Rauch du auch eine Zigarette. Das nächste Mal kommst du als erster dran.«

Kanaillen

I

Auch nicht einer der drei Gefangenen konnte hören, wie das Meer, das offenbar an diesem Tage glatt wie Öl war, leise ans Ufer schwappte; aber alle drei lagen auf den Pritschen so schlaff da, als machten sie beim Schwimmen ›toten Mann‹, die Augen halb geschlossen. Lärm und Stimmen von der Straße drangen, gleichsam mit Sonne und Sand durchsetzt, herein und erfüllten die starken Mauern der Zelle mit heißem Meer.

Die Schatten spendenden Holzläden, die die beiden Eisengitter von außen verkleideten, ließen oben zwei schmale Rhomben von bleichem Himmel frei, und unten schimmerte durch winzige, kaum wahrnehmbare Öffnungen in dem durchlöcherten, rissigen Holz das Licht. Noch im Halbdunkel spürte man die Wut der auf die Mauer prallenden Sonne.

»Der Zug kommt«, rief Nanni und sprang, barfuß wie er war, von der Pritsche auf.

Die beiden anderen rührten sich nicht. Nanni lief ans Fenster; dabei hielt er seine Hose fest. Er horchte nach dem Himmel draußen und ging dann zu dem zweiten Gitter. Da fiel etwas um, es gab ein helles, plätscherndes Geräusch; und Nanni krümmte sich mit einem Stöhnen.

»So ein Schwein! Das sollst du auflecken!« schrie der Blonde und setzte sich auf seiner Pritsche auf.

Nanni hüpfte vor Schmerz und preßte die Zehen des einen Fußes. »Wer ist schuld, daß der Kübel herumsteht?« keuchte er, noch immer gebückt. »Und du willst auf mich schimpfen! Ich habe mir den Fuß lahm geschlagen. Wende dich lieber an den Gelati-Mann.«

Nach einem Blick auf den Kübel, den Nanni rasch aufgestellt hatte, legte sich der Blonde wieder auf die Pritsche: er wölbte in dem roten Trikothemd den Thorax und streckte sich aus, bis es knackte.

In die Stille hinein war die Stimme des dritten zu vernehmen, der, ganz in Weiß gekleidet, mit Strümpfen an den Füßen dalag, den grauen Bart in der Luft: »Aber was erwartet sich der Junge bloß von dem Zug? Die Begnadigung? Jeden Tag um die Zeit wird er wild. Das ist gegen die Natur. Wenn er im Gefängnis nicht lernt, sich ruhig zu verhalten – wo soll er es sonst lernen?«

Der Blonde grinste. »Wenn einer ein dreckiges Gewissen hat«, sagte er, »kommen alle Züge für ihn hierher. Sie werden ihn abholen, mit den Handschellen, werden ihn in den Zug hineinstoßen, er wird eine kleine Reise im Dunkeln machen, und dann wird er im Käfig, mit zwei Polizisten, im Saal erscheinen, wo man ihm das Urteil vorlesen wird: Zwangsarbeit. Sieh hin, was für ein Gesicht er macht! Sie rasieren sie, Nanni, ziehen ihnen sackleinenes Zeug an und legen den Fuß an die Kette. Wieviel Hühner hast du gestohlen, Nanni?«

»Einen Esel habe ich gestohlen: dich!«

Der Blonde warf vor Freude einen Fuß in die Luft; dabei rutschte ihm eine Sandale von den Zehen und sprang dem Alten aufs Bett.

»Sag mal, ›Gelati‹«, rief er vergnügt, während er die Handflächen unter den Nacken schob und die Beine übereinanderschlug, »ob sie uns wieder Kippen bringen?«

»Hier kann man überhaupt nicht mehr schlafen«, brummte der Alte und drehte sich nach der Tür.

»Warum kommt Ihr nicht gleich mit dem Eiskarren und Euerm ganzen Laden her?« fragte der Blonde weiter. »Während Eurer sechs Tage Haft würden wir vergnügt leben. Euch Eure Alte, mir die Wassermelone auf Eis, und für Nanni dort das Gefrorene, damit er sich das Wechselfieber kurieren kann. Sieh doch hin, wie er sich festhält!«

Nanni umklammerte noch immer das Eisengitter, er spürte durch den Drillich hindurch die brennende Hitze der Wand, an der er klebte: er konnte nichts erkennen, aber er starrte durch eine Ritze im Laden in das flimmernde Licht und horchte auf das Stimmengewirr draußen. Gerade fluteten die Badegäste vom Bahnhof zurück; sie hatten dort die erste Kühle genossen und hatten dem durchkommenden Zug zugewinkt. Jetzt gingen sie wieder an den Strand, die Herren in Weiß, Frauen in Sandalen mit bloßem Kopf, schreiende Menschen, junge Männer, Kinder, lachende Mädchen. Nanni konnte nichts erkennen: er mühte sich ab, sich vorzustellen, wie diese Straße vor dem Gefängnis, die zum Meer hinabführte, wohl war, aber er wußte nicht einmal, ob es dort Bäume gab oder niedere Häuser oder blühende Hecken. Als er hierher ins Gefängnis kam, hatte er nicht darauf achtgegeben.

Nanni drehte sich um, ganz in Schweiß, weil er so lange dort gestanden hatte; von draußen vor der Eingangstür war ein Durcheinander von Stimmen zu vernehmen, dumpfe Geräusche, das Scharren vieler Füße.

Auch der Blonde hatte sich auf den Ellenbogen gestützt und sah unruhig nach der Tür. Diese herüberhallenden Stimmen klangen fremd.

Bei einem sehr lauten Ton hob auch der Gelati-Verkäufer unwillig den Kopf und drehte sich zu den beiden hin. Sie sahen einander an. »Du, Blonder, das könnte für dich die Reise bedeuten«, bemerkte er grinsend. »Oder für Nanni? Wer Glück haben soll, hat es; er reist in der Kühle und bleibt in der Kühle. Die Provinzgefängnisse sind nicht wie die vom Kreisgericht.«

»Herrgott noch mal, selbst im Gefängnis hat man keine Ruhe«, fluchte der Blonde und sprang von der Pritsche auf.

Nanni sagte leise, auf die Tür starrend: »Um die Zeit ist der Zug schon weit fort. Leute, die ankommen, nicht solche, die abreisen.«

Das Stimmengewirr hielt an. Jemand rief ein paar Abschiedsworte und ging. Jetzt hörte man, wie Ciccia leise mit jemandem redete und Befehle gab. Dann das Plätschern von Wasser in ein Bekken, ein Spritzen und Prusten wie von einem, der sich wäscht.

»Wer kommt schon in dieses Loch mit dem Zug!« sagte der Blonde. »Meiner Meinung nach sind sie gekommen, um diesen Dummkopf hier zu rasieren.«

»Da ist ja noch gar kein Bart zu rasieren«, sagte der Alte.

»Im Zuchthaus wird er Zeit genug haben, daß er ihm wächst«, grinste der Blonde.

»Sie werden wieder einen erwischt haben; einen von hier, wo sie es nicht bei nur einem Toten bewenden lassen.«

Ein Schlüssel klirrte und wurde umgedreht, der Riegel zurückgeschoben. Es erschien Ciccia, die Tür mit dem Hintern aufstoßend. Nanni starrte auf die offene Tür, wo es hell war.

»Es gibt keinen anderen Platz, Hochwürden, gehen Sie für jetzt hier herein«, brummte Ciccia unter seinem Schnurrbart hervor. »Sie werden nichts haben, wo Sie schlafen können, aber ich schwöre beim Himmel, irgendeiner wird Platz machen... für eine Nacht...«

Auf der Schwelle erschien in dem plötzlichen Luftzug ein dunkler Mann, in eine schmutzige Jacke aus grauer Leinwand gezwängt. Er hatte ein hageres Gesicht, kniff die Augen leicht zusammen und sah mit müdem, doch leuchtendem Blick umher.

»Machen Sie es sich bequem, Hochwürden, andere Betten gibt es nicht, es wird schon notwendig sein, daß einer Ihnen seines überläßt... der Jüngste... Nanni. Später sehen wir weiter. Jetzt will ich was zu trinken holen. Wir haben schon was für den Durst. Ihr da, macht Platz und führt keine unflätigen Reden, Hochwürden hört zu. Seien Sie so gut...«

Die Tür wurde wieder geschlossen. Der Mann mit dem hageren Gesicht ging ein paar Schritte nach vorn und hob eine Hand. »Ich grüße euch alle«, sagte er leise. Der Blonde hatte sich erhoben, trat nun hinter ihn und sah ihm auf den Kopf.

Auch der Gelati-Verkäufer hatte sich erhoben und strich sich den Bart.

»Sind Sie etwa ein verkappter Priester?« brachte der Blonde endlich heraus und stellte sich vor ihn, ohne ihn aus den Augen zu lassen.

»Ich bin Priester«, antwortete jener, ohne sich zu rühren.

Der Blonde warf ihm einen Blick zu und ließ sich auf die Pritsche fallen. »Und, entschuldigen Sie, was tun Sie hier?«

»Hören Sie nicht auf ihn«, mischte sich der Gelati-Verkäufer ein, »laß das doch sein, sei still, du Lump. Sind Hochwürden mit dem Zug gekommen? Wird ganz schön heiß gewesen sein, was?«

»Entschuldigt, Kinder«, sagte der Priester, die Augen schließend, »ich bin von der schönen Sonne draußen noch geblendet. Ich kann euch nicht genau erkennen. Ich hoffe, ich störe euch nicht. Morgen ganz früh reise ich weiter.«

»Und wohin?« fragte der Blonde.

»Man schickt mich in die Verbannung. Auf die Inseln.«

»Auch die Priester?«

»Warum nicht?« sagte der Gelati-Verkäufer. »Die Justiz kriegt alle dran.«

»Verbannung? Was muß man tun, daß man in die Verbannung kommt?«

»Wen sie nicht ins Gefängnis stecken können, den schicken sie in die Verbannung«, erklärte der Gelati-Verkäufer.

Die Augen des Priesters blickten jetzt ruhig. Nanni, der sich ihm genähert hatte, sah, daß seine Wangen fleckig waren von einem drei Tage alten Bart, und daß er, trotz der Müdigkeit, die um seine Augen lag, auf der Stirn ein gewisses Leuchten hatte, das von einem starken Willen zeugte.

»Und der hier, der gar nichts sagt? Aber du bist ja noch ein Junge«, sagte der Priester bestürzt.

»Nanni ist wegen der Hühner hier«, erklärte der Blonde. »Vorgestern ist er in die Falle gegangen.«

»Du hast gestohlen?« rief der Priester. »Soll ich das glauben? Hat denn deine Mutter nicht auf dich aufgepaßt? Das, was anderen gehört, stehlen?«

»Sehen Sie, Hochwürden«, sagte der Gelati-Verkäufer, »Sie haben ja recht. Ich will nichts sagen bei dem Blonden hier, der verdient das und noch Schlimmeres; aber einer Familie wie der, zu der Nanni gehört, dürfte man den Jungen nicht wegnehmen und ins Gefängnis stecken. Seien wir gerecht: sie haben von diesen Hühnern gelebt.«

Nanni trat zurück, die Augen von Tränen geblendet, und stieß stumm die Schultern gegen die Mauer. Erst als er ruhiger geworden war, konnte er die Zelle vor sich und den alten Graubart, der neben dem Priester auf einer Pritsche saß, wiedererkennen.

Der Priester starrte jetzt auf den Boden und hob den Blick zu niemandem auf. Ein Hemd mit weißem, ausgefranstem Kragen umschloß seinen Hals, ohne Krawatte. Er stützte die Hände auf die Knie – die Hose war aus schwerem schwarzen Tuch –, und die zu kurzen Ärmel ließen die Vorderarme frei. Nanni bemerkte plötzlich, daß sich der Priester verstohlen umblickte und sich ein Handgelenk rieb. Beide senkten die Stirn.

»Sind Sie mit Handschellen gereist?« fragte der Blonde.

Wieder schnappte der Riegel, wieder erschien Ciccia. Er hielt in der Hand einen runden Laib Brot und unter dem Arm die Dekken, die er auf den Schemel legte. Nanni sah, daß er blanke Augen hatte.

»Ciccia, Ihr werdet doch wenigstens Hochwürden dieses Weinchen zu kosten geben, das Ihr ganz allein trinkt«, sagte der Blonde.

»Oho, warum nicht allen? Warum nicht allen zu kosten geben? Wir sind schließlich nicht in der Taverne. Mach auf und schließ zu, mach auf und schließ zu, alle befehlen, als wären sie die Herren. Der Gefangene bin doch nicht ich! Sie sind damit nicht gemeint, Hochwürden, Sie berührt das nicht, diese Lumpenkerle sind gemeint. Und da nennen sie uns noch Henker. Also, wie fühlen Sie sich hier? Schlechte Gesellschaft, was? Je nun – wir sind im Gefängnis. Überläßt Ihnen einer die Pritsche? Warten Sie ...«

Er war im Begriff, hinauszugehen, und der Blonde schrie hinter ihm her: »Den Spalt, Ciccia, den Spalt für Hochwürden!« Ciccia kam sofort mit einem dummen Gesicht wieder herein, an seinem Schnurrbart kauend. »Bring mich nicht durcheinander«, brummte er. »Ich suchte die Decken, und sie sind schon hier.« Er zog sich den Schemel heran und setzte sich mit einem Seufzer hin, mit dem Rücken an der Mauerkante; die Tür hinter sich lehnte er an.

»Für Sie gibt es keinen Platz und für mich keine Ruhe«, sagte er und warf verstohlen einen Blick auf den Priester. »Auch ein Mord mußte noch kommen, an den gerissenen Burschen hier war es nicht genug. Ja, seit gestern haben wir einen Mörder. Den ganzen Morgen hat er nichts getan als Wasser verlangt: als wollte er sich ersäufen. Das wäre besser für ihn und für alle.«

Der Priester, der mit gesenktem Kopf zugehört hatte, hob mit einemmal zwei starre Augen.

»Herr im Himmel!« rief er und faltete die Hände. »Dieser Mann ist schlimmer dran als wir alle, die wir hier sind. Wo ist er? Fragt er nach einem Priester?«

»Das ist sehr wahrscheinlich, solange ihm die Leber raucht vor Wut, daß sie ihn erwischt haben«, sagte der Blonde.

»Aber was hat er getan? Wer ist er?« fragte der Priester drängend.

»Wer er ist, wußte vorgestern kein Mensch«, sagte Ciccia, »er ist so ein Bauer von den Bergen weiter unten, es scheint, er hat in La Spezia gearbeitet. Das Verbrechen – nun, irgendwem drei Messerstiche in den Bauch, Weibergeschichten, wir wissen es nicht; aber der Wein war auch im Spiel, denn den ganzen Tag hat er nicht gegessen und verlangt nur zu trinken, und das sind keine Leute, die am Fieber leiden ... Habt ihr Hochwürden frisches Wasser gegeben?«

»Er ist also jung?«

»Es scheint, er kommt in diesem Jahr zur Musterung. Alles Sachen, die er nicht mal dem Wachtmeister sagen will. Nun, er wird es in La Spezia sagen ...«

Nanni beobachtete, wie sich der Priester mit bekümmerter Miene erhob und rasch auf das Fenster zuging. Er konnte sich nicht schnell genug bücken und den Kübel unter die Pritsche schieben – der Fuß patschte schon in die übergeschwappte trübe Flüssigkeit.

Der Priester bemerkte es nicht, er drehte sich um und ging zurück. Dann machte er den Gang noch einmal; die Blicke aller folgten ihm. Dann wieder, auf und ab, Arme und Ellenbogen fest über der Brust gekreuzt, mit zuckenden Lippen, gesenktem Kopf. Alle betrachteten seine Tonsur, bis der Gelati-Verkäufer, sich an Ciccia wendend, das Schweigen brach:

»Wenn er beweist, daß er den Mann im Rausch umgebracht hat, kann er mit einem Dutzend Jahren davonkommen.«

Der Priester stellte sich vor Ciccia hin:

»Ist er denn allein in der Welt? Besucht ihn niemand?«

Ciccia schlug verwirrt ein Auge auf und ließ das andere halb geschlossen. »Besuchen, das wäre noch schöner. Das ist Sache des Richters, zu seiner Zeit.«

»Aber die Familie, ist die nicht gekommen? Hat er zu Hause keine Frauen? Dieser Unselige braucht das. Besucht der Pfarrer nicht das Gefängnis?«

Der Gelati-Verkäufer und Ciccia riefen gleichzeitig: »Man darf es nicht ohne Erlaubnis.«

Dann fuhr Ciccia fort: »Die Frauen werden leider kommen. Sie pflanzen sich vor der Tür auf, die Kinder im Arm, und man kann keinen Schritt mehr tun, ohne daß sie einem auf die Füße treten. Einmal hat der Wachtmeister ...«

»Aber der Pfarrer? Kommt denn der Pfarrer nicht? Er ist dazu verpflichtet.«

Ciccia schnitt eine Grimasse: »Nie gesehen.«

Der Blonde sagte – er lag auf der Pritsche und knabberte an einem Stück Brot –: »In La Spezia ist ein Pater, der einem Freund von mir die Beichte hat abnehmen wollen. La Spezia, das ist eine Stadt!«

Der Priester, aufs höchste erregt, senkte den Blick auf Ciccias Füße. Nanni hatte den Eindruck, er werde etwas Heftiges äußern. Die hageren Wangen wurden rot. Dann hob er, als schlucke er einen Bissen hinunter, das Kinn.

Ciccia sah verstohlen zu ihm hin und blinzelte dem Gelati-Verkäufer zu. Er erhob sich mühsam von seinem Schemel, schüttelte den Bund mit den Schlüsseln und sagte zu dem Priester: »Nehmen Sie diesen Burschen die Beichte ab, Hochwürden, es geschieht nicht oft, daß sie einen Priester sehen, nehmen Sie ihnen die Beichte ab. Den anderen drüben nehme schon ich mir vor, Befehl ist Befehl. Ich komme noch mal mit dem Wasser.«

Sobald er die Zelle verlassen und die Kette über dem Spalt festgehakt hatte, sprang der Blonde von der Pritsche hoch, zielte auf die Tür und schleuderte das Stück Brot hinter ihm her. »Kanaille, für uns das Wasser, aber für ihn Wein. Sagt Ihr ihm nichts, ›Gelati‹, wegen der Toskanerzigarren, die er Euch wegstibitzt?«

In diesem Augenblick schlug eine Tür; draußen eilige Schritte, eine undeutliche Stimme, es wurde mit Schlüsseln geklirrt. Ein heftiger Stoß gegen die Tür, und durch den Ritz leuchtete der Schnurrbart von Ciccia; er sagte, seufzend, in die Zelle hinein: »Hier nicht.« Dann hörten sie, wie er draußen weiterrannte, das Gittertor zuschlug und schrie, wobei er die Schlüssel klirrend hin und her schwang.

Der Priester hatte sich wieder auf die Pritsche gesetzt und starrte, tief in Gedanken, zwischen den Knien auf den Boden. Der Blonde rannte an die Tür und rief erregt etwas nach draußen. Die verwirrte Stimme Ciccias gab Antwort. Plötzlich wieder ein heftiger Stoß gegen die Tür – der Blonde wurde zurückgestoßen, der Spalt zugeschlagen, der Schlüssel im Schloß umgedreht.

II

Rocco stieß gegen die Zellentür, verdutzt: sie tat sich auf, ohne zu quietschen. In dem vom Licht erfüllten Eingang war keine lebende Seele, und durch die Öffnung im Gittertor sah man die mit kleinen Steinen gepflasterte Straße; sie blendete das Auge. Man konnte bis dorthin gehen.

Im Schlüsselloch des Tores steckte der Schlüssel; Rocco stellte sich auf die Fußspitzen, drehte den Schlüssel um und machte die Bewegung mit dem ganzen Körper mit. Von innen, hinter einer der kleinen Eisentüren, kam eine aufgeregte Stimme. Rocco sprang mit einem Satz hinaus.

Die weiße Kante gegen den Himmel, hinten in der Gasse, mußte die Kaserne der Carabinieri sein; Rocco warf sich auf die andere Seite, bereit, zu rennen und um die Ecke zu biegen, die Augen geblendet, die Schultern zusammengezogen: von Sekunde zu Sekunde wartete er auf den Knall eines Schusses.

In der Querstraße keine Menschenseele. Stimmengewirr, Lärm vom Strand kam bis zu ihm hin, ferne Glocken, Widerhall von Musik. Er spürte, wie etwas Lebendiges seinen Hals streifte. Er hob den Kopf: es war die freie Luft; und hinter einem hellen grünen

Busch, über einer niedrigen roten Mauer, sah er einen Streifen Himmel, der noch bleicher war, reglos.

Die ganze Straße entlang, endlos, sahen ihn vor der Sonne herabgelassene Jalousien an. Sich dicht an den Mauern haltend, kam er auf einen schmalen Weg, auf dem Badegäste vom Strand kamen oder wieder dort hinuntergingen. Rocco schloß die Augen, als wolle er tauchen, und stieß gegen eine dicke Frau, deren große Füße nackt in abgetretenen Sandalen steckten; sie schleifte ein gelbes kleines Mädchen hinter sich her. Rocco bekam einen tüchtigen Stoß mit dem Ellenbogen, hob aber weder den Kopf, noch horchte er auf das, was sie sagte, und sprang auf die andere Seite. Hier kam ein schönes graues Auto, hupte laut und drückte die Menschen an den Rand, daß alles sich staute. Rocco rannte los wie ein Verrückter.

Erst vor Petros Tür blieb er stehen. Er trat rückwärts ein, wobei er scharf in die Gasse sah, drehte sich erst in dem kühlen Schatten um und sprang die Treppe hinauf. Er klopfte, das Herz schlug ihm bis zum Hals.

Ein kleines Mädchen öffnete ihm, sie stand hell im Halbdunkel der Tür. Petro war nicht da; was wollte er? Rocco legte ihr eine Hand auf die Wange, trat ein und zog die Tür hinter sich zu. Das Kind folgte ihm in die kleine Küche.

»Oh, was wollen Sie?« sagte es.

»Ich warte auf Petro. Ich komme aus La Spezia. Siehst du nicht, wie verschwitzt ich bin? Wieso ist Petro nicht da?«

Das Mädchen betrachtete ihn, halb erschreckt, halb frech.

»Sind Sie der, den sie eingesperrt haben?«

Rocco in seinem Schweiß wurde eiskalt.

»Was weißt du davon?«

»Petro hat es heute früh gesagt. Sie sind Rocco, weil Sie einen Schnurrbart haben. Wenn das die Mama sähe! Ein Glück, daß sie beim Großvater ist, Blumen pflücken.«

»Petro ist nicht da?«

»Petro arbeitet im ›Nettuno‹. Warum gehen Sie nicht an den Strand und holen ihn her?«

»Was hat Petro gesagt?«

»Dann sind Sie wirklich Rocco, und Sie kommen nicht aus La Spezia, wie Sie gesagt haben, sondern Sie waren im Gefängnis!«

»Was hat Petro gesagt?«

»Petro hat nur gesagt, sie hätten Sie eingesperrt, aber die Mama hat den ganzen Morgen geschrien: das also sind Petros Freunde, sie habe es immer gewußt, und so würde es auch Petro gehen, wenn er weiter nach La Spezia ginge, statt zu arbeiten. Aber Petro sperren sie doch nicht ein?«

»Hör mal, auch mich haben sie nicht eingesperrt«, sagte Rocco und sah ihr fest in die Augen. »Du siehst, ich bin frei. Ich will nur mit Petro reden.«

»Dann gehe ich ihn holen«, sagte die Kleine und sprang an die Tür.

»Nein«, schrie Rocco und lief ihr rasch nach, »ich habe Zeit, ich will warten. Wann kommt er heim?«

»Sobald es dunkel wird. Wenn sie die Badeanstalt schließen.«

Rocco setzte sich ans Fenster, die letzte Sonne kam in schrägen, mit Stäubchen gefüllten Strahlen herein; er schützte sich mit dem einen Flügel des Fensterladens. So verborgen sah er, wie hinter dem geschlossenen Gefängnisgitter, nur einen Strich Himmel; aber wenn er den Kopf ein wenig bewegte, konnte er in dem leuchtenden Schimmer die Flanke des steil abfallenden, sonnenheißen, mit Blüten bedeckten Berges sehen. Die Kleine war wieder an ihre Essensvorbereitungen gegangen, sie zerkleinerte mit dem Wiegemesser, kräftig zupackend, Grünzeug, bis es ein Brei wurde. Ab und zu drehte sie sich zum Herd, um in einer Pfanne zu rühren, aus der ein würziger Rauch aufstieg.

Rocco suchte nach einer Zigarette – aber er fand keine. Da zog er die schwere Drillichjacke aus, stützte den Kopf in beide Hände und starrte weiter in den Himmel. Langsam erlosch der Widerschein der Sonne, und die Luft wurde klarer. Plötzlich fuhr Rocco zusammen und starrte wild vor sich hin auf den Boden. Er hörte die Kleine sagen:

»Sie sind doch nicht krank?«

»Scheint heute nacht der Mond?«

»O ja, wir gehen zu den Fischern ins Boot. Kommen Sie mit?«

Rocco lächelte und winkte ihr, sie solle still sein.

Das Zimmer war halb dunkel, die Kleine holte vom Flur eine Petroleumlampe, sie trug sie mit beiden Händen und wollte sie gerade anzünden, da klopfte jemand an die Tür. Rasch stellte die Kleine die Lampe hin und lief in den Flur. Rocco hob den Kopf, ihm schlug das Herz. Die Kleine rief: »Rocco ist da, Rocco ist da«, und Petro trat schnell und erregt ein.

Er trug einen dunklen Trikot, die Arme waren nackt. Rocco war aufgesprungen; er erkannte in dem dämmerigen Licht kaum sein Gesicht.

»Ich bin zum Essen gekommen«, stammelte er.

»Sie haben dich gehen lassen?«

»Ich fand die Tür offen.«

»Sie haben dich herausgelassen? Du bist frei?« fragte Petro keuchend.

»Es ist gar nicht schwer, daß sie einen herauslassen. Ich fand die Tür offen und bin hinausgegangen.«

»Aber dann hast du ihn wirklich umgebracht? Du bist entwischt?«

»Und warum sollte ich ihn nicht umbringen? Sicher habe ich ihn umgebracht. Ich wünschte, es wäre nicht so, damit ich ihn noch mal umbringen könnte. Bist du auch so wie die anderen Leute?«

Die Kleine sah mit erhobenem Gesicht zu ihnen auf. Petro schrak zusammen und sagte rauh:

»Zünde das Licht an, Mina, und geh nach drüben.«

Die Kleine gehorchte, und Rocco sprang zum Fenster und schloß den anderen Laden. In der kleinen Küche wurde es hell. Mina schraubte langsam den Docht herunter.

»Los, mach daß du hinauskommst«, rief Petro.

Während die Kleine hinausging, starrte Petro an die Wand. Auf seinen dunkelblauen Trikot war ›Nettuno‹ aufgedruckt. Er verzog den Mund und sah den Freund von der Seite an, genau wie es Rocco immer tat. »Hat man gesehen, wie du ins Haus gekommen bist?« fragte er barsch, mit erstickter Stimme.

»Ich bin heimlich ausgerissen«, sagte Rocco.

»Aber warum bist du hierher gekommen?«

»Wohin sollte ich gehen? Ich kenne niemanden. Es war Tag. Aber heute nacht gehe ich fort.«

»Sprich leise. Bei Tag reißt man nicht aus. Hast du das Gitter zerbrochen?«

Rocco grinste. »Man sieht, daß du nie drin gewesen bist. Die Gitter sind aus Eisen. Ich bin durch die Tür gegangen. Der Alte mit dem Schnurrbart hat sicher nur angenommen, er habe zugeschlossen; statt dessen hat er den Schlüssel im Leeren umgedreht. Aber sei ruhig, heute nacht gehe ich fort.«

Von der Tür her kam Minas Stimmchen: »Die Würze brennt an!«, und die Kleine lief zum Herd.

Petro ging am Tisch entlang und sah in die Luft. Rocco hatte sich wieder hingesetzt, die Schultern nach dem Fenster. Sie blieben still, während sich die Kleine mit einem Topf zu schaffen machte. Von der Straße hallten gedämpfte Stimmen herauf.

Rocco sagte: »Hast du eine Zigarette?«

»Ißt Rocco heute abend mit?« fragte Mina. Petro antwortete nicht. Rocco näherte den Mund mit der Zigarette dem Streichholz, er sah, wie Petros Hand zitterte und, als er es auslöschen wollte, heftig hin und her fuhr.

Wieder waren sie eine Weile still. Die Kleine setzte klappernd Teller auf den Tisch.

Petro brach das Schweigen. »Wer ist diese Frau?«

»Was für eine Frau?«

»Alle wissen, daß ihr in der Osteria wegen einer Frau aneinandergeraten seid. Oder bist du etwa über ihn hergefallen, weil er sich schneuzte?«

Rocco horchte auf und hob das Gesicht. Mina senkte den Blick wieder auf die Teller.

»Wenn keiner es weiß – um so besser«, sagte Rocco langsam. »Es ist besser für mich, wenn es keiner weiß. Ihr geht es gut und geht es schlecht. Scheint heute nacht der Mond?«

»Was hat der Mond damit zu tun?«

»Mit den Frauen hat er sehr wohl zu tun. Die beiden verstehen einander. Ist es in diesen Nächten sehr hell?«

»Aber warum?«

»Weil ich fortgehen muß, du dummer Kerl, und wenn der Mond scheint, erwischen sie mich.« Bei den letzten Worten senkte Rocco die Stimme. Mina sah noch immer verzückt zu ihm hin.

»Ich weiß wirklich nicht, was du tun könntest«, sagte Petro mit einer heftigen Bewegung. »Dich einschiffen kannst du unmöglich, das weißt du.«

»Ich weiß es«, sagte Rocco leise.

»Willst du in die Berge zurückgehen, zu deinen Leuten?«

»Zu weit, und zwecklos«, sagte Rocco. »Dort werden sie mich zu allererst suchen.«

»Und warum bist du dann ausgerissen?« platzte Petro heraus. »Darüber hättest du vorher nachdenken sollen. Willst du hier sterben wie eine Maus?«

»Eher bin ich die Katze«, sagte Rocco und verzog die Lippen zu einem häßlichen Lächeln.

Mina stellte rote Paprikaschoten und Tomaten auf den Tisch, sie nahm sie triefend naß aus einem Eimer. Auf einen barschen Wink Petros zog Rocco den Stuhl an den Tisch. Er rauchte seine Zigarette zu Ende; inzwischen schnitt Petro eine Tomate in Scheiben und verlangte von der Kleinen nervös das Öl. Das Mädchen setzte Öl und Salz hin, wich aber Roccos Blicken aus und ging wieder an den Herd, um Fische in Mehl zu wälzen.

»Ist deine Mutter fort?« fragte Rocco und warf die Zigarette weg. »Dir geht es, wie ich sehe, ganz gut; wieviel geben sie dir im ›Nettuno‹?«

»Einen Elendslohn. Iß.«

»Im Kittchen gibt es keine Tomaten«, sagte Rocco und kaute mit vollem Mund. »Und es ist höllisch heiß. Genau wie hier.«

Er drehte sich zum Fenster. »Man kommt sich vor, als wäre man im Gefängnis.»

»Mach die Läden auf«, befahl Petro der Kleinen. »Ich will nicht umkommen. Man sieht uns sowieso nicht.«

Es wurde kühl; in der Unruhe, die von der Straße aufstieg, aßen beide schweigend. Mina nahm die brutzelnden Fische vom Feuer, brachte sie auf den Tisch und setzte sich an der freien Seite hin.

»Alles verstehe ich, nur das nicht, daß du wegen einer Frau diesen Blödsinn gemacht hast«, begann Petro kauend.

»Hör mal, du hast mich in La Spezia gut gekannt«, sagte Rocco kurz, »ich komme aus den Bergen, aber ich bin nicht der Einfältigste. Wer hat dir gesagt, du solltest aufpassen, als du wie ein Irrer hinter Rosa hergelaufen bist, dieser kleinen Sau? Die ließ sich bezahlen! Wer hat dir gesagt ...« Er hielt inne mit einem Blick auf Mina, die ihm, auf die Ellenbogen gestützt, zuhörte. »War nicht ich es damals, der sich auf die Frauen verstand? Also laß gut sein. Ich habe schon einen Grund gehabt.«

»Aber du hattest sie gern?«

Rocco gab keine Antwort.

»Du wolltest sie heiraten?«

»Hätte ich sie gern gehabt, dann hätte ich sie umgebracht und nicht ihn«, sagte Rocco und preßte die Lippen aufeinander.

Petro sah auf den Teller; er bemerkte Mina und schrie ihr zu: »Was tust du hier? Raus mit dir!«

»Laß sie doch essen«, sagte Rocco. »Es ist besser, sie bleibt hier ... solange ich da bin.«

Die Kleine, die schon rasch zurückgewichen war, warf einen erschreckten Blick auf ihn. Rocco lächelte ihr zu. Ohne ihren ernsten Ausdruck zu verändern, sah sie ihn flehentlich an.

Petro aß eilig zu Ende, dann sprang er auf und ging im Zimmer auf und ab.

»Dann warst du betrunken«, sagte er überzeugt. »Was hat dir denn dieser Unglückliche getan? Du sagst selbst, daß dir nichts an ihr liegt ...«

Rocco stand langsam auf.

»Jetzt gehe ich fort«, sagte er leise. »Es ist Nacht.«

»Wenn du sie nicht heiraten wolltest, was für einen Sinn hat es dann? Man läßt die Sache laufen.«

»Mina, es ist Zeit, an den Strand zu gehen. Die Fischer dort warten auf euch. Du bist doch fertig?«

Mina bewegte das Kinn von unten nach oben, mit den weit aufgesperrten Augen auf Petro weisend.

»Petro kommt auch mit. Ich muß gehen, Petro.«

Petro war verlegen; er starrte auf den Boden.

»Und wohin wirst du gehen?« stammelte er. »Wenn man dich sieht ...«

»Hab keine Angst, ich bin in einem Augenblick aus dem Haus. Und ich werde nicht noch einmal kommen. Hast du vielleicht einen farbigen Trikot? Ich lasse dir das Hemd und die Jacke.«

Petro zögerte.

»Damit man mich nicht erkennt ... Ich lasse dir die Jacke.«

»Unsinn«, sagte Petro. »Die Jacke will ich nicht. Es ist nicht wegen des Wertes, unter uns, aber wenn man dann den Trikot an dir erkennt? Du weißt, sie kriegen alles heraus. Wer soll dich bei Nacht schon sehen?«

Rocco nahm seine Jacke. Er warf sie über die Schulter und sah sich im Zimmer um. Er ging zum Tisch und nahm einen kleinen Laib Brot. »Den wirst du mir ja wohl geben«, sagte er und steckte ihn sich in die Tasche.

»Die Straße ist frei? Ich bin bereit.«

Während Petro sich schon zur Tür wandte, streckte Rocco rasch die Hand nach einem Messer aus, das auf dem Tisch lag, und steckte es in die Tasche. Er begegnete dem erstaunten Blick Minas und lächelte ihr zu.

»Ciao, Mina«, sagte er. »Erzähle ja niemandem davon, daß ich dich besucht habe.« Dann ging er hinter Petro hinaus.

Beide schwiegen, als sie sich die Treppe hinuntertasteten. An der Haustür beugte sich Petro hinaus in die bebende Hitze und flüsterte: »Diese Seite ist im Schatten. Auf die andere scheint schon der Mond. Warte, es geht jemand vorüber.«

Rocco sagte leise hinter der Tür: »Wenn man denkt, daß auch deine Schwester in ein paar Jahren eine Frau ist!«

»Rasch«, sagte Petro. »Jetzt! Halte dich an der Mauer.«

Rocco sprang mit einem Satz in das Halbdunkel.

III

»Ich bin der ›Gelati‹-Mann«, sagte der Alte in Weiß. »Wir haben für ein Unglück Verständnis, Hochwürden. Sechs Tage verbüße ich im Gefängnis eine Strafe, die mir der Polizeipräfekt gütigst aufgebrummt hat wegen einer gewissen Milch...«

»Lassen Sie sich erzählen, wie es kommt, daß sie ihm nie den Eiskarren beschlagnahmen«, unterbrach ihn der andere.

»So einfach wie ein Ei. Die Frau besitzt den Karren, und der Endunterzeichnete begeht das Unrecht.«

Eine entsetzliche Hitze, nicht mehr nur vom Widerschein, sondern vom Stein selbst und von der Luft, machte das Gefängnis zum Ersticken heiß. Hochwürden spürte diese Hitze auf dem Gesicht, er konnte kaum Luft kriegen, denn außerdem roch es scharf nach Menschen, und die Mauer unter der Sonne stank auch. Nanni, der die unbewegte Luft selbst kaum atmen konnte, beobachtete den Priester heimlich und genau.

»Kommt denn die Seeluft nicht bis hierher?« fragte dieser den Alten.

»Seeluft für die Gefangenen!« antwortete die höhnische Stimme. »Sie nehmen uns auch die der Erde, die der Herr gemacht hat.«

»Wir sind wie Kapaune im Geflügelkorb«, sagte der Blonde. »Nur daß wir nicht wirklich Kapaune sind und sehr knapp gehalten werden.«

Beim Sprechen entblößte er die Zähne, dann sah man die straffgespannte, schmutzige Haut. Mit einer Anstrengung hob der Priester wieder den Kopf und betrachtete ihn aufmerksam.

Der Alte fragte: »Sie haben nicht in einem Ort am Meer gelebt?«

»Ich komme aus Alessandria, ich bin vom Land.«

»Und... haben die hier Sie in bürgerliche Kleidung gesteckt?«

Auch Nanni auf seiner Pritsche hörte gespannt zu.

»Es möge sein, wie Gott will. Das Priestergewand würde Ärgernis erregen.«

»Aber ein Priester bleibt man doch, was?«

»Gewiß.« Und der Geistliche sah die anderen der Reihe nach an. »Die Priesterweihe ist wie die heilige Taufe: der Priester ist Priester vor Gott, was auch geschehen möge; genau wie der, der Christ geworden ist, vor Gott, was auch geschehen möge, für seinen Glauben wird einstehen müssen, und besonders, wenn er ihn verleugnet hat. Man darf nicht glauben, daß eine Sünde uns von Gott loslöst: das zu glauben ist eine sehr schwere Sünde, die Sünde von Judas ...«

Der Blonde, der krumm und schlapp dastand, hörte mit finsterem Gesicht zu.

» ... sondern wir müssen daran denken, daß Seine Barmherzigkeit ohne Ende ist und uns die ausgebreiteten Arme hinhält, gerade wenn wir Ihn gekränkt und auf die viehischste Weise verleugnet haben ...«

Der Blonde hatte ein leichtes Lächeln aufgesetzt. Der Priester konnte in dem Halbdunkel Nanni gerade noch erkennen, und auf der Schulter spürte er den Atem des Alten. Er senkte die Augen.

»Und was auch geschehen möge, wir müssen immer den anderen vergeben, wie uns der Herr vergibt. Vergeben, damit auch uns vergeben wird. Uns selbst in den anderen vergeben, denn das Böse lebt ja doch im Herzen eines jeden, und was auch geschehen möge – was für eine Ungerechtigkeit auch immer –, schuld daran sind immer zuerst wir und dann erst die anderen.«

»Man hört am Tonfall, daß Sie aus dem Piemont sind«, sagte der Blonde. Und, ihm den Rücken zuwendend: »He, Nanni, wird heute abend, wo Hochwürden da ist, nicht gefegt?«

Nanni sprang auf. Während er sich hastig über den schwarzen Boden beugte und den Besen mit beiden Armen hin und her schwang, setzte sich der Alte auf der Pritsche hoch und fragte vertraulich:

»Und wie in aller Welt kommen Sie hierher? Hatten Sie Feinde?«

Was für ein finsteres, runzliges Gesicht, und die zwischen buschigen Brauen hervorblitzenden, grauen Augen! Hochwürden fuhr erschreckt zusammen.

»Ein paar Worte zuviel?«

Auch die beiden jungen Männer sahen zu ihm hin – der Blonde hob gerade die Lippen vom Wasserbecher –, und so entschloß sich Hochwürden zu einer Antwort. Er sagte, ohne zu zögern, leise: »Ich habe unrecht gehandelt in dem, was ich gesagt und getan habe. Was mir geschieht, verdiene ich.«

»Ja, ja«, sagte der Alte in das Schweigen hinein, »sie wissen einen schon ins Unrecht zu setzen. Aber Sie können sich doch verteidigen! Warum tun Sie es nicht? Eine Eingabe an den, der zu bestimmen hat...«

»Wann lernen denn wir, die Feder zu halten, he, ›Gelati‹?« unterbrach ihn der Blonde.

»Sei du still, du Gauner! Zu meiner Zeit haben sie uns nicht Lesen und Schreiben beigebracht, sondern: an seinem Platz stehen. Was ist das schon, lesen können! Du kannst es, und jetzt bist du hier!«

In der eingeschlossenen, unbewegten Luft spürte der Geistliche, wie ihm diese Stimmen gegen die Schläfen stießen. Von außen drang kein Stimmengewirr bis hier herein. Jenseits der dunklen Bretter war noch Luft und Licht.

»Glauben Sie mir«, sagte der Alte, »wenn einer gegen das Gesetz verstößt, stecken sie ihn ins Gefängnis. Sie sind nicht gefangengesetzt worden: Sie haben nicht gegen das Gesetz verstoßen. Sie werden jemanden gekränkt haben.«

»Ich möchte euch bessere Worte sagen können«, erwiderte der Priester, »und mit anderer Autorität. Ich hoffe nur, ihr nehmt kein Ärgernis an dem, wie ich euch erscheine und was ich euch sage. Ich weiß, daß im Gefängnis niemand schuldig ist, es ist immer ein Irrtum dabei; aber ich weiß auch, daß niemand im Leben unschuldig ist. Wir sind arme Menschen, wir sind Sünder; darum mögt auch ihr Gründe dafür anzuführen haben. Aber hört mich an. Wenn ich euch sage: ich verdiene, was mir geschieht, so tue ich das nicht aus einem falschen Stolz der Demut. Und ebensowenig in dem Sinn, daß wir alle Sünder sind und allesamt sowieso alles verdienen, was uns zustoßen mag. Das ist unumstößlich.«

Der Blonde fiel ihm ins Wort: »Kurz, was haben Sie getan?«

»Etwas Böses und Törichtes, mein Junge: ich habe gegen einen Oberen, der mir ungerecht erschien, gemurrt.«

Nanni und der Blonde, der in dem Halbdunkel bleich wirkte, blickten einander an. »Na und?«

Der Priester spürte den Schweiß nicht mehr. »Ihr müßt folgendes einsehen«, rief er und gestikulierte heftig. »Ich will annehmen, er war wirklich ungerecht, die Verfolgung, die ich zu erdulden hatte, war unverdient: hatte ich darum das Recht, mit ihm zu hadern, Hilfe zu suchen, Denkschriften zu verfassen, die entweder falsch waren – dann ist darüber nicht zu streiten – oder richtig? Denn dann beleidigten sie gleichwohl jene Autorität, die, gebt acht, alles Recht hat, meinen Gehorsam zu fordern, der man gehorchen muß, wenn sie befiehlt, sonst gibt es ein immer größeres Ärgernis.«

»Du, Blonder, sei still«, fing der Alte nachdenklich an. »Ich verstehe Sie, Hochwürden; es ist nicht immer so leicht, Denkschriften zu verfassen, besonders wenn die Kurie ins Spiel kommt. Aber wollen Sie mir erklären, wieso zum Teufel Sie dann hier sind? Sie reisen mit den Carabinieri, nicht wahr? Und was haben die Handschellen mit Ihren Superioren zu tun?«

Der Priester senkte den Blick auf den dunklen Boden.

»Das ist die Folge jeder bösen Tat«, sagte er langsam. »Daraus könnt ihr erkennen, wie jedes Murren, jede unbedachte Empfindlichkeit eine Quelle des Bösen ist, selbst bei der Verteidigung der eigenen Gerechtigkeit. Die Pfarrei, aus der ich entfernt worden bin, hat meinen Rechtfertigungen geglaubt, und es hat Worte gegeben, Aufruhr in meinem Namen; die Schuld daran fällt in Wirklichkeit auf mich zurück, obwohl ich sie weiß Gott gern verhindert hätte.«

»Aufruhr?« ertönte Nannis Stimme.

»Heilige Jungfrau!« rief der Blonde, »es hat Schläge gesetzt, und Sie beklagen sich?«

Hinter der Tür schlug dröhnend das Gitter zu. Die Stille war von einem unbestimmten Lärm erfüllt; unter dem Guckloch keuchten nahe Stimmen. Jemand lief im Eingang. An dem Gesicht des Alten, dem einzigen, das in der Dunkelheit noch zu erkennen war, sah man, daß er seufzte.

»Was geht vor, Hochwürden? Heute abend lassen sie uns im Dunkeln.«

Nanni sagte: »Das ist Ciccia.«

»He, Blonder«, rief der Alte, »erkundige dich, wann er uns Wasser bringt und uns Licht anzündet. Ob ihm etwas zugestoßen ist, als er schrie?«

»Man wird ihm die Schlüssel geklaut haben«, grinste der Blonde und lief zur Tür.

Er begann mit den Fäusten dagegen zu schlagen und laut zu rufen. Die Tür quietschte, es öffnete sich ein Spalt, so daß er im Licht stand.

»Was ist los?« rief Ciccia.

»Was ist mit Euch los? Ihr werft uns die Tür vor der Nase zu und laßt uns ganz im Finstern und ohne Wasser. Hier kommt man um! Tut Eure Pflicht.«

Die Tür schlug wieder zu.

Der Blonde sagte, zu den anderen gewandt: »Vom Gitter her kommt ein Geruch nach gebackenem Fisch. Man kriegt Lust auf eine Osteria.«

Wieder klirrte die Tür. Diesmal drang, als sie aufgesperrt wurde, richtig lichterfüllte Luft herein, und nun erschien Ciccia mit dem Krug. Er setzte ihn hin, ohne ein Wort zu sprechen: sein Gesicht hatte einen niedergeschlagenen Ausdruck, sogar der Schnurrbart war zerzaust, und die Augen wichen aus. Er drehte sich genau so finster um, wie er eingetreten war, ging hinaus und legte die Kette vor. Ein schmutziges, gelbliches Licht überflutete die Zelle von der Decke her. Alle sahen einander an.

Ciccia erschien wieder. »Habt ihr das Bett für Hochwürden zurechtgemacht?« fragte er barsch.

»Noch nicht«, stammelte Nanni, der aufrecht im Licht stand, und seine Augen suchten die Bettdecken.

»Dann kommen Sie mit mir, ein besseres Bett ist schon bereit.«

»Für mich?«

»Sicher. Sie werden auf einer Pritsche allein schlafen. Hier sind schon drei, mehr ist nicht gesund.«

»Oh, warum nehmt Ihr ihn uns fort?« rief der Alte. »Gerade hatte man richtig Bekanntschaft gemacht.«

»Er büßt nichts ein, wenn er euch einbüßt. In dieser dreckigen Zelle!«

»Und wohin zum Teufel wollt Ihr ihn bringen?« fragte der Blonde. »Nehmt Ihr ihn mit nach Hause?«

»Ich habe auf das Licht gewartet, um sauberzumachen«, sagte Nanni.

»Es ist eine Zelle frei geworden: dieser Mörder ist auf und davon«, murmelte Ciccia düster vor sich hin.

»Haben sie ihn schon weggebracht?« rief der Alte.

»Er hat sich selber weggebracht: fort«, sagte Ciccia.

»Tot?« rief der Priester erschreckt.

»Fort, Teufel noch mal, ausgerückt, abgehauen. Bringen Sie mich nicht dazu, daß ich fluche, das habe ich gerade noch nötig! Das sind Dinge, die Gott nicht zulassen dürfte.« Seine Augen glänzten, der Schnurrbart tanzte. Er warf einen scharfen Blick auf die übrigen drei, die einfältig im Licht dastanden, und stieß einen Seufzer aus – es klang wie ein Rülpsen.

Der Priester war aufgestanden und öffnete den Mund, um etwas zu sagen, als Ciccia ihn unterbrach: »Kommen Sie hinauf, sagen Sie ihnen morgen Lebewohl: die reißen nicht aus. Ich habe keine Zeit zu verlieren.«

Während der Alte, ohne sich von der Pritsche zu erheben, ihm zugrinste und Nanni ihn regungslos ansah, folgte ihm der Blonde bis zur Tür. »Beten Sie, daß der Häftling heute nacht nicht gefaßt wird, Hochwürden, sonst kehren Sie zu uns zurück. Auf ein gutes Wiedersehen.«

»Sie mögen ihn nur fassen! Ich stecke ihn in den Keller«, sagte Ciccia, als er abschloß.

»Vorsicht mit dem Wein!« rief leise die höhnische Stimme des Blonden.

Ciccia wirtschaftete an der Tür der anderen Zelle herum. Er sah beharrlich zu Boden.

»Wenn sie mir eine Untersuchung anhängen! Sie brauchen natürlich einen Schuldigen. Gäbe es eine Gerechtigkeit, so würde sie den Mörder zu finden wissen. Aber nein, wer dazwischengerät, ist der Gefängniswärter. Habe denn ich das Verbrechen begangen? Und doch – es ist Gesetz. Ich frage: ist das Gesetz für die Mörder gemacht oder für uns? So ungerecht geht es zu! Sie zahlen uns einen Hungerlohn, Zellen, zum Erbarmen schlecht, man kann sie weder öffnen noch abschließen, es wird so weit kommen, daß sie sie in eine Strandkabine stecken, und wir müssen die Verantwortung tragen. Leute, die Messerstechereien machen – und man nimmt noch Rücksichten. Dreimal habe ich ihm Wasser gebracht, nicht anders, als wäre er mein Sohn – krepieren lassen sollte man sie. Man dreht einen Augenblick den Rücken, und schon ruinieren sie einen ehrlichen Mann. Was nutzt es ihm, frage ich? Solchen Leuten macht es nichts aus, ob sie einen Menschen umbringen und dann ausreißen, Hauptsache, sie tun Böses ...«

Als Ciccia die Tür aufgeschlossen hatte, ließ er das große Schloß mehrmals heftig auf- und zuschnappen.

Der Priester fuhr vor Schreck zusammen. »Er wollte sicher die Seinen wiedersehen«, sagte er.

»Den erwartet zu Hause schon der Polizeiwachtmeister. Aber wieso soll er dorthin zurückkehren? Ein entflohener Sträfling hat keine Gefühle. Und überall, wohin er auch geht, lauert ihm einer auf. Er wird sich in die Macchia schlagen, denn retten kann er sich nicht, und wird zurückgebracht werden wie ein Tier, verhungert und zerkratzt, zwischen zwei Carabinieri. Um nichts und wieder nichts wird er mich um meinen Frieden gebracht haben. Das ist schon vorgekommen. Und dann wird es sich zeigen, ob ich an dem Ganzen schuld war.« Er sperrte die Tür auf und fuhr fort: »Wenn er wenigstens nicht Widerstand leistet, sonst strecken sie ihn nieder.«

In dieser Zelle war das Licht genauso bleich wie in der anderen. Der Kalk an den Wänden war abgefallen; auf der Pritsche lag das Bettuch, ganz schmierig und zerknittert. Am Boden ein Streifen Wasser; und der Krug, bauchig, auf dem Schemel. Die unbewegte Luft von einer drückenden Hitze. Ein kleines rundes braunes Brot, das verloren auf dem Kissen lag, sah aus wie ein schmutziger Fleck.

Ciccia hatte mit großem Lärm den Schlüssel von außen mehrmals umgedreht, seine schweren Schritte hatten sich entfernt; als endlich alles still war, fuhr der Priester, der mitten in der Zelle stand, zusammen. Er betrachtete ringsum jeden einzelnen Gegenstand, wie das alles vom Licht erdrückt wurde, und die kahlen Wände und die Eisenstäbe in ihren tiefgebohrten Löchern. Er ging an die Pritsche, nahm mit beiden Händen das grobe runde Brot und legte es drüben auf den Krug. Dann kehrte er zu der Pritsche zurück, stützte die Hand darauf, kniete nieder und bekreuzigte sich; und er legte den Kopf, das Gesicht zwischen den Händen bergend, auf den Rand.

IV

Rocco klomm den Pfad zwischen den Ölbäumen zu dem Landgut hinauf. Im Mondlicht konnte man nicht erkennen, was Baumstamm und was Widerschein des Mondes war. Endlich war der Steilhang erklettert, das Meer in dieser Höhe verschwunden. Nun ging Rocco langsamer; sein Blick ging über die blitzenden gelblichen Mondstreifen am Boden, in der Kühle spürte er den Schweiß.

Er drehte sich um und rutschte den kleinen Hang hinunter auf das dunkle Haus zu. Es war ihm so vorgekommen, als höre er im Garten jenseits des Landhauses lebhafte Stimmen; in der Küche und in Concias Zimmer brannte kein Licht: alle waren am Gittertor. Im Schutz der Ölbäume schlich er weiter, bog um die Ecke und spähte zwischen die dunklen Gartensträucher, die das Strahlenbündel der Scheinwerfer eines am Gitter haltenden Autos im Mondschein ins Licht hob.

Rocco unterschied aufgeregt umherlaufende Gestalten von jungen Mädchen und jungen Männern, alle weißgekleidet; ein paar Jungen rannten im Licht der Scheinwerfer laut rufend umher. Und dort unten beim Wagen stand Concia und stellte etwas hinein. Ja, es war Concia. Rocco bewegte sich kaum; er lehnte an einem Stamm und atmete den guten Duft des großen Gartens ein, der den ganzen Tag in der Sonne geglüht hatte.

Endlich saß Concias Herrschaft im Wagen; die Scheinwerfer streiften über die Bäume, über den Himmel, und der Wagen fuhr los. In Roccos Ohren hallte noch das letzte Brummen des Motors; auch Concia schien ihm nachzuhorchen. Der Garten lag wieder im dämmerigen Schein des Mondes.

Plötzlich lief Concia auf das Haus zu, sie war auf den Stufen, ehe Rocco ins Helle trat. Wie sie so, den Kopf erhoben, ohne auf den Weg zu achten, mit langen Beinen ins Haus sprang, starrte Rocco ihr nach und dachte gar nicht daran, daß er sich ja rühren könnte. Und schon war sie verschwunden.

Rocco rannte wieder in den Hof mit den Ölbäumen. Hinter dem Haus trat er in den hellen Schein des Mondes. Fast unmittelbar darauf wurde das Licht in dem Zimmer im ersten Stock angeknipst. Zitternd lehnte sich Rocco an die Mauer. Er hielt nur mit Mühe an sich, beinahe hätte er gepfiffen.

Gerade wollte er entschlossen in die Küche treten, da tat sich die Tür hinten im Zimmer auf und Concia, in der Türöffnung stehend, suchte den Schalter. Rocco sagte: »Kein Licht machen, Concia« und sprang los, ihren Arm zu packen; aber sie machte sich mit einem Ruck los. Sie keuchte vor Schreck. Rocco wiederholte: »Kein Licht machen, hörst du? Komm weiter!« Und er zog die Widerstrebende in die Mitte der Küche.

»Du tust mir weh«, sagte Concia keuchend.

»Ich weiß«, murmelte Rocco.

Concia gab ihren Widerstand plötzlich auf und überließ den weichen Arm seiner Hand.

Keuchend starrten sie einander an. Concias schwarzer Kopf hob sich vor der Helle der äußeren Tür dunkel ab. Rocco ahnte, daß ihre Nasenflügel erregt bebten, daß Mund und Augen weit aufgerissen waren. Er spürte, wie sie den Atem einzog und die Schultern hob. Er umklammerte ihr verschwitztes Handgelenk fest mit der Faust.

Concia wollte sich wieder losmachen; umsonst. Rocco schob sie mit den Knien, den Ellenbogen bis an die Wand bei der Tür. Als sie gegen die Wand stieß, löste er seinen Körper von dem ihren, ohne ihr Handgelenk freizugeben. Concia ließ sich gegen ihn sinken, lockerte sich und suchte sich an ihn zu drängen; aber ein neuer Stoß mit dem Knie trieb sie an die Wand zurück.

»Verzeih mir, Rocco«, seufzte sie und warf ihm den freien Arm um den Hals. Rocco gab keine Antwort, er packte ihren Arm, um sich loszumachen. Da hob Concia von selbst den Arm und schlug ihm die Krallen ins Gesicht. Sie kämpften schweigend, Rocco stieß sie wieder gegen die Wand und hielt sie dort mit dem Gewicht seines ganzen Körpers fest. Durch die zerkratzten Nasenflügel witterte er ihren starken Geruch.

Concia schrie so schrill auf, daß es ihm die Ohren zerriß. »Sei still«, keuchte Rocco, ihr den Mund zuhaltend, »sei still, du Hure, keiner hört dich.« Concia biß ihm in die Faust; ihr Körper gab zum zweitenmal nach.

»Sei still«, sagte Rocco und löste sich von ihr. »Sei still, sonst drücke ich dir die Gurgel zu.« Concias letzter Schrei blieb in der Luft hängen, und wieder, in dem plötzlich eintretenden Schweigen, starrten und atmeten sie einander an.

»Wenn es jemand gehört hat ...« stammelte Rocco.

Concias Stimme zitterte. »Glaubst du, du machst mir Angst?«

»Wenn es jemand gehört hat ...«

Draußen zirpten die Grillen, der Mond schien jetzt nur noch auf einige Platten an der Schwelle und ließ die Wand, an der sie lehnten, im Dunkeln. Rocco gab Concias Arm frei und stellte sich zwischen sie und die Tür. Wenn jemand kommen würde, genügte ein Sprung. In dem Schattenwinkel erkannte er nur eben den langen weißen Fleck des Kleides, aber weder Beine noch Gesicht. Niemand kam.

Concia, die sich dort an der Wand nicht rührte, schluchzte erregt auf. Rocco spürte, wie ihm etwas Feuchtes über die Wange lief. Er wischte es mit der Hand weg: es war Blut. »Du hast mich verletzt«, brummte er.

Concia lachte laut, aber krampfhaft auf.

»Deine Schuld«, sagte sie. »Wissen sie, daß du hier bist?«

»Wer soll es wissen? Und du, weißt denn du, woher ich komme?«

»Sie haben mir gesagt, sie hätten dich ins Gefängnis gesteckt. Was hast du angestellt? Hast du jemanden geprügelt?«

Rocco spähte in den Schatten. »Los, komm«, sagte er. Als Concia vortrat, packte er sie am Arm und zog sie an die Tür, ins Mondlicht. Das erhellte ihr braunes Gesicht, das Weiß der Augen und eine Grimasse, die die Zähne entblößte. Ohne daß sie die Lippen schloß, blitzte in der Grimasse ein rasches Lächeln auf; sie kniff die Augen zusammen. Rocco stieß den Arm weg und packte ihr Gesicht mit beiden Händen. Er spürte das Zittern ihres Körpers; ihre Augen wurden weit und fuhren unruhig hin und her, während sich die Arme eng um seinen Hals wanden. Mit dem Knie stieß er den Körper zurück, der den seinen suchte, aber die Finger umschlossen eng dieses Gesicht.

»Du bist falscher als Judas«, sagte er in ihren Atem hinein. »Man braucht nur dein Gesicht zu sehen, dann kennt man dich. Ich habe deinen Kerl aus Genua umgebracht, und du weißt es. Glaubst du, daß es diesmal etwas nutzt?«

»Küß mich, du Schuft«, winselte Concia mit geschlossenen Augen.

Die Zähne an ihren Zähnen, keuchte Rocco: »Ich habe ihn umgebracht, und du weißt es.« Aber Concia, die mit dem ganzen Körper an ihm klebte, löste ihren Mund nicht von dem seinen, biß und sagte: »Du bist dumm ... dumm ... warum nimmst du mich nicht?«

Plötzlich packte Rocco sie um die Taille und betastete sie wie unsinnig. Concia, an seinem Halse hängend, hörte nicht auf, ihn, zwischen erregten Schluchzern, zu küssen. Rocco packte sie, hob sie hoch, ging drauflos, tastend, durch die Küche, öffnete die Tür, stieß sich an der Wand, als er die Treppe hinaufstieg. Ohne ein Wort trat er gegen die Tür ihres Zimmers, und sie warfen sich aufs Bett.

Als Concia den nackten Arm ausstreckte, das Licht löschte und sich auf die andere Seite drehte, setzte sich Rocco im Bett auf und starrte in das Dunkel. Durch das offene Fenster kam nach und nach ein Schimmer herein – die mondbleiche Anhöhe mit den Ölbäumen –, aber das Fensterbrett war dunkel. Er bewegte ein wenig das Bein, und sofort fuhr Concia zusammen.

»Es ist spät«, brummte er.

Concia sagte nichts.

Da sprang er aus dem Bett und hörte, wie Concia eine, sogleich unterdrückte, Bewegung machte. Er bückte sich im Finstern über den kalten Backsteinboden und tastete nach seinen Hosen. Als er in sie hineinfuhr, fand seine Hand zwischen den beiden Hosenbeinen einen breiten Riß; währenddessen behielt er das Bett im Auge, auf dem Concias dunkler Körper regungslos lag. Er trat ans Fenster; ihr Atem verfolgte ihn.

»Laß das sein«, sagte er zornig. »Man hört genau, daß du nicht schläfst.«

Concia stieß einen langen Seufzer aus, reckte sich und setzte sich im Dunkel auf.

»Ich war eingeschlafen, Rocco. Was gibt's?« stöhnte sie gähnend.

»Du bist falscher als eine Katze. Aber es ist nicht der Mühe wert. Wer bringt dir das bei? Diese Frauen, deine Herrschaft?«

Concia weinte leise vor sich hin. »Warum kränkst du mich?«

Rocco drehte sich zum Fenster. »Sieh her«, sagte er trocken. Er hielt das Messer in die Höhe. »Sieh es dir genau an, das solltest du in den Hals kriegen. Und du hast es gewußt. Aber es ist nicht der Mühe wert. Sieh genau hin.« Er preßte die Spitze zwischen die Finger und warf das Messer zwischen die Ölbäume; es blinkte, als er es hochhielt. Er spitzte die Ohren, um zu hören, wie es aufschlug; aber das Laub rauschte, er konnte nichts unterscheiden.

Concia hatte sich nicht gerührt. »Zieh dich an, verfluchtes Weib. Steck deine Brüste weg. Du solltest dich sogar vor der Luft schämen.«

Concia sprang aus dem Bett. »Wenn sie dich hören, Rocco!« Sie kam rasch, mit federndem Schritt, ans Fenster; Rocco starrte zu Boden. Concia hob die Arme, drehte sich spielerisch, als wolle sie sich nur im Gleichgewicht halten, einmal um sich selbst und dann ihm zu und betrachtete ihn. Danach kehrte sie um, ohne das leiseste Geräusch zu machen, und setzte sich auf den Bettrand.

»Rocco«, flüsterte sie im Schatten. »Warum wolltest du mich umbringen?«

Rocco gab keine Antwort.

»Damit es ein Paar würde, Rocco? War es dir an einem nicht genug?«

Rocco knirschte mit den Zähnen.

»Das sage ich im Ernst. So was mußt du früher tun, sonst klappt es nicht mehr. Auch wenn du nicht wieder ins Bett kommst, tust du es nicht. Antworte mir! Meinst du, wo ich bin, geht's zu wie im Kino?«

»Hör mal, Concia«, sagte Rocco mit einer Stimme, die wie abgewürgt klang. »Du weißt, ich habe dich gesehen, und ihn gesehen, vom Wald aus, wie er die Jacke hier ans Fenster hängte. Wenn ich nicht sofort heraufgekommen bin, um dich zu erdrosseln, dann nur wegen deiner alten Mutter.«

»Und da hast du diesen ... wer sollte es noch sein? ... umgebracht? Sicher: die Männer kommen her, um die Jacke an mein Fenster zu hängen ...«

»Concia, lach nicht. Er hat es selbst gesagt. Ich habe ihn zum Reden gebracht, und da hat er damit großgetan.«

»Und darum bringst du einen Mann um? Ich habe diesen Unglücklichen nie gesehen, aber der Herr möge ihm verzeihen.« Concia suchte auf dem Bett ihr Kleid, hielt es vor sich und bekreuzigte sich.

Rocco folgte der Bewegung dieser bleichen Hand. Leise stammelte er: »Auch ich verzeihe ihm. Er hat keine Schuld, wenn er dich gekannt hat.«

»Es ist kalt, Rocco«, sagte Concia lebhaft und zog das Kleid über. Dann ging sie mit nackten Füßen um das Bett und stopfte das Laken hinein. Rocco lehnte am Fensterbrett; er zitterte noch, so klopfte ihm das Herz. Zögernd fragte er: »Hast du nichts zu rauchen?« Concia hob den Kopf: »Daß ich daran nicht gedacht habe! Sofort, für meinen Bösen.« Sie lief geschwind zu einem Kasten und kramte darin. Während sie die Zigarette anzündete, sah sie sein erhitztes, verwirrtes Gesicht, die Augen schimmerten weiß. Sie stand gespannt da, während er rauchte, und genoß den sanften Duft. Rocco zog sich zurück.

»Es sind ausländische«, brummte er.

Concia lachte. »Sie sind vom Ingenieur.«

»Wann kommt das Auto zurück?«

»Ach ja, das Auto. Sie kommen gegen Morgen zurück, aber dann mußt du fort sein. Soll Concia gar kein bißchen schlafen?«

Grob stieß Rocco sie zurück und warf die Zigarette aus dem Fenster.

»Du weißt, daß sie mich auf Tod und Leben suchen. Du weißt, daß ich ins Gefängnis zurück muß. Und du hast nur Angst. Warum lachst du so?«

Der rote Punkt ihrer Zigarette sank nach unten. »Ich lache gar nicht.«

»Du hast nur Angst. Und du leistest mir Gesellschaft, weil du Angst hast, dich umzudrehen. Warum hast du vorhin geheuchelt, warum heuchelst du jetzt? Diese Nacht hast du auch ihn betrogen. Du – du hättest sterben sollen.«

Als Concia keuchte, hob Rocco die Faust. »Verfluchtes Weib, du lachst. Und in diesem Zimmer, wo du mit uns gehurt hast! Mit einem vom Zuchthaus und einem, der unter der Erde liegt. Du selbst hast in diesem Zimmer Kino gemacht, du! Immer.«

Concia, die Hände vor dem Gesicht, brach in Tränen aus.

»Heul nicht, oder ich drück dir die Kehle zu«, murrte Rocco. »Heul mir nichts vor. Wer weint, weint für sich allein. Und du wirst es morgen wieder mit allen treiben. Aber denke immer daran: die Mörderin bist du.«

»Ich habe dich gern gehabt«, sagte Concia schluchzend.

Rocco knurrte: »Das sage nicht. Wenn der andere zurückgekommen wäre, hättest du den gern gehabt.«

Concia bewegte sich in dem Dunkel und kam langsam zu ihm heran. »Rocco«, und sie hob nicht den Blick, »bleib hier... versteckt... hier bei mir.«

Rocco sagte nichts, er drehte den Kopf nach dem Fenster. »Willst du hier bei mir bleiben, Rocco?« fing Concia wieder leise an. Dann preßte sie sich schmeichelnd an seine Seite und hielt ihm die Lippen hin. Rocco drehte den Kopf weg und sah angestrengt auf die dunklen Ölbäume unter dem klaren Himmel.

»Es scheint kein Mond mehr«, sagte Concia leise, fast ohne zu atmen. »Sie haben dich doch nicht hier heraufsteigen sehen? Wenn du bleiben könntest, Rocco: jede Nacht würdest du mich strafen, wir beide allein... Willst du mich nicht mehr strafen?«

Rocco entzog sich heftig dem Mund, der seine Wange suchte. Da hob Concia mit einem Ruck den Kopf.

»Du gemeiner Kerl, warum behandelst du eine Frau so? Wenn du mich nicht willst, geh fort, geh doch, aber behandle mich nicht so, nur weil ich nichts als eine Dienstmagd bin!« Das kreischte sie geradezu und heulte wieder los.

Rocco packte die Jacke, die er auf das Fensterbrett geworfen hatte, stieß Concia, weil sie ihm im Wege stand, beiseite und ging, ohne ein Wort zu sagen, mit schwerem Schritt quer durch das Zimmer. An der Tür drehte er sich um, sein Blick suchte die weiße Gestalt. Sie stand dunkel gegen das Fenster, er spürte, daß sie ihn verzweifelt ansah.

»Du weißt nicht, wie falsch du bist«, sagte er ruhig und trat hinaus ins Dunkel.

V

Ciccia hob die stumpfen Augen und trat in die kalte Luft hinaus. Nichts war zu sehen, weder oben am Himmel noch auf der Erde, und von der Kaserne kam niemand. Auch das Meer war zu dieser Stunde ruhig. Glücklich die Fische, die unter Wasser schliefen!

Ciccia ging wieder hinein und schaltete den Strom für die Zellen ab. Alle schliefen, keiner dachte an diese verflixte Sache. Über der Tür wurde es schon hell, es begann wer weiß was für ein schöner Tag.

Ciccia trug den Stuhl an das Gittertor und setzte sich hin. Er pustete; die Rippen taten ihm weh, und daran war nicht die Feuchtigkeit des frühen Morgens schuld. Er reckte den Kopf nach der Straße; niemand war zu sehen.

Er war eingeschlafen, als ihn plötzlich eine Stimme traf. Es war Cicciotto: allein.

»In den Wäldern – nichts. Sind dir noch andere entwischt?« Er lachte sich natürlich eins. Ciccia warf ihm von der Seite einen Blick zu und setzte sich, noch ganz benommen, auf.

»Wir haben bis zum Turm gesucht, Papa. Der Oberwachtmeister hat mir gesagt, sie fangen ihn bestimmt. Es ist nur eine Frage der Zeit. Wenn man niemandem etwas sagt und sie ihn heute fangen, braucht der Wachtmeister keinen Bericht zu erstatten. Aber man muß ihn fangen.«

»Ist der Wachtmeister zurück?«

»Man braucht sechs Stunden, nur um da hinaufzukommen. Wenn er ihn gefangen hätte, würde er heute früh zurück sein. Aber der Oberwachtmeister sagt, seiner Meinung nach ist er nicht nach Hause geflüchtet. Man müßte wissen, wer die Frau war: sicher ist er zu ihr gegangen, um sich zu verstecken, oder um sie tüchtig zu verhauen. Vielleicht kennt irgendein Mädchen sie.«

Ciccia saß nachdenklich da; der Schnurrbart zitterte. »Liederliche Weiber, die heimlich so etwas treiben! Das sollte meine Tochter sein ...«

»Ich glaube etwas anderes«, sagte Cicciotto und wischte sich die verschwitzte Stirn ab. »Er ist noch im Ort, von irgend jemandem versteckt. Der Mond war heute nacht zu hell, und die Straßen sind wir durchgegangen, alle: ich, Melo und die Carabinieri. Es war so hell, daß wir vom Turm den Wellenschlag auf dem Meer sahen.«

»Schwatz nicht so viel«, brummte Ciccia. »Wenn ihr nichts weiter fertigkriegt ...«

»Kommt der Wachtmeister mit leeren Händen zurück, dann ist er verpflichtet, die Nachricht an die ganze Küste zu geben, und dann fangen sie ihn sicher, auch im Ort, wenn er dort ist.«

»Sicher. Und wenn erst einmal La Spezia davon erfährt, macht man mir den Prozeß.«

»Wenn sie ihn fangen, tun sie dir nichts, Papa. Aber ist er wirklich durch die Tür entwischt?«

Ciccia ließ ein Knurren hören. »Aufgesperrt hat er sie vorgefunden, aufgesperrt wie dieses Gittertor, und er wäre blöde gewesen, nicht da durchzugehen.« Er schwang den Schlüsselbund heftig hin und her: »Mit diesem Eisenzeug, das uns die Regierung gibt, würde ich nicht mal die Tür vom Gemüsegarten abschließen, wenn ich einen hätte.«

»Sag, Papa, hast du die Flasche hier?« Ciccia sah ihn argwöhnisch an. »Nein, nein, ich gehe nach Hause frühstücken; aber ich meine, es ist besser, sie von hier wegzuschaffen, falls sie die Sache untersuchen. Womöglich würden sie sagen, du hast getrunken.«

Ciccia lutschte an seinem Schnurrbart und nickte zum Zeichen, daß er verstehe. Cicciotto stampfte fest auf, um die Erde von den Stiefeln abzuschütteln, gerade als komme er von der Jagd im Sumpf zurück. Plötzlich hob er den Kopf:

»Ist es möglich, daß das Schloß nicht eingeschnappt ist? Der Oberwachtmeister sagt, daß für deine Untersuchung alles davon abhängt. Hätte er es ohne weiteres aufbrechen können, so könnte man dir die Schuld nicht zuschreiben und ihm auch nicht, denn das Gesetz schützt diese Kerle immer.«

Ciccia öffnete ein Auge und schielte zu ihm hin.

»Laß mich das Schloß sehen«, sagte Cicciotto schließlich.

Er bückte sich und fragte: »Ist zugeschlossen?«

»Ja. Dieser Priester ist drin – einer, der in die Verbannung geht, um fünf wird er abgeholt, ich habe ihn hier hineingetan, weil die Zelle leer war.«

Cicciotto ließ ihn reden, aber er zog ein spöttisches Gesicht.

»Hat es der Wachtmeister gesehen?«

»Ja ... nein, er ist nur ans Tor gekommen. Die Lokalbesichtigung wird er heute machen.«

»Hättest du mich doch gestern abend hergerufen, Papa. Kannst du diesen Priester nicht einen Augenblick anderswohin stecken? Ich gehe ein Eisen holen.«

Als der Priester so plötzlich geweckt wurde, sprang er auf: er brauchte sich nur die Jacke anzuziehen. Heilige Muttergottes, was für einen Sträflingsbart hatte er im Gesicht! »Schnell, Hochwürden, Ihre Morgengebete können Sie später verrichten.« Ciccia war ihm behilflich, trieb ihn hinaus und brachte ihn zu der anderen Zelle. Rasch öffnete er und schob ihn in das warme Dunkel. »Ihr kennt euch schon. Seien Sie unbesorgt, nur einen Augenblick.« Er schloß zu und ging zu der anderen Tür zurück. Sicher, zwei Schläge würden genügen. Kam Cicciotto noch nicht wieder?

Er begann mit einem anderen Schlüssel im Schloß herumzustochern und es hochzuheben, aber er brach sich die Fingernägel ab und kam nicht zurecht. Man hätte geradezu die Schrauben lockern müssen. Er steckte den richtigen Schlüssel hinein, und nach zweimaligem Schnappen kam der Riegel heraus, fest wie Eisen. Ja, dieses Eisen – nicht einmal mit dem Hammer würde es zerbrechen. Er drehte zurück, und der Riegel verschwand.

Da erschien Cicciotto ganz verschwitzt mit dem Werkzeugkasten. Als er hereinkam, glitt er aus und warf ihm den Kasten vor die Füße. »Schnell, du Nichtsnutz, sonst kommen die Carabinieri und holen den Priester. Wann fährt der Zug hier durch?«

Ciccia mühte sich ein paar Minuten ab, die Zähne aufeinander pressend, und zerbrach einen Schraubenzieher. Er knurrte und versetzte dem Kasten einen Fußtritt.

»Gib her, Papa, laß es mich versuchen!«

»Das sind geradezu Geldschrankschlösser. Nicht mal der Schmied kriegt das auf. Dafür geben sie schon Geld aus, o ja.«

»Wer murmelt dort?«

»Ich habe den Priester zum ›Gelati‹ gesteckt. Mach los!«

Cicciotto schob einen einfachen Haken in das Loch und drehte ihn vorsichtig darin herum: er suchte den Kern des Mechanismus. »Man darf es nicht ganz zerbrechen«, murmelte er vor sich hin, »es braucht nur nicht zu schließen und muß so scheinen, als wäre es geschlossen. Man muß bedenken, daß der Mann keinen Hammer hatte. So...« Er hielt einen Augenblick inne und drückte leicht, wobei er die Augen halb schloß. »Es scheint, er rutscht«, sagte er.

»Gib her, du Nichtsnutz. Wir wollen es aufbrechen: das heißt, daß der Wachtmeister selber was verbummelt hat. Ich bin nicht verpflichtet, den ganzen Tag hier zu sein. Er wird es aufgebrochen haben, als ich draußen war.«

»Und wie wäre es, wenn wir das Loch in der Mauer ausfüllten?

Du hast gedreht und gefühlt, es war geschlossen, aber das war es nicht.«

»Du weißt nicht, was Gefängnis ist. Wann soll er das Loch ausgefüllt haben?«

»Jetzt hab ich es«, rief Cicciotto, der sich, noch immer gebückt, zu schaffen machte. »Die Feder springt. Gib mir den Hammer.«

Ciccia hielt ihm den Hammer über den Nacken, und Cicciotto tastete, ohne sich zu bewegen, mit der Hand danach. Dann nahm er die Schulter nach hinten und schlug heftig auf den Haken, den er ins Schloß gesteckt hatte. Der Haken fiel zu Boden.

»Du Nichtskönner! Die Spitze ist dringeblieben.«

»Ach was«, sagte Cicciotto, als er sich aufrichtete. »Probiere den Schlüssel.«

Zitternd steckte Ciccia den Schlüssel hinein und drehte ihn schweigend um. Er führte ihn nach rechts und nach links, und nichts bewegte sich. Etwas sprang unter dem Kern, aber der Riegel kam nicht mehr heraus.

Er wischte sich den Schweiß ab. »Wenn sie jetzt kommen!« sagte er wütend. »Dieser harte Bursche ist auf seinem Posten.«

»Das Schöne ist, daß man den Kerl nicht anklagt. Es steht ihm frei, daß er zu entwischen sucht. Dich schon – wenn sie erfahren würden, daß du die Feder zerbrochen hast.«

»Ich habe gar nichts zerbrochen. Was habe ich denn zerbrochen, ich ... Und du, he, du blöder Kerl, du Tölpel! Schaff den Kasten fort.«

Cicciotto drehte den Schlüssel auch selbst herum, wobei er sich auf die Zunge biß; dann sammelte er die Werkzeuge auf und ging davon.

Ciccia drehte den Schlüssel noch einmal herum, nachdem er die Tür angelehnt hatte. Sieh da: die Tür blieb offen. Natürlich, er hatte es nur nie gemerkt.

Vergnügt zerrte er sich am Schnurrbart, ging zu der anderen Zelle und ließ das Guckfenster herunter. Eine langsame Stimme sprach. Ciccia bückte sich und rief: »Halten Sie sich bereit, Hochwürden, bald geht es fort.« Und er schloß das Guckloch wieder.

Cicciotto erschien auf der Schwelle der äußeren Tür. »Papa, die Carabinieri!« Und er lief hastig davon.

Ciccia starrte auf die noch leere Tür, auf das kühle Pflaster. Da, die Schritte. Es erschienen die Schaftstiefel. Schwarz und rot, der schwere Rock, die schief aufgesetzte Mütze.

»Schon unterwegs, ihr jungen Leute?«

Dem vierschrötigen, dem mit dem Bürstenschnurrbart, waren die Augen noch zugeklebt. Er nahm die Mütze mit einer Fingerbewegung ab und lächelte, doch der Ärger war ihm anzumerken.

»Macht ihr hier jede Nacht solchen Zauber?« sagte er übelgelaunt. »Es war gar nicht so einfach, daß wir in der Kaserne bleiben durften. Der Wachtmeister wollte uns ebenfalls losschicken. Was sind das für Späße! Wir sind nicht fürs Zuchthaus da.«

Der andere wartete auf der Schwelle.

Ciccia drehte sich, als er zur Zelle ging, um: »Ist noch keiner zurückgekommen?« Er zog ein zerknirschtes Gesicht und suchte den Schlüssel. »Das sind Ausnahmefälle. Nicht alle verstehen eine Tür einzuschlagen ... Habt ihr gebadet?«

»Im Schweiß«, brummte der Carabiniere, sich mit der Hand in den Kragen fahrend. »Das ist ein elender Strand. Dort sind mehr Steine als Wasser.«

»Und Stechmücken und Weiber«, fügte der hinzu, der schweigsam an der Tür gestanden hatte.

»Gebt Ihr uns diesen Priester?« fragte der Kleine ungeduldig. »Damit wir nicht den Zug versäumen.«

Ciccia öffnete die Tür und rief den Priester. Der Blonde und Nanni drängten sich um ihn und sagten ihm Lebewohl. Der Blonde streckte ihm die Hand hin und rief: »Eine gute Zeit, Hochwürden! Erinnern Sie sich an uns hier«, und der Priester trat, das Gesicht noch ihnen zugewandt, heraus.

»Schnell«, sagte Ciccia zu ihm. »Und ihr, zurück mit euch!« Er stieß Nanni hinein und schloß die Tür ab. Der Lärm dort drinnen hörte auf.

Während er die Abgangsliste ausfüllte, legte der Priester die Hände zusammen und näherte sich dem Carabiniere. Auch der andere trat von der Tür weiter heran.

»Gibt es Nachricht von dem jungen Mann, der geflohen ist?«

»Noch nicht, Hochwürden. Es ist nur eine Frage der Zeit. Es glückt ihm bestimmt nicht. Eher wird, wenn er noch einmal Dummheiten macht, unser Wärter hier Schwierigkeiten bekommen.«

Ciccia hob den Kopf: »Wenn man seine Pflicht getan hat ...«

Der Carabiniere fiel ihm trocken ins Wort: »Das nennt Ihr Eure Pflicht tun, ihn entwischen lassen?«

Ciccia wußte nicht weiter. Er sah, daß der andere Carabiniere, der zuerst in Gedanken gewesen war, zu grinsen begann. Da senkte er den Kopf und verschluckte, was er etwa hätte entgegnen wollen.

Der Priester stand ganz still mitten im Zimmer in seiner zugeknöpften Jacke und den breiten, schweren Hosen, die faltig auf die Schuhe fielen.

»Haben Sie sich schon erfrischt, Hochwürden?« fragte der Carabiniere. »Dann, entschuldigen Sie ...« Er drehte sich zu dem Kameraden um, und dieser trat näher, wobei er in der Patronentasche, die er umgehängt trug, nach etwas tastete.

Ciccia sah, wie die beiden Hände sich hinstreckten und sich gekreuzt unter die Zacken der Eisen schoben. Die flinken Finger des Carabiniere ließen die Schraube rollen, das Schloß schnappte mit einem scharfen Klicken ein. Der Priester hob wieder den Kopf. »Vorschrift«, sagte der Schnurrbärtige, die Unterlippe vorschiebend. »Ach – der Hut. Wo ist er?«

Er nahm den zerknitterten Hut von einem Stuhl und setzte ihn ihm auf den Kopf.

Ciccia stand auf und hielt dem Carabiniere die Feder hin. Während dieser unterschrieb, fuhr draußen das Auto vor; es bremste scharf.

»Ihr seid wenigstens pünktlich in diesem Ort«, brummte der Carabiniere. »Alles Gute. Laßt es euch gesagt sein: in die Schenke geht ihr nach der letzten Runde, nicht früher!«

Sie gingen hinaus. Das Auto entfernte sich. Von der Schwelle aus sah Ciccia die blühenden Oleanderbüsche hoch über der Mauer; sie glänzten golden in dem warmen Licht. Und die Türen begannen zu schlagen, Kinder schrien, Rufe hallten. Das Klappern einer Karre ließ die Luft erzittern; und sonst war niemand da.

Ciccia trat wieder ins Haus, lehnte das Gittertor an und ging langsam zum Schrank. Vorsichtig öffnete er ihn und nahm die Flasche zur Hand. Er räusperte sich. Das Glas roch schon nach diesem Wein. Ciccia schenkte ein; langsam trinkend, sah er zum Gewölbe auf. Da quietschte das Gittertor.

Gegen das Licht konnte er den Vagabunden nicht sofort erkennen; er trug die Jacke über die Schultern gehängt, sein Blick schweifte durch das Zimmer. Da fuhr Ciccia zusammen und ließ das Glas sinken. Aber schon sagte jener: »Trinkt weiter, ich weiß schon den Weg.«

Das Idol

Alles begann an einem Augustnachmittag von neuem. Jetzt brauche ich, unter welchem Himmel ich auch bin, nur den Kopf zwischen den Häusern zu heben, um jenen Tag, der mir fest im Gedächtnis haftet, in mir wachzurufen.

Ich saß in dem kleinen Salon, den ich seitdem nicht mehr wiedergesehen habe; mir scheint, er lag in einem gelben Halbdunkel. Ich kam um diese tote Zeit, um allein zu sein. Jetzt erinnere ich mich, daß ich sie, als sie eintrat, nicht erkannte; ich fand nur, sie war viel zu mager. Sogleich danach muß ich aufgesprungen sein, denn sie kam ohne Zögern auf mich zu, streckte mir die Hand hin und sagte: »Wie bin ich erschrocken! Ein Glück, daß ich angezogen bin.« Die andere Hand preßte sie auf den Kragen.

Sie trug ein weißes Kleid. Als sie dann den Kopf beugte, als ihre Tränen auf meine Finger fielen, sah ich den von der Sonne gebräunten Nacken. Im Gegensatz dazu erschien sie fast blond.

Ich weiß noch, ich brachte mit Mühe heraus: »Kopf hoch, Mina! Ich muß mich genauso schämen wie du, daß ich hier bin.«

Mina sah mich an.

»Ich weine nicht, weil ich mich schäme«, stammelte sie mit unbewegten Lippen. «Ich bin erschüttert.»

Dann lächelte sie mir schüchtern zu; ich antwortete darauf nicht, so daß das Lächeln erstarb. Die Falten um die Mundwinkel waren tief eingeschnitten: ihr Gesicht hatte wohl noch den Ausdruck wie früher, aber er war härter.

»Warum siehst du mich so an?« rief sie und zog sich in sich zusammen. »Meinst du, du bringst mich dazu, daß ich mich schäme?«

Gerade da steckte die Padrona den Kopf zwischen den Portieren hervor, spähte nach mir und zog sich sogleich zurück. Ich schlug die Augen nieder und sah auf Minas zierliche Schuhe; sobald wir wieder allein waren, stöhnte ich auf, was mich selbst überraschte. »Ist es möglich, Mina, ist es möglich?«

Mina betrachtete mich jetzt spöttisch, die Augen noch gerötet;

ich sah sie angstvoll an. »Gefällt dir eine sonnenverbrannte Frau nicht?« Und sie drehte sich um: »Dann muß ich dir eine andere rufen.«

Ich packte sie an der Schulter. »Lassen Sie mich los«, schrie sie, um sich schlagend. »Lassen Sie los, ich bin nicht die, für die Sie mich halten.«

So entwischte sie mir durch die Portieren hindurch und ließ mich mitten im Salon stehen. Die Padrona kam herein und musterte mich wieder, diesmal streng. Ich nahm den Hut und ging an die Tür. »Ich komme ein andermal«, stammelte ich im Hinausgehen.

Von diesem und manchem folgenden Nachmittag stammt die Erinnerung an einen ruhigen hohen Himmel, der mich auf vielen unruhigen Gängen begleitete. Wenn ich daran denke, begreife ich nicht, wie die trüben, unaufhörlich bohrenden Gedanken, die mich jagten, sich in eine so heitere Atmosphäre haben kleiden können.

Es war Samstag, und um die Abenddämmerung ertappte ich mich dabei, daß ich wieder durch jene verlassenen Straßen schweifte; und ich wußte sehr wohl, daß mir ein verächtliches Lächeln den Mund verzerrte. Mit entschlossenem Schritt ging ich wieder durch das Tor und trat, ohne den Blick zu heben, in den gemeinschaftlichen Salon. Von meiner Ecke aus sah ich sehr bald, daß Mina nicht darin war, und das war fast eine Erleichterung. Die Padrona beachtete mich kaum. Hingegen beachteten mich die beiden Mädchen, die mit nackten, übereinandergeschlagenen Beinen auf dem Diwan saßen, und eine warf mir einen Blick zu. Die vielen, rundum an der Wand sitzenden Männer starrten mit versunkenem Gesichtsausdruck vor sich hin auf den kahlen Boden. Ein dickes, halbnacktes Mädchen, das hinten im Saal stand, tuschelte mit einem Feldwebel.

Mina kam nicht zum Vorschein. ›Sie ist oben und arbeitet‹, dachte ich. Und schon biß ich mir bei diesem Selbstgespräch auf die Lippen, und eine unerträgliche Angst überfiel mich, so daß ich kaum Luft bekam. Ich ging geradewegs auf die Padrona zu und fragte nach Mina.

»Was für eine Mina?«

Ich erinnerte sie an jenen Nachmittag. Um den harten Mund der Signora spielte ein zweifelndes Lächeln.

»Sie meinen wohl Manuela. Sie ist noch nicht heruntergekommen. Adelaide, sieh nach, was Manuela macht.«

Das eine Mädchen ging trällernd auf der Treppe vor mir her und drehte sich lachend um. Ihre langen Beine nahmen drei Stufen auf einmal, aber sie ging langsam und wartete auf mich. Oben schlugen Türen. Ich dachte: ›Das ist auch ein nettes Mädchen.‹ Mir war, als ginge ich mit ihr nach oben.

»Ihr Männer wollt immer die, die nicht da ist«, sagte Adelaide im Flur.

Wir traten in einen dunklen Raum, der nach Bad roch.

»Mach Licht, Manuela!« Sie lag auf dem Bett, den Arm noch zum Schalter erhoben, die Haare über den Augen, gekleidet wie an dem Nachmittag, aber in Strümpfen. »Wartet«, sagte sie mit einem mürrischen Gesicht und setzte sich auf. Sie steckte die Füße in die Hausschuhe, lief durch das Zimmer, sah sich um, ging nach dem Bett zurück. »Du bist gemein, Adelaide«, sagte sie und kehrte uns, während sie wieder ins Bett stieg, den Rücken. »Nun geh schon fort.«

Als wir allein waren, betrachtete ich sie verwirrt. Dort unter ihren langgestreckten Beinen lag diese schreckliche Strohmatte. Neben dem Bett, am Kopfende, hingen leichte Hemden. Am Boden ein ausgefranster Bettvorleger.

»Es ist nicht möglich, Mina, es ist nicht möglich.«

»Ich habe dich erwartet, Guido. Ich wußte, du würdest kommen.«

»Bist du oben geblieben, um mich hier zu erwarten?«

Mina schüttelte lächelnd den Kopf. »Nein, ich fühlte mich wirklich schlecht, in diesen Tagen fühle ich mich schlecht, aber ich wußte, du würdest wiederkommen.«

»Mina, du mußt mir alles sagen. Warum bist du hier? Warum? Ich kann es nicht glauben.«

Ihre Augen wurden hart. »Darüber brauche ich dir ja wohl nichts zu sagen! Daß ich hier bin, genügt, meine ich. Was willst du wissen? Ich war allein und habe Arbeit gesucht. Wenn du überhaupt mit mir reden willst, laß das beiseite.«

»Aber dein Vater, Mina, dein Vater, der immer zu mir sagte, ich sei ein Taugenichts, erinnerst du dich?« Ich konnte dabei nicht einmal lächeln. »Weiß es dein Vater? Ich dachte, du bist dort unten ...«

»Papa ist tot«, sagte Mina, ohne den Blick zu senken.

»Oh«, murmelte ich. »Aber warum hast du mir nicht geschrieben, hast mich nicht aufgesucht? So oft habe ich an dich gedacht, ich glaubte, du wärest verheiratet; und doch sagte ich mir manchmal am Morgen, wie damals: vielleicht erwartet mich Mina.«

»Mina erwartet mich, Mina ist verheiratet – aber schreiben, das hast du nicht fertiggekriegt. Und jetzt beklagst du dich?« Ich konnte sie nicht ansehen. Ihre Stimme wurde leiser: »Hast du wirklich manchmal an mich gedacht?«

»O Mina!«

Irgendwo im Flur klingelte es.

Mina sprang auf. »Weiß die Signora, daß du hier bist?« fragte sie rauh.

»Sie hat selber von dir gesprochen: von Manuela.«

»Guido, du kannst nicht bleiben, die Signora betrachtet dich als Kunden: nur daran ist sie interessiert. Wir wollen uns morgen sehen.«

»Und warum kann ich nicht bleiben? Ich bin ein Kunde. Ich werde bezahlen, als wäre Manuela ganz jemand anders. Wieviel kostet eine halbe Stunde?«

Minas Stirn sank auf das Kissen. Ich biß mir auf die Lippen, zog die fünfzig Lire heraus, die ich besaß, und legte sie auf die Kommode. Minas Augen musterten mich erst scheu, dann wurden sie aufmerksam. Sie streckte den Arm aus und drückte dreimal auf den Klingelknopf.

»Du arbeitest und verdienst?« fragte sie mich.

Ich setzte mich auf das Bett. Es war drückend heiß, ich würde ganz verschwitzt hier herauskommen; aber in diesem Augenblick empfand ich es nicht.

»Ich fühle mich schlecht, verstehst du?« sagte Mina. »Mir tut das Kreuz weh, wenn ich auf der Seite schlafe. Ich führe ein wenig gesundes Leben. Aber dieses Jahr bin ich an der See gewesen, und es geht schon besser. Man müßte immer in der freien Luft leben.«

Die mysteriösen Jalousien waren fest geschlossen. Kein Lärm drang von draußen herein.

Sie fragte besorgt: »Was hast du, Guido?« und faßte meine Hand. Ohne den Kopf vom Kissen zu heben, betrachtete sie mich mit großen Augen. Ich preßte ihre Finger; das sollte meine Angst ausdrücken.

»Was liegt dir an mir?« fragte sie friedlich. »Das sind ferne Dinge, fern wie Voghera. Und du bist womöglich verheiratet.«

Ich schüttelte den Kopf. »Dann wäre ich nicht hierhergekommen.«

»Ach, du Armer«, sagte Mina plötzlich und stützte sich auf einen Ellenbogen. »Du hast eine Frau gesucht.«

»Ich suchte sie immerzu«, sagte ich.

Mina hörte nicht darauf. »Was waren wir dumm!« sagte sie. »Aber ich bedaure nichts von dem, was damals in dem Sommer gewesen ist. Und du?«

»Ich bedaure nur, daß wir uns in dem darauffolgenden Winter getrennt haben.«

Mina begann zu lachen – jenes leichte Lachen, das ich vergessen hatte.

»O Mina ...«

»Sei lieb, ich bin krank.«

»Wenigstens einen Kuß, Mina.«

»Du würdest Manuela küssen.«

»Mina!«

»Wir wollen uns morgen treffen. Morgen vormittag. Vielleicht kann ich ausgehen. Ist es dir auch recht, wenn wir uns unterwegs treffen?«

Nun, jetzt ist das alles vorüber. Jetzt bedaure ich, daß ich damals nicht roh genug gewesen bin: hätte ich sie doch ihr Spiel beginnen lassen! Aber noch heute frage ich mich, ob sie es wirklich wollte.

Um das Zittern meiner Lippen zu verbergen, zündete ich mir eine Zigarette an. »Hör mal, ich rauche auch«, sagte Mina.

Während wir weiterredeten, rauchten wir zusammen. Ich drehte den Kopf weg und merkte, wie sie, die hinter mir ausgestreckt lag, mich betrachtete. Ich vermied es, in den Winkel mit dem Waschtisch zu sehen, auf dem unordentlich Handtücher und Cremebüchsen herumlagen. Nach und nach verstummte ich. Am Boden stand eine große violette Flasche.

»Gib mir den Kuß, Guido«, sagte Mina rauh. Ich drehte mich um, faßte ihre Wangen, überwand mich und küßte sie. Mina flüsterte mir auf die Lippen: »Es ist noch immer Sommer, Guido«, und löste sich.

Wir schwiegen. Ich nahm ihre Hand und drückte sie. Mina sprang auf. »Ich bin zu glücklich«, sagte sie schwer atmend. »Ich bin zu glücklich: geh fort, du könntest anders werden. Morgen also erwarte ich dich. Nimm das dort oben wieder mit, du brauchst es womöglich, das Feiern kommt heute mir zu – heute ist mein Tag ...«

Ich betrachtete widerstrebend den Geldschein.

»Dann gib du ihn der Signora, und paß auf: sie muß dir zwanzig Lire herausgeben. Aber nimm den Schein mit, Guido. Leb wohl.«

Am nächsten Tag sagte ich ihr, ich wolle sie heiraten. Mina blieb stehen, wobei sie die kühle, unbewegte Luft der Straße tief einatmete; und in dem Gewühl, das auf dem Gehsteig um uns war, murmelte sie, die Augen schließend, mit einem leisen Seufzen: »Es macht nichts aus, daß du das nur so hingesagt hast, es macht nichts aus. Du bist gut!«

Jenen Sonntagnachmittag verbrachte ich damit, daß ich in den heißesten Stunden durch die Straßen lief. Ich hatte keine Ruhe, mich irgendwo hinzusetzen und zu warten, bis der Abend kam, der Himmel sanfter wurde, bis die Stunde vom Tag vorher wiederkehrte. Erst Dienstag sollten wir uns wiedersehen. Ich redete, ganz allein, unvermittelt, fieberhaft vor mich hin. Gegen Abend kehrte ich in mein Zimmer zurück, warf mich aufs Bett, rauchte und sah zu, wie die goldfarbene Luft sich langsam auf die schmutzigen Scheiben des Hauses gegenüber hinunterzog.

In der Dämmerung, als ich einer plötzlichen Stille nachhorchte, ertappte ich mich dabei, daß ich einen Augenblick an überhaupt nichts dachte. Mit einemmal erschrak ich: ich hatte Mina gefragt, ob sie mich heiraten wolle, ich war mit ihr ausgegangen. Wie hatte ich das tun können! Ich lag halbnackt auf dem Bett und sah, mich selbst bemitleidend, von der Brust bis zu den Beinen an mir herab. Die Beine waren damals braun, ganz leicht braun. Wie sah Mina aus? Bei der Vorstellung, daß ich als einziger das nicht wußte, mußte ich grinsen.

Plötzlich erhob ich mich entschlossen und zog mich an. Vor dem Tor ihres Hauses zögerte ich, dann aber zwang ich mich zu einem höhnischen Lächeln und klingelte.

Diesmal sah Mina mich erschreckt an. Sie stand an der Tür des gemeinschaftlichen Salons, in Weiß, und sagte leise etwas zu der Signora. Sie sprang mir entgegen, ergriff mich bei der Hand und ließ mich auf dem Sofa des Vorzimmers Platz nehmen. Auch sie ließ sich, ohne mich anzublicken, neben mir niederfallen. Die Padrona winkte mir von der Tür aus leicht zu.

Wir saßen da, ohne den Mund aufzutun. Wir starrten auf den Mosaikfußboden. Mina hielt mein Handgelenk krampfhaft umklammert, und ich hob als erster den Blick, als zwei junge Männer auf dem Weg zum Saal an uns vorüberkamen.

»Soll ich gehen, Mina?« fragte ich leise, mühsam.

»Warum bist du gekommen?«

»Ich weiß es nicht.«

»Bist du nicht froh, daß wir uns heute früh getroffen haben?«

»Ich will dich heiraten.«

Mina lächelte. »Ich bin nicht frei.«

»Was heißt das?«

»Ich habe meine Arbeit.«

Ich krümmte mich und knurrte.

»Pst, Guido! Geh fort!« Im Salon wurde laut gesprochen, dazwischen klang die scharfe Stimme einer Frau.

»Geh! Wir sehen uns Dienstag vormittag. Die Signora belauert uns.«

»Ich habe nichts zu verbergen.«

»Guido, ich bitte dich darum. Oder, hör zu«, fuhr sie zögernd fort, »komm wieder, ohne daß ich selbst dich sehe, und frage nach Adelaide.«

Ich zog eine Grimasse und zuckte die Achseln. Mina seufzte, sie sah mich von der Seite an.

»Mina, hast du etwa eine Krankheit?« fragte ich, ohne sie anzublicken.

»O nein, Guido. Wieso verstehst du nicht?«

Aus dem Saal kamen ein Herr und ein Mädchen und verschwanden im Flur. Plötzlich erschien die Padrona.

»Nein, ich verstehe nicht«, sagte ich. »Verzeih mir, Mina.«

»Dienstag sehen wir uns. Hab Vertrauen, Guido. Jetzt geh!«

Wir blickten einander an, und ich entfernte mich eilig, ohne mich umzudrehen.

Aber sehr bald kam mir wieder das höhnische Lächeln auf die Lippen wie vorhin. Brummend ging ich weiter, und die Spannung bewirkte sehr bald, daß mir die Wangen schmerzten. Auch die Kühle der ersten Dunkelheit und die sonntägliche Menschenmenge konnten mich nicht ablenken. Ich wiederholte mir die Worte, die ich Mina hätte sagen sollen, ich erregte mich darüber und verspürte im Mund eine große Bitterkeit.

Am nächsten Tag, als mich der Zug ganz früh in die Provinz brachte, fand ich ein wenig Frieden. Ich war schläfrig, der Zug fuhr, und ich freute mich, noch betäubt, über diese frische, leichte Wärme. Ich hielt die Augen geschlossen und fühlte unter der aufgestützten Hand die Tasche mit meinen Mustern; diese Reise war schön, meinem ganzen Leben gleich und doch neu, durchdrungen von einer unsagbaren, schmerzlichen Süße. Im Grunde war die Reise so, wie ich sie mir immer erträumt hatte. Aus dem Augenwinkel sah ich die Felder an mir vorüberfliegen; die über sie hinstreifende Sonne weckte sie auf. Ich erlebte einen Augenblick, in dem ich, mit geschlossenen Augen, unter einen neuen Horizont trat, wo mir alles, das Schrecklichste wie das Erbärmlichste, würde zustoßen können.

Ich dachte an Mina, wie sie jetzt dumpf erwachen würde, ich dachte daran, während ich im Körper noch die Wärme meines Bettes hatte, und brachte es nicht fertig, Mina zu hassen. Ich war ihr dankbar für die sanfte Sehnsucht, die meine Adern durchströmte. Sicher war sie in ihrem Zimmer allein. In dieser Stunde war sie allein, und ich konnte sie mir vorstellen. Über ihren zögernden Rat, es mit Adelaide zu versuchen, mußte ich lächeln. Wer weiß. Adelaide und Manuela. Vielleicht waren sie Freundinnen.

Es war Dienstag vormittag, und wir trafen uns auf dem Bahnhof, als ich eben zurückkam. Ich kam nur ihretwegen zurück, ich wollte sie sehen; denn ich hätte meine Reise im Auto fortsetzen müssen, ich hätte auf bestimmten Hügeln Kunden aufsuchen müssen. Mina sagte mir, sie gehe jetzt schon viel zu oft aus, das schade ihrer Gesundheit, und auch der Padrona sei es nicht recht.

»Du mußt doch frische Luft haben«, murmelte ich.

Mina ließ mich vor einem Schuhgeschäft warten und kam sehr bald mit einem kleinen Paket wieder heraus. Ihr Blick suchte mich schon von der Schwelle aus; sie stand aufgerichtet an dem blinkenden Schaufenster, umschlossen von dem braunen, an der Seite geknöpften Kleid, die enganliegende Kappe auf dem Kopf. Wir gingen über die Straße, unsere Ellenbogen berührten sich.

»Woher hast du deinen Namen?« fragte ich sie.

Sie fragte lebhaft: »Gefällt er dir nicht?«

»Doch, er ist schön. Woher hast du ihn?«

Mina schaute mich zwischen ihren Löckchen an. »Ich habe ihn mir nicht ausgesucht, er stand über der Tür meines Zimmers.«

Wir kauften etwas zu rauchen, dann blieb ich vor einem Strumpfgeschäft stehen. »Wenn du mir versprichst, sie nur an Tagen, wie dieser es ist, zu tragen, schenke ich dir die allerschönsten Strümpfe.«

»Komm weiter, Guido, hier nicht: hier kaufe ich nie.«

Es war elf Uhr, und sie sagte, sie müsse wieder gehen.

»Mina, setzen wir uns in ein Café, nur für einen Moment!«

In dem Café suchte ich den verstecktesten Winkel und sah dem Kellner, während ich bestellte, nicht ins Gesicht.

Ich konnte den Blick nicht von ihr wenden; Mina betrachtete mich schweigend und ernst.

»Du schämst dich, mit mir auszugehen«, sagte sie leise.

»Mina!« rief ich erstaunt. »Ich will doch nur mit dir allein sein.«

»Du kannst mir mein Leben nicht verzeihen.«

»Die ganze Vergangenheit verzeihe ich dir, Mina, jeden Tag und jede Nacht, ich will dich verstehen; du bist nicht mehr das dumme Mädchen von früher. Ich müßte zwar weinen über alles, was geschehen ist – aber ich weine nicht. Ich weiß, ich habe dich gern, und ich gehöre zu dir wie damals. Aber heirate mich, Mina, gib dieses Leben auf: was kostet es dich? Du müßtest es ja doch eines Tages aufgeben.«

»Siehst du wohl, du beklagst dich! Das heißt nicht: verzeihen.«

»Soll ich dir etwa dafür danken, daß du weiterhin das tust, was du tust? Begreifst du nicht, wie ich mich quäle, wenn ich allein bin und dich mir mit all diesen Männern vorstelle? Warum mit ihnen, und mit mir nicht?«

»Aber mit ihnen ist es anders, Guido, es ist anders... und es sind nicht viele.«

»Ich würde es begreifen, wenn du einen liebtest.«

»Wirklich? Ich kenne dich, Guido, ich weiß, du würdest nur noch mehr schreien.«

»Mina, ekelt dich dieses Leben nicht an?«

»Siehst du wohl, Guido: du schämst dich meiner.«

In diesem Augenblick hatte ich zum erstenmal das Gefühl der riesigen, unnützen Anstrengung, das ein Mensch empfindet, der sich mit dem ganzen Körper gegen einen Felsblock stemmt. Mina beobachtete mich, den Nacken gebeugt, mit klaren Augen; die leichten Falten zwischen den Brauen zeigten, wie gesammelt sie war. Ich stieß einen Seufzer aus und senkte den Blick.

»Siehst du wohl! Genau das denkst du!« fuhr Mina fort, und ihre Stimme klang weich. »Nein, mit dir nicht. Aber das tue ich deinetwegen. Ich weiß, nachher wäre es nur schlimmer.«

»Ach«, stöhnte ich und lächelte; und ich zitterte. »Ich werde dich arbeiten lassen, wenn dir an dem Beruf liegt. So Gott will, kann ich ja mitmachen wie alle andern.«

Mit beinahe verzerrtem Gesicht flüsterte Mina: »Wehe dir, Guido, wenn du das versuchst! Danach würdest du mich nicht mehr sehen.«

An diesem Nachmittag geschah es: nachdem ich zwei Stunden in der Sonne durch die heißen, ruhigen Straßen gewandert war, ging ich endlich von Minas Haustor weg in ein anderes Haus, das ich kannte, hinten in einer Gasse. Doch obwohl ich satt wurde, machte mich die dumme, gelangweilte Gefälligkeit des Mädchens ganz blöde; als ich nach Hause kam, hätte ich am liebsten losgeheult. Außerdem war mir so, und in jeder Einzelheit, wieder bewußt geworden, worin Minas Arbeit bestand; gegen Abend stand ich erneut, schwach vor Angst, vor ihrem Haustor. Um diese Zeit hätte ich auf Reisen sein müssen. ›Wenn ich heute abend zurückgekehrt bin‹, dachte ich – daran erinnere ich mich genau –, ›so heißt das, daß ich sie wirklich gern habe.‹

Aber nicht einmal jetzt wagte ich zu läuten. Ich setzte mich in eine zweifelhafte Osteria, dem Tor fast gegenüber, und von hier aus sah ich, zwischen Vasen mit Pflanzen und einem Gitter, den trübe erleuchteten Toreingang und in dem Dunkel die Jalousien des Hauses, fest geschlossen. ›Hier werde ich die Abende verbringen‹, sagte ich mir. Aber nach einer Viertelstunde war ich völlig erschöpft. Immerzu erschien jemand in diesem Tor, bald ein Mann, bald ein junger Mensch, bald eine Gruppe Soldaten und die üblichen laut redenden Bordellbesucher, oder – noch schlimmer – sie blieben auf der Schwelle stehen und lärmten. Einer kam sogar auf dem Motorrad daher und erfüllte die Nacht mit Getöse; er stieg ab und lief hinauf, in Leder gekleidet.

Dann die, die herauskamen! Jeder konnte mit ihr zusammengewesen sein. Zum Beispiel ein dicker, kahlköpfiger Mann, der sich verstohlen umsah und verschwand. Hätte er sich nicht so eilig entfernt, dann hätte ich geschrien.

Diesmal ging ich, ohne zu zögern, rasch an das Tor und läutete sofort. In dem mit Menschen gefüllten, verräucherten Salon war Mina nicht anwesend. Ich blieb, mühsam atmend, stehen und starrte auf die Tür. Adelaide erschien, halbnackt, blinzelte mir zu und grüßte militärisch.

Ich fragte sie, ob sie sich etwa abkühlen wolle. In diesem Augenblick sah ich Mina, die, mit einem hellblauen Blüschen und weißseidenen Hosen bekleidet – Beine und Hüften waren sonnengebräunt –, der Padrona etwas gab. Hinter Adelaide erkannte sie mich, und ihr Gesicht wurde finster. Überrascht schien sie nicht, nur entschlossen. Sie kam auf mich zu, schob Adelaide beiseite, ohne sie anzusehen, und wollte etwas zu mir sagen –: da trat ein schmächtiger, hellblonder Mann mit einer kahlen Stirn, er trug eine Brille – er hatte bis dahin unbeweglich dagestanden –, rasch neben sie und winkte ihr. Mina senkte die Augen, drehte sich um und ging hinter ihm her, ohne sich weiter um mich zu kümmern. Adelaide brach in ein leichtes Lachen aus. Mir stockte der Atem.

Die Tränen einer starren Angst, die mir in die Augen stiegen, konnten wie Schweiß erscheinen. Ich hörte, wie Adelaide etwas sagte. Dann klingelte es über dem Tisch der Padrona. Da ging ich fort, mit erhobener Stirn, ohne jemanden zu sehen.

In dieser Nacht faßte ich dummer Kerl einen anderen, unmöglichen Vorsatz: mich jeden Abend zu betrinken. Ich sagte mir: ›Sie ist von außen verbrannt, ich verbrenne mir die Kehle.‹ Sofort fühlte ich mich schlecht, und trotz des Schwindelgefühls konnte ich Minas Blüschen nicht vergessen. Da ich gewohnt war, allein zu leben, vermochte ich eine Vorstellung nicht so leicht zu verjagen; und jener sardonische Blonde mit der Brille grinste mir die ganze Nacht zwischen den Dünsten zu.

Mina sah ich am Sonntag danach wieder, bei ihrem Vormittagsausgang. Ich hatte in der Osteria gewartet, daß sie herauskäme, und trat ihr entschlossen in den Weg. Mina sah mich erstaunt an, blieb stehen und gab mir die Hand; dann sagte sie, da ich ihr den Weg versperrte: »Gehen wir weiter, ich bleibe hier nicht gern stehen.«

Sie beklagte sich, daß ich sie vernachlässigt habe und sie habe betrügen wollen – mit Adelaide. Sie hatte viel an mich gedacht, zumal morgens beim Aufwachen, wenn sie sich besonders allein fühlte. Warum war ich nicht gut zu ihr? Mit zwanzig Jahren, in Voghera, war ich es gewesen.

Ich sagte nichts und dachte gequält daran, wie sie jetzt war.

»Dich betrügen? Aber wieso?« fragte ich plötzlich.

»O Guido«, antwortete sie, »auch ich möchte das, was du willst, aber danach wäre es schlimmer, du würdest mich behandeln wie die andern ...«

»Hör mal, Mina: heiraten wir!«

»Guido, ich kann nicht, das hier ist mein Leben. Ich bin sicher, du würdest mich in einem Jahr, vielleicht früher, hassen.«

»Mina, ich hab dich gern.«

»Ich weiß es«, sagte sie und faßte meine Hand, »ich weiß es, Guido; meinst du, ich verstehe nicht, wie du dich quälst? Aber gerade darum bitte ich dich, mein Freund zu sein. Darüber hinaus darfst du nichts wollen.« Sie sah mich an: »Vor dir würde ich mich schämen«, flüsterte sie.

»In Voghera sagtest du, du wolltest mich heiraten.«

»In Voghera hattest du mich gern und hast mir geglaubt, als ich dir sagte, daß Papa es nicht wollte.«

»Man sieht ja, was dabei herausgekommen ist.«

»Guido, Papa ist tot, und das übrige geht nur mich an.«

»Und ich sollte dich betrügen!«

»Warum hast du mit Adelaide gesprochen?«

»Aber wenn sie plötzlich vor mir stand! Ich suchte dich.«

Minas Miene verdüsterte sich. »Komm nie mehr in dieses Haus. Das nächstemal würdest du mich nicht mehr zu Gesicht bekommen.«

»Mina«, sagte ich und blieb stehen, »ich will dich nichts fragen. Aber du schämst dich dieses Lebens, ich sehe es. Gib es also auf; heiraten wir! Ich bin noch der gleiche wie damals.«

»Es gibt nichts, dessen ich mich zu schämen hätte, Guido. Und ich habe dir schon gesagt: nein.«

»Hast du Lues, Mina?«

Sie mußte lächeln. »Wie sollte ich da arbeiten? O Guido, du bist noch ein kleiner Junge. Es wäre so schön, wenn wir als gute Freunde miteinander sprächen und diese Dinge vergäßen. Was liegt dir daran? Nimm an, ich wäre schon verheiratet.«

Wir sahen uns auch weiterhin, immer vormittags; Mina trug das grüne und blaue Kleid; einmal kam sie in Weiß, und sie erschien unter dem flatternden Mäntelchen größer und auch ernsthafter. Um die zwei, drei Vormittage in der Woche zu haben, reiste ich nachts, kürzte meine Fahrten ab, versäumte die Termine einiger Kunden. An manchen Abenden dachte ich, wenn ich allein in den Zug stieg, mit Sehnsucht an jene größere, ernstere Mina und brachte es doch nicht fertig, dieses Bild an die Stelle des anderen zu setzen, das ich von ihr hatte: und doch hätte ich sie mir nur ohne dieses Kleid vorzustellen brauchen. Wenn sie ihre kleine Stirn runzelte, zitterte ich. In meiner Angst beklagte ich die Tage, die sie an der See verbracht hatte: dort unten war sie gewiß allein! Ich begleitete sie, gerührt, auf ihrer Reise: ich saß bei ihr, ging an ihrer

Seite und murmelte Worte; wir schliefen nebeneinander. Manchmal überwand ich das Entsetzen der langen Nachmittage damit, daß ich mir einredete, alles sei in Ordnung; ich hätte eine neue Frau gefunden, die trotz ihrer Erniedrigung unversehrt war. Selbst die Härte, mit der sie mir widerstand, hatte für mich einen Wert und eine bittere Süße. Einen etwas wirren Trost gab mir die Vorstellung, daß ihr geheimstes Leben einsam und voll Bedauern war. Ich empfand sie als mir gleich.

An einem kühlen Septembermorgen kam sie zu unserer Verabredung in Gesellschaft eines jüngeren Mädchens mit einem schräg über ein Auge gezogenen Hütchen und stark angemalten Lippen. Ich glaube, ich machte ein enttäuschtes Gesicht, denn die beiden sahen einander an und lachten: das Mädchen sehr wohlklingend.

»Werden wir nicht mehr zusammen essen gehen?« flüsterte ich Mina zu und trat neben sie.

»Doch, natürlich«, sagte sie lächelnd und nahm meinen Arm.

Sie machte einen kleinen Sprung und drückte sich an mich. Ich war überrascht und glücklich, denn für diesen Tag hatte ich mir vielerlei vorgenommen, was ich ihr in der ruhigen Stunde des Mittagessens sagen wollte. Aber das Mädchen störte mich.

Mina begann von meiner Arbeit zu sprechen und ließ sich die Orte nennen, an denen ich in diesen Tagen gewesen war. Ihre Miene verdüsterte sich, als ich ihr mit einem Lächeln gestand, daß ich manche Kunden übersprang, um ihre Vormittagsausgänge nicht zu versäumen. Sie zog ein Gesicht und blieb auf dem Gehsteig stehen. Mein Lächeln erstarb, und ich wies mit bittendem Blick auf die andere, die mit uns stehengeblieben war.

»Mit solchen Dummheiten ruinierst du dich«, sagte Mina trokken, »und das will ich nicht. Das sind Dummejungenstreiche, die ich gar nicht hören mag. Wenn man arbeitet, muß man arbeiten. Du bist allein und mußt deinen Weg machen. Das heißt also, daß ich dich ruiniere; wir werden uns nicht mehr sehen.«

Mir kam ganz töricht wieder ein Lächeln auf die Lippen. Flüchtig sah ich zu der anderen hin, ihr Gesicht war gleichgültig gesenkt. Ich gab Mina keine Antwort, aber ich faßte sie beim Arm und stammelte, wir wollten weitergehen. Mina machte sich los. Wir gingen weiter.

Nach einem langen Schweigen fragte die andere mürrisch irgend etwas. Sie unterhielten sich darüber, ob zwei Dutzend Stückchen Iris-Seife, die Adelaide in vier Wochen verbraucht hatte, diese strengen Maßnahmen der Signora rechtfertigten.

»Was hat sie ihr getan?« fragte ich.

»Nichts, aber sie gibt ihr nicht mehr so viel«, sagte das Mädchen mit einem Lächeln und verzog den Mund. »Und Adelaide mag nun einmal viel solche Seife, und das ärgert sie sehr.«

Ich merkte, daß Mina mit gesenktem Kopf auf die kleinen Steine des Pflasters sah. Ich verglich das magere, sinnliche Profil der anderen mit dem ihren und fand darin die starke Linie, die Härte des Kinns wieder, die ich liebte. Ich streifte leicht ihren Arm und drückte ihn an mich.

»Kennt ihr euch schon lange?« fragte ich das Mädchen.

»Nuccia stammt aus der Romagna«, sagte Mina.

»Weißt du, Nella, daß die Signora Martire mich gefragt hat, wann du nach Bologna zurückkommst?«

Ich fuhr zusammen; Mina und Nuccia sahen einander an. Wir gingen schneller. Schweigend kamen wir zu dem Café, in dem Nuccia erwartet wurde.

An dem weißen Tischchen unserer Trattoria blickten wir uns ohne zu sprechen an. Ich bemerkte, daß Minas Hände wieder hell geworden waren.

»Du warst sehr sonnenverbrannt?«

»Ich habe eine richtige Sonnenkur gemacht. Ich nahm ein Boot, ruderte ins offene Meer und zog den Badeanzug aus.«

»Bist du allein gerudert?«

»Es ist nicht schwierig.«

Ich sah sie fest an. Mina versuchte ein Lächeln. »Sag nichts, Guido. An die See gehe ich, um mich auszuruhen.«

»Aber ich dachte ja nur, ich möchte mit dir kommen.«

»Eben: aber ich gehe hin, um mich auszuruhen.«

Mina war mit ihrem Essen schnell fertig. Während ich noch über meinen Teller gebeugt dasaß, betrachtete sie mich und sagte plötzlich: »Warum tust du so etwas?«

»Was?«

»Warum vernachlässigst du deine Arbeit? Wie soll ich dir glauben, wenn du so etwas tust?«

»Und du – warum willst du mich nicht heiraten?«

»Ich habe es dir schon gesagt, Guido.«

»Nein, du hast es mir nicht gesagt. Du machst dir einen Spaß daraus, mit mir zu spielen. Wann gehst du nach Bologna?«

»Ich gehe nicht nach Bologna. Vielleicht werde ich nach Mailand gehen.«

»In wie vielen Häusern bist du schon gewesen?«

»Ich habe nicht daran gedacht, sie zu zählen.«

»Hast du jemanden, der dich aushält?«

Minas harter Blick wurde weich. »Du mußt sehr leiden, Guido, wenn du so etwas zu mir sagst. Ich glaube, das tut dir selbst weh.«

»Ob es mir weh tut oder nicht, ich nehme das an. Du willst mich nicht, weil du jemanden hast.«

»Aber Guido, du siehst doch, wie ich arbeite, was für ein Leben ich führe! Wenn mich jemand aushielte...«, sagte sie gequält, aber plötzlich zog sie die Brauen zusammen: »Ich erhalte mich selbst, das weißt du.«

»Eben weil ich das Leben mit ansehe, das du führst, will ich dich heiraten. O Mina, willst du mich wirklich nicht verstehen? Wir würden zusammen arbeiten, wenn du willst; wir sähen uns nur am Abend; wenn du nicht willst, heiraten wir nicht, aber komm aus diesem Leben heraus, habe Mitleid mit mir, du bist die einzige Frau, um die es sich lohnt. Auch damals in Voghera wolltest du nicht, daß ich dich so flehentlich bat. Aber ich will ja nur dein Bestes, sage du mir, wie ich dich bitten soll. Dieses Leben, das du führst...«

»Dieses Leben gefällt mir«, sagte Mina ganz friedlich.

Ich erschrak so schmerzhaft, als wäre ich gegen einen Felsen gerannt. Verstört blickte ich mich um; nur der heftige Schmerz hielt mich bei Besinnung. Dann stieg mir im Herzen eine brennende Wut auf. Mit leisen Worten beleidigte ich Mina, so sehr ich konnte.

»Siehst du wohl! Und du wolltest mich heiraten«, sagte Mina.

Eines Vormittags sagte sie ganz unerwartet, sie möchte in meinem Zimmer nach dem Rechten sehen. Zitternd führte ich sie die alte, halbdunkle Treppe hinauf und riß, sobald ich eingetreten war, das Fenster auf. Mit der Frische des Lichtes kam ein neues Gefühl herein. Am Boden, bei der nur angelehnten Schranktür, stand der geöffnete Koffer, auch ein Bündel alter Kataloge meiner Firma lag dort. Auf der Kommode stand noch die schmutzige Kaffeetasse, das Bett war noch ebenso wie vorhin, als ich ausgegangen war.

Mina kam auf mich zu und küßte mich. Noch heute, da alles

vorbei ist, zittert mir das Herz, wenn ich an die reine, feste Süße ihres Körpers zurückdenke. Die ganze Zeit hindurch sah Mina mich mit klaren Augen an und strich mir zärtlich über den Rücken. Eine so frische Atmosphäre umhüllte uns, wie ich sie nie mehr verspürt habe.

Aber der Nachmittag kam, und ich blieb allein. Mina hatte versprochen, sich an diesem Tag als krank auszugeben, damit ich zu meiner Arbeit reiste. Ich beugte mich und nahm den Zug. Am nächsten Morgen ganz früh war ich schon zurück und schrieb ihr ein Briefchen, das mir die schamlose Pförtnerin, die im Hausrock die Tür öffnete, ungern genug abnahm. Alle Mädchen schliefen; ich eilte in unser Café, um dort zu warten; die Straßen, durch die ich ging, waren in leichten Nebel gehüllt. Die Bäume auf den Alleen waren noch grün und kühl.

Mina kam sehr spät, als ich mir schon vor Ungeduld auf die Finger biß; sie kam mir entgegen, ohne mich anzusehen. Sie trug das grüne und blaue Kleid. Sie setzte sich und hob den Blick.

»Mina, du bist da!« sagte ich leise.

»Warum hast du mich hergerufen, Guido?«

Ich stammelte: »Ich bin zurückgekommen, um dich zu sehen. Meine Firma ist pleite gegangen. Gerade heute.« Und ich ballte die Faust.

»Soll ich dir das glauben?« fragte sie stockend.

»Warum sollte ich dich belügen? Den Schaden habe ich.«

»Wie hast du es erfahren?«

»Ich ging heute früh hin, um abzurechnen, und fand die Siegel. Schon seit einiger Zeit hatte ich gemerkt, daß sie wackelig stand, aber ich dachte nicht... Kann sein, daß sie sich noch vergleichen.«

»Und du – was wirst du jetzt tun?«

»Ich werde von Rücklagen leben: ich habe einiges gespart. Und werde mir etwas anderes suchen. Wir sollten heiraten und gemeinsam suchen.«

»O Guido, du Armer, jetzt mußt du an die Arbeit denken.«

»Du willst mir nicht helfen?« fragte ich enttäuscht.

»Sicher helfe ich dir. Aber an mich darfst du nicht mehr denken, nicht auf diese Art. Hast du dir schon etwas überlegt?«

Während sie ihren Milchkaffee trank, betrachtete ich sie. Ich spähte nach ihren Augen, ich suchte die Mina von gestern wieder.

»Den ganzen Abend habe ich gezittert, daß du doch hinuntergingest«, sagte ich und streifte ihre Hand.

»Ich bin hinuntergegangen ... o Lieber! Ich bin hinuntergegangen, um zu Abend zu essen.«

»Siehst du, Mina – ich konnte den Mann von damals nicht aus dem Sinn bekommen, du erinnerst dich, den von dem Dienstag abend, als du eifersüchtig warst auf Adelaide: er trug eine Brille, ein kümmerlicher Typ. Ich dachte: womöglich ist er heute wiedergekommen.«

Mina schloß halb die Augen und suchte sich zu erinnern. Dann zog sie ein Gesicht. »Jetzt weiß ich es wieder. Du warst an dem Abend häßlich. Warum warst du gekommen? Du hast erreicht, daß ich sehr litt.«

»Und ich, Mina? Aber der Mann ist nicht mehr erschienen?«

»Warum gerade er?«

»Mina, ich habe mit angesehen, daß du mich mit ihm betrogen hast.«

»Dich betrogen?« sagte Mina lächelnd. »Kann ich überhaupt jemanden betrügen?«

»Du kannst einen Höllenqualen leiden lassen, wenn du willst.«

»Und gestern, Guido? War das die Hölle?«

Es war schön an jenem Morgen; wir saßen vor dem in der Sonne flimmernden Fenster. Es war schön, aber meine Hände zitterten. Mina merkte es, als wir gerade gehen wollten. »Was hast du? Warum zittern deine Hände?«

»Ich müßte einen Fingerring haben, damit sie zur Ruhe kämen.«

Mina lachte laut und vergnügt. »Wenn du solche Sachen sagst, bist du lieb!« Und sie lächelte mir zu.

Von da an lebte ich wie ein Irrer. Ich reiste seltener und suchte die Arbeit einer Woche an einem Tag zu tun – in den Büros, wo man mich kaum mehr zu sehen bekam, schüttelte man den Kopf und hatte offensichtlich im Sinn, mich an die Luft zu setzen. In diesem Monat würde ich nur die Hälfte der üblichen Prozente einkassieren. Ich verbrachte lange, einsame Nachmittage damit, von der Zukunft zu träumen, mir Mina in dem weißen Mantel vorzustellen, während ich die heftigsten, frischen Erinnerungen an ihren nackten Körper fortzuscheuchen suchte. Besonders abends war das wie ein langsam quälender Schraubstock; immer wieder kamen mir die Tränen. Das konnte so nicht weitergehen: ich stöhnte laut vor mich hin. Manchmal trank ich, doch dann verwandelten sich Tränen und Schreie in einen Hohn, den ich murrend aus mir heraussprudelte, und alles wurde dadurch noch schlimmer. Ich verdarb mir den Magen, aber bis zum Vergessen kam ich nicht. Das Kissen zusammenpressend, schlief ich ein.

Sie, die Mitleidlose, Angebetete kam immer wieder zu mir. Sie behandelte mich zärtlich, unbeugsam nur dann, wenn ich sie bat, mich zu heiraten. Ich wurde feige, zögerte, ihr meinen wahren Zustand zu zeigen und weiterzuflehen – mich schreckte schon der Gedanke an diese harten Augen und den feindseligen Ausdruck: ›Wenn du mich wirklich gern hast, versteh mich.‹ Bisweilen entfuhr mir in meiner unerträglichen Qual eine Klage, über die sie melancholisch lächelte. Ich versuchte Späße zu machen und dachte daran, sie umzubringen. Mit zusammengebissenen Zähnen sagte ich es ihr.

Ich war jetzt für sie ein Arbeitsloser und wartete jeden Vormittag auf sie. Ich begleitete sie bei ihren Einkäufen, die ich um nichts hätte versäumen mögen, und manchmal versuchte ich vergebens, etwas, was sie gekauft hatte, zu bezahlen. Wenn ich allein war, ging ich bisweilen an ihren Parfüm- oder Wäschegeschäften vorüber und dachte mit einem Schauder an sie.

»Mina«, flüsterte ich ihr eines Tages zu, als wir nebeneinander lagen, »wenn ich dich ansehe oder du mich ansiehst, hast du immer diese unbewegten Augen. Manche sagen, die Frauen drehten die Pupillen nach oben und zeigten das Weiße. Du nicht?«

Sie lächelte mir zu. »Was denkst du dir da alles zusammen!«

»Nur weil ich dich gern habe«, antwortete ich leise.

»Wenn du mich gern hast, brauchst du sonst nichts zu fragen«, sagte sie und preßte sich an mich.

Als wir an diesem Tag die Treppen hinuntergingen, wanderten wir schweigend immer weiter. Es regnete leicht, wir gingen Arm in Arm dicht an der Mauer. Ich verspürte den ersten Kummer über die nun drohende Einsamkeit.

»Guido, was hast du?«

»Nichts. Ich bin froh.«

»Höre, Guido, erinnerst du dich an das, was Nuccia damals sagte?«

»Was – du gehst nach Bologna?«

»Nein, Guido, nach Mailand«, sagte sie und schnitt ein Gesicht. »Was sie zuerst sagte. Als sie von Adelaide sprach.«

Ich erinnerte mich nicht daran.

»Sie sagte, die Signora sei böse mit Adelaide. Erinnerst du dich jetzt?« Ich nickte. »Guido, wir sind alle ein bißchen wie Adelaide. Das kommt von dem Leben, das wir führen. Es ist kein allzu schönes Leben, Guido.«

Ich starrte vor mich hin, ohne etwas zu sehen. Dann brach ich das Schweigen: »Mit Nuccia, Mina?«

»Mit wem, ist nicht wichtig.«

Ich empfand ein merkwürdiges Gefühl gedämpften Trostes. Mühsam atmete ich die feuchte Luft und preßte, ohne es zu merken, Minas Arm. An der Ecke blieben wir unvermittelt stehen.

»Hast du jetzt Abscheu vor mir, Guido?« fragte Mina und sah mich mit weit aufgerissenen Augen an.

»Ach Mina, an dir ist mir alles recht, was es auch ist.«

»Weißt du«, sagte ich dann zu ihr, als wir uns schon verabschiedeten, »vielleicht gefällt es mir so. Ich ziehe es vor.« Mina lächelte mir von der Seite zu und entfernte sich.

Zwei Tage danach fuhren wir nach Mailand. Ich hatte sie davon überzeugt, daß ich in Turin sowieso nichts mehr zu tun hatte: vielleicht würde ich dort unten in einer Konkurrenzfirma eine Anstellung finden. Wir stiegen im Albergo ab, und Mina blieb zwei Tage und zwei Nächte bei mir. Ich hatte Mailand nur immer flüchtig berührt; es waren zwei traumhafte Tage. Wir gingen durch lange, unbekannte Straßen, preßten uns aneinander, betrachteten die Geschäfte und kehrten in der Nacht mit lachenden Augen heim. Das gewöhnliche, mit Koffern vollgestellte Hotelzimmer erfüllte mich mit Freude: es war herzbewegend lebendig durch Minas Gegenwart. Es waren die letzten heiteren Oktobertage, Bäume und Häuser durchtränkte eine milde Wärme.

Dann ging Mina fort, in das Haus. Ich schrieb an meine Firma, ob man mir nicht die Vertretung für diese Provinz übertragen könnte. Man antwortete mir, wenn ich nicht die Arbeit in meinem bisherigen Bezirk wiederaufnähme, würde ich die Vertretung sofort verlieren. Ich antwortete nicht einmal und machte mich in der Stadt auf Arbeitssuche.

Der November kam, der Regen und der dichte Nebel. Ich bewohnte hinten in einem Hof ein Zimmer ohne Luft und ohne Bedienung, in dem ich nie das Bett aufräumte. Ordnung machte ich nur, wenn Mina kam. Aber sie kam selten, denn am Morgen war sie sehr müde. Ich verbrachte ganze Stunden auf dem Bett liegend, starrte auf die angelehnte Tür, horchte auf den Regen, und später betrachtete ich den Schnee. Ich besaß noch einige tausend Lire, aber ich aß oft nicht, in der Hoffnung, sie könnten dazu dienen, daß wir heirateten. Trübe, unvernünftige Gedanken beschäftigten mich immerzu, wenn ich starr vor Kälte durch die Straßen ging, und ich beneidete die Schneeschaufler, die Arbeit gefunden hatten.

Mina lebte in einer stattlichen, seriösen Villa hinten in einer Straße, die sich auf einen kahlen Park öffnete. Drinnen gab es Teppiche, und es war schön warm; ich merkte es einmal, als ich sie bis in den Eingang begleitete. Hier kostete es mehr, und das verursachte mir eine neue Wut: die Besucher waren reiche Leute mit mehr Muße, viele alte Männer – das sagte sie mir selbst; sie hätte lieber in den Armen eines Soldaten oder eines Arbeiters gelegen. Davon, daß auch ich wie alle die anderen hineingehen könnte, wurde nicht gesprochen; in manchen Nächten weinte ich vor Wut, aber es genügte die Erinnerung an ihren feindseligen Blick, und ich beugte mich. Ich war allein – ich sagte es ihr einmal –, nie fand ich irgendeine Arbeit, die so fremde, ungeheure Stadt erdrückte mich, an manchen fahlen Nachmittagen fror ich und hatte Lust zu weinen: konnte ich sie nicht besuchen?

»Wenn du in Turin geblieben wärst ...« sagte sie. Aber sie fügte sogleich hinzu: »Nach dem einen Mal kämst du noch einmal und noch einmal, und du brauchst deine Ersparnisse.«

»Nur um mit dir zu reden, Mina.«

»Nein, lieber komme ich bald zu dir.«

Eines Abends, als ich in einem Lokal einen Teller Minestra aß, hörte ich zwei, einen Mann und eine Frau, von einer Agentur sprechen, die Wunder was einbringe. Daran, Vertretungen zu bekommen, verzweifelte ich nun schon, und ich brauchte eine provisorische Arbeit. Bei einigen Gläsern Wein sprachen wir darüber. Ich betrachtete diese Gesichter so richtig bekümmert; denn damals verspürte ich, wenn ich nicht gerade von meiner Eifersucht gefoltert wurde, vor zwei Menschenaugen eine weiche, zärtliche Regung. Das Mädchen war mager, die Haare hingen ihr in die Augen, ihr Regenmantel war abgetragen; der Mann, ein knochiger Arbeiter, zog langsam an einer Zigarette. Sie waren Monate hindurch arbeitslos gewesen, er war jetzt Gärtner, und dies war die erste Mahlzeit, die sie sich leisten konnten. Das Mädchen sagte nichts, sie nickte nur und verschlang mich mit ihren Blicken.

Am nächsten Tag eilte ich auf die Agentur, aber für den Augenblick hatten sie nichts.

Ende März kehrten wir in unsere Stadt zurück. Meine alte Wirtin hatte mir das Zimmer aufgehoben, aber ich schämte mich fast, ihr mein abgezehrtes Gesicht zu zeigen. Es war mit mir so weit gekommen, daß ich bei einem plötzlich an mich gerichteten Wort taumelte.

Mina sprach davon, Ferien zu machen, ein wenig ›verwöhntes Mädchen‹ zu spielen. Ihre Wangen waren leicht eingesunken, und den allzu blassen Mund zog sie mit dem Lippenstift nach. Aber die Falte auf ihrer Stirn war immer hart. Sie war sehr herzlich zu mir und fragte mich, ob ich sie noch liebe.

Aber sie ging wieder in das alte Haus zurück, und ich hatte sie um ihrer Gesundheit willen so sehr gebeten, es nicht zu tun, ein wenig aufs Land zu gehen, an sich selbst zu denken: ich würde in Turin bleiben, um mir eine Arbeit zu suchen. In den ersten Tagen sagte sie mir, sie würde nicht hinuntergehen, um zu arbeiten; und wirklich ging sie oft abends mit mir aus. Aber als ich es eines Nachmittags wagte, hineinzugehen und nach ihr zu fragen, hieß es, sie sei beschäftigt. Ich kehrte langsam nach Hause zurück.

Ich fand eine Gelegenheitsarbeit, die ich im Kittel tat, um den Straßenanzug zu schonen. Ich wusch nach dem Abendessen und nachts Autos in einer nicht weit entfernten Garage, und ich erinnere mich noch an die langen Abende und Nächte, wenn ich auf der Bank zur Einfahrt saß und unter dem roten Licht des großen Firmenschildes heimlich rauchte. Wenn ich Reisekollegen begegnete, die ich von früher kannte, wich ich ihnen aus, um nicht von mir sprechen zu müssen. Oft war ich über diese Einsamkeit froh.

Mina ging am Vormittag aus, sie trug einen mir ungewohnten, orangefarbenen Kasak, in dem sie auf tausend Meter Entfernung auffiel. Ihre heiteren Löckchen gaben ihr das Aussehen eines kleinen Mädchens – ein Blatt über einer Orange. Sie blühte rasch wieder auf, sie pflegte, wenn ich etwas zu ihr sagte, auf aufreizende Art halb die Augen zu schließen, und dadurch wurde sie mir noch lieber. Die Härte ihres Willens kam jetzt höchstens in einem ihr eigentümlichen, ihr unbewußten Ton zum Vorschein, wenn sie von uns sprach. Sie war nur ein Jahr älter als ich, aber ich empfand sie als erwachsen, überlegen, mutig. Was war ich ihr gegenüber anderes als ein launenhafter Junge?

Wir sprachen von jenem Augusttag, als ich sie zum erstenmal gebeten hatte, mich zu heiraten. »Auch darum habe ich dich gern gemocht«, sagte sie.

»Es kommt ein Tag, an dem man wünscht, ein Zuhause zu haben«, sagte sie. »Du hast mir eine Empfindung geschenkt, die mich früher zum Lächeln gebracht hätte. Ich wünschte, ich wäre wieder so, wie ich in Voghera war, dumm, aber jung und deiner würdig. Wenn wir uns damals doch nicht getrennt hätten, Guido!«

»Aber wir haben uns wiedergefunden, Mina, und jetzt wissen wir, was wir aneinander haben. Wenn ich daran denke, beklage ich deine Vergangenheit nicht.«

»Eines Tages würdest du sie beklagen.«

»Mina, habe ich dir jemals die Vergangenheit zum Vorwurf gemacht? Die Gegenwart – die bringt mich um. O Mina, nun wissen wir, daß wir miteinander leben können. Die beiden Tage in Mailand ...«

»Aber du mußt jetzt arbeiten, du kannst nicht an Frauen denken.«

Ein andermal, als ich wieder darauf zu sprechen kam – ich biß noch die Zähne zusammen wegen einer in Eifersucht verbrachten Nacht –, sagte Mina mit einem unguten Lächeln: »Du vergißt, daß ich verwöhnt bin.«

»Wir werden auch für verwöhnte Ansprüche sorgen«, antwortete ich achselzuckend. Aber wir sahen uns verlegen an.

In jenem Jahr war der April nicht heiter. Kühl, fast kalt, lagen jeden Morgen Wolken über den zartgrünen Alleebäumen. Aber oft regnete es auch: den munteren, warmen, plätschernden Frühlingsregen. Manchmal betrachtete ich Mina, wenn sie nackt in meinem Zimmer lag, mit einer tödlichen Angst. Dann fuhr sie zusammen, bedeckte sich und sagte irgend etwas. Einmal fragte ich sie, was für verwöhnte Ansprüche das wären. »Du Dummkopf«, fuhr sie los und streckte mir eine Hand hin, »nimmst du mich wirklich immer ernst?«

Endlich kam die Sonne und eine leichte Brise, die die Straßen trocknete. Ich dachte, ich würde nun bald erreichen, daß ich Mina zum Ausruhen ans Meer bringen könnte. Ich hatte das Meer im Frühling noch nie gesehen. Ich saß eines Morgens, ohne daß wir uns verabredet hatten, in jener Osteria vor ihrem Haus, betrachtete den Fleck schräg einfallender Sonne auf dem Pflaster und stellte mir Mina dort, hinter den geschlossenen Jalousien, schlafend vor. Plötzlich traten aus dem Hausflur drei Gestalten, ein Mann und zwei Frauen. Die zweite, in Blau und Orange, war Mina. Sie kamen auf dem Gehsteig vor den Vasen mit den Pflanzen vorüber.

Die andere war Adelaide, unter dem Hütchen erkannte ich sie nur mit Mühe. Und der Mann hatte ein scharfes Profil und trug eine Brille: der Hut verbarg die Stirn. Er ging mit Mina untergehakt. Das Gesicht, ich wußte es, war das verhaßte von jenem Augustabend.

Als ich Mina am nächsten Tag mit schwankender Stimme danach fragte, antwortete sie, es sei wirklich dieser Mann gewesen; ohne jede Verwirrung erklärte sie, er sei eines Abends wiedergekommen, gut Freund mit Adelaide geworden, die beiden hätten sich wiedererkannt; dann habe eine andere, Mafalda, sie mit sich hinaufgenommen; als sie dann allein geblieben seien, habe Adelaide eine teils dumme, teils rührende Geschichte erzählt über eben den Mann, einen Ingenieur. Und sie begann mit dieser Geschichte – der Mann hatte Angst, zu versagen; aber ich unterbrach sie unhöflich. Ich sagte, halb erstickt:

»Bist du mit ihm wieder hinaufgegangen?«

Mina hob die Achseln: »Er ist ein guter Kunde.« Und nach einem Augenblick: »Er will mich heiraten.«

Sie sah mich fest an und senkte den Blick sofort wieder.

»Guido, spiele nicht den kleinen Jungen«, murmelte sie hart.

Ich glaubte, ich hätte ein wenig gelernt, zu leiden, aber an dem Tage fühlte ich mich wie in einem Orkan und wußte, warum man den Kopf hin und her bewegt, um nicht zu ersticken. Es ist wie bei einem heftigen Wind: der Atem stockt einem. Allein in meinem Zimmer, an die Wand gelehnt, keuchte ich und stieß alle Augenblicke Seufzer aus. Ich war verwundert, daß ich nicht brüllte, daß mir nicht die Augen heraussprangen, daß ich nicht wie vom Blitz gefällt hinsank. Ich konnte weder schreien noch mich bewegen. Ich stand da und meinte zu ersticken: wohl eine halbe Stunde. Etwas in mir erstarrte.

Als ich gegen Abend ausging, war ich schwach und stumpf. Ich wußte recht gut, daß im Grunde nichts anders war als vorher: die Straßen lagen ruhig unter der letzten Sonne, die Menschen gingen vorüber, die Nacht brach herein, und morgen würde ich, wie immer, Mina sehen; ich wußte, ich war unversehrt und lebendig, und doch irrte mein Blick überallhin, als sei ich von Sinnen und alles um und um gedreht.

Am folgenden Tag galt meine unnütze Frage ganz etwas anderem: »Warum sagst du gerade ihm ein Ja?«

»Ich habe ihm noch nicht ja gesagt«, antwortete Mina.

»Aber er verlangt, wenn er kommt, dich, und das heißt, daß er dir recht ist.«

»Nun ja, später – wer weiß«, lachte sie.

»Weiß er, daß du Mina heißt?«

Sie senkte zerknirscht den Kopf.

»Siehst du wohl, du Kanaille!«

Meine Ersparnisse hatten sehr abgenommen, und in der Garage verdiente ich kaum genug für einen Tag. Ich dachte daran, daß ich jetzt, auch wenn ich es wollte, Mina nicht würde heiraten können, und eine blinde Wut packte mich auf diesen Blonden, der viel Geld hatte oder gar – ich hatte ja gesehen, daß er sie besuchte – sie selber aushielt. Ich sagte es ihr einmal. Mina antwortete: »Er ist ein anständiger, unglücklicher Mensch. Er ist wirklich mein Freund, und er macht mir nicht solche Szenen. Du bist nur ein Junge, Guido. Warum nimmst du deine Arbeit nicht wieder auf?«

»Aber ich habe keine Arbeit mehr, das weißt du.«

»Ich war so stolz auf dich, als du gereist bist.«

»Soll ich mich umbringen, Mina?«

Sie kam mich noch einmal besuchen, an einem Maimorgen. Ich betrachtete sie zitternd. Sie drückte sich an mich wie eine Mutter und schob mich dann weg. »Bist du froh, Guido?« Ich sagte, ja. »Siehst du, Lieber, du sollst mich in Erinnerung behalten immer so, wie es heute war. Du hast immer gesagt, du verzeihst mir. Wenn ich dich habe leiden machen, so denke daran, daß auch ich deinetwegen gelitten habe. Und vielleicht mehr als du. Denn ich habe dich sehr gern.«

»Mina, werden wir uns nicht mehr sehen?«

»Gewiß werden wir uns sehen, aber nicht hier. Es ist nicht recht von mir, daß ich hierher komme. Du mußt an die Arbeit denken.«

»Ohne dich, Mina ...«

»Mit mir, Guido: wir werden uns jeden Vormittag sehen.«

»Und wenn du ihn heiratest?«

»Ich habe daran noch nicht gedacht.«

»Laß doch auch mich zu dir kommen: dann kämpfen wir mit gleichen Waffen.«

»Aber wenn er fast nie kommt ...«

An manchen leeren Vormittagen kam Mina nicht, wie ausgemacht war, und das bedeutete, daß jemand sie besucht hatte, während sie noch im Bett lag. Ich saß und saß in dem Café, lange, ohne ein Wort zu sagen, starrte in die Luft, hörte kaum auf das Hin und Her der Leute: es war mir plötzlich in den Sinn gekommen, ein Lächeln aufzusetzen, das im Grunde längst erloschen war, aber ich zwang es ständig auf meine Lippen. Ich hatte das Gefühl, immerzu betrunken zu sein.

Eines Abends bekam ich keine Luft mehr, den ganzen Nachmittag war ich weinend im Zimmer auf und ab gegangen. Ich hätte zur Garage hinuntergehen müssen, statt dessen ging ich Mina besuchen. Ich stieg die drei Stufen hinauf, als führten sie zum Galgen, sang zitternd vor mich hin und trat, jenes Lächeln um den Mund, in den Saal.

Laut sagte ich: »Ihr seid alle Huren.«

Der Satz wurde aufgenommen wie irgendein Gruß, keiner rührte sich. Die Mädchen – unter ihnen Mina –, die an der Tür saßen, redeten miteinander und drehten sich kaum um. Doch einer der Männer, die an den Seiten saßen, hob lebhaft den Kopf und sah mich an. Ich lief die Reihe entlang, auf der Suche nach jenem Gesicht. Ich war in der rechten Stimmung, es einfach auszulöschen.

Aber das Gesicht war nicht da; Mina folgte mir mit den Augen. Sie kam hinter mir her und sagte leise: »Guido, willst du mit mir hinaufgehen?«

Ich ging betroffen mit ihr. Auf der Treppe dachte ich an den Tag, an dem ich hinter Adelaide hinaufgegangen war und alles erst noch geschehen sollte. Mina trat in ihr damaliges Zimmer. Über der Tür stand: Manuela.

Auf der Kommode standen zwei große, offene Koffer, leer. Das Bett war in Ordnung. Im Zimmer war ein leichtes Parfüm zu spüren, vermischt mit einem Duft nach Seife und Gummi.

Während sie abschloß, fragte sie, ohne sich umzudrehen: »Was hast du unten gesucht?«

Ich antwortete matt: »Ich wollte diesen Mann umbringen. Und wenn er kommt, bringe ich ihn um, obwohl ich weiß, daß es mir nun nichts mehr nutzt. O Mina!« Und ich fiel vor ihr nieder und umfaßte ihre Knie.

»Damit hast du recht«, sagte sie nervös, ohne sich zu mir zu beugen. »Damit hast du recht. Es nutzt dir nichts. Bring mich nicht zum Weinen. Du siehst doch, ich gehe fort.«

»Nach Bologna?«

»Nein, diesmal ist es für immer. Steh auf. Ich heirate.«

Das sagte sie mit einer einfachen Ruhe, mit gesammelter Stimme; und ich spürte, daß mein Zustand überhaupt keinen Sinn hatte. Ich stand auf und betrachtete das Zimmer, den Spiegel, den Stuhl, der voller Zeug lag, eine Ritze in der Tür. ›Leiden werde ich nachher, leiden werde ich erst nachher‹, wiederholte ich mir verwirrt.

»Magst du?« hatte Mina gefragt, wobei sie den Kopf nach rückwärts bog und mich aufmerksam ansah. Sie machte das Abendkleid auf der Schulter los.

Jetzt bedaure ich, daß ich sie nicht genommen, zermalmt, zerstört habe: vielleicht hätte ich mich so von ihr losgerissen. Statt dessen verspüre ich noch heute immer wieder eine Qual, die mich auf mich selbst zurückwirft und bewirkt, daß ich mich hundsjämmerlich fühle.

Mina machte sich, den Blick immerzu fest auf mich gerichtet, an der Schulter zu schaffen. Ich sah sie entschlossen an. »Zieh dich nicht aus, Mina. Du verheiratest dich ja doch.«

Sie kam mir entgegen, rot vor Freude, faßte meine Hände und preßte sie ans Herz. »Verzeih mir, Guido! Jetzt verstehe ich, daß du mich wirklich gern hast. Und du hast mir schon einmal etwas geopfert ...« Ihre Augen flammten.

»Meinst du die Pleite meiner Firma? Sie war nicht pleite gegangen. Ich wollte nur frei sein und dir folgen.«

Sie ließ meine Hände fallen. »Das hast du getan?«

»Ja.«

»Dummkopf! Warum gehst du nicht dorthin zurück? Oh, was für ein Dummkopf du bist! Warum hast du das getan? Warum hast du dich ruinieren wollen? So ein Junge! Also – geh dorthin zurück. Du Junge. Dummer Junge.«

Ich verließ sie. Und dieses Wort dröhnte mir endlos im Hirn. Die ganze Nacht hindurch.

Wie ich danach litt, war ungeheuer. Aber am nächsten Vormittag erwartete ich Mina nicht mehr in dem Café. Ich suchte sie nicht mehr in dem Haus auf. Nur etwas hätte ich ihr gern noch gesagt, was wie Feuer in mir brannte und mir noch jetzt in der Kehle zittert, wenn ich an die Vergangenheit denke. ›Er verwöhnt dich ja wohl, wie du es brauchst, nicht wahr?‹

Lange Zeit hindurch fühlte ich mich vernichtet, so wie damals als Kind, wenn ich geschlagen worden war und weinend einschlief. An Mina und ihren Mann dachte ich wie an zwei erwachsene Wesen, die untereinander ein Geheimnis haben, und ein Junge kann die beiden nur von fern betrachten, ohne daß er die Freuden und Schmerzen kennt, die ihr Leben ausmachen. Ich fand Arbeit in meiner Garage auch für die langen Vormittage, und während der Sommer verging, resignierte ich nach und nach. Jetzt, wo ich alt geworden bin und gelernt habe, zu leiden, ist Mina nicht mehr da.

Erste Liebe

Bevor ich Nino kennenlernte, hatte ich nie bemerkt, daß die Jungen, mit denen ich auf der Straße schrie und rannte, schmutzig waren und grob geflicktes Zeug trugen. Ich beneidete sie sogar, weil sie barfuß gingen und weil manche die Hacken auf die Stoppeln zu setzen verstanden, ohne sich wehzutun. Meine blassen Städterfüße dagegen zogen sich zusammen schon wenn ich versuchte, sie auf das Kieselpflaster zu setzen.

Von dem, was ich bei ihnen gelernt hatte, interessierten Nino nur bestimmte Flüche. Nino wohnte in einem kleinen Landhaus am Ausgang des Dorfes; er hatte viele ältere Schwestern, die mich einschüchterten. Ich blieb unter dem Mauervorsprung stehen und sah zwischen den Eisenstäben hindurch in der Hoffnung, Nino käme schon die Stufen zum Garten herab; wenn er sich verspätete, pfiff ich leise – ich tat, als sei ich eine Schlange, und verstärkte den Ton nur ganz allmählich, damit der Hund nicht bellte. Nino rannte auf mich zu, denn er hatte ebensolche Angst vor dem Hund.

Es war unmöglich, Nino vorzuschlagen, er solle Schuhe und Strümpfe ausziehen oder mit den anderen spielen. Ohne je mit ihm darüber gesprochen zu haben, merkte ich nach wenigen Begegnungen, daß ich mich ihm gegenüber dieser Kameraden schämte. Aber das Schöne ist dies: nach dem, was ich ihm zufällig erzählte, schien er sie alle zu kennen, mit ihren Spielen Bescheid zu wissen, zu verstehen, was sie untereinander sprachen – er war einfach wie einer von uns, außer daß er ein Hemd trug und kurze Hosen, die noch sauberer waren als meine, und gern, die Hände in der Tasche, in abgelegenen Gassen herumstreifte, zwischen dem Kraut hindurch oder direkt in die Fenster spähte, den Vorüberkommenden nachsah und ab und zu eine Grimasse zog.

Wir waren dreizehn, vierzehn Jahre alt, und im Grunde fühlte auch ich mich in jenem Sommer mit den zerlumpten Jungen nicht mehr ganz wohl: waren sie so alt wie wir, so waren sie zu nachgiebig und dumm, erschienen sie uns so hoch aufgeschossen und lebhaft wie wir, so waren sie schon achtzehn, und man stimmte nicht mehr überein.

Wovon Nino und ich in den ersten Tagen sprachen, weiß ich nicht mehr genau. Ich erinnere mich nur, daß ich einmal fragte, wie viele Schwestern er habe. »Keine«, antwortete er. »Wie denn: und alle diese Mädchen? Sind das nicht deine Schwestern?« »Sie sind alle wie die Mama«, sagte er und drehte das Gesicht nach der Seite, wie er es oft tat. »Richtige Schwestern – die gibt es ja doch nicht.«

Ich erzählte ihm, daß ich einmal mit einem beurlaubten Soldaten auf der Jagd gewesen war; ich erzählte es ihm so oft und ausführlich, daß Nino eines Tages zu mir sagte: »Bum.« »Was ist los?« fragte ich. »Ich gehe auch auf die Jagd; kann ich das etwa nicht?«

Ich versuchte, ihn mit zur ›Bialera‹, wie wir sie nannten, zu nehmen, zu dem Wassergraben, wo ein paar Freunde am Morgen mit Reusen fischten; sie waren ganz mit Wasser und Schlamm bespritzt. Nino hielt sich abseits, er lächelte abwesend, wenn ich vom Wasser her seinen Blick und seine Zustimmung suchte; und als ihm einmal der Sohn vom Schmied die triefende Fischreuse zuwarf und ihm zurief, er solle sie auffangen, trat er zur Seite und fing sie nicht auf. Da nannten sie ihn einen schlappen Kerl, aber ich versuchte ihn zu rechtfertigen und erklärte ihnen, er habe einen neuen Anzug an. Aber Nino beschimpfte sie, und als sie anfingen, Schlamm nach ihm zu werfen, schrie er wütend, er wisse jemanden, der werde es ihnen schon zeigen!

Nino verbrachte die Vormittage zu Hause damit, daß er durch alle Zimmer ging; als ich ihn das erstemal holen wollte und in der Richtung auf sein Fenster einen langen Hals machte, erschien eine große, schöne Frau, sah durch den Garten und winkte mir, näherzukommen. Ich tat, als merke ich es nicht, und entwischte. Ich fürchtete, Nino würde das hinterher erwähnen, aber das geschah nicht.

Von diesem Tag an teilte ich meine Zeit entsprechend ein. Fast jeden Morgen ging ich heimlich auf die Ziegenweide mit den kräftigen Freunden von früher und verblüffte sie mit Geschichten von der Stadt, die nach und nach so etwas wie ein Besitz von mir wurde, wo ich auf den Tramwagen und in den Aufzügen ungewöhnliche Abenteuer erlebte. Immer wieder unterbrach ich mich und rannte, wie sie, einer Ziege nach oder schälte einen Zweig oder jagte Heupferdchen. Am Nachmittag aber, in den heißen Stunden, die ich früher im Heustadel oder im Stall verbracht hatte, holte ich Nino ab. Mir schien allerdings, als verlöre ich dabei meine Zeit, ich langweilte mich irgendwie, und doch war ich jeden Tag dort; und wenn wir nach einem Spaziergang zurückkehrten, der uns kreuz und quer durchs Land, steil zur Kirche hinauf oder in die Felder geführt hatte, wäre ich am liebsten mit dem Freund in den Garten gegangen, hätte mich auf die Weidenrutensessel gesetzt und mich vor den Schwestern geniert. Aber als Nino mich das erstemal dazu aufforderte, wagte ich es nicht zu tun.

Als wir von unserem Abenteuer am Wassergraben zurückkamen, riet ich ihm, seine Familie nicht in unsere Angelegenheiten hineinzuziehen. Nino grinste und sagte, wenn ich Angst hätte, die Frauen zu Hause könnten etwas von meinen zerlumpten Kameraden erfahren, so solle ich darüber beruhigt sein. Schließlich sei ich sein Freund.

Das bewies er mir eines Nachmittags. Wir gingen am Laden für Düngemittel vorüber, und Nino wurde sichtlich vergnügt. Auf der schmalen Straße stand ein niedriges Auto, das ich schon kannte. Von der Schwelle her – die Tür war angelehnt – kam leises Stimmengewirr, und plötzlich übertönte die Stimmen ein kräftiges Lachen, auf das ein noch rauheres Gelächter folgte. Nino beugte sich vor, mitten in den üblen Geruch von Schwefel und Dünger, und sagte: »Jetzt kommt er heraus.« Es erschien ein alter Tagelöhner, erkannte uns und nickte uns zu; dann riß er die Tür auf und schrie: »Wirf heraus!«

Es flog ein kleiner, fester Sack heraus, den der Alte im Fluge griff und in das Auto legte. Ein weiterer flog heraus, und wieder einer.

»Hilf uns, Signorino«, sagte der Tagelöhner, das Zahnfleisch entblößend. Nino sprang über die Schwelle und verschwand. Ich blieb neben dem Auto stehen und versuchte herauszukriegen, was für Schatten sich drinnen bewegten.

Als das Auto fast voll war und ich dem Alten half, die kleinen Säcke zu ordnen, erschienen auf der Schwelle Nino und ein kraushaariger Mann mit einem Tuch um den Hals, rotem Gürtel und Stiefeln. Er hatte die Ärmel aufgekrempelt und füllte die ganze Tür aus. Nino reichte ihm bis zum Ellenbogen.

Er sagte zu Nino und auch zu mir mit einer lachenden Stimme: »He, ihr, habt ihr Freundschaft geschlossen?« Er blinzelte mir zu und packte meine Hand; ich machte mich los. Da bog er mir zwei, dreimal kräftig den Vorderarm und sagte dann: »Nino, laß dich nicht verhauen, er ist stärker als du.« Dann richtete er sich wieder auf, sah überall umher und fragte: »Fertig?«

Er zog eine Zigarette heraus und zündete sie an, sprang ins Auto, rief uns ›Auf Wiedersehen!‹ zu und fuhr los.

An diesem Abend erzählte Nino mit großem Eifer; er konnte auf dem Mauervorsprung, auf den wir uns setzten, gar nicht still halten, aber seine Augen waren nicht so unruhig wie sonst. Bei meinen Fragen strahlte er.

Bruno war Fahrer, aber er war ihm ein wirklicher Freund. Er hatte sie alle am Tag ihrer Ankunft am Bahnhof abgeholt und hatte auf der ganzen Fahrt um den Hügel herum zum Landhaus mit ihm geredet und ihm alles erklärt, während er der Mama und den Schwestern, wenn sie redeten, kaum Antwort gab. Und noch jetzt fragte er ihn manchmal, wie sich seine Schwestern, diese Kälbchen, die Zeit vertrieben, und Kälbchen bedeutete ›dumm wie Kälber‹. Nur etwas an seinen Schwestern gefiel Bruno: die amerikanischen Zigaretten; er ließ sie sich von Nino, sooft der es einrichten konnte, mitbringen – samt der Packung, denn für ihn lag der Wert in der Packung.

Nino erzählte an dem Abend von allem: er erzählte von dem Bad bei sich zu Hause, in dem es besser duftete als auf den Wiesen, und wie gern er Bruno dorthin führen würde, damit er sich seinen Gestank abwüsche – er roch richtig, aber doch angenehm nach Mann; aber vor allem würde er gern mit ihm und mir im Auto fahren, in die Dörfer auf den Hügeln, und sich dabei vergnügen und fahren lernen.

Bruno hatte es ihm versprochen, aber es kam nie dazu. Bruno quälte die Menschen gern, und zu ihm – so etwas machte Bruno Spaß – sagte er immer, alle seien stärker als er. Hierbei zwickte Nino mich so heftig, daß er mir beinahe die Haut zerriß, und sprang zurück. »Wir wollen sehen, ob du stärker bist«, schrie er erbittert und hob einen Stein auf.

›Warum tust du das?‹ hätte ich Nino natürlich gefragt, wenn wir wie sonst ruhig am Gittertor des Landhauses gestanden hätten, ehe wir uns trennten. Aber in dem Fall hätten wir ja auch nicht geredet. Ich konnte nicht verstehen, warum Nino unser friedliches Gespräch unterbrechen mußte, um sich mir gegenüber so hinterlistig zu zeigen. Ich badete nicht in einer so schönen Wanne wie er, aber es tat mir leid, daß ich der Stärkere war.

»Er sagt zu allen, sie wären stärker«, sagte Nino, ließ den Stein fallen und näherte sich mir mit einem tückischen Gesicht.

Ich getraute mich nicht, ihm mit einem ebenso tückischen Lächeln zu antworten.

»Dir gefällt Bruno auch, was?« fuhr Nino fort. »Stell dir vor: ihm gefallen die Kälber, meine Schwestern.«

»Alle zusammen?« rief ich.

»Alle«, sagte Nino.

»Aber die Männer wählen sich eine aus«, sagte ich.

»Wie dumm du bist! Er kann sie doch nicht heiraten!«

»Du hast doch gesagt, er redet nur mit dir.«

»Natürlich, weil sie ihm nicht antworten. Sie sind dumm.«

Ich kehrte nach Hause zurück, und alles war mir verleidet, ich schämte mich, weil mein Vater einen Schnurrbart trug, und weil das Wachstuch, von dem wir aßen, Weinflecke aufwies. Meine kleine Schwester schrie. Ich war noch nie Auto gefahren und dachte: wie schön wäre es, das mit Nino und Bruno zu tun! Aber daß Ninos Schwestern dumm waren, und er so tückisch, verdroß mich. Zum Glück hatte ich ihm nicht erzählt, daß ich eines Nachts von ihnen geträumt hatte.

Am Morgen danach schämte ich mich, wie sonst mit den Jungen zur Weide zu gehen, ich wollte meine Zeit verbringen wie Nino: ich frühstückte, wusch mich, ging durch das Haus – kurz, ich wollte es bis zum Mittag genauso machen wie er. Aber um zehn war ich im Hof und wußte nicht mehr, was ich anfangen sollte.

Die niedrigen Apfelbäume hinten, an der Rustikamauer entlang, kannte ich auswendig. Ich bummelte unter den Bogengang gegenüber, wo der Reisigstoß vom Jahr zuvor war; die Frau des Halbpächters kam mit einem Eimer vorüber. Auf dem grauen Haar hatte sie ein gelbes Kopftuch, die Ärmel waren aufgekrempelt. Da begriff ich, warum Nino den ganzen Morgen nicht zu spielen brauchte: in seinem Garten gingen und kamen die Schwestern, und es mußte wirklich sehr schön sein, mit ihnen zu leben, wenn sie sogar dem Fahrer gefielen. Ich hatte nur meine Mutter und die Magd, die beide wie die Bauern arbeiteten, und mein Vater kam erst am Abend zurück.

Die Pächtersfrau lief zum Stall. Ich hörte, daß die Kuh jäh losbrüllte, es klang, als schluchze sie. Ich trat in die Tür. Die Frau kam aufgeregt heraus. »Geh«, sagte sie, stellte sich vor mich und füllte die Türöffnung einfach aus, »dorthin darf man nicht sehen. Geh und rufe Pietro, sag ihm: es ist Zeit. Verstanden?« Pietro grub unten, hinter dem Haus, ein Feld um. Ich kam mit ihm zurück, er ging erst in die Küche, um einen Schluck aus der Flasche zu trinken; und wir machten uns auf den Weg zum Stall. Wieder trieb mich die Alte zurück. Pietro drehte sich um und brummte: »Geh deiner Mutter sagen, daß wir ihr das Kalb holen.«

Ich bummelte weiter und fuhr vor Angst zusammen bei dem bestialischen Gebrüll, das ab und zu plötzlich in die kühle Luft hinausschallte, gefolgt von röchelnden Lauten wie von einem Sterbenden. Dann drangen erregte Stimmen heraus; die Pächtersfrau rief irgendwas ganz laut, und schließlich rauschte Wasser, und eine Kette klirrte. Ich erinnerte mich an den dicken, plumpen Bauch der Kuh, ich hatte ihn Tage zuvor bemerkt.

Plötzlich fiel mir Nino ein; ich rannte los, um ihn beizeiten zu erreichen. Ich kam vor dem Landhaus an, als gerade eine seiner Schwestern heraustrat, die blonde, die eine ganz weiße Haut hatte; sie gefiel mir, wenn sie auf dem Rad vorübersauste. Sie legte mir lachend eine Hand auf den Kopf und fragte mich, was ich wolle. Ich suchte Nino. »Warum?« fragte sie beharrlich. »Ein Kalb ist geboren«, stammelte ich, ganz rot. Sie sah mich an, nahm die Hand von meinem Kopf und lachte laut.

»Ist es lieb?« fragte sie. Ich wußte nicht, was ich sagen sollte. Sie lachte wieder, drehte sich um und rief: »Nino!« Jemand antwortete. Da winkte sie mir mit der Hand, wobei sie mich nur eben flüchtig ansah, ging davon und öffnete ihren Sonnenschirm.

Als Nino erschien – der Hund bellte und raste hin und her, daß das Drahtseil klirrte –, hatte ich keine Lust mehr, ihn mit in den Stall zu nehmen. Es hatte mich wieder die Scham gepackt über den schmutzigen Hof vor dem Haus. Ich sagte nur: »Willst du mitkommen?«

Wir verbrachten den Morgen am Wassergraben, wo die Wäscherinnen wuschen. Wir schwiegen beide.

»Hast du schon einmal gesehen, wie ein Kalb geboren wird?« fragte ich plötzlich. »Ich habe es heute früh mitangesehen. Es war zum Fürchten.«

Nino fragte: »Hat es geschrien?«

»Nein, das Muttertier schrie«, sagte ich, »die Kuh.«

»Warum hast du mich nicht gerufen?«

Ich machte wie am Tag zuvor ein gekränktes Gesicht.

»Dummer Kerl«, sagte Nino ganz erregt, »wir hätten gesehen, wie Kinder geboren werden. Hast du wirklich gesehen, wie sie es gemacht hat?«

»Hast du denn nie gesehen, wie ein Kind geboren wird?« antwortete ich wichtig.

Nino schwieg und sah zu Boden. Die Wäscherinnen schlugen das Zeug auf den Steinen. Es war eine dicke dabei, ihre Ärmel waren bis zu den Schultern hochgekrempelt; so schlug sie kräftig los, zeigte die Achsel und lachte einer anderen zu. Der ganze, im Bündel der Röcke verborgene Körper bebte.

»Das ist so, wie wenn ein Pferd kackt«, begann ich mit unsicherer Stimme von neuem. »Nur daß es größer ist.«

»Hast du es wirklich gesehen?«

»Sicher«, antwortete ich.

»Du bist genauso geboren«, sagte Nino wütend.

»Ja, genauso«, antwortete ich ruhig.

Da schlug Nino sich mit der Faust ins Gesicht und ließ sich zu Boden fallen. Ich stand neben ihm und betrachtete ihn verlegen. Ich setzte mich hin, um ihm die Wahrheit zu bekennen, doch in diesem Augenblick begann er zu lachen.

Aber er lachte häßlich. »Wenn du mit uns Auto fahren willst, sage mir, wie es ist.«

Ich starrte Nino an: seine Augen und Lippen brannten. Er stammelte leise: »Hast du es bei deiner Mutter gesehen?«

Ich betrachtete ihn verdutzt und sagte: »Du bist zu dumm!«

»Sage mir: bei wem hast du es gesehen?«

»Das Kalb habe ich gesehen.«

»Nicht bei den Frauen?«

»Nein.« Und ich starrte zu Boden.

Ninos Stimme sagte nahe an meinem Ohr: »Dann weißt du nicht, wie sie es machen?«

Jetzt bekannte ich, daß ich nicht einmal das Kalb gesehen hatte.

Da rollte Nino sich im Gras und sprang auf. »Ich weiß, wie sie es machen«, sagte er. »Es kommt Blut heraus, und sie müssen ihnen das Kind wegreißen.«

»Nicht immer kommt Blut heraus.«

»Doch, es kommt immer heraus, denn die Frauen schreien.«

»Nein«, sagte ich, »hör zu.« Und ich erklärte ihm, daß ich eine Kuh gesehen hatte, nachdem das Kälbchen geboren war, und Blut gab es da nicht, und das Kälbchen war nur ein wenig feucht.

»Bei den Frauen gibt es Blut«, sagte Nino beharrlich. »Du weißt überhaupt nichts.«

Er erklärte mir mit rauher Stimme, wie die Frauen es machten. Ich unterbrach ihn nicht, aber ich starrte auf das Gras.

»Auch deine Schwestern?« sagte ich schließlich.

»Auch die.«

An diesem Nachmittag kam Bruno unerwartet ins Dorf und nahm uns mit ins Auto, denn er brachte eine große Korbflasche Wein an den Bahnhof und hatte Platz. Wir mußten uns hintenhin setzen, um die Korbflasche zu halten, und los ging es. Auf dem ganzen Weg schlug mir das Herz bis zum Hals, ich meinte zu fliegen, wie auch die Bäume und die Prellsteine und die Menschen vorüberflogen. In der Sonne schloß ich halb die Augen, sah auf Brunos festen Nacken über dem roten Halstuch und wie sein Arm, der auf dem Lenkrad lag, vibrierte. Ich fürchtete, die große Korbflasche würde, wenn wir anhielten, herunterfallen.

Aber alles ging gut, nur ich schwankte, als ich auf der Erde stand, und war ganz verschwitzt. Bruno trug laut rufend die Korbflasche in die Aufbewahrung; dann führte er uns in die Bahnhofs-Osteria. Ich setzte mich schüchtern in das kühle Halbdunkel und machte es wie Nino: erhob den Kopf, schaute auf Bruno, lachte wie er und sah allen ins Gesicht.

Bruno verlangte etwas zu trinken, und Nino wollte für sich ein Fruchteisgetränk.

Wir hatten uns kaum den Mund befeuchtet, als Nino schluckte

und höhnisch sagte: »Berto, erzähle Bruno, daß du gesehen hast, wie ein Kind geboren wird.«

Bruno sah mich mit nur einem Auge von der Seite an. Er setzte das Glas hin und warf unwillig die Lippen auf.

»Wo doch du es bist ...« platzte ich wütend los.

Bruno wischte sich den Schweiß ab. Er wandte sich an Nino: »Sag ihm, er soll lieber lernen, den Mann zu machen. Ihr in euerm Alter habt das nötig. Für das übrige sorgen die Frauen.«

»Ein Kalb ist geboren«, sagte Nino.

»Zwei Esel sind geboren«, unterbrach ihn Bruno. »Habt ihr nichts anderes zu reden?«

Wieder wischte er sich den Schweiß ab. Er schien verärgert, und wir schlugen die Augen nieder und schwiegen. Nino schleckte mit gesenktem Kopf sein Eis.

»Nino, hat dir Clara die Zigaretten gegeben?«

Clara war die blonde Schwester. »Sie hat sie versteckt«, sagte Nino.

Bruno drehte sich seine eigene und sagte gleichgültig: »Wollt ihr morgen mit in die Robini kommen? Wir fahren mittags zurück. Kommst du auch mit, Berto?«

Nino sagte: »Gib mir zu rauchen.«

Ich beobachtete, wie Brunos große Hand die Zigarette drehte und wagte nicht, auch um eine zu bitten. »Nino, gehst du morgen mit?« sagte ich statt dessen. Nino sah verstohlen auf Bruno und fragte leise: »Bleiben wir wieder an der kleinen Mauer stehen?« Bruno nickte und hielt ihm die Zigarette hin. Ich begriff nicht, warum Ninos Gesicht so bleich war. Er zündete seine Zigarette bei Bruno an, und die Hand zitterte ihm.

»Trink Wein«, sagte Bruno. »Eis ist für Kranke.« Ich wußte, daß Nino der rote Wein widerstand, und doch hielt er das Glas hin und setzte es langsam an die Lippen. Er trank es auf einmal aus.

»Nur lustig«, sagte Bruno. »Wenn ihr in diesem Winter in der Stadt seid, habt ihr nicht mehr den guten Wein. In der Stadt wachst ihr doch recht kümmerlich auf. Du, Berto – hast du schon ein Mädchen?«

Ich sagte verlegen: »Dafür ist keine Zeit; im Winter gehen wir zur Schule.«

»Also im Sommer hast du eines?«

»Ich ... nein.«

Bruno lachte frei heraus. »Bravo! Seht ihr euch im Winter?«

Plötzlich sagte Nino: »In diesem Jahr werden wir uns sehen.«

»Nimm dich in acht, Nino lernt fechten und spießt dich auf«, sagte Bruno blinzelnd zu mir.

Nino sprach nicht. Er trank ein zweites Glas und hörte mir kaum zu. Sein Blick hing an dem Ledergurt, den Bruno um sein mächtiges Handgelenk trug. Mit einemmal fragte er ihn, wofür er ihn gebrauche.

»Um frechen Burschen die Fresse einzuschlagen«, erklärte Bruno. »Man holt weit aus und versetzt ihnen einen Schlag mit dem Handrücken, da schlägt man sich nicht die Finger wund, und es wirkt wie ein Boxhandschuh. Eines Nachts in Spigno kommt mir da einer dicht ans Auto – ich hielt vor dem Bahnhof – und spuckt hinein. Spucken darf man nie dulden, denn wer spuckt, hat Angst. Ich über ihn her, und haue ihm das Gesicht kaputt. So! Seht ihr nun, wofür man ihn gebraucht?«

Nino hustete, er hatte sich wohl am Rauch verschluckt, und konnte den Blick nicht von Brunos kühnem Gesicht lösen. Wir hatten auch sonst schon hinter der Kirche geraucht, er vertrug den Rauch an sich sehr gut. Es mußte der Wein sein, der ihn verwirrte. Oder vielleicht irgendein Ärger mit Bruno. Warum nannte Bruno seine Schwester beim Namen?

»Wenn deine Mama und deine Schwestern diese Fahrt nach Acqui machen, von der sie gesprochen haben, zeige ich dir die Piazza, auf der ich einmal einen tollwütigen Hund festgehalten habe: dadurch, daß ich ihm das Leder ins Maul schob. Seht ihr hier die Spuren der Zähne?«

»Ich fahre nicht mit euch nach Acqui«, sagte Nino.

Bruno begann zu lachen. »Berto, trink aus. Auf morgen also.«

Wir fuhren in die Robini, und unterwegs – Bruno fuhr sehr schnell – pfiff er immerzu und drehte sich nach jeder Kurve zu mir um. Nino, der neben ihm saß, hielt das Kinn auf die Brust gesenkt, als habe ihn jemand geschlagen; und zwei-, dreimal ließ er den Blick auf die Hügel, in den Himmel schweifen, mit einem Ruck, als wache er nun erst auf.

»Das Land ist dieses Jahr trocken«, sagte ich in dem ergebenen Ton, wie es mein Vater tat.

Bruno drehte sich nicht um, denn er bog gerade in einen Seitenweg ein, der zwischen den Akazien hinaufführte. Nachdem wir etwa fünf Minuten lang die Zweige im Gesicht gehabt hatten, hielt er in halber Höhe, an einer kleinen Brücke, die über eine Schlucht führte. Er sprang heraus und sagte: »Wartet jetzt. Seht euch das Auto an.« Er drehte den Autoschlüssel um und zog ihn heraus. »Rührt den Motor nicht an, er bewegt sich sowieso nicht. Lustig, Nino!« Er gab jedem von uns eine Zigarette und zündete sie uns an. »Wenn jemand die Straße heraufkommt, wer es auch ist, drückt auf die Hupe. Verstanden? Wenn alles gut geht, lasse ich dich hernach fahren, Nino. Auch dich, Berto. Und paßt auf: wer es auch ist...« Er schlug den Pfad nach dem Hügelrücken ein und verschwand zwischen den Akazien.

Jetzt schien die Sonne mächtig, und wir, im Schatten der Akazien, beherrschten von oben ein langes Stück des steilen Weges. Keiner konnte von der Straße her einbiegen, ohne daß wir es bemerkten. Ich war hier oben noch nie gewesen.

Nino war offensichtlich schon dagewesen. Ohne sich umzudrehen, rauchte er, am Steuer sitzend, interessierte sich aber nicht für das Schaltbrett, das er vor sich hatte. Er rauchte wie ein Mann, mit tiefen Zügen, und sah gar nicht auf die Zigarette.

»Wird Bruno lange fort sein?« fragte ich.

Nino gab keine Antwort. Ich sprang heraus, ging um das Auto herum und warf einen Blick auf die Scheinwerfer und die verstaubten Reifen. Ich sah von dem Mäuerchen hinunter in die ausgetrocknete Schlucht: wohl nur bei den Regenfällen im Herbst füllte sie sich und schäumte. Knorrige Wurzeln ragten vor, die einem Lust machten, sich hinunterzulassen, hätte man nicht Angst vor Schlangen gehabt. Ich warf den Zigarettenstummel hinunter, und dann versuchte ich ihn mit meiner Spucke auszulöschen. Nino rührte sich nicht.

Ich drehte mich um. »Laß mich auch ein bißchen dort sitzen«, sagte ich.

Nino sah mich mit zusammengekniffenen Augen an; so machte er es, wenn er eine Bosheit plante.

»Weißt du, wohin er gegangen ist?« fragte er.

Ich hob die Schultern. In diesem Augenblick begann, nicht weit entfernt, ein Hund zu bellen.

»Siehst du«, sagte Nino, »jetzt ist er bei der Frau angekommen. Er besucht die Frau oder die Tochter von Martino, sie erwarten ihn und binden den Hund an und gehen miteinander ins Bett.«

»Aber es ist doch Tag!« sagte ich.

Nino hob die Schultern. »Sie legen sich aufs Bett«, fuhr er fort.

»So geht es schneller. Aber er bleibt auch eine Stunde dort«, und er lachte, »wenn niemand kommt.«

»Und wo ist Martino?«

»Martino ist zum Bahnhof gegangen. Das habe ich gestern gehört.«

»Und wenn er kommt?«

»Wenn er kommt, müssen wir hupen.«

Ich war nicht überzeugt. »Hat dir Bruno das gesagt?«

Nino warf mir einen schrägen Blick zu und warf die Zigarette weg.

»Ich glaube nicht daran«, begann ich von neuem. »Es würde zu viel Zeit brauchen. Bruno hat an anderes zu denken. Und dann muß er das Auto fahren...«

»Na und?«

»Er würde zu müde sein«, sagte ich zögernd.

»Bruno ist stark«, sagte Nino wütend. »Aber du wirst sehen.«

»Was?«

»Du wirst sehen.«

Der sonnengefleckte Weg lag noch immer verlassen da, in der Hitze zitterten die Blätter vor meinen Augen. Oder vielleicht war es eher mein Herz, das erschreckt schlug, und das Dorf, das Haus schienen von dieser Einsamkeit und bei solchen Gedanken weit entfernt. Hätte Nino nur nicht diesen feindseligen Ton gehabt! Mir kam Clara in den Sinn, die im Landhaus war und von uns nichts wußte. Auch sie war eine Frau. Da setzte ich mich unsicher auf das Trittbrett des Autos.

»Ich glaube nicht daran«, sagte ich plötzlich. »Martina geht immer in die Kirche.«

»Alle Frauen gehen in die Kirche. Weißt du nicht, daß sie in der Kirche heiraten? Und zwei heiraten sich doch, um ins Bett zu gehen, oder nicht?«

»Ich glaube nicht daran«, sagte ich. »Bruno ist ein Mann wie wir.«

»Weißt du, was ich ihm antue?«

»Was?«

»Du wirst sehen.«

Ich stieg ins Auto und setzte mich neben Nino, der mich von der Seite ansah. Er pfiff vor sich hin.

»Jetzt küssen sie sich«, sagte er mit zusammengebissenen Zähnen.

»Nino«, rief ich, »was tun wir, wenn Martino zurückkommt? Er wird es zu Hause erzählen ...«

»Er kommt nicht zurück«, sagte Nino. »Ist dort etwa jemand?« Er drehte sich um und spähte auf den Weg, auf die Straße und die ganze Ebene. Wir spitzten die Ohren. Niemand.

»Um diese Zeit haben sie sich ausgezogen«, fuhr Nino fort, bleich.

»Ja aber ...« stammelte ich.

»Dann also – los«, schrie Nino und drückte auf die Hupe.

Als Antwort kam das Gekläff des Hundes. In dem darauffolgenden Augenblick schien mir, als rausche der ganze Wald. Ich versuchte Ninos Hand festzuhalten – aber schon erklang der rauhe Ton der Hupe von neuem.

Als Bruno mit großen Sprüngen auftauchte, kauerten wir im Gras hinter den Baumstämmen, wohin Nino mich gezogen hatte. Bruno sah sich überall um und dann auf den Weg; an seiner Hand hing der rote Gürtel.

Während er sich die Hosen zusammenzog, sah er sich wieder überall um und rief leise: »Nino!« Nino preßte meinen Arm.

Bruno war aufs Auto gesprungen, spähte auf die Straße dort unten und bewegte die Lippen. Seine Haare waren unordentlich, und das Gesicht sah aus, als sei es gerade unter der Pumpe hervorgekommen. Er stieg aus dem Auto und ging auf die Bäume zu. Uns den Rücken zudrehend, stellte er sich mit gespreizten Beinen hin, und nach einer Weile hörte ich, daß er pinkelte. Nino unterdrückte ein Kichern.

Dann kam Bruno auf uns zu, wobei er in die Luft sah und sich die Hose zuknöpfte. Plötzlich bückte er sich und sprang in die Zweige hinein. Er packte Nino, der ausriß, an einem Bein und warf ihn zu Boden. Ich war aufgesprungen und sah alles mit an. Ohne ein Wort zu sprechen, preßte Bruno in der Faust Ninos beide Handgelenke und hob ihn wie ein Kaninchen hoch. Er hielt ihn von sich weg, weil er winselnd mit den Füßen schlug; und nun hieb er scharf mit der Hand auf ihn los. Bei jedem Hieb, bei jedem Schlag stöhnte er und preßte die Lippen aufeinander. Mich starrte er einen Augenblick an, ohne mich richtig zu sehen; da entwischte ich auf die Straße. Ich hörte noch einige dumpfe Schläge, dann erschien Bruno: er hielt Nino unter der Achsel und warf ihn ins Auto. Zu mir sagte er mit einer bösen Stimme: »Steig auf, wir fahren zurück.«

Auf der ganzen Fahrt saß Nino zusammengekrümmt neben Bruno und sagte kein Wort. Ich spürte den Wind so frisch im Gesicht, als hätte ich Fieber. Vor dem Landhaus hielt Bruno an. Er sah mir beim Aussteigen zu, und einen Augenblick schien es mir, als lache er. Nino hob das Gesicht, stieß meinen Arm zurück und ließ sich unsicher herab. Er spuckte auf den Boden und hinkte davon in den Garten.

Am nächsten Tag wagte ich Nino nicht zu rufen, denn ich sah, als ich ans Gittertor trat, zwei seiner Schwestern im Garten sitzen, die braunhaarigen; sie streckten die Beine in die Sonne, und eine las.

Als ich gegen Abend bekümmert dort umherschlenderte, kam wieder Clara auf dem Rad hinter mir her und sprang ab.

»Wohin seid ihr gestern gefahren?« fragte sie.

»Was hat Bruno Nino angetan? Wo seid ihr gewesen?« fuhr sie fort.

»Sprich. Ich weiß es ohnehin. Nino ist für heute im Bett. Was habt ihr Bruno angetan?«

Ich fragte: »Wo ist Bruno?«

Da sah Clara mich aufmerksam an und ging, das Rad schiebend, weiter, auf das Gittertor zu.

»Ich weiß nicht, wo Bruno ist. Ich kenne ihn nicht. Aber ihr habt ihm etwas angetan, denn Nino will es mir nicht sagen. Seid ihr in die Robini gefahren?«

»Das Auto ist umgekippt«, sagte ich.

»Was habt ihr in den Robini getan?«

»Nichts. Wir haben fahren gelernt.«

Wir waren mitten im Garten. Und die Weidenrutensessel unter dem Sonnenschirm waren leer. Der Kies unter unseren Füßen knirschte.

»Habt ihr jemanden besucht?«

»O nein.«

Clara sagte ernst: »Nino ist im Bett. Willst du ihn besuchen?«

»O nein, ich werde ihn morgen abholen. Es ist schon spät«, sagte ich und blieb stehen.

Clara lächelte. »Was macht das Kalb?«

»Was für ein Kalb?«

»Das, was gestern geboren ist. Gehört es dir?«

Ich nickte zur Antwort. Clara lehnte das Rad an die Mauer und sprang die Stufen hinauf. »Ciao, Kälbchen«, rief sie, als sie sich umdrehte. Ich sah, daß sie ziemlich groß war.

Nino kam etliche Tage nicht heraus, und ich ging vor dem Landhaus auf und ab in der Hoffnung, jemanden zu sehen. Es war eine Jahreszeit – die ersten Tage im August –, in der es auf dem Lande nichts gibt: die Äpfel und die ersten Pflaumen sind mit dem Juli zu Ende, und erst im September beginnen die Trauben. Es lohnte sich nicht, während ich auf Nino wartete, mit den anderen wieder Freundschaft zu schließen, und ich bummelte in den Gassen herum. Doch allein sein ist nur für einen Augenblick schön, wenn man über etwas nachdenkt, oder wenn man zwischen den Eisenstäben des Gartens Clara sah: den ganzen Tag allein war langweilig.

Ich erinnere mich, daß damals an den Nachmittagen entsetzliche Gewitter waren, ohne Hagel, aber kalt und schwarz, so daß meine Mutter und auch die Tiere im Stall sehr erschraken; mir gefiel das nicht schlecht, denn am Abend war es kühl, und am nächsten Morgen gab es Wasserpfützen und ganze Schichten zur Erde gefallener Blätter. Auch da dachte ich an Clara und ihre Schwestern: ob die Blitze sie erschreckt hätten.

Als Nino sich endlich wieder blicken ließ, war er wortkarg, und ein-, zweimal mußte ich lachen, wenn ich beobachtete, wie vorsichtig er sich auf die Mauervorsprünge setzte. Er sah mich von der Seite an; es war, als seien die ersten Zeiten, wo wir schweigsam herumbummelten, wiedergekehrt. Er erschien mit einem ganzen Päckchen schöner Zigaretten mit arabischer Aufschrift, sie betäubten mich und ließen einen starken Duft zurück. Eines Morgens ging ich wieder an den Wassergraben; da kam er schweigsam an, die Jacke über der Schulter, setzte sich auf den Damm und rauchte. Sofort waren wir alle um ihn herum, und er gab zweien oder dreien Zigaretten und spuckte ins Wasser. Dann sagte er unlustig:

»Habt ihr den Fahrer von den Ca' Nere gesehen?«

Er sprach davon mit dem Blonden von den Mühlen; der hatte einen Bruder, der Gepäckträger am Bahnhof war, und man wurde darüber einig, daß Bruno, wenn nicht früher, bestimmt zur ›Madonna d'agosto‹, zur Himmelfahrt Mariä, ins Dorf kommen würde, um Mehl zu laden.

Nino sagte ruhig: »Martino sucht ihn, um ihm das Fell zu gerben.«

Der Sohn des Schmiedes machte die Bemerkung, die Zigarette schmecke nach Honig, sei aber stark. Wir vier Jungen gingen zusammen nach Hause; der Junge vom Schmied hatte schon grobe, lange Hosen, die ihm bis zu den nackten Schienbeinen reichten, und kratzte sich oft unter dem Hemd die Brust. Bald würde Nino Freundschaft mit ihnen schließen: sie lachten miteinander und stießen sich mit den Ellenbogen an.

Es kam der Tag, an dem Nino mich fragte: »Dir hat Bruno damals nichts getan?«

»Wer hat gehupt?« gab ich zur Antwort.

Nino – seine Augen wichen damals einem jeden aus – sah mich, während wir weitergingen, von der Seite an.

»Berto, du bist ja harmlos!«

Schon seit etlichen Nachmittagen mied er mich. Er zog mit irgendeinem von den anderen umher; sie gingen sogar fischen, und ich erfuhr, daß Nino außer Zigaretten einmal auch eine Dose eingekochte Pfirsiche mitgebracht hatte. Da sagte ich zu ihm: »Gib acht, sie wollen dir nicht wohl und gehen mit dir nur, weil du ihnen etwas mitbringst.« Aber Nino antwortete mir, das wisse er auch.

Am Abend vom Fest der Himmelfahrt, wo die Feuer brennen, ließ sich Nino nicht blicken, und seine Schwestern kamen nicht in den Garten heraus, um sich die Feuer anzusehen, diese vielen Lichtpünktchen auf den Hügelrücken. Es war das erste Jahr, in dem ich dieses Fest allein und unruhig verlebte. Am nächsten Tag erfuhr ich von einem Jungen, daß Nino mit den anderen losgezogen war, um auf dem Feld bei den Mühlen ein Feuer zu machen; und einmal hatte er den Sohn vom Schmied mit einem kräftigen Stoß ins Feuer geschubst. Dann war er ausgerissen, nach Hause, und jetzt suchte ihn der andere, um ihm eins auszuwischen.

Diesmal ließ mich Nino durch den Gärtner holen und bat mich flehentlich, ich solle ihm Bruno herrufen. Die Ca'Nere waren weit entfernt; und doch ging ich hin und sagte in der Garage, sie sollten Bruno ins Landhaus schicken. Als ich wieder in den Garten trat, flogen Steine und Erde hinter mir her: der Sohn des Schmiedes und die anderen hatten Posten bezogen – für den Fall, daß Nino erschiene.

Einige Stunden danach traf Bruno ganz munter ein, mit großem Halstuch und in Stiefeln, und wir hielten ihn am Gittertor an in der Hoffnung, die anderen würden werfen. Bruno glaubte, er sei wegen jener Fahrt nach Acqui hergerufen worden, und gab Nino einen Klaps auf den Kopf; Nino wurde feuerrot, trat neben ihn und fragte ihn, ob er Frieden machen wolle. Bruno blieb ungerührt und blickte nach hinten in den Garten. Dann lachte er kräftig und sagte: »Also gut. Was hast du denn nötig?«

In diesem Augenblick traf ein Erdklumpen Nino in den Rücken. Nino sprang beiseite, preßte Brunos Faust und sagte: »Los, gib's diesen Strolchen!« Als Bruno hörte, wer sie waren und was sie wollten, drehte er sich kurz um, sie zu betrachten, und sagte laut zu uns: »Ihr seid ärger als die Frauen, auch ihr beiden. Und die da unten sollen euch in Ruhe lassen, denn die Fäuste hier tun's für alle.« In diesem Augenblick kam Clara heraus, sie begrüßten sich und begannen von der Fahrt nach Acqui zu sprechen. Nino rief mich an ein Beet, um mir etwas zu zeigen, und ich trat in den Garten, drehte mich aber noch um und sah, daß Clara, an das Gitter gelehnt, Bruno zuhörte.

Eine Minute danach bekam Bruno einen Stein ins Gesicht, und Clara stieß einen Schrei aus. Wir rannten herbei: Bruno traktierte schon zwei von der Bande mit Fußtritten, einer von ihnen war der Sohn des Schmiedes. Ich blieb am Gittertor stehen, unter Claras Augen, schäumte vor Wut und ballte die Fäuste: wenn diese Kerle noch etwas brauchten – ich war bereit.

Bruno kam lachend zurück, und als er sich von Clara verabschiedete, gab er Nino wieder einen Klaps auf den Kopf. Wir waren alle erregt.

Es folgten schöne Augusttage, und Nino nahm mich oft in den Garten mit, wenn wir von einem Streifzug zurückkamen – der Hund war hinter dem Landhaus festgebunden. Einmal setzten wir uns, um unter dem Sonnenschirm Brot und Marmelade zu vespern, und Nino, lang in den Sessel gestreckt, sagte, auch in der Stadt esse er immer Marmelade, und in diesem Winter wolle er mich bei seiner Fechtstunde dabeihaben, dann würde ich sehen, wie schön das sei. Dann sagte er, im nächsten Jahr werde er im Juli wieder an die See gehen, und wenn ich mitkäme, würden wir zusammen Boot fahren. Er beschrieb mir die ›sandolini‹, die kleinen flachen Boote mit spitzem Bug und Heck und einer Ruderschaufel, aber um darin zu rudern, würde ich erst schwimmen lernen müssen.

»Verheiraten sich deine Schwestern nicht?« fragte ich ihn.

»Eine ist verheiratet«, sagte er, »sie ist nicht hier. Im vorigen Jahr hätte Clara heiraten sollen, aber dann haben sie sich gezankt.«

»Und deine Mutter?«

Seine Mutter war eine der Braunhaarigen, die ich für eine seiner Schwestern gehalten hatte. Ich wollte es gar nicht glauben.

»Nichts als Frauen gibt es bei mir zu Hause«, sagte Nino. »Wenn wenigstens Clara fortgegangen wäre!«

So mit Nino zusammenzusein, war schön. Er sagte mir keine Bosheiten mehr. Man machte mit Bruno eine weitere Autofahrt in das nächste Dorf, diesmal ohne zu streiten. Clara schickte ihm durch uns Zigaretten, die er lachend in die Tasche steckte.

Nur der Sohn des Schmiedes machte uns einige Sorge: seine Haare waren noch angesengt, und er sah uns von fern hochmütig an und verzog dabei den Mund.

Aber einmal erschien er mit duckmäuserigem Gesicht auf dem Platz vor der Kirche, wo wir umherspazierten, und kam uns entgegen. Er bat Nino um eine Zigarette. Nino zuckte die Achseln. Da sagte er zu ihm: »Wenn du sie mir gibst, sage ich dir etwas, wofür du mir hernach ein ganzes Päckchen schenkst.«

»Gib sie ihm«, flüsterte ich Nino zu, »auf die Art macht ihr Frieden.«

Aber Nino hatte keine. Der andere lachte. »Das tut nichts. Kommt mit zum Orto, dann lasse ich euch eine tolle Sache sehen.«

Nino sagte: »Hältst du uns für dumm?«

Da näherte der Sohn des Schmiedes seine gelben Zähne Ninos Ohr und wisperte ihm etwas zu. Nino wurde bleich, sprang zurück, sah mich an, sah ihn an und sagte stammelnd: »Ehrenwort?«

»Was gibt es?« fragte ich.

Nino sagte: »Gehen wir.«

Der Orto war ein Meierhof hinter dem Landhaus am Hang des Hügels. Zwischen dem Landhaus und einer ersten Schlucht erstreckte sich ein großer, fast ebener Rebgarten, von einem Röhricht umschlossen und halb mit Riedgras bedeckt. Rasch waren wir am Röhricht, sprangen hindurch und kamen zwischen den Rebstockreihen heraus. Ich hob schweigend einen knorrigen Zweig auf: vielleicht hatte der Sohn des Schmiedes für uns einen Hinterhalt vorbereitet.

»Hast du Bruno heute gesehen?« fragte ich plötzlich, damit Nino und auch der andere es merkte.

Nino bebten die Lippen; er gab keine Antwort. Sie gingen auf den Casotto Rosso zu, eine verlassene, von Bäumen beschattete Feldhütte hinten in den Rebstockreihen. Ich hatte sie im Jahr zuvor bei Spielen als ›Schanze‹ benutzt.

»Leise«, murmelte Nino, als wir kurz vor der Hütte waren. »Bleibt stehen. Du, Berto, halte ihn fest.« Er ging weiter vor und blieb dann auf dem freien Raum davor stehen. Die Holztür war verschlossen. Nino lief flink um die Ecke; an dem kleinen Fenster stellte er sich auf die Fußspitzen.

Der Sohn des Schmiedes lachte leise vor sich hin. »Was ist los?«

»Komm und sieh!«

So gingen auch wir nach vorn und erreichten Nino, der, sich auf ein Brett unter dem Fenster stützend, durch die gesprungene Scheibe starrte. Auch ich warf einen Blick hinein, erkannte aber nichts, weil meine Augen noch von der Sonne geblendet waren. Aber irgend etwas in dem Halbdunkel bewegte sich.

Dann unterschied ich eine weiße, ausgestreckt daliegende Gestalt; von ihr löste sich ein Mann, der um den Hals ein rotes Tuch hatte. Es war Bruno. Und die Frau war Clara, und sie hatte in dem nackten Schoß einen goldenen Fleck. Die staubige Scheibe bedeckte die Szene wie mit einem Nebel.

»Sie ist weiß«, wisperte der Sohn des Schmiedes.

Nino sprang zurück. »Kommt fort«, sagte er leise, zwischen den Zähnen. »Kommt fort.«

Seine Nägel zerkratzten mir den Rücken. Der Sohn des Schmiedes versetzte ihm rückwärts ausschlagend einen Tritt. »Wenn du nicht kommst, rufe ich Bruno«, sagte Nino wütend. Da trat der Junge vom Fenster weg und ging mit einem häßlich grinsenden Blick zurück auf den freien Raum. Sie starrten einander einen Augenblick an, dann fiel Nino über ihn her. Der andere riß aus.

Auch ich rannte verzweifelt und preßte meinen knotigen Zweig. Unter einer Rebstockreihe, fast im Röhricht, hatte Nino ihn eingeholt und auf den Boden geworfen. Sie rollten umeinander und bissen sich. Ich warf mich auf das Bündel und schlug gleichfalls los auf diese geflickten Hosen, auf das schmutzige Hemd, auf die gelben Zähne. Beim Prügeln dachte ich, jetzt sollte Clara mich sehen.

Als der Sohn des Schmiedes zu heulen und zu brüllen anfing, machte ich mich los und zog auch Nino weg. Wir ließen unseren Feind in der Furche liegen und liefen fort.

Ich glaube, Nino hatte das gleiche im Sinn wie ich, denn, zerfetzt und braun und blau geschlagen wie ich, rannte er los wie ein Pferd und suchte mich hinter sich zu lassen. So vermieden wir es, miteinander zu reden.

Ich sah von weitem, wie er um die Ecke des Landhauses bog,

und blieb auf einem Kieshaufen an der Straße allein. Erst als ich fast zu Hause war, merkte ich, daß mein Hals voll Blut war; aber es ließ mich gleichgültig, ich ging unter den Laubengang und warf mich ins Heu. Es war schon dunkel, als ich mich ganz betäubt erhob; während ich mir die Wange rieb, um das trockene Blut abzustreifen, das mir wie Tränen vorkam, dachte ich: ob alle Schwestern so waren wie Clara?

Am nächsten Tag erfuhr ich, daß Nino sich einen Arm gebrochen hatte. Ich wagte es nicht, mich im Landhaus zu zeigen, denn ich fürchtete mich vor dem Augenblick, da wir uns sehen würden.

Viele Nächte hindurch blieb ich Stunden um Stunden wach, schloß die Augen und preßte das Kissen zusammen. Eines Nachts, es war Mondschein, wäre ich am liebsten aufgestanden und in die Feldhütte gerannt, um nach irgendeiner Spur zu suchen. Aber ich hatte Angst. Ich ging dann am Morgen hin; doch im Rebgarten lief ein Bauer hin und her, und ich wagte mich nicht hinein.

Ich kam selten aus meinem Hof heraus, denn ich fürchtete Hinterhalt und Steinwürfe; aber die Jungen riefen mich zum Fischen, denn sie brauchten mein Netz. Und da Nino einen gebrochenen Arm hatte, wagte der Sohn des Schmiedes kein Wort zu sagen. Aber als wir eines Tages, im Heustadel versteckt, mit dem Blonden von den Mühlen bestimmte Gespräche führten, fragte mich dieser, ob auch Ninos Schwester blond sei. Hernach schämte ich mich – aber im Augenblick hatte ich nicht den Mund halten können. Doch beim Reden schlug mir das Herz bis zum Hals, und mit einemmal fühlte ich mich so verzweifelt wie als Kind, wenn ich, nackt auf dem Stuhl in der Küche sitzend, zusah, wie das Badewasser eingegossen wurde. Da schwieg ich, und auch der Blonde schwieg.

Eines Morgens endlich kam Bruno auf dem Rad vorüber, überraschte mich dabei, wie ich unter den Weiden an einem Zweig schnippelte, rief mich an und hielt. Er hatte um den Hals ein schwarzes Halstuch und trug die Bluse mit den kleinen Taschen.

»Hast du mit Nino Streit gehabt?«

Nino hatte ihm gestern aufgetragen, mich zu suchen und zu ihm zu schicken. Hatte er sich etwa mit mir geprügelt? Die Geschichte von dem dürren Baum, die er erzählt hatte, glaubte er ihm nicht. Diese Kratzer auf dem Gesicht waren von einem Jungen. »Wenn ich euch nicht kennte, würde ich sagen: sie sind von einem Mädchen«, schloß er.

Ich sah ihn ungläubig an.

»Los, besuche auch du ihn: unter Männern darf nie Kriegszustand sein. Geh, Nino will dich sehen. Ihr werdet euch erzählen, wie die Kinder geboren werden.«

»Hast du ihn denn besucht?« fragte ich zögernd.

»Sicher. Wir sind doch Freunde, nicht? Der Junge ist tüchtig. Seit zwei Wochen ein gebrochener Arm, und er will wieder mit mir Auto fahren.«

Bruno zog eine Zigarette heraus und zündete sie an. Er blies den Rauch in die Luft und stellte das Rad wieder auf.

»Was sagen seine Schwestern?« fragte ich.

»Die? Die pfeifen drauf«, antwortete Bruno und wandte den Kopf. »Und die Mutter am allermeisten. Die einzige, die ihn ein bißchen pflegt, ist die Blonde.« Er fuhr auf der Straße davon, während ich ihm mit dem Blick folgte – erstaunt, und im Grunde froh.

Die Selbstmörder

I

Es gibt Tage, wo die Stadt, in der ich lebe, die Leute, der Verkehr, die Bäume, wo alles am Morgen mit einem seltsamen Aussehen erwacht, gewohnt und doch fremd, etwa wie in jenen Augenblikken, wenn man sich im Spiegel betrachtet und sich fragt: ›Wer ist das wohl?‹ Für mich sind das die einzigen liebenswerten Tage im Jahr.

An solchen Vormittagen entrinne ich, wenn ich kann, dem Büro ein wenig früher, gehe hinunter und mische mich auf der Straße unter die Menge; ich scheue mich nicht, jeden, der vorübergeht, ebenso keck anzusehen, wie, so denke ich mir, mancher Vorübergehende mich ansieht – denn in diesen Augenblicken fühle ich mich tatsächlich richtig keck, und das macht mich zu einem anderen Menschen.

Ich bin überzeugt, daß ich vom Leben nie etwas Wertvolleres haben werde als die Entdeckung, wie ich es fertigbekommen kann, diese Augenblicke nach Belieben hervorzurufen. Auch ist mir bisweilen eine Art geglückt, sie zu verlängern: ich setze mich in irgendein ganz neues helles Café mit großen Fenstern und nehme von hier aus den Lärm des Hin und Her und der Straße in mich auf, die jäh aufspringenden Farben und Stimmen und die innere Ruhe, die den ganzen Aufruhr mäßigt.

Ich habe innerhalb weniger Jahre Enttäuschungen und brennende Gewissensqualen erlitten, und doch kann ich versichern, daß mein heißester Wunsch allein dieser Frieden und diese heitere Ruhe ist. Ich bin für die Stürme und für den Kampf nicht geschaffen; wenn ich auch an manchen Vormittagen hinuntergehe, zitternd vor Verlangen, die Straßen zu durcheilen, und mein Schritt einer Herausforderung gleicht, so wiederhole ich: nichts fordere ich vom Leben, als daß es sich betrachten läßt.

Und doch läßt auch diese bescheidene Lust manchmal geradezu die Bitterkeit eines Lasters in mir zurück. Nicht erst seit gestern weiß ich, daß zum Leben eine Schläue notwendig ist, mehr sich selbst als den andern gegenüber. Ich beneide diejenigen, die es fertigbekommen – es sind besonders die Frauen –, eine schlechte Tat, eine Bosheit zu begehen oder auch nur eine Laune zu befriedigen, nachdem sie eine ganze Reihe von Umständen dahin dirigiert haben, daß ihre Tat vor ihrem eigenen Gewissen als rechtmäßig erscheint. Ich habe keine großen Laster – falls nicht die Neigung, sich aus Mangel an Vertrauen vom Kampf zurückzuziehen und eine einsame Gemütsruhe zu suchen, das größte der möglichen Laster ist –, aber ich verstehe es auch nicht, mich selbst mit Schlauheit zu behandeln und mich in der Gewalt zu haben, wenn ich das Wenige genieße, das mir gewährt ist.

Kurz, es kommt vor, daß ich manchmal auf dem Corso stehenbleibe, rundum blicke und mich frage, ob ich das Recht habe, diese Keckheit zu genießen. Das geschieht besonders, wenn meine Ausgänge häufiger sind. Nicht, daß ich meiner Arbeit die Zeit raubte;

ich sorge anständig für meinen Lebensunterhalt und für den einer Nichte im Internat: sie steht allein in der Welt, denn die Alte – sie nennt sich meine Mutter – will sie nicht im Haus haben. Was ich mich frage, ist dies: ob ich bei diesem Entrückungs-Spaziergang nicht lächerlich bin, lächerlich und abstoßend. Denn manchmal denke ich, daß ich ihn in Wahrheit nicht verdiene.

Oder, wie es gestern vormittag geschah, ich brauche nur in einem Café zufällig irgendeiner merkwürdigen Szene beizuwohnen, die mich anfangs dadurch täuscht, daß die betreffenden Menschen normal wirken, und schon werde ich die Beute eines schuldbewußten Einsamkeitsgefühls und vieler trostloser Erinnerungen, die, je weiter sie sich von mir entfernen, in ihrem unbeweglichen Leben um so mehr quälende, furchtbare Bedeutungen bloßlegen.

Es waren fünf Minuten Spaß zwischen der jungen Kassiererin und einem Besucher in hellem Überrock; ein Freund begleitete ihn. Der junge Mann schrie, die Kassiererin schulde ihm den Rest eines Hundertlirescheins, und er schlug mit der Hand auf die Kasse und behauptete, er müsse ihre Handtasche und ihre Kleidertaschen durchsuchen.

»Junge Frau, so behandelt man Kunden nicht«, sagte er, wobei er dem verlegenen Freund zublinzelte. Die Kassiererin lachte. Der junge Mann erfand die Geschichte einer Reise, die sie mit diesen hundert Lire im Fahrstuhl eines Tageshotels zusammen machen würden. Die Sache war so komisch, daß sie am liebsten laut herausgeplatzt wären; aber sie beschlossen ganz ernsthaft, sie würden dieses Geld auf einer Bank deponieren – wenn sie es gehabt hätten.

»Addio, junge Frau«, rief er schließlich im Hinausgehen. »Denke heute nacht an mich.«

Erregt und lachend sagte die Kassiererin zum Kellner: »Was für eine Type!«

Ich hatte diese Kassiererin schon an anderen Vormittagen beobachtet, und manchmal, in einem Augenblick des Vergessens, lächelte ich, ohne sie anzusehen. Aber mein Frieden ist allzu labil, es ist wirklich nicht viel dran. Ich bekam die üblichen Gewissensbisse.

Alle sind wir auf dieser Welt innerlich schmutzig, aber es gibt zwei Arten von Schmutzigsein: die eine, liebenswürdige, lächelt dabei und bringt auch andere zum Lächeln, und eine andere, einsame, schafft um sich her Leere. Doch im Grunde ist die erste Art nicht die dümmste.

An solchen Vormittagen überfällt mich jedesmal neu der Gedanke, daß wirklich schuldhaft in meinem Leben nur die Dummheit ist. Andere bewirken vielleicht etwas recht Böses mit Berechnung, mit Selbstsicherheit, wobei sie sich für das Opfer und das Spiel interessieren – und ich vermute, daß ein so verbrachtes Leben viel Befriedigung geben kann; was mich betrifft, so habe ich nie etwas anderes getan, als an einer großen, unnützen Unsicherheit zu leiden und, wenn ich mit andern in Berührung komme, in einer blödsinnigen Grausamkeit um mich zu schlagen. Denn – da gibt es keinen Ausweg – es genügt, daß ich einen Augenblick der Gewissenspein meiner Einsamkeit nachgebe: und schon denke ich wieder an Carlotta.

Seit mehr als einem Jahr ist sie tot; ich kenne nun schon alle Wege, die die Erinnerung an sie durchlaufen kann, um mich zu überfallen. Wenn ich will, kann ich auch den anfänglichen Gemütszustand, der ihre Erscheinung vorbereitet, erkennen und mich gewaltsam ablenken. Aber ich will das nicht immer; und noch jetzt bietet mir diese Gewissenspein dunkle Winkel, neue Punkte, die ich mit der gleichen zitternden Angst wie vor einem Jahr erforsche. Ich bin mit Carlotta so quälend wahrhaftig umgegangen, daß jeder dieser zurückliegenden Tage für mein Gedächtnis nicht etwas Festes darstellt, sondern etwas wie ein Gesicht, das vor mir zurückweicht, genau wie es mir mit der heutigen Wirklichkeit ebenfalls geht.

Nicht daß Carlotta ein Geheimnis gewesen wäre. Sie war vielmehr, die Ärmste, als Frau viel zu einfach; und solche Frauen machen, wenn sie einmal einen Augenblick sich selbst nicht treu sind und eine Koketterie versuchen oder sich selbst entfliehen wollen, den andern vollkommen nervös. Aber solange sie einfach bleiben, nimmt niemand von ihnen Notiz. Ich habe nie begriffen, wie sie es ertrug, sich den Lebensunterhalt an der Kasse zu verdienen. Als Schwester wäre sie ideal gewesen.

Eines ist mir jedoch bis heute nicht klargeworden: ich bin weder meinen damaligen Gefühlen noch meinem damaligen Verhalten je auf den Grund gekommen. Was soll ich zum Beispiel von dem Abend sagen, als Carlotta ein Samtkleid angezogen hatte – ein altes Kleid –, um mich in ihrer kleinen Zweizimmerwohnung zu empfangen, und ich zu ihr sagte, ich hätte sie lieber im Badeanzug gesehen? Ich war erst wenige Male bei ihr gewesen und hatte sie noch nicht einmal geküßt.

Na schön – Carlotta hatte ein verlegenes Gesicht gemacht, hatte sich in den Vorraum zurückgezogen und war, unglaublich, im Badeanzug wiedererschienen. An jenem Abend geschah es, daß ich sie umarmte und auf den Diwan warf; aber sobald es zu Ende war, sagte ich ihr, ich sei nachher gern allein, und ging davon und ließ mich drei Tage nicht blicken, und als ich zurückkehrte, sagte ich Sie zu ihr.

Dann begann ein unsinniges Hofieren, das auf ihrer Seite aus zitternden Bekenntnissen, auf der meinen aus spärlichen Worten bestand; plötzlich sagte ich du zu ihr, aber Carlotta wies es zurück. Da fragte ich sie, ob sie sich mit ihrem Mann wieder versöhnt habe. Carlotta kamen die Tränen, und sie sagte: »Er hat mich nie so behandelt, wie Sie mich behandeln.«

Es war leicht zu erreichen, daß sie den Kopf an meine Brust lehnte und ich sie streicheln und ihr sagen konnte, ich liebte sie – ich war ja allein, und warum hätte ich diese Witwe nicht lieben sollen? Und Carlotta gab nach, sie bekannte mir leise, sie habe mich vom ersten Augenblick an gern gehabt, ich mache ihr den Eindruck eines ungewöhnlichen Mannes, aber ich hätte sie in der kurzen Zeit, die wir uns kannten, schon viel erdulden lassen; und, sie wisse nicht warum, alle Männer behandelten sie auf diese Art.

»Einmal heiß und einmal kalt«, sagte ich lächelnd in ihr Haar, »das macht die Liebe dauerhaft.«

Carlotta war bleich, mit riesigen, von der Müdigkeit etwas erschöpften Augen, und bleich war auch ihr Körper. In jener Nacht fragte sie mich im Dunkel ihres Zimmers, ob ich sie das letzte Mal verlassen hätte, weil mir ihr Körper nicht gefiele.

Aber auch diesmal hatte ich kein Mitleid; mitten in der Nacht zog ich mich wieder an und redete mich gar nicht erst heraus, ich sagte einfach, ich müsse mir Bewegung machen und hinuntergehen. Carlotta wollte mit mir kommen. »Nein, ich bin gern allein.« Ich gab ihr einen Kuß und verließ sie.

II

Als ich Carlotta kennenlernte, kam ich aus einem Sturm, der mich beinahe das Leben gekostet hätte; und es stimmte mich bitter und erfüllte mich zugleich mit Freude, wieder durch die öden Straßen zu gehen und vor der zu fliehen, die mich liebte. Lange Zeit war es mein Los gewesen, Nächte und Tage gedemütigt hinzubringen, in wildem Zorn über die Launen einer Frau.

Jetzt bin ich überzeugt, daß keine Leidenschaft so viel Kraft hat, die Natur dessen zu verändern, der sie erduldet. Man kann daran sterben, aber die Dinge ändern sich nicht. Wenn der Taumel vergangen ist, wird man wieder der brave Mann oder Halunke, Familienvater oder Junge, der man war, und lebt seinen eigenen Tag. Oder besser: man hat in der Krisis seine eigene, wahre Natur gesehen, und diese setzt uns in Schrecken, und das normale Leben ekelt uns an, und man wäre am liebsten tot, so abscheulich ist der Schimpf, den man uns angetan hat – aber wir können keinen anklagen als uns selbst. Ich verdanke es jener Frau, wenn ich jetzt dieses merkwürdige Leben führe, in den Tag hinein, ohne Ziel, nicht imstande, mich fest an die Welt zu binden, gefühllos meinem Nächsten, gefühllos meiner Mutter gegenüber, die ich ertrage, meiner Nichte gegenüber, die ich nicht liebe: alles verdanke ich jener Frau; aber wäre ich mit einer anderen besser gefahren? Ich meine, mit einer anderen, die fähig wäre, mich so zu demütigen, wie es meine Natur erfordert?

Damals jedenfalls hat mir der Gedanke, daß schlecht an mir gehandelt wurde, daß man diese Frau treulos nennen konnte, einigen Trost gegeben. Bei einem bestimmten Grad des Leidens ist es unvermeidlich, ist es ein natürliches Anästhetikum, daß man denkt, man leide ungerecht: das belebt wieder und festigt, unseren heimlichsten Wünschen gemäß, den Zauber des Lebens, gibt uns von neuem das Gefühl unseres Wertes den Dingen gegenüber; es schmeichelt. Ich hatte empfunden und hätte gewünscht, daß die Ungerechtigkeit, die Undankbarkeit womöglich noch grausiger sein sollten. Ich erinnere mich – an jenen langen Tagen, an den angsterfüllten Abenden – eines unbestimmten, geheimen Gefühls, wie eine Atmosphäre oder eine Erleuchtung: das Staunen, daß all das geschah, daß die Frau wirklich diese Frau war, die Wahnvorstellungen und tiefen Schmerzen wirklich diese, die Seufzer, Worte, Tatsachen, ich selbst – daß all das wirklich so geschah.

Und siehe da, weil ich eine Ungerechtigkeit erduldet hatte, vergalt ich diese Ungerechtigkeit, wie es in der Welt so geht, nicht der Schuldigen, sondern einer anderen.

Carlottas kleine Wohnung verließ ich bei Nacht satt und aufgeheitert und hatte Spaß daran, allein herumzugehen; ich schob alle Eile von mir weg, freute mich in Freiheit an der langen Allee, hing vagen Empfindungen und Gedanken an die frühe Jugend nach. Die Einfachheit der Nacht – Dunkel und Straßenlaternen – hat mich immer zärtlich aufgenommen, sie gewährte mir die absonderlichsten, angenehmsten Phantasien, tönte sie mit ihrem Kontrast und machte sie riesengroß. Sogar der dumpfe Groll, den ich gegen Carlotta hegte wegen ihrer Sucht, sich zu demütigen, hatte hier freies Spiel, er war gelöst von einer gewissen Verlegenheit, die ich in ihrer Gegenwart empfand, weil sie mir dann leid tat.

Aber ich war nicht mehr jung. Um mich von Carlotta leichter zu lösen, dachte ich immer wieder über ihren Körper und ihre Zärtlichkeiten nach und zerlegte beides. Ich schätzte roh genug ab, wie es ihr – sie lebte von ihrem Mann getrennt und war noch jung und kinderlos – geradezu unwirklich erscheinen mußte, daß sie bei mir ihrem Liebesbedürfnis freien Lauf lassen konnte. Aber die Ärmste war als Liebende allzu einfach, und vielleicht hatte schon ihr Mann sie darum betrogen.

Ich erinnere mich an den Abend, an dem wir Arm in Arm vom Kino zurückkamen und Carlotta, als wir durch die halbdunklen Straßen gingen, zu mir sagte:

»Ich bin so froh. Es ist schön, mit dir ins Kino zu gehen.«

»Bist du mit deinem Mann nie hingegangen?«

Carlotta lächelte. »Bist du eifersüchtig?«

Ich zuckte die Achseln. »Das ändert sowieso nichts.«

»Ich bin müde«, sagte Carlotta und hängte sich fest an meinen Arm. »Diese nutzlose Kette, die uns bindet, ruiniert das Leben mir und ihm und zwingt mich, einen Namen zu respektieren, der mir nur Böses angetan hat. Man müßte sich scheiden lassen können, wenigstens wenn keine Kinder da sind.«

An jenem Abend war ich von der langen, warmen Berührung und von der Sehnsucht zärtlich gestimmt.

»Du hast also Gewissensbedenken?«

»O Lieber«, sagte Carlotta, »warum bist du nicht immer so gut wie heute abend? Stell dir vor, wenn ich mich scheiden lassen könnte!«

Ich sagte nichts. Einmal, als sie von Scheidung sprach, war ich losgefahren. »Aber ich bitte dich, wem geht es besser als dir? Du tust, was du willst, und ich wette, daß er dir noch immer etwas zahlt, wenn es stimmt, daß er dich betrogen hat.«

»Ich habe nie etwas haben wollen«, hatte Carlotta geantwortet. »Seit damals arbeite ich«, und sie hatte mich angesehen. »Jetzt nun gar, wo ich dich habe, würde es mir vorkommen, als betrüge ich dich.«

An diesem Kinoabend hatte ich ihr den Mund mit einem Kuß verschlossen. Dann hatte ich sie ins Bahnhofscafé geführt und ihr zwei Gläser Likör bringen lassen.

In dem dunstigen Licht, das durch die Scheiben fiel, saßen wir in einer Ecke wie Verliebte. Auch ich trank etliche Gläser und sagte laut zu ihr:

»Carlotta, machen wir heute nacht ein Kind?«

Jemand sah uns an, weil Carlotta, lachend und mit rotem Gesicht, mir den Mund mit der Hand verschloß.

Ich redete, redete. Carlotta sprach von dem Film und sagte dummes Zeug, aber leidenschaftliches dummes Zeug, wobei sie uns mit der Filmhandlung verglich. Ich trank, denn ich wußte, das war die einzige Art, Carlotta gern zu haben.

Die Kälte draußen belebte uns wieder, und wir eilten nach Hause. Ich blieb die ganze Nacht bei ihr, und am Morgen beim Aufwachen spürte ich, wie sie, zerzaust und schlaftrunken neben mir, eine Umarmung versuchte. Ich stieß sie nicht zurück; doch als ich mich erhob, tat mir der Kopf weh, und die verhaltene Freude, mit der Carlotta mir trällernd den Kaffee bereitete, ärgerte mich. Dann wollten wir eigentlich zusammen ausgehen, aber sie dachte an die Pförtnersfrau und schickte mich vor, nicht ohne mich hinter der Tür zu umarmen und zu küssen.

Von diesem Erwachen sind mir am lebhaftesten die Zweige der Bäume am Corso in Erinnerung: steif, tropfend im Nebel, standen sie hinter den Vorhängen. Die Wärme und Geschäftigkeit im Innern und die kalte Luft des Morgens draußen fuhren mir belebend ins Blut; nur hätte ich gern alles allein betrachtet und hätte gern geraucht, wobei ich mir ein ganz anderes Erwachen und eine andere Gefährtin vorstellte.

Die Zärtlichkeit, die Carlotta mir in diesen Fällen zu entlocken verstand, warf ich mir vor, sobald ich allein war. Ich verbrachte wuterfüllte Augenblicke damit, meinen Sinn genau zu durchforschen, um mich auch von der armseligsten Erinnerung an sie freizumachen und mir Härte vorzunehmen, die ich nur allzusehr in die Tat umsetzte. Es sollte ein für allemal klar sein, daß wir uns nur aus Langeweile liebten, aus schlechter Angewohnheit, aus irgendeinem beliebigen Beweggrund, nur nicht dem, über den sie sich Täuschungen hingab. Mich ärgerte die Erinnerung an ihren bedeutungsvollen glückseligen Blick nach unserer Umarmung, und ich war empört, ihn an ihr zu bemerken, während die einzige, von der ich sie mir gewünscht hätte, sie mir nie erlaubt hatte.

»Wenn du mich so annimmst, wie ich bin, gut«, sagte ich einmal zu ihr, »aber schlag es dir aus dem Kopf, in mein Leben einzudringen.«

»Hast du mich nicht gern?« stammelte Carlotta.

»Das bißchen Liebe, dessen ich fähig bin, habe ich restlos verbraucht, als ich jung war.«

Aber manchmal geriet ich in Zorn darüber, daß ich es aus schandbarem Bedürfnis oder aus Wollust hatte geschehen lassen, ihr ein wenig Neigung entgegenzubringen.

Carlotta versuchte zu lächeln.

»Sind wir wenigstens gute Freunde?«

»Höre«, sagte ich ernsthaft, »diese Geschichten sind mir zuwider: wir sind ein Mann und eine Frau, die sich langweilen, und wir fühlen uns im Bett wohl.«

»Oh, das ja«, sagte sie, grub mir die Nägel in den Arm und verbarg ihr Gesicht, »du gefällst mir, du gefällst mir.«

»Und weiter gibt es nichts.«

Es genügte eines dieser Gespräche, in denen mir schien, ich sei schwach gewesen, daß ich sie ganze Wochen mied und ihr, wenn sie mich aus ihrem Café im Büro anrief, antwortete, ich hätte zu tun. Das erste Mal versuchte Carlotta sich zu empören. Da ließ ich sie einen Abend in Angst zubringen: ich blieb kalt auf dem Diwan sitzen – der Lampenschirm warf auf ihre Knie ein weißes Licht –, und ich spürte in dem Halbdunkel den kaum zurückgehaltenen Kummer ihrer Blicke. In der unerträglichen Spannung sagte schließlich ich selbst: »Bedanke dich bei mir, meine Gnädige – an diese Sitzung wirst du dich vielleicht mehr erinnern als an vieles andere.«

Carlotta rührte sich nicht.

»Warum bringst du mich nicht um, meine Gnädige? Wenn du meinst, du könntest mir gegenüber das Weibchen spielen, so verlierst du deine Zeit. Launen leiste ich mir selbst.«

Carlotta keuchte.

»Nicht mal der Badeanzug schafft es heute nacht«, sagte ich zu ihr.

Carlotta sprang nach vorn, ihr dunkler Kopf kam in dem weißen Licht wie ein Gegenstand, der geworfen wird, auf mich zu. Ich hob abwehrend die Hände. Aber Carlotta stürzte vor meine Knie hin und weinte. Ich legte ihr zwei-, dreimal die Hände auf den Kopf und erhob mich.

»Auch ich müßte weinen, Carlotta. Aber ich weiß, es nutzt nichts. Alles, was du empfindest, habe auch ich empfunden. Ich habe mich umbringen wollen, aber dann hat es mir an Mut gefehlt. Darin liegt ja der Witz: wer so schwach ist, daß er an Selbstmord denkt, ist zu schwach, ihn zu vollbringen ... Komm, Carlotta, sei brav!«

»Behandle mich doch nicht so!« stammelte sie.

»Ich behandle dich gar nicht ›so‹. Aber du weißt, daß ich gern allein bin. Wenn du mich allein gehen läßt, komme ich zurück; sonst werden wir uns nicht mehr sehen. Hör zu, du möchtest doch, daß ich dich liebe?«

Carlotta hob unter meiner Hand das entstellte Gesicht.

»Dann hör auf, mich zu lieben. Etwas anderes gibt es nicht. Wo der Hase ist, ist der Jäger nicht fern.«

Solche Szenen erschütterten Carlotta viel zu tief, als daß sie daran gedacht hätte, von mir zu lassen. Und dann – bezeichneten sie nicht eine tiefgehende Gleichartigkeit unserer Temperamente? Carlotta war im Grunde einfach, allzu einfach, und konnte das nicht klar erkennen, doch sicher spürte sie es. Die Unglückliche versuchte mich mit Scherzen zu fangen und sagte manchmal: ›So ist das Leben!‹ und ›Ach, ich Ärmste!‹

Ich glaube, daß ich, hätte sie mich damals entschieden zurückgewiesen, ein wenig gelitten hätte. Aber Carlotta konnte mich nicht zurückweisen. Wenn ich zwei Abende nacheinander nicht gekommen war, hatte sie Schatten unter den Augen. Und wenn mich manchmal das Mitleid oder die Zärtlichkeit packte, wenn ich in ihr Café kam und sie fragte, ob sie mit mir ausgehen wolle, erhob sie sich mit glühendem Gesicht, wurde verwirrt und sogar hübscher.

Mein Groll richtete sich nicht gegen sie; er richtete sich gegen jede Begrenzung und jede Unterwerfung, die unsere Intimität mir auch nur andeutungsweise zu schaffen schien. Da ich Carlotta nicht liebte, erschien mir selbst ihr kleinstes Anrecht auf mich grauenhaft. Es gab Tage, wo es mich schauderte, sie zu duzen, es würdigte mich herab. Wer war diese Frau für mich, daß sie sich bei mir einhakte?

Zur Entschädigung kam ich mir wie neugeboren vor, wenn ich an manchen halben Tagen, zu manchen Stunden, nachdem die Arbeit getan war, hinaus an die Sonne gehen konnte durch die lichterfüllten Straßen, befreit von Carlotta, von allem, körperlich gesättigt, wenn der alte Schmerz eingeschlafen war: einfach nichts tun als sehen, schnuppern, empfinden wie zu der Zeit, da ich jung war. Daß Carlotta an der Liebe zu mir litt, linderte meine vergangenen Qualen und machte sie kümmerlicher, entfremdete sie mir ein wenig, als kämen sie aus einer Welt, über die man lachen kann; fern von Carlotta fand ich mich wieder intakt und reicher an Erfahrung. Carlotta war, so dachte ich oft von ihr, der Schwamm, der mich säuberte.

III

An manchen Abenden redete und redete ich, wurde, ins Spiel versunken, wieder zum Jungen und vergaß meinen Groll.

»Carlotta«, sagte ich, »wie fühlt man sich, wenn man verliebt ist? Ich bin das schon seit langer Zeit nicht mehr. Ich glaube, alles in allem ist es schön. Geht es gut, so freut man sich, geht es schlecht, so hofft man. Man hat mir erzählt, man lebe in den Tag hinein. Wie fühlt man sich, Carlotta?«

Carlotta schüttelte lächelnd den Kopf.

»Und dann, Carlotta, macht man sich so viele schöne Gedanken. Der, den wir lieben, der aber nichts davon wissen will, wird nie so glücklich sein wie wir. Außer«, und ich lächelte, »er geht mit einer anderen ins Bett und lacht sich eins.«

Carlotta zog die Brauen zusammen.

»Eine schöne Sache, die Liebe«, schloß ich. »Und kein Mensch entgeht ihr.«

Carlotta diente mir als Publikum. Ich redete an diesen Abenden nur für mich. Das ist die schönste Art, zu reden.

»Es gibt die Liebe, und es gibt den Verrat. Will man die Liebe wirklich genießen, dann muß auch ein Verrat dabei sein. Gerade das verstehen die jungen Burschen nicht. Ihr Frauen begreift das rascher. Hast du deinen Mann betrogen?«

Carlotta wurde rot und versuchte ein kleines Lächeln.

»Wir Jungen waren dümmer. Wir verliebten uns ernsthaft in eine Schauspielerin oder in eine Kameradin und brachten ihr unsere besten Gedanken dar. Nur vergaßen wir, es ihr zu sagen. Soviel ich weiß, entging es keinem Mädchen in unserem Alter, daß die Liebe eine Frage der Schlauheit ist. Es erscheint unmöglich, aber es ist so: die jungen Burschen gehen in die Bordells und schließen daraus, die Frauen draußen wären anders. Was hast du mit sechzehn Jahren getrieben, Carlotta?«

Aber Carlotta hing einem anderen Gedanken nach. Statt zu antworten, drückten ihre Augen aus, daß ich ihr gehörte, und ich haßte die Festigkeit und den Eifer, die aus ihrem Blick strahlten.

»Was hast du mit sechzehn Jahren getrieben?« wiederholte ich und starrte zu Boden.

»Nichts«, antwortete sie ernsthaft. Ich wußte, was sie dachte.

Dann bat sie mich um Verzeihung, sie sagte »Ich Ärmste«, erkannte an, daß sie keinerlei Recht habe; doch jenes Aufblitzen hatte genügt. »Weißt du, daß du blöde bist? Von mir aus könnte dein Mann dich auch wieder holen.« Und ich ging erleichtert davon.

Am nächsten Tag erhielt ich im Büro einen schüchternen Anruf und antwortete trocken. Am Abend sahen wir uns.

Carlotta machte es Spaß, wenn ich ihr von meiner Nichte im Internat erzählte, und sie schüttelte ungläubig den Kopf, als ich ihr sagte, ich würde ins Internat lieber meine Mutter stecken und mit dem kleinen Mädchen zusammenleben. Sie stellte sich uns beide wie zwei sonderbare Wesen vor, die so tun, als seien sie Onkel und Nichte; in Wirklichkeit aber haben sie eine Unmenge Geheimnisse und Tücken, die sie freuen und beschäftigen. Sie fragte mich mißtrauisch, ob die Nichte etwa meine Tochter sei.

»Sicher! Sie wurde mir geboren, als ich sechzehn Jahre alt war. Und dann mußte sie auch noch blond sein, nur um mich zu ärgern. Wie macht man es, daß man blond geboren wird? Für mich sind die Blonden Tiere wie die Affen oder die Löwen. Es würde mir so vorkommen, als sei ich immerzu an der Sonne.«

Carlotta sagte: »Ich war als ganz kleines Mädchen blond.«

»Und ich war kahlköpfig.«

In diesen letzten Zeiten empfand ich für Carlottas Vergangenheit eine gelangweilte Neugier, die mich von Mal zu Mal vergessen ließ, was sie mir früher erzählt hatte. Ich blätterte sie durch, wie man die Zeitungsnachrichten durchblättert. Ich machte mir ein Spiel daraus, sie mit sonderbaren Äußerungen zu verwirren, ich stellte ihr grausame Fragen und beantwortete sie von mir aus. In Wirklichkeit hörte ich nur mich selbst.

Aber Carlotta hatte mich verstanden. »Erzähl mir was«, sagte sie an manchen Abenden und preßte meinen Arm. Sie wußte, die einzige Art, mich als Freund zu haben, war, wenn sie mich zum Reden brachte.

»Habe ich dir je erzählt, Carlotta«, sagte ich eines Abends zu ihr, »daß ein Mann sich für mich getötet hat?« Sie sah mich halb lachend, halb verwirrt an.

»Da gibt es wenig zu lachen«, fuhr ich fort. »Wir haben uns zusammen töten wollen, aber er hat dran glauben müssen. Jugendtorheiten.« Merkwürdig, dachte ich dann, nie habe ich das jemandem erzählt: ausgerechnet Carlotta muß ich das sagen. »Ein Freund von mir, ein hübscher blonder Junge. Der sah wirklich aus wie ein Löwe. Ihr Mädchen schließt solche Freundschaften nicht. In diesem Alter seid ihr schon zu eifersüchtig. Wir gingen zusammen zur Schule, aber wir sahen uns immer abends. Wir sagten Ferkeleien, wie man das unter Jungen tut, aber wir waren verliebt in eine Signora. Sie muß noch am Leben sein. Sie war unsere erste Liebe, Carlotta. Wir verbrachten die Abende damit, über Liebe zu reden, und über Tod. Kein Verliebter ist je gewisser gewesen, von dem Freund verstanden zu werden, als wir beide. Jean – er hieß Jean – hatte eine kühne Traurigkeit, die mich beschämte. Er schuf die Melancholie der Abende, an denen wir im Nebel umherspazierten. Wir hätten nie geglaubt, daß man so sehr leiden könne ...«

»Warst du auch verliebt?«

»Ich litt darunter, daß ich weniger melancholisch war als Jean. Schließlich entdeckte ich, daß wir uns töten könnten, und sagte es ihm. Jean befreundete sich mit der Idee nur langsam – er, der gewöhnlich ganz Phantasie war. Wir hatten nur einen Revolver. Wir gingen auf den Hügel, um ihn auszuprobieren – falls er überhaupt losging. Jean schoß als erster. Er war immer ängstlich gewesen, und ich glaube, wenn er es aufgegeben hätte, die Schöne zu lieben, hätte ich es auch aufgegeben. Nach der Probe – wir waren auf einem kahlen Pfad, im Winter, in halber Höhe – dachte ich noch an die Heftigkeit des Schusses, als Jean sich den Lauf in den Mund steckte und sagte: ›Es gibt welche, die es tun‹, und der Schuß ging los und tötete ihn.«

Carlotta sah mich entsetzt an.

»Ich wußte nicht, was ich tun sollte, und riß aus.«

Damals sagte Carlotta zu mir: »Und du hattest diese Frau wirklich gern?«

»Diese Frau? Ich liebte Jean, ich habe es dir ja gesagt.«

»Und du wolltest dich ebenfalls töten?«

»Sicher. Und es wäre eine Dummheit gewesen. Aber es nicht tun, war eine große Feigheit. Manchmal bereue ich es.«

Carlotta erinnerte sich oft an diese Erzählung und sprach von Jean, als habe sie ihn gekannt. Sie ließ ihn sich beschreiben und fragte mich, wie ich damals gewesen sei. Sie fragte mich, ob ich den Revolver aufgehoben hätte.

»Hör mal, bring dich ja nicht um! Du hast doch nie wirklich daran gedacht, dich umzubringen?« Bei diesen Worten sah sie mich forschend an.

»Immer, wenn man verliebt ist, denkt man daran.«

Carlotta lächelte nicht einmal.

»Denkst du noch immer daran?«

»An Jean denke ich manchmal.«

IV

Mit Carlotta hatte ich es recht mühsam um Mittag, wenn ich, aus dem Büro kommend, an den Scheiben ihres Cafés vorüberging und mich nicht sehen lassen wollte, damit ich nicht gezwungen wäre, hineinzugehen und ein bißchen nett mit ihr zu sein. Mittags ging ich nicht nach Hause, ich war dieses Stündchen gern für mich allein in der Trattoria, schloß halb die Augen und rauchte. Carlotta saß auf ihrem Platz, trennte Kassenzettel von der Maschine ab, nickte dabei und lächelte und runzelte die Stirn, und mancher Kunde machte einen Spaß mit ihr.

Sie saß von früh sieben bis vier Uhr nachmittags an der Kasse. Sie trug ein hellblaues Kleid. Und sie verdiente im Monat vierhundertachtzig Lire. Carlotta liebte es, alles auf einmal zu erledigen, sie trank, statt zu Mittag zu essen, eine große Tasse Milch, ohne ihren Platz zu verlassen. Es wäre, sagte sie mir, eine leichte Arbeit gewesen ohne das heftige Zuschlagen der Tür beim Kommen und Gehen der Besucher. Manchmal empfand sie das wie Faustschläge aufs bloße Gehirn.

Seitdem mache ich die Tür, wenn ich in das Café trete, leise zu. Carlotta versuchte mir die kleinen Szenen mit den Besuchern zu beschreiben, aber es gelang ihr nicht, so zu sprechen wie ich, wie es ihr auch nicht gelang, mich zu erschüttern mit ihren flüchtigen Hinweisen auf die Vorschläge, die ihr mancher ältliche Mann machte.

»Geh doch darauf ein«, sagte ich zu ihr, »nur sieh zu, daß ich ihn nicht zu Gesicht kriege. Empfange ihn an den ungeraden Tagen. Und nimm dich vor Krankheiten in acht.«

Carlotta verzog den Mund.

Seit einigen Tagen nagte irgendein Gedanke an ihr. »Sind wir wieder einmal verliebt, Carlotta?« sagte ich zu ihr eines Abends.

Carlotta sah mich an wie ein geprügelter Hund. Ich verlor von neuem die Geduld. Diese Blicke, die abends im Halbdunkel des kleinen Zimmers aufglänzten, diese Händedrücke brachten mich in Wut. Ich fürchtete immer, mich an Carlotta zu binden. Und ich haßte es, daß sie auch nur daran dachte.

Ich wurde wieder schweigsam und flegelhaft. Aber Carlotta nahm meine Ausbrüche nicht mehr mit der früheren, demütig-verhaltenen Erregung entgegen. Sie starrte mich an, wobei sie unbeweglich blieb, und manchmal entzog sie sich mit einer freundlichen Geste der Zärtlichkeit, mit der ich sie wieder besänftigen wollte.

Das behagte mir noch weniger. Ihr den Hof machen, um sie zu haben, widerstrebte mir. Aber die Sache geschah nicht plötzlich. Carlotta sagte:

»Ein Kopfweh habe ich ... diese Tür! Halten wir heute abend Ruhe. Erzähl mir etwas!«

Als ich merkte, daß Carlotta Ernst machte und sich als die Unglückliche aufspielte und Gewissensbedenken hervorholte, ließ ich meine heftigen Ausbrüche sein: ich betrog sie einfach. Ich erlebte wieder einen der trüben Abende von früher, wenn ich mich, aus einem Bordell zurückkehrend, in irgendein jämmerliches Café setzte, um auszuruhen, weder froh noch traurig, nur benommen. Ich dachte: so ist es recht; entweder man nimmt die Liebe mit allen ihren Risiken an, oder es bleibt einem nur die Prostitution.

Ich dachte, Carlotta heuchelte nur Eifersucht, und lachte darüber. Carlotta litt. Aber es war nur zu einfach, aus ihrer Qual Nutzen zu ziehen. Und wie es jemandem so geht, wenn er wirklich leidet: sie wurde sogar häßlich. Es tat mir leid, aber ich fühlte, daß ich sie verlassen mußte.

Carlotta sah den Schlag voraus. Eines Abends, als wir im Bett lagen und ich instinktiv ein Gespräch vermied, stieß sie mich plötzlich zurück und kroch an der Wand in sich zusammen.

»Was hast du?« fragte ich ärgerlich.

Sie drehte sich mir unversehens wieder zu und sagte: »Wenn ich morgen verschwände – würde dir das etwas ausmachen?«

»Ich weiß nicht«, stammelte ich.

»Und wenn ich dich betrügen würde?«

»Das Leben ist ein einziger Betrug.«

»Und wenn ich zu meinem Mann zurückginge?«

Sie sprach im Ernst. Ich zuckte die Achseln.

»Ich bin armselig dran«, begann Carlotta von neuem. »Und ich bin nicht imstande, dich zu betrügen. Ich habe meinen Mann gesehen.«

»Wie kam denn das?«

»Er ist ins Café gekommen.«

»Aber ich denke, er war nach Amerika ausgerissen?«

»Ich weiß es nicht«, sagte Carlotta. »Jedenfalls habe ich ihn im Café gesehen.«

Vielleicht wollte sie es mir nicht sagen, aber es fuhr ihr so heraus, daß ihr Mann von einer Signora im Pelzmantel begleitet wurde.

»Dann habt ihr nicht miteinander gesprochen?«

Carlotta zögerte. »Er ist am nächsten Tag wiedergekommen. Er hat mit mir gesprochen und mich nach Hause gebracht.«

Ich muß zugeben, daß ich mich unbehaglich fühlte. Ich sagte leise: »Bis hierher?«

Carlotta preßte sich mit dem ganzen Körper an mich. »Aber ich habe dich gern«, flüsterte sie. »Du darfst nicht glauben ...«

»Bis hierher?«

»Hier war nichts, Lieber. Er hat mir von seinen Geschäften erzählt. Nur – als ich ihn wiedersah, habe ich gemerkt, wie gern ich dich habe. Ich würde nicht mehr zu ihm zurückgehen, auch wenn er mich darum bäte.«

»Dann hat er dich darum gebeten?«

»Nein. Er hat gesagt, wenn er noch einmal heiratete, würde er wieder mich heiraten.«

»Und hast du ihn noch einmal gesehen?«

»Er ist wieder ins Café gekommen mit dieser ...«

Das war das letzte Mal, daß ich die Nacht mit Carlotta verbrachte. Ohne von ihrem Körper Abschied genommen zu haben, ohne Bedauern hörte ich auf, sie zu bedrängen, sie im Hause zu treffen. Ich duldete es, daß sie mich anrief und in Cafés auf mich wartete, nicht jeden Abend, doch hin und wieder. Carlotta kam jedesmal und verschlang mich mit den Augen. Wenn wir uns verabschiedeten, bebte ihre Stimme.

»Ich habe ihn nicht mehr gesehen«, flüsterte sie eines Abends.

»Das ist ungeschickt«, antwortete ich ihr, »du solltest versuchen, ihn wieder einzufangen.«

Es ärgerte mich, daß Carlotta, wie sie es zweifellos tat, die Sache mit ihrem Mann bedauert hatte, und es ärgerte mich, daß sie gehofft hatte, mich mit diesem Gespräch an sich zu ziehen. Und diese Blanko-Liebe lohnte weder Carlottas Gewissensbedenken noch mein Risiko.

Eines Abends rief ich sie an: ich würde zu ihr kommen. Sie öffnete mir ungläubig und ängstlich. Ich sah mich im Vorraum mit einiger Absicht um. Carlotta trug ein Samtkleid. Ich erinnere mich, daß sie erkältet war und immerzu das Schnupftuch zusammenpreßte oder es an die gerötete Nase führte.

Ich sah sofort: sie hatte begriffen. Sie war gefügig und schweigsam und antwortete auf meine Fragen mit armseligen Blicken. Sie ließ mich reden, wobei sie mich über ihrem Schnupftuch verstohlen ansah. Dann stand sie auf, kam auf mich zu, lehnte ihren Körper gegen mein Gesicht, und ich mußte sie umarmen.

»Kommst du nicht ins Bett?« sagte sie leise mit der gewohnten Stimme.

Ich ging mit ihr ins Bett, und die ganze Zeit über ärgerte mich ihr feuchtes, von der Erkältung erhitztes Gesicht. Um Mitternacht sprang ich auf und begann mich anzuziehen. Carlotta knipste das Licht an und betrachtete mich einen Augenblick. Dann knipste sie aus und sagte: »Geh nur.« Verlegen, stolpernd ging ich davon.

In den folgenden Tagen befürchtete ich einen Anruf, aber nichts störte mich. Ich arbeitete Wochen um Wochen in Frieden, und eines Abends packte mich die Sehnsucht nach Carlotta, aber die Scham half mir, mich zu überwinden. Doch wußte ich: wenn ich an ihrer Tür geklingelt hätte, hätte ich das Glück hereingebracht. Diese Sicherheit hatte ich immer gehabt.

Ich gab nicht nach, aber am nächsten Tag ging ich um Mittag vor ihrem Café vorüber. An der Kasse saß eine Blonde. Carlotta mußte die Arbeitsstunden geändert haben. Aber auch am Abend sah ich sie nicht. Ich dachte, sie sei krank, oder ihr Mann habe sie zurückgeholt. Diese Vorstellung mißfiel mir.

Aber mir zitterten die Knie, als die Pförtnersfrau, die regelmäßig den Dienst versah, mich mit kleinen, harten, sehr unfreundlichen Augen ansah und mir sagte, man habe sie vor vier Wochen tot im Bett gefunden, bei geöffnetem Gashahn.

»Si parva licet«

ERSTE SZENE

Es ist früher Morgen. Adam, ein starker junger Mann mit behaarten Beinen und breiter Brust. Er kommt aus der Grotte rechts hinten und bückt sich, um eine Handvoll Kiesel aufzusammeln. Er wirft jeden einzeln mit Sorgfalt gegen den Stamm einer Palme links. Manchmal verfehlt er das Ziel.

ADAM *(plötzlich zusammenfahrend)* Ich gehe fischen.

DIE STIMME EVAS *(aus der Grotte)* Dann geh. Was brauchst du das erst zu sagen?

ADAM Es ist eben so, daß ich keine Lust habe, fischen zu gehen.

DIE STIMME EVAS Dummkopf.

ADAM *(schaut rundum, mit zerstreutem Ausdruck)* Das tue ich zu all dem anderen, Eva.

Schweigen.

Was hast du davon, wenn du mich Dummkopf nennst?

Schweigen.

(Wütend) Es ist eben so: wenn du mich weiterhin auf diese Art behandelst, gehe ich eines Tages auf und davon, und du siehst mich nie wieder. Man kann kein Wort zu dir sagen, ohne daß du losfährst. Brauchen wir das etwa nicht, alle beide, daß wir miteinander reden? Du weißt nicht, was das bedeutet: allein sein. Du warst nie allein. Und du vergißt zu oft, daß du geschaffen worden bist, um mir Gesellschaft zu leisten.

DIE STIMME EVAS Ja, Lieber. Aber warum sagst du mir erst, daß du fischen gehst?

ADAM *(bückt sich, um Kiesel aufzusammeln, und verzieht lächelnd den Mund)* Ich habe es nur so hingesagt, Eva.

DIE STIMME EVAS Du bist mir lieber, wenn du es nicht nur so hinsagst.

ADAM *(wirft mit Wut die Kiesel)* Also gut, ich gehe fischen.

Man hört ein leichtes Lachen Evas. Adam geht. Auf der Waldblöße verbreitet sich die kühle Ruhe des Morgens. Ein Reh hüpft herbei, beschnuppert die Stämme verschiedener Bäume und springt dann mit einem Satz nach links.

Adam kommt zurück, mit der gewohnten Miene; er hängt ein wenig nach links. Er setzt sich in die Mitte auf einen Stein, den Rücken nach der Grotte. Er spricht und sieht dabei vor sich hin.

Der Wald hier ist ganz Eva. Wenn er sprechen könnte, würde er mich behandeln wie sie. Stämme und Stämme, Blätter und Blätter, dunkle Winkel, die an der Sonne trocknen, andere, die nicht trocknen, voller Leben, voller Stimmen, aber auf mich, Adam, pfeift er. So ist es wahrhaftig. Er gibt mir Schatten, gibt mir Schutz, gibt mir Speise und gute Luft, aber keine Vertraulichkeit. Ach, Herr, ich frage mich, ob du begreifst, was das heißen will: allein sein.

Eva ist auf der Schwelle der Grotte erschienen, die gelbe Sonne beleuchtet sie von den Füßen bis zum Hals. Sie ist braun und kräftig, ihr Gesicht bleibt halb verborgen im Schatten und in den kleinen Ackerwindenzweigen, die über den Eingang herabhängen. Adam dreht sich um und betrachtet sie, heiter geworden. Pause.

EVA Sind das jetzt deine Gebete?

ADAM Ich habe nicht gebetet, ich habe mit mir selbst gesprochen.

EVA *(argwöhnisch)* Aber du hast den Herrn um etwas gebeten.

ADAM Ich wage nicht mehr zum Herrn zu sprechen. Seine Wohltaten sind zweischneidig.

EVA *(tritt vor; sie trägt Blumen im Haar)* Was soll das heißen?

ADAM *(gezwungen heiter)* Das letzte Mal, daß ich mich beklagt habe, hat er mir dich geschickt. *(Er will sie umarmen und sie auf seine Knie ziehen.)*

EVA *(rückt ab und sagt trocken)* Du wirst gewöhnlich.

ADAM Und du unverschämt.

EVA All das, weil ich am Morgen nicht herauskomme wie ein Tier aus der Höhle – weil ich mich kämme, statt mich zu schütteln, wie du es tust.

ADAM Du brauchst keinem zu gefallen als mir.

EVA Soweit du dich darauf verstehst!

ADAM *(mit veränderter Stimme)* Ach Eva, warum nur immer diese Feindseligkeit zwischen uns, über die ich toll werde, und du – wozu nutzt sie dir? Wir sind allein auf dieser Welt; ein böses Wort kann niemand wieder heilen. Was brauchen wir uns auf diese Art zu quälen? Gäbe es noch eine Eva oder noch einen Adam, dann würde ich es verstehen.

EVA Du denkst zuviel an dieses ›noch eine Eva‹. Immer sprichst du mir davon. *(Höhnisch)* Hat sie dir der Herr etwa versprochen?

ADAM Dummes Ding. Du weißt genau: wir sind allein.

EVA Noch eine Eva ... Ja, wir sind allein. Ich verstehe. Sage mir etwas, du einziger Mann: hätte der Herr statt meiner eine andere Eva geschaffen, mit den gleichen Haaren, dem gleichen Körper, der gleichen Stimme – hättest du sie angenommen, wie du es mit mir getan hast? Und würdest du dich rühmen, du hättest sie genau so gern, und würdest du ihr die gleichen Grimassen ziehen, und würdest du für sie fischen gehen, kurz: würde sie deine Eva sein? Ja oder nein?

ADAM Wie denn – eine andere genau wie du? Mit den gleichen Haaren? Die Eva hieße? Aber das wärest ja du.

EVA Eben. Das wäre ich. Und da beklagst du dich. Hanswurst!

ADAM Aber nein, ich habe nicht verstanden. Wäre es eine andere, würdest nicht du es sein. Aber dann wäre auch ich nicht Adam. *(Er hält lächelnd inne)* Dummes Zeug! Ich bin Adam, und du bist Eva.

EVA *(betrachtet ihn voll Mitleid)* Und wenn der Herr zwei Evas gemacht und dir die Wahl gelassen hätte, welche hättest du gewählt?

ADAM Zwei? Ich weiß nicht ... Aber sicher dich! Zwei Evas?

EVA Und warum mich?

ADAM Warum? Eben so ... Aber überlege doch, Eva ...

EVA Jetzt sage ich dir, was du tun würdest: du würdest alle beide nehmen und sie zwingen, in der gleichen Grotte zu leben. Und dann beklagst du dich, daß ich kein Zutrauen zu dir habe. Das fehlte noch! Du verstehst mich nicht, und du verdienst mich nicht. Ich bin dir zugefallen wie ein reifer Apfel, und du hast geglaubt, du könntest mich ohne Mühe auflesen. Und da läßt du es dir noch einfallen, gegen den Herrn zu murren. Aber da kommst du bei mir nicht an! Und auch der Herr kann nicht damit ankommen, wenn er glaubt, ich brauchte dich, oder ihn. *(Sie geht links ab; Adam bleibt entsetzt zurück.)*

ADAM *(springt auf)* Genug jetzt! Genug! Hast du es gehört, Herr? *(Er horcht.)*

Schweigen.

Er hat es nicht gehört. Er hört nie. *(Er sinkt wieder auf den Stein, den Kopf zwischen den Händen.)*

ZWEITE SZENE

Das gleiche Bild. Es ist Abend. Adam und der Engel des Herrn gehen vor der Grotte auf und ab. Der Engel ist ein schöner, blonder junger Mann; von seinem nur in nebelhaften Umrissen erkennbaren Körper gehen Strahlen aus.

ADAM *(leise)* Sage also dem Herrn, daß ich so nicht weitermachen kann. Das ist bequem: uns zu seinem Ruhm erschaffen und uns unseren Schwierigkeiten überlassen. Er hat mir, wie allen Tieren, Ansprüche gegeben, er hat mir mehr Ansprüche gegeben als den Tieren, wie: eine gewisse Würde zu wahren, eine natürliche Zartheit der Empfindung und eine Urteilsfähigkeit, die sich äußern und ihren Ausgleich haben will in einer Gesellschaft, die mir gemäß ist. Eva hat begriffen, was ich brauche, und benutzt das dazu, sich rar zu machen und mir allen Frieden zu nehmen. Jetzt behauptet sie sogar, daß ich sie nicht so schätze, wie sie es verdient. Und seit heute früh habe ich sie nicht mehr gesehen. Kurz ...

DER ENGEL DES HERRN Ich will es berichten, Adam, ich will es berichten, und wenn etwas geschehen kann, soll es geschehen. Aber ich habe den Eindruck, daß man im Himmel dazu neigt, deine Beziehungen mit Eva als ein Gebiet zu betrachten, auf dem man sich der unmittelbaren Einmischung enthält: das wäre aufdringlich und störend. Du darfst eines nicht vergessen, Adam: beim Schöpfungsakt ist dir über deine Gefährtin eine bestimmte Autorität verliehen worden. Was die Eifersucht anlangt, die Eva dir gezeigt hat, so kannst du ihr versichern, daß für jetzt die Erschaffung anderer Wesen vollkommen ausgeschlossen ist. Und im Grunde *(sein Licht blitzt auf)* müßte diese Eifersucht dir auch ein wenig schmeicheln. Addio, Adam.

Eilige Schritte. Von links platzt Eva herein, keuchend, die Haare wirr, das Gesicht erhitzt.

Addio, Adam. *(Er erlischt und verschwindet.)*

Halbdunkel.

ADAM O Eva, glücklich der, der dich sieht!

EVA Was hast du zu dem Engel gesagt? Warum entflieht er, wenn ich komme?

ADAM Das ist nun mal so in diesem Paradies, Eva. Aber du – warum kommst du nicht früher zurück? Erst wenn es dunkel wird, bin ich dir nützlich, nicht wahr?

EVA Ach Adam, warum behandelst du mich so? *(Sie tritt näher)* Genügt es dir nicht, daß wir die ganze Nacht zusammen sind?

ADAM *(kalt)* Ach, du hast Angst vor dem Dunkel, darum hältst du daran fest. Darum!

EVA Du bist gar nicht freundlich, Adam. *(Sie faßt ihn am Arm)* Ich will es dir sagen, wenn du es nicht von dir aus verstehst. Ich entferne mich nur darum, weil du, wenn du mich beständig sähest, meiner müde würdest. Und glaube nur nicht, daß ich nicht darunter leide, wenn ich fern von dir bin. *(Sie preßt sich an ihn)* Aber manchmal muß ich auch für mich allein sein, um über uns beide nachzudenken und dich nicht mit meiner Eifersucht zu quälen. Lieber! Hast du heute an Eva gedacht?

Adam umarmt sie. Eva küßt ihn, sie gehen eng aneinandergepreßt auf die Grotte zu.

Was hast du zu dem Engel gesagt?

Sie treten in die Grotte. Es ist Nacht geworden. In dem Dunkel blinken allmählich die Glühwürmchen auf.

DIE STIMME ADAMS Ich habe ihn gefragt, ob du mich gern hast.

DIE STIMME EVAS Dummer Kerl! Weißt du das nicht selbst?

DIE STIMME ADAMS Manchmal bist du so, daß ich daran zweifle.

DIE STIMME EVAS Und zweifelst du auch jetzt daran?

DIE STIMME ADAMS Nein.

Über die Waldblöße breitet sich heller Mondschein. Schweigen.

DIE STIMME EVAS Sieh! Da ist der Mond. Laß uns hinausgehen.

DIE STIMME ADAMS *(bittend)* Eva, bleiben wir in der Grotte!

EVA *(erscheint auf der Schwelle)* Komm, komm, gehen wir hinaus!

ADAM *(hält sie am Arm fest)* Bleiben wir hier!

EVA *(macht sich los)* Sieh doch, wie schön es ist! Du willst immerzu reden – also los, jetzt rede: was mußtest du dem Engel unsere Angelegenheiten erzählen! Warum tust du so etwas? Du hast mich gar nicht wirklich gern. Ich hatte mich auf dich verlassen.

ADAM Aber nein, man unterhielt sich nur eben so. Und dann weißt du doch, der Engel hat an ganz anderes zu denken. Ich habe ihn gefragt, ob er wüßte, wo du wärest. Das ist alles.

EVA *(widerspenstig)* Ach Adam, wer weiß, was du zu ihm gesagt hast. Und wer weiß, was er dir geantwortet hat, dieser Engel – ganz Licht und sonst gar nichts –, der in alles seine Nase steckt. Warum gibst du dich mit solchen Wesen ab, die nicht einmal eine Hand aus Fleisch und Blut haben, um sie dir hinzustrekken? Sie kommen, sie gehen, man weiß nicht, wo sie leben, und – wie schrecklich! – womöglich ist einer hier, der uns zuhört.

ADAM Aber Eva! Du weißt doch, daß der Herr sie nur schickt, um uns Gutes zu tun.

EVA Und was hast du ihm gesagt?

ADAM Aber nichts! Und du – wo bist du den ganzen Tag gewesen? Höre, ich habe darunter gelitten.

EVA Setzen wir uns.

Sie setzen sich auf die Schwelle.

Ich habe viel über uns beide nachgedacht. Ich bin den ganzen Morgen gelaufen und bin in den Wald des Herrn gegangen und habe mir dort seine Bäume angesehen. Aber weißt du – mich schaudert vor den Schlangen. Und dort gibt es Schlangen von allen Arten, sie winden sich um die Stämme, hinauf und herunter, und mir ist die Idee gekommen – vielleicht täusche ich mich, Adam –, daß der Herr sie dorthin gebracht hat, damit sie Wache halten. Warum? Es kann nur meinetwegen sein, dich schaudert nicht vor ihnen. Das bedeutet, daß der Herr mir nicht traut. Warum? Diese Dinge passen mir ganz und gar nicht, Adam. Entweder er liebt uns – warum dann die Schlangen? –, oder er liebt uns nicht; aber warum dann so viele schöne Worte?

ADAM *(erschreckt)* Erinnere dich, daß der Herr uns zuhören kann.

EVA *(ungeduldig)* Was denn noch alles! Die Wache der Schlangen, die Engel, die in alles ihre Nase stecken, Er selbst, der uns nachspioniert: was für einen Grund haben wir ihm gegeben?

ADAM Aber Eva, das tut er, weil er uns gern hat.

EVA Ich möchte sehen, ob du, weil du mich gern hast, die Eifersucht so weit treiben würdest.

ADAM Auch du bist eifersüchtig auf mich, Eva.

EVA Dummer Kerl! Erstens einmal ist das nicht das gleiche, und dann – *(ernst)* tue ich es auch ein bißchen zum Zeitvertreib und um den Tag hinzubringen. Aber ...

ADAM Du tust es zum Zeitvertreib!

EVA *(überzeugt)* Natürlich. Wenn es wirklich noch eine Eva gäbe – du solltest was zu hören kriegen!

ADAM Ah! ... *(Er faßt sich wieder)* Dann rechnest du wohl auch so: der Herr spioniert uns nach und gibt eifersüchtig acht auf uns, nur um den Tag hinzubringen und sich zu zerstreuen?

EVA *(die Faust unter dem Kinn)* Dafür, daß er der Herr ist, wäre das ein bißchen dumm. Aber warum nun wirklich der bestimmte Baum und die Schlangen?

ADAM Ach Eva, wie lange schon haben wir nicht mehr so zusammen geplaudert!

EVA *(wie oben)* Adam! Können wir denn diesen Baum wirklich nicht anrühren? Die schönen reifen Früchte! Und wenn wir es nicht dürfen – warum hat er sie geschaffen?

ADAM *(blickt verstohlen rundum)* Siehst du, Eva: ich glaube, es sind Früchte wie alle anderen auch, aber der Herr hat uns verboten, sie anzurühren, um unsere Tage interessanter zu machen. Das ist so etwas wie die Regeln, die wir für unser Steinchen-Spiel erfunden haben. Wenn du die Regeln aufhebst – wo bleibt dann das Spiel? Du kannst gewiß sein, der Herr hat uns gern, sonst hätte er uns doch nicht geschaffen!

EVA *(noch immer in Gedanken versunken)* Es scheint mir dumm.

ADAM Und doch, siehst du: auch heute abend hat dieses Verbot dazu gedient, daß wir uns näher gekommen sind und ein bißchen miteinander geredet haben.

EVA Ich sage dir: es scheint mir dumm.

DRITTE SZENE

Das gleiche Bild. Ein schläfriger Mittag. Adam liegt vor der Grotte langgestreckt, sein Blick folgt zwei vorüberflatternden Schmetterlingen.

ADAM Wenn doch die Engel des Herrn ein bißchen weniger Engel wären! Eva hat recht: alles Licht, und keine Substanz. Aber mit wem, so frage ich mich, mit wem soll so ein Unglücklicher seine Zeit verbringen? Eva ist nicht von meiner Rasse: ihr tut es gut, allein umherzuschweifen. Man könnte sagen, daß Pflanzen und Tiere sich mit ihr verstehen. Sie steckt sich Blumen ins Haar, sie läuft hinter den Rehen her, sie ist imstande, auf einen Baum zu klettern, um einem Papagei die Federn aus dem

Schwanz zu rupfen. Kindereien ... Aber immerhin vergeht dabei der Tag. Aber warum ist sie jetzt immer unterwegs und kommt erst am Abend zurück? Der Engel hat gut reden, wenn er sagt, ich sei der König dieses Reiches. Es ist ja eben so: ich habe niemanden, dem ich befehlen kann. Diesen Schmetterlingen? Damit komme ich nicht an, wie Eva sagt. *(Er erhebt sich)* Aber ich werde verrückt, wenn ich weiter so mit mir selbst rede. Wäre es doch bald Abend! Von mir aus könnte es immer Nacht sein. Alles so klar, so lebendig sehen, die Tiere, die sich vergnügen, die Wasser, die rinnen, die Blätter, die schaukeln – das bringt mich in Wut.

Es erhebt sich ein großer Wind, der Adam zum Schwanken bringt. Der Wald heult. Blätter und bunte Vögel fliegen vorbei, und in der Ferne hallen Donnerschläge.

Was geschieht? Habe ich etwa geflucht? O Herr, wie leicht du etwas übelnimmst!

Im Wald splittern Bäume. Tritte hallen. Weitere Windstöße. Blitzend fliegt ein Engel herbei.

Was geschieht? Wohin fliegst du? Schickt dich der Herr? Ich demütige mich, ich demütige mich!

DER ENGEL Es ist etwas Entsetzliches geschehen. Eva ...

ADAM Oh!

DER ENGEL Die Nachricht ist noch nicht bestätigt. Es ist zu schrecklich. Eva hat von der Frucht vom Baum des Herrn gegessen.

ADAM O nein!

DER ENGEL Ich wünschte, du hättest recht. Aber man hat Satan gesehen, wie er mit Freudengeheul aus dem Paradies sprang. Schon seit einiger Zeit war seine Gegenwart hier unten angekündigt. *(Er verschwindet nach rechts)* Ach ihr unglückseligen Menschen!

Es stürmt weiter, jetzt fällt vom Himmel auch ein fahles Licht. Eilig fliehen Rehe, Tiger, Kaninchen vorbei.

ADAM Ist es möglich? Eva, Eva! Wo mag sie jetzt sein? Und doch – die Reden, die sie geführt hat! Es ist also wahr? O Eva, was hast du getan!

Eva kommt von links, eilig, atemlos. Ihre Augen suchen.

EVA O Adam, wo bist du? Ich habe es für dich getan. Wo bist du? Schütze mich! *(Sie eilt in seine Arme.)*

ADAM Es ist also wahr? Unglückliche!

Eva schluchzt an seiner Brust. In der linken Faust hält sie krampfhaft einen Apfel fest.

Was wird nun der Herr sagen? Warum hast du das getan?

EVA *(unter Schluchzen)* Da war eine Schlange: die sprach. Ich habe sie so sehr gebeten, in die Grotte zu kommen, um uns Gesellschaft zu leisten. Sie hielt so schöne Reden. Sie war so witzig. Ich dachte: wie wird Adam Spaß haben, er, der immer reden will. Wie wird er mir erkenntlich sein und mich gern haben!

ADAM Aber hat dich vor den Schlangen früher nicht geschaudert?

EVA Es war nicht eine Schlange wie die anderen. Sie sprach. Wenn du es gehört hättest! Sie wußte alles. Über alles sagte sie ihre Meinung. Sie hat mir erklärt, daß das Verbot des Baumes wirklich einfach nur ein Spiel dieses dickköpfigen Alten ist: auch er weiß nicht, wie er es anstellen soll, sich zu vergnügen, und er schafft die Wesen zu Seiner Lust... Genau wie du gesagt hast.

ADAM Aber ich habe das nur so hingesagt!

EVA Sie hat mir erklärt, man brauche nur die Regel zu durchbrechen, um ihm begreiflich zu machen, daß er das Spiel ändern soll. Auch wir haben Rechte und sind ein bißchen mehr wert als eine Partie Steinchen. *(Sie hält inne)* Da habe ich den Apfel gegessen. *(Sie streckt ihm die Hand hin)*

ADAM Unglückliche! Und wenn der Herr dich verjagt?

EVA Die Schlange hat gesagt: die Welt ist groß.

ADAM Und ich werde allein bleiben! Hast du nicht daran gedacht, daß ich dich gern habe?

EVA Aber Adam – wenn du mich wirklich gern hast, gibt es ja doch eine Art, es mir zu beweisen...

Pause

ADAM Gib her! *(Er beißt in den Apfel)*

Eva fällt ihm um den Hals.

DIE STIMME DES HERRN *(im Sturm)* Adam, wo bist du?

Haus am Hügel

Ich stieg wieder die Straße zum Hügel hinauf, und die alten Kulissen von Grün und vorspringenden Mauern, wie sie nach und nach an den Biegungen hervortraten, erschienen mir wie künstlich. Ich hatte so lange fern von ihnen gelebt, hatte so selten und nur so vage an sie zurückgedacht, daß ihre tatsächliche Gegenwart auf mich jetzt nur wie ein Symbol der Vergangenheit wirkte.

Aber keine Symbole waren die Brise des Abends und der Duft dieser Erde. Hier fand ich körperhaft die Atmosphäre meiner Jugend wieder, denn all das hatte ich nie vergessen, sondern ich hatte in fernen Landstrichen oder in den Alleen der Stadt die Luft, die mich frühere Zeiten schmecken ließ, oft geatmet.

Auch die Stimme am Telefon war kein Symbol gewesen. Sie hatte mir so klar ans Ohr geklungen, daß ich zusammengefahren war. Genauso hatte ich sie in Erinnerung gehabt. Wahrscheinlich hatte sich Ginia nicht so frisch erhalten, wie ihre Stimme geklungen hatte. Die Stimme gehört, mit dem Duft unseres Körpers, zu dem Unveränderlichsten, das wir haben. Aber ich würde, glaube ich, Ginia am Duft nicht wiedererkennen, und auch nicht am Parfüm.

Ich ging an dem Geländer entlang, das es zu meiner Zeit noch nicht gab, wobei ich die alte Unruhe wiederzufinden suchte, während ich in den Wildbach hinabsah, der so oft allein schon mit seinem kalten Hauch meine schwankenden Schritte aufgehalten hatte – da tauchte aus dem halb ausgetrockneten Bachbett zwischen abbröckelnden Steinen ein blonder junger Mann auf, die Jacke über den Schultern, und kletterte zum Straßenrand hinauf. Unwillkürlich hielt ich aus Anstand inne; der junge Mann setzte über das Geländer und sprang auf die Straße. Er lächelte, halb spöttisch, halb besorgt, sah mich aber nicht an.

Ich rief ihm launig zu: »Guten Abend.«

Er antwortete hastig: »Guten Abend« und senkte rasch den Kopf; und schon drehte er sich um und stieg mit beschleunigtem Schritt die Straße hinauf.

Als er an der Biegung verschwunden war, dachte ich nicht mehr an ihn, sondern sah mich um und versuchte die Örtlichkeit wiederzuerkennen. Soweit ich mich an den Hügel und an die Folge der Hausnummern erinnerte, blieb mir noch ein gutes Stück Weges. Ich mußte noch über die von Bäumen umstandene Osteria hinaus und an dem immer verlassenen, großen Park entlang gehen, wo man im Juni zwischen dem dunklen Gras die Erdbeeren sah. Was für eine Idee von Ginia, sich hier oben niederzulassen! Ob sie sich noch an die freimütige Gefräßigkeit erinnerte, mit der sie sich über einen Teller Obst hermachte, oder war sie dafür nun schon zu alt?

Obwohl mich die Vorstellung, sie wiederzusehen, ganz beherrschte, war ich doch nicht unruhig. Ich pflege die Einsamkeit zu genießen, besonders wenn ich weiß, daß ich bald aus ihr heraustreten muß; ganz allein, wie ich auf dieser Straße der Vergangenheit war, umtanzten mich die Erinnerungen wie Wölkchen. War das ich? War ich wirklich der Junge von früher? Wen würde ich an diesem Abend sehen? Ich betrachtete den Wildbach und die spärlichen Gittertore der Landhäuser; und mir schien, ich spürte unter den Füßen, die die asphaltierte Straße traten, eine geheime Traurigkeit, fast ein Vorgefühl. Melancholisch waren nur die düsteren Kulissen der alten Bäume, nicht die Brise und die Einsamkeit.

So kam ich wieder an eine Biegung und erkannte von weitem den jungen Mann von vorhin: er saß auf einem Mauervorsprung, sah in den Himmel, der in der ersten Abenddämmerung schimmerte, und rauchte eine Zigarette. Als ich mich ihm näherte, hatte ich den Eindruck, daß er, schlapp wie er da saß, noch außerordentlich jung war. Den einen Fuß hielt er auf den Boden, den anderen auf den Mauervorsprung gestemmt.

Auf meine Frage, ob er mir jenes Haus bezeichnen könne, nahm er die Zigarette aus dem Mund und wies auf ein nur wenige Schritte entferntes Tor: »Hier ist es. Ich gehe auch hin.«

Das Tor war nur angelehnt, dahinter führte eine schmale Treppe auf einen mit blühenden Büschen bepflanzten Hang. Zwischen den Büschen sah man das rote Hausdach; von da oben kam das Stimmengewirr von Menschen, die ein Fest feiern.

Der junge Mann rührte sich nicht. Er fuhr fort, zu rauchen und in den Himmel zu sehen. Ich weiß nicht, warum – aber ich wartete, gegen das Gittertor gelehnt.

Langsam war die Zigarette zu Ende geraucht. Dann sprang der

junge Mann auf, lächelte mir zu und trat mit mir durch das Pförtchen.

»Man kann nicht einen Augenblick allein sein«, sagte Ginia, als sie mit mir auf die Terrasse trat und die Tür hinter sich zuwarf. Dort schimmerte ein für sieben oder acht Personen gedeckter Tisch, der in dem kühlen Abend alles Licht des Himmels auf sich versammelte.

»Man meint, man wäre auf einem See«, sagte ich. Ginia warf sich auf eine Bank und betrachtete mich gerührt von Fuß bis Kopf. Von unten her hallten Stimmen und knirschende Schritte auf dem Kies.

Wir redeten lange und eifrig. In Ginia waren Traurigkeiten, durch die ich nicht hindurchdrang; aber dann schwieg ich und verlor mich in ihren Anblick. Sie war doch noch immer die gleiche.

Schließlich zog sich ihr festes Gesicht zusammen – es wies die ersten Falten auf, ohne daß es welk gewirkt hätte –, und sie sah sich um.

»Unten wird man mich suchen«, sagte sie.

»Ist dein Mann gekommen?«

Ginia lächelte wieder. »Er nicht. Er weiß, daß wir uns viel zu erzählen haben.«

Da sagte ich: »Man würde nie ein Ende finden. Aber alles läßt sich in dem einen zusammenfassen: begehrst du noch immer?«

Ginia senkte – auf doppelsinnige Art – den Kopf. »Dem Himmel sei Dank: ja.«

»Dann ist ja alles gut.«

»Wollen wir hinuntergehen?« fragte sie und stand auf. Sie trug ein einfaches Kleid, weiß wie das Tuch auf dem Tisch.

Als wir hinuntergingen, fragte ich: »Sind alle diese Leute Freunde von dir oder von deinem Mann?«

»Als wir heirateten, haben wir sie zusammengeworfen, wie man es mit den Büchern tut. Die man später nicht mehr liest.«

»Auch die nicht, die neu hinzugekommen sind?« fragte ich in bestimmter Absicht.

»Oh, ja – die schon.«

Als wir in der Dämmerung in den Garten traten, machte ich die Bekanntschaft einiger Gäste. Alle fragten Ginia nach ihrem Mann. Ginia wehrte mit ungeduldig scherzenden Worten ab und forderte mich auf, ich solle mich auf einen Weidenrutensessel setzen. Der blonde junge Mann kam aus einem Gartenweg zum Vorschein.

Mir gegenüber saß, die Beine übereinandergeschlagen, eine hagere Frau.

»Ginia hat mir viel von Ihnen erzählt«, sagte sie mit einemmal vertraulich. Da es dunkel wurde, beugte sie sich vor und kniff die Augen zusammen, um mich besser zu sehen. Dann fiel sie wieder bequem in den Sessel zurück.

»Ginia ist eine ungewöhnliche Frau«, fuhr sie fort, »sie hat die Lebenskraft eines heranwachsenden Mädchens und einen ausnehmenden *goût de vivre*. Wenn sie etwas aus der Vergangenheit erzählt, meint man zu spüren, wie sie sich mit dem ganzen Körper freut. Ich erinnere mich immer daran, wie sie mir einmal die Freude beschrieben hat, die ihr als kleinem Mädchen das Bad bereitete. Auch von Ihnen spricht sie gern. Wie haben Sie sie nach so vielen Jahren gefunden?«

»Gut.«

»Das freut mich. Mir schien sie ein bißchen müde, in Sorge. Vielleicht braucht sie Zerstreuung. Aber das Vergnügen, einen alten und doch jungen Freund wiederzusehen, wird ihr guttun. Kennen Sie ihren Mann?«

»Nein.«

»Sie werden ihn kennenlernen. Aber wie er sich verspätet! Ehemänner verspäten sich immer, nicht?«

Sie lachte ein rauhes, holpriges Lachen; ich schloß im Dunkel halb die Augen und stützte das Kinn in die Hände.

Die rauhe Stimme begann von neuem:

»Paolo ist ein interessanter Mann. Ein ernster Mann, für Ginia vielleicht zu ernst. Ganz das Gegenteil von Ginia. Ginia ist ein kleines Mädchen geblieben, alles an der Hautoberfläche. Paolo lebt vielleicht noch intensiver als sie, er läßt nie etwas hindurchschimmern. Ginia hingegen ist ein Kristall, ein köstlicher Kristall. Aber ich bin töricht: Sie kennen sie besser als ich.«

In dem Augenblick knipste jemand aus dem Haus die Lampe über unserem Kopf an, und in dem aufstrahlenden Licht erschien mir dieses olivenfarbene, hagere Gesicht mit den spöttischen Augen. Viele Stimmen nahmen das Licht mit Beifall auf; die Unterhaltung wurde allgemein.

Ein weiterer Beifall begrüßte die Ankunft von Ginias Mann; er trat, in weißem Flanellanzug, Arm in Arm mit Ginia von der kleinen Treppe her zu uns, gefolgt von dem jungen Mann. Der Hausherr war ein großer Mann mit einem festen Gesicht, er grüßte alle rundum mit einem leichten Lächeln, ohne sich wegen der Verspätung zu entschuldigen. Mir drückte er gleichgültig die Hand und bat uns, Platz zu nehmen. Der junge Mann war in das Dunkel zurückgetreten.

Der Hausherr entfernte sich mit Ginia, um sich zum Essen fertigzumachen. Einige andere standen auf und traten ins Haus. Kurz danach war ich im Kreis der Sessel alleingeblieben, aber ich spürte, daß der junge Mann im Dunkel Luft holte.

»Hier tun alle, was ihnen beliebt«, sagte ich halblaut in verbindlichem Ton.

»Ginia wird zurückkommen, um Sie zu rufen«, antwortete er. Er trat ins Licht und blieb zögernd auf dem Kies stehen. Sein plötzlich beleuchtetes Gesicht erschien mir nicht mehr so jung und glatt, sondern es trug einen leichten Zug von Leiden, der nicht zu den Augen paßte.

»Melancholisch?« fragte ich.

»Entschuldigen Sie mich wegen vorhin«, sagte er langsam. In diesem Augenblick erschien in der Tür Ginia und trat auf uns zu.

Als das Essen zu Ende war, löschte jemand, während die Mükken umherwirbelten, das Licht, und wir blieben zwischen den dunklen Wipfeln der Bäume auf der Terrasse sitzen. Ginia und Ada begleiteten eine Signora hinein, der es kalt geworden war; für eine Weile sagte niemand ein Wort.

Dann kam eine tiefe Stimme vom anderen Tischende her: »Heute waren die Gehsteige ein wahrer Backofen.«

Zwei oder drei rauchten, die roten Pünktchen zitterten wie Glühwürmchen, die am gleichen Ort schweben. Ich schlürfte meinen Kaffee, als hätte ich nichts gehört.

Schließlich bemerkte eine andere Stimme – sie kam von Ginias Mann, dessen Gesicht nur ein bleicher Fleck war –:

»Das Ärgste ist vorüber.«

Dann eine schon wohlbekannte Stimme:

»Sind Sie wirklich nie hier oben gewesen?«

»Ich kenne diese Wege«, antwortete ich im Dunkeln. »Ich bin sie oft gegangen, als ich in Ihrem Alter war. In die Wildbäche bin ich zwar nicht hinuntergeklettert, war aber oft in Gefahr, hineinzurutschen. Dann habe ich diese Wege aus den Augen verloren.«

»Und haben Sie Ginia damals gekannt?«

»Der Hügel – das war natürlich eine Sache für sich und Ginia eine andere. Obwohl ich glaube, daß sie an den kleinen Abendessen in der Osteria genauso Gefallen fand.«

Plötzlich sagte der Hausherr:

»Wenn man Ginia von euch reden hört, so hat es den Anschein, als wäret ihr gefährliche Burschen gewesen.«

Das Mädchen kam und sagte ihm etwas ins Ohr. Der Hausherr entschuldigte sich bei uns und folgte dem Mädchen, ohne Bestürzung zu zeigen. Draußen blieben zwei ältere Herren und eine ganz junge Signorina, die hinten am Tisch miteinander plauderten, und mein junger Mann; er ging einen Augenblick unruhig hin und her und lehnte sich dann an das Geländer.

Ich schloß halb die Augen und legte den Kopf zurück. Wieviel Zeit verging, weiß ich nicht – aber dann hörte ich ganz nahe die Stimme des jungen Mannes, der irgend etwas Höhnisches sagte. Dieser Ton bewirkte, daß ich aufstand. Ich nahm ihn am Arm und fragte: »Wollen wir die anderen suchen?«

Er aber führte mich an das Geländer, von wo aus man im Tal ein großes Stück der Stadt sah; sie zitterte wie ein See.

»Sagen Sie mir ehrlich: sind Sie jeden Abend hier?« fragte ich ihn, als wir schon eine Zeitlang am Geländer lehnten.

»Ich habe es satt«, sagte er leise, »satt. Erklären Sie mir, wie Sie es fertigbekommen haben, an Orten wie diesem jung zu sein.«

»So etwas zeigt sich erst, wenn es vorüber ist. Machen Sie weiter und denken Sie nicht darüber nach.«

Er gab keine Antwort.

»Ihnen tut der Hügel nicht gut«, sagte ich ruhig. »Versuchen Sie es dort unten.«

Er sagte nichts, er spuckte bedächtig aus.

»Wie lebt man in Sizilien?« fragte er unvermittelt.

»In Ihrem Fall – gut.«

»Diese blöde Ada!« rief er leise aus. »Haben Sie bemerkt, wie sie sich für Sie und Ginia interessiert?«

»Die Frauen sind alle so.«

In diesem Augenblick trat einer der alten Herren zu uns und sagte, er mache sich Gedanken um seine Frau.

»Gehen wir sie suchen.«

Aber wir trafen sie schon in der Tür, mit Ginias Mann.

»Mir geht es gut. Aber Ginia fühlt sich nicht wohl.«

»Es ist nichts, gar nichts«, sagte der Hausherr. »Eine Magengeschichte.«

Erregte Worte fielen, und ich sah, daß der Hausherr den jungen Mann, der sehr aufgeregt war, am Handgelenk festhielt.

»Wohin wollen Sie? Die anderen kommen sofort zurück.«

Wir setzten uns wieder, viele sprachen. Die Signora sagte schwer atmend, an allem sei dieser beständige Wechsel von Hitze und Kälte schuld; und der Hausherr erklärte ruhig, es lohne sich ja gar nicht, von der Sache zu sprechen. Der junge Mann hatte sich nicht wieder hingesetzt, er ging unruhig hin und her.

»Wollen wir rauchen?«

Endlich öffnete sich die Tür, und Ada erschien, düster und höhnisch. Und neben ihr Ginia, bleich, mit einem erstaunten Gesichtsausdruck.

Ich fühlte mich hier nicht wohl. Zum Glück isolierte mich das Halbdunkel, wie es jeden anderen isolierte, der auf der Terrasse saß; ebenso vereinzelt wirkten Ginia und ihr Mann in ihrer weißen Kleidung. Die Grillen zirpten; irgend jemand sagte etwas. Dann redete Ada.

Warum war ich heraufgekommen?

Nach langer, langer Zeit beklagte sich einer der Alten über die Mücken, und man sprach davon, wieder hineinzugehen.

»Es ist ein Jammer, auf diese Aussicht zu verzichten.«

Wir erhoben uns alle und begannen nacheinander die Treppe hinunterzugehen. Ich blieb als letzter zurück; Ginia trat neben mich; das Geräusch der schlurfenden Schuhe übertönte unser Gespräch.

»Armer Kerl. Langweilst du dich?«

»Nicht übermäßig. Haltet ihr es immer so?«

»So ziemlich.« Sie preßte meinen Arm und flüsterte mir, einigermaßen verwirrt, ins Ohr: »Sprich mit diesem Jungen. Laß ihn nicht einen Augenblick allein.«

Unten setzten sich die Alten und Signor Paolo in den Saal, während die Frauen weiter im Garten blieben. Ich stellte mich einen Moment neben das Radio, an dem alle herumdrehten, und als ich gerade wieder den Fuß auf den Kiespfad setzte, kam mir plötzlich aus dem Dunkel Ada entgegen. Ich beobachtete, daß ihr Schritt recht unternehmend war.

»Wo ist Ginia?« fragte ich.

»Sie tröstet sich mit der Jugend«, sagte sie rauh. »Sie haben doch wohl gesehen, was hier gespielt wird?«

»Was denn?«

»Aber wissen Sie es denn nicht?«

»Was?«

»Das sind Dinge, von denen man nicht sprechen darf; aber na – darum heiratet man ja.«

Sie sprach in einem spottenden Ton, rauher als je.

»Los, gehen Sie und gratulieren Sie ihr. Sie erwartet Sie. Sie sagt, so etwas gebe ihr den Eindruck, wieder ein kleines Mädchen zu sein.«

Sie ging hinein. Ich hatte nicht die Absicht, jemanden zu suchen, und setzte mich hin, den düsteren Bäumen zugewandt.

Dann traten aus dem Dunkel Ginia und der junge Mann, Arm in Arm. Sie lösten sich sogleich voneinander, und Ginia lächelte mir zu. Sie setzten sich gleichfalls auf die Weidenrutensessel. Leise, ohne die Stille der Nacht zu stören, klang das Radio aus dem Saal. Die junge blonde Signorina kam rasch heraus und blieb plötzlich auf dem Kies stehen, als sie uns im Kreise sitzend vorfand.

Ich sah nicht zu Ginia hin, um den bittenden Blick nicht zu bemerken, den sie mir zuwarf. Ich stützte das Kinn auf die gefalteten Hände.

»Rechnen Sie noch immer damit, zu verreisen?« sagte ich schließlich.

Statt seiner antwortete Ginia mit einer von weither kommenden Stimme: »Wenn man so, an manchen Tagen, Langeweile verspürt, bekommt man wirklich Lust, sich in den Zug zu setzen.«

»Es ist eine Illusion wie andere auch.«

Der junge Mann rief heftig: »Sie haben vollkommen recht. Und in manchen Fällen ist es auch eine Feigheit. Man sagt es von den Säufern: aber jeder, der vor einer Verantwortlichkeit flieht, ist ein Säufer.«

»Die Verantwortlichkeit, den Sommer auf dem Hügel zu verbringen, erscheint mir nicht so schwer«, sagte Ginia lächelnd.

»Darf ich mittun?« fragte die junge Signorina und setzte sich. »Wie geht es Ihnen, Signora?«

In der Stille, die darauf folgte, horchten wir auf die leichte Stimme des Radios, bis sie schwieg. Es hatte sich eine sanfte Brise erhoben.

»Wollt ihr etwas trinken?« fragte Ginia und erhob sich.

Als sie mit dem Tablett zurückkam, schwiegen wir noch immer. Die kleine Blonde sah uns unruhig an. Ginia begann einzuschenken.

»So viel für jeden – Säufer sind wir alle.«

Die junge Blonde lachte laut. Der junge Mann sprang auf.

»Ich will mit deinem Mann sprechen, Ginia«, sagte er langsam.

Kalt setzte Ginia ein Glas nieder und sah ihn starr an. Einige Sekunden starrten sie einander an.

»Also los«, sagte sie trocken. »Wir werden beide mit ihm sprechen. Gehen wir!«

Der junge Mann wurde purpurrot und lächelte verächtlich. Dann ging er ein Stück neben Ginia her, doch als sie an die Eingangstür kamen, preßte er ihren Arm und ließ sie stehen: er stahl sich fort, in das Dunkel der Beete.

Ginia weinte. Ihr Gesicht war ganz rot geworden, es zog sich zusammen wie das eines kleinen Mädchens. Ich hatte sie nie weinen sehen.

Ich gab ihr den Arm und führte sie an einen Stuhl, damit sie sich setzte; die Tür schloß ich.

Als das Schweigen unerträglich wurde, hob Ginia den Blick zu mir auf. Ihre Augen waren weit aufgerissen und groß.

»Wie du siehst, werde ich alt«, sagte sie lächelnd. »Wohin mag dieser Junge gegangen sein?«

Ich gab keine Antwort, ich sah sie nur an. Ginia redete, ohne sich zu rühren, weiter:

»Er ist naiv. Er war nicht mal imstande, sich zu rächen.«

»Sollte er das?«

»Doch wohl. Es gibt keine rachsüchtigeren Menschen als die Naiven. Sie sind zu allem imstande. Aber sie gehen nie bis auf den Grund.«

»Möchtest du, daß er das getan hätte?«

»Vielleicht wäre es besser gewesen.«

»Weiß er das von dir?«

Ginia nickte ernsthaft.

»Und ist es das, was ihn aufgebracht hat?«

Ginia beugte sich vor, die Hände unter dem Kinn. »Ich glaube, ich bin seine erste Liebe«, sagte sie und verzog dabei den Mund. »Und etwas Gefährlicheres gibt es nicht.«

Ihre geröteten Nasenflügel bebten heftig. Sie sah mich weiter furchtlos an, ihre Augen waren wieder klar geworden. Aber dann senkte sie sie.

Ungezwungen stand sie auf und ging hin und her.

»Hast du mit zwanzig Jahren jemals geglaubt, du wärest Vater?«

Die Tür öffnete sich, Ginias Mann trat heraus; im Zimmer klang laut das Radio. Er schloß hinter sich die Tür und kam in der nun entstandenen Stille auf uns zu.

Er sagte zu Ginia: »Ich machte mir Gedanken um dich. Wie geht es dir?«

Ginia machte ein komisches Gesicht: »Wir haben zusammen geweint.«

Da nahm dieser Mann ihre Hand, drehte sie und führte sie an die Lippen. Dann sahen beide, Seite an Seite, mich an, und der Hausherr sagte: »Sie müssen mich entschuldigen – aber ich mache mir Gedanken.«

»Mit Kindern scherzt man nicht«, sagte Ginia.

»Eben.«

Erleichtert gingen wir wieder in den Saal. Ich hatte das Bedürfnis, allein zu sein. Ich suchte Ginias Blick, um eine Bestätigung von ihr zu erlangen. Sie zuckte die Achseln, sie mußte Ada eine Antwort geben. Da trat ich hinaus auf die Schwelle.

Die blonde Signorina saß noch dort, wo wir sie verlassen hatten. Sie starrte auf einen leeren Sessel und schien nachzudenken. Ich drehte ihr den Rücken und ging ins Dunkel.

Ich hatte die unbestimmte Hoffnung, dem jungen Mann zu begegnen, und drang vor bis zu einer kleinen Lichtung unter einer Linde; von da erhob sich, hoch und schwarz, der Hügelrücken. Die Grillen zirpten, kein menschlicher Ton kam bis hierher, nur das Geräusch vom Radio.

Ich versuchte mich an den Gedanken zu gewöhnen, daß der junge Mann verschwunden war. Und das kühle Dunkel, der starke Geruch der Wälder, die Erscheinung Ginias – alles das ließ mir keinen Frieden, es fügte sich nicht mehr in eine vertraute Erinnerung, sondern nagte an den Wurzeln meines Herzens; alles war beunruhigend und doppelsinnig wie etwas, was nicht zu mir gehörte. Ich dachte auch daran, daß auf dieser Lichtung, vor diesem Hügel Ginia und mein junger Mann gewiß oft zusammen herumspaziert waren.

Dann fand ich ihn wieder: er saß dort, wo zuvor die Signorina gesessen hatte, die Schultern zum Licht. Er war allein; und er schien ganz gesammelt auf Adas Stimme zu horchen, die gewichtig aus dem Saal herausklang.

Als ich stehenblieb, verstand ich einige Worte. Ada scherzte laut. Ich setzte mich hin, dem Licht gegenüber; der junge Mann sah mich, aber er sprach kein Wort. Ich betrachtete ihn friedlich, ohne etwas zu sagen.

Mir war, als sei ich zu unserer Begegnung an der vorspringenden Mauer zurückgekehrt, als er plötzlich die Zigarette weggeworfen und mir zugelächelt hatte. Aber diesmal rauchte er nicht und lächelte auch nicht. Statt dessen sagte er:

»Suchen auch Sie die Einsamkeit?«

Ich gab keine Antwort und sah ihn an.

»Nicht nur beiseite, sondern allein, verstehen Sie? Fort von den Füßen und den Augen. Sie können es Ginia sagen: ich werde allein bleiben. Beruhigen Sie sie!«

Seine Stimme klang rauh, er betonte jedes Wort.

»Warum sind Sie zurückgekommen, es mir zu sagen?« fragte ich.

Er schwieg einen Augenblick, dann redete er weiter:

»Sie können das nicht wissen. Ich wollte es Ginia sagen, aber es hat keinen Zweck. Sagen Sie es ihr, Sie sind ihr Freund. Ich muß gehen.« Er war aufgestanden.

»Ich werde ihr nichts sagen«, sagte ich.

»Warum nicht?«

»Weil mir scheint, daß Sie übertreiben.«

Er sah mir mit diesen verächtlichen Augen starr ins Gesicht, aber er zitterte.

»Gehen Sie zu Ginia«, sprach ich ruhig weiter, »reden Sie ganz einfach mit ihr und sagen Sie ihr, was Sie denken; Sie werden sehen, Ginia ist keine Frau, die Dummheiten macht, ihr werdet schon aus der Sache herauskommen. Alles übrige zählt nicht.«

»Alles übrige zählt sehr wohl«, stammelte der junge Mann. »Ginia wird nicht zurückkommen. Ginia ist nicht töricht. Ich selbst, der ich mit Ihnen spreche, weiß nicht, was wahr ist.«

Ohne den Blick zu heben, starrte ich auf das Schattengeflecht der Glyzinien auf dem Kies. Ich spürte, wie meine Schläfen pochten und schmerzten.

»Ich gehe«, sagte der junge Mann, »ohne mich von jemandem zu verabschieden. Und werde nicht zurückkommen. Ich bitte Sie, mit Ginia zu sprechen.« Der leicht knirschende Schritt auf dem Kies entfernte sich.

Als ich wieder ins Haus trat, fand ich die Gäste im Begriff, aufzubrechen. Während die Frauen nach oben gingen, sich fertigzumachen, sagte mir Ginias Mann, ich solle nachmittags wiederkommen, wenn es sehr heiß und Ginia allein wäre, sie würde gern mit mir von vergangenen Zeiten sprechen. Ich entschuldigte den jungen Mann, aber er lachte und sagte, er verschwinde oft auf diese Art, um allein auf den Hügeln herumzubummeln. Und in seinem Alter habe er alles Recht dazu.

Als wir, der ganze Schwarm, durch den Garten gingen, preßte Ginia meine Hand und flüsterte mir zu, ich solle wiederkommen, ich solle sie nicht allein lassen. Ihr Mann ging voraus, zwischen der kleinen Blonden und der alten Signora. Am Gittertor drückte Ada ihm heftig die Hand und umarmte Ginia und küßte sie.

Wir gingen in zwei Gruppen. Voran die Signora und die beiden Alten; dahinter ich zwischen Ada und der jungen Blonden. Die düsteren Kulissen der Bäume hatten im Dunkel jede Stofflichkeit verloren; nichts war unter den Sternen als der Geruch von Erde und Nacht. Ich ging so vor mich hin, ohne Erinnerungen, beteiligte mich kaum an den Gesprächen und ersehnte den Augenblick, da ich allein sein würde.

Das Kornfeld

Solange es noch nicht richtig Sommer war, hatte niemand auf dieses dichte Grün geachtet, das zarter und höher war als sonst; aber als die Abende länger wurden und die Menschen durch die Straßen gingen, um die Kühle zu genießen, fiel ihnen die Sache auf. Das Korn würde noch höher, würde gelb werden und rauschen, womöglich wüchse hier und da Mohn, und eines Tages würde der Alte es mähen wollen und Garben machen und auf den Straßen und in den Geschäften davon reden. Vielleicht würde er versuchen, es zu verkaufen.

Amalia sah scheu nach einigen stämmigen Burschen, die auf dem Straßendamm saßen, dort, wo die Fabrikmauer endete und vor dem Hause der Streifen Feld begann. Sie betrachtete sie scheu, so zwischen Scham und Hoffnung – worauf, wußte sie selbst nicht –, weil das Korn nun grün war. Aber die Burschen schauten eine Weile und gingen weg.

Eines Abends kam Amalia, als die Arbeiter, die in den letzten Häusern der Sperrzone wohnten, auf den Rädern vorüberfuhren, mit dem Hut in der Hand heim und hob den Kopf, um nur ja die grünen Halme nicht zu sehen. Sie aß in Eile, ohne in der Küche auf das schmutzige Papier oder auf die angeschlagenen Teller zu achten; sie aß, was da war, es war ihr gleichgültig; gleichgültig waren ihr auch die Latschen der Mutter und die aufgeknöpfte Hose des Alten, oder daß er sich den Mund mit dem Handrücken wischte; sie wollte nur schnell machen, wollte es sich nicht immer wieder anhören, wie der Alte mit seinem Korn anfing und jammerte, daß der Mist das Land nicht gut genug gedüngt habe.

Ohne Hut ging sie in die Abenddämmerung hinaus; sie entfernte sich vom Hause, weil sie vermeiden wollte, daß Tosca sie hier besuchte. Leise trällernd ging sie bis zum Ende der breiten Straße, wo die Bäume wieder begannen, und suchte dort oben das Licht von Tosca. Die Allee war voller Kinder; sie kreischten, solange es noch ein bißchen hell war. Amalia blieb vor dem Spiegel der ›Bar Americano‹ stehen, zog die Lippen nach und ordnete eine Haarlocke. In dem grünlichen Reflex beobachtete sie ihre Augen: sie waren tief und grausam.

Tosca hatte ihr einmal gesagt, sie beneide sie um ihr und der Eltern einzelnstehendes, wenn auch armseliges Haus. Tosca verstand darunter nur die Bequemlichkeit, daß man keine Treppen zu steigen brauchte. Für Tosca war der Sonntag schön, wenn man in die Wiesen ging, um dort zu vespern, und ihr Traum war, einen Tag bei der Weinlese zu verbringen.

Jemand sah sie an. Es war Toscas Bruder. Amalia hatte ihm einmal eine schnippische Antwort gegeben – alles an ihm war ihr zuwider, das verwaschene Blond seiner Haare, das Gesicht mit den boshaften Augen, die dicken, herabbaumelnden Hände, die abgebrochenen Fingernägel. Diesmal murmelte sie lachend irgend etwas Nettes und rührte sich nicht.

»Vorher oder später?« fragte Amalia und lächelte sanfter.

»Wenn du mir das bestimmte Wörtchen sagst, bin ich für später«, sagte Tonino und streckte ihr die Hand hin.

»Ich warte auf Tosca.«

»Ich nicht«, sagte er und zuckte die Achseln. Amalia stampfte vor Ungeduld mit dem Fuß. Aber Tonino, mit sich zufrieden, lachte sich eins. Amalia ging nervös hin und her.

Wenn sie allein war, ging sie durch die Allee im Schatten der Bäume. Überall sank auf die Gerüche von Ölgebackenem, von Staub, von Straße die Kühle des Abends, und das gefiel ihr. Ihr gefiel auch das Rattern der Trambahnwagen in der Ferne.

An diesem Abend betrachtete Amalia unlustig unter der roten Leuchtreklame die Reihen der Fotografien. Tosca machte sich nichts aus Fotos, und so gingen sie langsam weiter. Sie kamen an den ›Giardino‹.

»Ich sehe nach, ob jemand da ist«, sagte Tosca.

Aus einer kleinen Gruppe, die hinter der Hecke saß, winkte ihr jemand zu. »Komm«, sagte Tosca, »Gianni ist da.«

»Wir haben nicht einmal einen Hut auf«, sagte Amalia.

»Den nimmt man sowieso ab. Komm!«

Gianni war da, Tonino war da, alle die Mechaniker der Abteilung waren da. Statt zu tanzen, tranken sie Bier. Auf der Betonfläche zwischen den Bäumen waren nur wenige Paare, aber das Orchester spielte um so lauter. Unter den Bäumen war es kühl.

Amalia lehnte das Bier ab und verlangte einen Kaffee. Sie war wütend, daß sie die Arbeitsstrümpfe anbehalten hatte, denn auf der Betonfläche achtet man, wenn nur wenige Paare da sind, auf die Beine. Einer war in Weiß, er tanzte mit nackten Beinen, als wäre schon Sommer. An einem Tisch im Halbdunkel saß ein Paar: er sportlich, mit Schnurrbart – vielleicht der Besitzer des Autos, das draußen stand –, sie redete mit ihm, auf den Arm gestützt: ein Tippfräulein, ihre Nägel waren lackiert.

Tonino fragte sie spöttisch, ob sie tanzen wolle.

»Jetzt bin ich müde.«

Tosca und Gianni waren schon auf der Tanzfläche.

Die Mechaniker schwiegen, sie lachten nur dumm. Sicher hatten sie ein Gespräch unterbrochen. Amalia sah sie ausdruckslos an. Tonino sagte:

»Redet doch weiter, Jungens, die Signorina ist sowieso nicht aus Turin.«

Und ein Idiot, der Amalia nicht kannte, fragte:

»Ach – von woher sind Sie denn?«

Einer sagte mit einem Kopfschütteln: »Eine Frau ist immer eine Frau.«

Aber der blöde Kerl mit den Schielaugen blieb beharrlich. Da antwortete Tonino – diesmal ohne zu grinsen – so richtig mit Würde: »›Wir‹ sind Ackerbauern. ›Wir‹ sind es leid, Kohl zu pflanzen, und sind ausgewandert. Wo ist doch dieser kleine Ort?« fragte er.

Amalia tat, als habe sie nicht gehört, aber sie merkte, daß sie schwitzte. Einen Augenblick schlug ihr Herz so stark, daß es für sie lauter war als das Orchester.

Tonino fuhr fort: »›Wir‹ in dem kleinen Ort sind erhaben über die, die nicht mit uns das Vieh gehütet haben.«

Ein großer junger Mann mit krausem Kopf, die Jacke nachlässig über dem Arm, kam auf den Kreis zu; einer der Mechaniker hob mit einem lauten Zuruf die Hand. Der weiße Trikot ließ die sonnengebräunten Arme frei. Er war mehr als ein Arbeiter. Der Schielende rief lachend: »Remo!«

Sie begrüßten einander laut und fröhlich, und Amalia saß mit gesenktem Kopf da. Dann hörte sie, daß dieser Remo zu den anderen sagte: »Ist sie frei?«

Das Orchester setzte ein, und Amalia sprang auf und lächelte diesem Remo zu. Sie gingen mit großen Schritten zur Tanzfläche.

Der junge Mann legte nicht den Arm um sie, er packte ihre Hand und bog sie gegen ihre Taille; zugleich betastete er, während er sie mit der Rechten umfaßte, ihren Rücken: ob er schön straff wäre. Amalia überließ sich ihm gern. Gegen Ende des Tanzes fragte der junge Mann sie leise, woher sie sei.

Amalia setzte nur ein erstauntes Lächeln auf. Weiter sprachen sie nichts.

Als der Tanz zu Ende war, sahen sie einander einen Augenblick an. »Ziehen Sie die Jacke wieder über, es ist kühl.« Sie schoben sich zwischen den stehenden Paaren hindurch, gelangten an das Gitter und gingen hinaus in die im Halbdunkel liegende Allee.

Ihr Gefährte hatte sich die Jacke über die Schultern geworfen und hielt sich mit langen Schritten neben ihr. Er sprach nicht: sie sollte verlegen werden.

Amalia hatte einmal schon nahezu vergessen, daß er neben ihr herging, aber sie fing sich wieder und sagte: »Von diesen vier unerzogenen Burschen habe ich genug.«

Er sah sie von der Seite an, dann brummte er: »Es sind blöde Kerle, sie kapieren nichts. Wie heißen Sie?« Er faßte sie am Arm.

Amalia spürte wieder den kräftigen Griff von vorhin und machte sich geschickt los.

»Wir wollen nur eben spazierengehen«, sagte sie leise.

Als sie, zwischen Häusern und dunklen Wiesen, an die Straße mit den Trambahnschienen kamen, hakte sich Amalia bei ihm ein und hörte zu, wie er von dem großen Rennen vom Jahr zuvor erzählte, als sie, er und die Spitzengruppe, gerade durch diese Absperrung gefahren waren. Amalia erinnerte sich undeutlich an einen von Menschenmassen und lauten Rufen erfüllten Sonntag und an einen Schwarm buckeliger, häßlich über die Lenkstangen gebeugter Radfahrer. Amalia hatte seinen Namen nie gehört; aber ihr Tänzer hatte die gute Eigenschaft, daß er sich nicht rühmte, er sagte nur, er renne in der Mannschaft.

»Und was tun Sie jetzt?«

Er trainierte für ein Rennen an der Riviera. Amalia begann das Herz zu klopfen: denn das bedeutete, daß er bei den Rennen ein wichtiger Mann war.

»Die ganze Riviera entlang?« fragte sie.

Remo lächelte nie. Selbst im Dunkeln hatte Amalia gemerkt, daß er nicht einmal lächelte, als er zu ihr gesagt hatte, sie sei ein hübsches Mädchen, und ihr über die Hüfte gestrichen hatte.

»Die ganze Riviera entlang?«

Remo sagte, Rennen würden beim Training gewonnen, und die Straßen seien alle gleich. Amalia verspürte eine große Sehnsucht, seine unbedeckten Schenkel zu sehen: sicher waren sie kräftig und gut geformt. Sie fragte ihn, ob er Fotografien habe.

Remo, der noch immer ihren Arm preßte, sagte: »Gehen wir auf die Wiese?«

Während sie im Gras saßen, fragte Amalia ihn, wann er an die Riviera gehen werde, und ob er schon dort gewesen sei. Remo brummte irgend etwas und fuhr ihr mit der einen Hand die Beine hinauf, faßte sie um den Hals und küßte sie. Amalia sprang auf. Remo, der flach im Gras lag, hob den Kopf.

Amalia stammelte: »Wir kennen uns doch kaum.«

Remo reckte sich, um sie am Schienbein zu packen. Amalia schnellte zurück und sprang wieder über den Graben auf die Böschung. Drüben, unter der Straßenlampe, fuhr einer auf dem Rad vorüber.

Remo, der noch immer auf der Wiese saß, brummte: »Komm doch her, du dummes Ding. Es ist Nacht.«

»Nein, nein«, sagte Amalia, und das Herz klopfte ihr bis zum Hals. »Wir sind doch keine Hunde!«

Da sprang Remo fluchend auf. Amalia lief leichtfüßig los und erreichte die Straßenlampe. Remo kam ihr mit großen Schritten nach. Amalia ging langsamer und wich auf den Gehsteig aus.

Amalia schlief auf einem Sofa in der Küche und hatte Spiegel und Döschen auf der Kommode im anderen Zimmer, wo Vater und Mutter schliefen. Darum kam sie nach Hause nur zum Essen und Schlafen. Jetzt, wo vor dem Hause das Korn wuchs, blieb sie nicht einmal am Sonntagmorgen daheim.

Das armselige Haus hatte nur zwei Räume; von den Wänden war der Mörtel abgebröckelt, aber sonst war es solide gebaut, vielleicht war es früher eine Osteria gewesen. Amalia hätte gewünscht, die von der Fabrik nähmen den Hof und das alte Haus wieder für sich und ebneten alles ein. Aber ihr Vater schien seiner Sache gewiß: er hatte ja sogar gesät.

Nachts hörte man durch die Tür die Stimmen der wenigen Leute, die vorübergingen, das Gebell einiger Hunde, die Züge, und am frühen Morgen das Quietschen der Karren. Manchmal, doch selten, das Rauschen und Brausen eines Autos.

Dieses armselige Haus also hielt Tosca für bequemer als ihre Wohnung im dritten Stock. Tosca wäre nicht, wie sie es getan hatte, mit dem Rennfahrer auf die Wiese gegangen, sie hätte sich nicht mit ihm dort hingesetzt; sie ging nicht einmal mit Gianni hin. Sie stammte aus diesem Viertel. Aber sie würde ›es‹ im Kino machen. Oder Sonntags auf dem Land.

Sie selbst hatte ›es‹ fast noch als Kind im Rebgarten gemacht; aber darauf würde sie nicht mehr hereinfallen. War es der Mühe wert, daß man in die Stadt gekommen war und selbständig sein Leben lebte, wenn man sich dann wie eine Bäuerin in die Wiesen warf? So etwas war wirklich kein Vergnügen; es so abmachen – das war widerlich. Lag einem einmal daran, jemandem etwas zuzugestehen, so hieß es sich von Mädchen wie Tosca unterscheiden: die ließen, für eine Kinokarte oder einen Ausflug, irgendeinen Mechaniker tun, was er wollte.

Alle Männer sind gleich, dachte Amalia, aber es gibt solche und andere. Der Radfahrer war an dem Abend immerhin fluchend weggegangen. Amalia wollte Tosca fragen, was sie Gianni zugestehe, was sie den anderen zugestehe, doch sie fürchtete, ausgelacht zu werden. Eines Abends war sie schon dabei, in den ›Giardino‹ hineinzugehen – da sah sie dort den ganzen Kreis, Tonino in der Mitte, blieb draußen und reckte den Hals, ob sie zwischen den Bäumen den Krauskopf des Radfahrers entdecken könne. Er war da, trug einen Trikot mit Rollkragen und diskutierte mit rotem Gesicht.

Am nächsten Tag – es war ein nebeliger, kühler Morgen – wusch sich Amalia gerade in der dunklen Küchenecke; da sah sie, als sie aus dem Fenster blickte, einen großen Mann mit nackten Beinen, in weißem Trikot und Mütze, der, an ein Rad gelehnt, das Kinn hob und herumschaute. Es war Remo.

Als Amalia mit gesenktem Kopf, den Hut noch zurechtrückend, heraustrat, brauchte sie nur die wenigen Schritte den Pfad zwischen dem Korn zu gehen, und schon war sie auf der Straße. Sie ging ihres Weges, ohne aufzublicken, und Remo ging neben ihr her und führte mit der Hand das quietschende Rad. Er hatte braune Athletenschenkel, die durch einen fast blonden Haarflaum weicher wirkten. Amalia fluchte im stillen, daß sie sich hatte zu Hause überraschen lassen.

»Geht es zur Arbeit?« fragte Remo genau so langsam, wie er lief.

Amalia sah ihn ärgerlich an und wußte nichts zu antworten.

Plötzlich fragte sie widerborstig: »Wird trainiert?« und blieb stehen. Weiter fort, an der Ecke, standen Mädchen und Mechaniker in einer Gruppe vor dem Fabrikeingang. In die kühle Luft hinein platzte die letzte Sirene, lang, betäubend, gebieterisch.

»Woher wissen Sie, wo ich wohne?«

Remo ging nicht darauf ein. »Ich komme jeden Morgen hier vorbei, mit meiner Kleinen«, sagte er und wies auf das Rad. »Arbeitest du heute?«

»Ich bin eilig«, sagte Amalia.

»Heute abend komme ich dich abholen.«

»Heute abend gehe ich in einen Film.«

Remo zeigte keine Verwunderung. Er fragte: »Allein?« Und dann: »Ich gehe mit.«

»Kommen Sie mich nicht abholen«, sagte Amalia, »ich werde vor dem ›Giardino‹ sein.«

An diesem Abend aber gingen sie in das Kino in der Stadtmitte, denn Amalia machte ihm begreiflich, daß es ihr nicht paßte, immer die gleichen Gesichter um sich zu sehen. Ehe sie in die Trambahn stiegen, zog Remo die Jacke an. Im Kino verhielt er sich ruhig, denn Amalia sagte spöttisch, alles habe seine Zeit. Der Film, den sie sich von dem bequemen roten Sessel aus ansah, fesselte sie so, daß sie, wenn Remo etwas versucht hätte, darüber wirklich verärgert gewesen wäre.

Auf dem Rückweg blieben sie in einem Café, und Amalia brachte es dahin, daß er von dem Rennen an der Riviera sprach. Er erzählte ihr vom Meer, von den Badegästen und den Palmen. Sie fragte ihn, ob er je im Ausland gewesen sei. Sie wollte, er solle ihr genau sagen, was er in den letzten Jahren getan habe, und was er plane, wenn er das Rennen gewinnen würde.

Remo sprach gern von seinem Rad und von den Rennen, aber viel anderes wußte er ihr nicht zu erzählen. Ab und zu versuchte er plötzlich mit der Hand nach ihr zu langen, und Amalia mußte ihm einen Klaps auf die Finger geben und schämte sich hernach über die Lebhaftigkeit ihrer Geste.

Sie ließ sich nicht bis zum Kornfeld heimbegleiten: sie drückte Remo die Hand, und er blieb mitten auf der Straße stehen, groß und ein wenig gebeugt, und sah ihr nach, wie sie sich entfernte.

Es kamen die heißen Tage, und der Alte war eine Last. Wenn Amalia von der Arbeit kam, fand sie ihn fast immer vor dem Haus, er wog die Ähren in der Hand, kratzte Unkraut heraus und hob das strahlende Gesicht, das von dem struppigen gelben Strohhütchen beschattet wurde, als sei er selbst sein Korn geworden. Er fing mit den Vorübergehenden ein Gespräch an; es war ein Glück, daß er aus seinem altgewohnten Mißtrauen heraus seine lächerlichen Pläne noch nicht allgemein herumerzählte.

Aber mit der Mutter erörterte er alles begierig und rechnete: er sah sich bereits als den Padrone über diese paar Handbreit Feld. Amalia hätte ihre Flasche Kölnischwasser darangegeben, damit die von der Fabrik sie von hier vertrieben. Der Vater aber wurde nachts bei seinen Rundgängen in den Fabrikhöfen immer eifriger, und manchmal blieb er bis zum Morgen draußen, damit die Herren der Fabrik sähen, wie er, die Lampe am Gürtel, die Schlüssel wieder übergab.

Wie war es möglich, daß dieser erdverhaftete, in sich zusammengezogene, zwischen Erdschollen und Stall gediehene Körper vom gleichen Fleisch war wie der ihre? Amalia schauderte bei dem Gedanken, daß er und die Mutter – die Mutter in Latschen, der bärtige, feiste Mund auf dem blutlosen Körper der Mutter – sich zusammengetan hatten, sie in die Welt zu setzen. Wenn Amalia sich in die Küche einschloß und sich im Bottich stehend wusch, war ihr, als kratze sie sich Acker- und Weinbergerde vom Körper.

Eines Morgens sah sie vom Fenster aus, wie der Alte und Remo, der vom Rad gestiegen war, miteinander redeten. Sie machte Remo eine Szene und ging für diesen Abend nicht dorthin, wo sie verabredet waren. Sobald sie gegessen hatte, lief sie rasch zu Tosca, damit sie nicht in dem armseligen Haus von ihm überrascht würde.

Tosca aß gerade den Salat, und Tonino rasierte sich.

Sie setzte sich an den Tisch, Tosca gegenüber. Tonino sagte, er sehe die beiden im Spiegel.

»Ihr seid glücklich daran«, sagte Amalia, »so allein! Alles, was ihr verdient, gehört euch, ihr braucht euer Leben nicht zu ändern.«

»Warum machst du nicht die Dritte?« fragte Tonino. »Mir wäre es recht.«

Tosca kaute und starrte auf Amalia. »Oh, auf dich kommt es gerade an«, sagte sie zu Tonino. »Das Leben ist eine öde Sache«, fuhr sie fort. »Ich möchte wie du auf einem Stück Land geboren sein; man ist wenigstens nicht den ganzen Tag eingeschlossen, und wenn man müde ist, streckt man sich im Schatten aus.«

Tonio begann zu singen: ›Torna al tuo paesello.‹

Amalia lächelte und sah auf den Salat. »Das ist gar nicht so leicht: zu arbeiten gibt es mehr als hier, und keiner sagt dir Dankeschön. Den Schweinen geht es gut, aber denen, die sie besorgen, nicht. Es ist schlimmer als dienen.«

»Ja, wenn es wenigstens Radfahrer dort gäbe!« rief Tonino, drehte sich halb um und bedeckte den schief lächelnden Mund mit der umgekehrten Hand.

Remo söhnte sich wieder mit Amalia aus, er zeigte Verständnis dafür, daß sie es nicht mochte, wenn sich jemand ums Haus herumtrieb, und erwartete sie vor dem ›Giardino‹. Amalia lächelte, als sie sah, daß er so wie immer auf sie zukam und sie am Handgelenk packte. Aber seinen reuigen Augen zu begegnen, war ihr sogar peinlich. Als sie einmal mit Tosca in der Fabrik Unsinn machte, sagte sie zu ihr: »Ihm fehlt nur das Wort.«

Remo hatte rasch begriffen, daß sie, wenn sie zusammen waren, die Gesichter von der Sperrzone nicht gern um sich sah. So nahm er sie eines Sonntags in ein elegantes Schwimmbad mit, vor dem eine Schlange von Autos stand.

Sie saßen auf dem kühlen Mosaik, die Füße in dem grünlichen Wasser, und rauchten eine Zigarette. Amalia betrachtete die schwimmenden Mädchen und beneidete sie um die schlanken Linien der Hüften und Rücken. In ihrem knappsitzenden Badeanzug kam sie sich ein wenig dick vor; aber sie war doch gut gewachsen. Sie begriff, daß die Haare, wenn sich die Haut bräunte, einen anderen Ton bekamen, und wieviel ein Kopftuch ausmachen kann. Sie bemerkte auch, daß wenige Männer so gut gewachsen waren wie Remo, so daß ihr sein Anblick zum erstenmal ins Blut fuhr.

Als sie mit geschlossenen Augen lang ausgestreckt im Sand lag, erschien ihr die Sonne strahlender und wunderbarer als sonst. War es möglich – war das die gleiche Sonne, die ihr, als sie ein kleines Mädchen war, auf den Feldern Waden und Nacken gebräunt hatte? Remo, der neben ihr lag, fragte sie flüsternd, ob sie an diesem Abend zusammen essen würden. Amalia gab keine Antwort, aber sie nahm an.

Schließlich saßen sie in einem Saal, in dem Kellner im weißen Jackett servierten. Amalia war von dem Tag im Freien ganz benommen und fragte Remo im Spaß, ob nicht sein Training darunter leiden würde. Da lachte Remo zum erstenmal, so offen, daß er die Zähne zeigte, und sagte: »Das Training gibt einem Kraft, es nimmt sie nicht.« An dem Tag trug er ein Hemd mit Tasche und ein Halstuch.

»Ich bin nur ein armes Bauernmädchen«, stammelte Amalia, während sie geeisten Weißwein tranken. »Du hast ja gesehen, wo ich wohne. Mein Vater hat ums Haus Korn angebaut, gerade, als wäre es ein Stall. Wenn du mich wirklich gern hast, solltest du an dieses Haus Feuer legen. Oder wenigstens an das Korn Feuer legen, es herausreißen, damit ich es nie mehr sehe...«

Remo schleppte sie, während sie immerzu lachte, die Treppen seines Hauses hinauf zu einem Bodenraum, für den er den Schlüssel hatte, und behielt sie bis drei Uhr morgens bei sich.

In den Tagen, die nun folgten, begann Amalia diesen Bodenraum zu hassen: das Klappbett aus Segeltuch und die schräge Wand, an die man, wenn man nicht achtgab, mit dem Kopf stieß. Trotz ihrer neuen Vertrautheit wurde Remo nicht mitteilsamer.

Er antwortete mit einem Brummen, wenn Amalia sagte, es wäre schön, zusammen an die Riviera zu gehen, ein schönes Zimmer zu haben und am Strand umherzuspazieren. Amalia hatte Bedenken, daß sie Remo jetzt vor dem Rennen zu sehr anstrengen könne, aber sie begriff, daß sie ihn an sich binden, ihn verliebt machen mußte: sich ihm zu versagen, würde nun nichts mehr nützen. Im Gegenteil, sie mußte ihn an sich gewöhnen. Um so mehr, als auch sie die Nächte in einem kribbelnden Schweiß verbrachte und Frieden fand nur in diesem Untertauchen, das ihr Blut ihr gab, wenn Reno sie in den Bodenraum mitnahm.

Eines Sonntags fuhr sie auf dem Motorrad, hinter Remo hokkend, zur ›Fontana Fredda‹; dorthin kamen Gesellschaften von überallher. Sobald sich Amalia daran gewöhnt hatte, das Gleichgewicht zu halten, spähte sie auf das Land, das rings an ihr vorüberflog, und fühlte sich glücklich, es auf diese Art zu betrachten. Als sie bei Sonnenuntergang in den goldenen Strahlen zurückfuhren, preßte sie die Wange gegen Remos festen Lederrücken und schloß in dem vorüberfliehenden blendenden Schimmer der Bäume halb die Augen.

In der ›Fontana‹ hatte Remo mit einem weißgekleideten Herrn gesprochen, der ihn duzte und ihm mit der Hand auf die Schulter schlug. Es war ein Techniker von der Genossenschaft. Am folgenden Morgen verschärfte Remo das Training und machte mit Amalia aus, es dürfe keine Unordnungen mehr geben. Abends trafen sie sich, um ein Bier zu trinken, oder sie gingen ins Kino. Amalia fragte noch einmal, ob sie ihn nicht am Sonntag des Rennens an die Riviera begleiten dürfe, aber Remo sagte nein.

Allmählich sah sie ihn seltener – einige Augenblicke vor dem Abendessen –, denn Remo ging sofort danach zu Bett, um bei Morgengrauen aufzustehen. Er war sehr mit dem Rennen beschäftigt und schweigsamer denn je.

Indes quoll das Korn auf und wurde gelb. Üppig stand es nicht, aber es bildete doch vor dem Haus eine Woge, die bis zum Gürtel reichte, und der Alte trennte sich von ihm nur nachts. Schon hatte er vielen Jungen Kopfnüsse versetzt, weil sie Steine ins Korn warfen. Wenn Amalia am Morgen da hindurchging, wäre es ihr peinlich gewesen, wenn jemand sie gesehen hätte.

Als sie eines Abends ganz allein aus dem Kino trat, bekam sie Lust, wieder die ›Straße der Begegnung‹ zu gehen, und lenkte den Schritt zum ›Giardino‹. Sie hörte das Orchester von weitem, und schon als sie näher herankam, genoß sie die Kühle der Bäume. Sie blieb hinter der Hecke stehen und betrachtete die Tanzfläche, auf der sich die Paare drängten, und die Tische. Und dort saßen die Mechaniker – einer kam mit Tosca zurück –, dort saß Tonino, der lachte, dort saß Remo. Remo, der angeblich seit drei Stunden im Bett war!

Ihr wurde eng ums Herz, und sie kämpfte mit sich, ob sie hineingehen solle. Aber er tanzte ja doch nicht! Warum sollte sie sich herausreden? Sie brauchte ihn nicht, er redete sowieso wenig. Vielleicht hatte er Durst gehabt und war hinuntergegangen, um mit den Freunden zu plaudern. Aber wenn dieser Tag des Rennens vorüber war, würde sie ihn nicht mehr loslassen. Es bedeutete für sie zu viel.

Und doch wäre sie hineingegangen, hätte sie sich nicht vor den Blicken Toninos und der anderen geschämt. Ärgerlich entfernte sie sich, und als sie nach Hause kam, sah sie das rauschende Korn kaum an. Wenn nur dieser Tag des Rennens bald vorüber wäre!

Tief in der Nacht wurde sie von einem Getrampel wach, es atmete sogar jemand keuchend hinter der Tür. Vielleicht war es ein Hund oder ein Betrunkener. Eine unbestimmte Angst hielt sie jedoch auf dem Sofa fest, sie riß die Augen auf, während sie ein Hin- und Hergehen hörte, ein Knistern – vielleicht der Wind –, aber ihr Herz bedrückte das Entsetzen und die Scham, daß sie in einer niedrigen Küche schlief, hinter einer Tür, die auf die Straße ging, allen Vorübergehenden preisgegeben – ein Bauernmädchen; daß sie im Juni das Fenster verschlossen halten mußte, damit niemand hereinkäme; daß sie allein war, daß sie sogar von Remo an der Nase herumgeführt wurde: sie wußte es. Die schreckliche Angst fiel sie an, daß die Tür nicht fest zu wäre. Aber der Ärger über den in den Ausguß tropfenden Wasserhahn in der Ecke war stärker; sie schloß fest die Augen, sie wollte einfach schlafen.

Es war sicher keine Nacht mit Wind gewesen. Die Sonne war noch nicht aufgegangen, aber schon war es heiß. Trotz der frühen Stunde sah Amalia, die sich vor dem Fenster abtrocknete, daß alles Korn zerstört, niedergetreten war. Dort erschien die Böschung der Straße, die noch gestern von den gelbgrünen Ähren verborgen gewesen war.

Amalia war schon an der Tür, als sie den Schrei der Mutter am Fenster hörte. Beide sprangen sie in den kleinen Graben am Haus – Amalia hatte schon den Hut auf –, und da sahen sie es: die Halme geknickt, zerschlagen, durcheinandergeworfen, der Boden kahl. Einige Ähren verloren die Körner. Ein Arbeiter, der auf dem Rad vorüberfuhr, drehte sich um und sah es sich an.

Die Alte, noch barfuß, preßte eine Hand an die Wange, wobei sie den Ellenbogen festhielt.

»Diesmal bringt dein Vater uns um«, sagte sie rauh.

Amalia hob die Schultern. Sie bückte sich, fuhr noch einmal mit der Hand zwischen die Halme, die nahe bei ihr die weißliche Erde bloßlegten.

»Was soll er schon sagen! Es wird ein Betrunkener gewesen sein. Hat er sich denn nie betrunken?«

Sie ging und hatte dabei doch ein schlechtes Gewissen, daß sie die Mutter, die stöhnte, allein ließ; sie ging rasch davon, denn es begannen Scharen von Arbeitern auf dem Rad vorüberzufahren. Mit einemmal erinnerte sie sich an das, was sie zu Remo, als sie betrunken war, gesagt hatte.

Um Mittag kam sie zurück, sie ließ sich nicht von Tosca begleiten. Von weitem sah das armselige Haus nicht anders aus als sonst. Aber ihr schlug das Herz, als sie den verwüsteten Streifen sah: die Tür erschien nackter.

»Wo ist der Vater?«

Die Alte blies in den Ofen. »Er ist in die Fabrik gegangen, um zu kündigen. Er sagt, die dort hätten es niedertreten lassen, um ihm das Land wieder wegzunehmen. Er will ins Dorf zurück, und wenn er Hungers sterben müßte. Wie ist es möglich, daß niemand in der Nacht etwas gehört hat?«

»Wegen der zwei Garben, falls es so viele hergegeben hätte! Die Saat hat mehr gekostet.«

»Geh nur hin und sag ihm das! Hast du heute früh gearbeitet?«

»Aber er kommt zurück?«

»Er ist schon zweimal zurückgekommen. Er weiß nicht mehr, wohin er gehen soll. Aber ist es möglich, daß du nichts gehört hast?«

Als der Vater zurückkam, wich Amalia seinen Schlägen aus; sie legte nur die Handschuhe auf den Tisch und behielt den Hut auf dem Kopf. Der Alte war, als er eintrat, puterrot gewesen; nach und nach wurde er schlaff und fahrig, ging hinaus, um die Halme zusammenzurechen, kam mit dicken Tränen wieder herein und verschüttete auf dem Tisch die Minestra. Die Alte schwieg.

»Gehst du heute in die Fabrik?« fragte der Alte ganz unerwartet. Amalia senkte den Blick auf den Teller.

»Arbeite du nur für diese Viecher, arbeite! Lauf hin und tu ihnen schön. Mach sie fett. Leute wie dich brauchen sie. Arbeite. Bei Tage lassen sie dich arbeiten, und nachts bezahlen sie dich. Alte, wohin hast du die Hacke getan?«

Amalia riß mitten im Essen aus, sonst hätte sie losgeschrien. Sie ging in der Sonne durch die verlassenen Straßen, biß sich auf die Lippen, hob den Kopf, wenn hinten auf der breiten Straße eine Trambahn durchfuhr. Plötzlich kam ein Radfahrer vorbei, mit nackten Beinen, staubig: es war nicht Remo.

Unter dem Fabriktor bat Amalia Tosca, ob sie an diesem Abend mit ihr zusammensein könnte. Sie ging mit ihr das Brot kaufen, sie stiegen die schmutzigen Treppen hinauf und setzten sich in die Küche, um Atem zu schöpfen. Dann machte Tosca sich an die Hausarbeit. Tonino kam, er grüßte und winkte ihr verständnisvoll zu. Amalia antwortete mit einem zerstreuten Lächeln.

Während Tosca auf dem Balkon den Salat abtropfen ließ, stand Amalia auf und begann das Paket mit den Eiern aufzumachen. Tonino, der sich hinter der Zwischenwand wusch, rief lustig:

»Sagen Sie mir nicht einmal Dankeschön?« Seine Augen und die zerzausten Haare erschienen über der Holzwand.

»Ist Ihnen gar nicht klar, daß ich Ihnen einen Gefallen getan habe?«

Amalia sah auf.

»Wenn Sie in diesem Jahr Weinlese halten, bin ich dabei.« Tonino kam in die Küche, während er sich noch eine Schulter rieb. Er sah Amalia scharf an und lächelte. »Mir wurde gesagt: ehe er zum Radrennen gehe, wolle er dieses Korn geschnitten sehen. Sagen Sie mir nicht Dankeschön?«

Amalia, die am Tisch lehnte, verstand nicht sogleich. Dann wurden ihre Wangen flammendrot, der Atem stockte ihr. Sie sprang an die Tür, öffnete sie und lief hinunter. Im Gehen verzog sie das Gesicht, damit man ihr nichts ansah, und das Geschrei der Kinder erreichte sie nur ganz von fern, gedämpft, ein Murmeln. Als sie bald danach zu Hause ankam, ließ sie zu, daß der Vater sie schlug; es war Nacht geworden, aber er glaubte immer noch nicht, was sie behauptete: daß sie von der Küche aus nichts gehört hätte.

Treue

I

Als Amelio aus dem Krankenhaus nach Hause gebracht und aufs Bett gelegt wurde, hörten die anderen auf, ihn zu besuchen; aber Garofalo fing damit an. Anfangs hatte er sich nicht dazu entschließen können, weil es hieß, Amelio sei, als er im Krankenhaus eingeliefert wurde, zwar mehr vom Benzin als von Blut beschmutzt gewesen, aber er habe auf dem Bett doch sozusagen ›in seinem Blut‹ geschlafen, festgezwängt in den Gipsverband, die reinste festzementierte Schutzwehr. Garofalo hatte das Motorrad gesehen, und das hatte ihm genügt.

Aber da Amelio dazu verdammt war, sich nicht mehr zu bewegen, fühlte Garofalo jetzt das Bedürfnis, ihm Gesellschaft zu leisten und ihm zu helfen, so gut er konnte. Man hatte ihm gesagt, Amelio habe, wenn man ihm im Krankenhaus die Zigarette in den Mund steckte und sie ihm anzündete, wie ein Kind die Augen geschlossen. Er stieg, die Taschen voll Zigaretten, zu ihm hinauf; aber Amelio schien ihm alles andere als niedergeschlagen: im Gegenteil, er sah einem in die Augen, doch so, als sei man selbst gar nicht vorhanden. Es gelang Garofalo nicht, sich daran zu erinnern, was für ein Gesicht er früher hatte; aber an den tiefen Schatten der eingefallenen Wangen und Schläfen war zu erkennen, wie sehr er geschrien und die Zähne zusammengebissen haben mußte.

Ihn zum Reden zu bringen, war Garofalo immer schwer gefallen. Während sie rauchten, überflog Garofalos Züge ein Lächeln, das in einer Grimasse endete.

»Was gibt es zu lachen?«

»Ich lache über Masino.«

»Wieso?«

»Er hat es gleichfalls versuchen wollen. Sein Vater reparierte ein Motorrad; der Junge muß auf alles steigen, was er sieht, er braust los, ehe der Alte fertig ist, und hat die Lenkstange allein in der Hand. Jetzt muß er zahlen.«

»Dummköpfe«, sagte Amelio. »Sie können nicht mal radfahren und spielen die Mechaniker.«

Es war ein kühler Morgen mit etwas hellem Nebel: ein mächtiges, kaltes Licht kam durch die Scheiben. Amelio lag auf dem Küchensofa zwischen Tüchern, die bis zum Boden hingen. Die behaarte Brust – diese Locken waren von hellerem Blond als das Kopfhaar – war bloß; dort kratzte er sich, auf die Ellenbogen gestützt.

»Mir scheint, du erwartest jemanden«, sagte Garofalo. Er sperrte das Fenster auf. »Man hört nicht einmal die Straße«, sagte er, »hier geht's einem gut.« Als er sich umdrehte, sah er Amelios gespanntes Gesicht; er hatte sich auf den Rücken gerollt und die Ellenbogen darunter geschoben, so daß der Thorax gewölbt war. Er hielt die Augen geschlossen und atmete tief.

Ehe Garofalo hinaufgestiegen war, hatte er gewartet, bis Amelios Mutter am Tabakladen vorüberging. Sie kam jeden Morgen vorüber, um einzukaufen, aber er hatte keine Lust, sich von ihr erwischen zu lassen, weil sie sich immer sofort Luft machte, jedem gegenüber, den sie traf; und das tat sie auf recht böse Art. Man verstand, daß ihr Mann lieber den Mund hielt. Der Arme! Seine Frau war einmal schön gewesen. Und er hatte an diesen ungestümen, gut gebauten Sohn offensichtlich seine ganze Kraft gewandt; wahrscheinlich hielt er es selbst für merkwürdig, daß ihm ein so kraftvoller Bursche geglückt war. Garofalo überlegte sich, welcher von beiden mehr litt. Sicher doch er; denn wenn diese Frau so schön und kräftig gewesen war, wie es hieß, mußte ihr dieser Sohn nicht als ein solches Wunder erschienen sein wie ihrem Mann.

Der Alte tat einem leid. Er war vor ein paar Tagen in den Tabakladen gekommen – nicht mehr wie früher jeden Abend –, um eine halbe Toskanerzigarre zu holen, und hatte mit gesenktem Kopf in der Schachtel gesucht, auf eine scheue, zerstreute Art, wobei er unter dem hängenden, gelb gewordenen Schnurrbart etwas nur so eben zwischen den Zähnen hervorbrummte – als sei auch er gelähmt.

»Und Natalina?« fragte Garofalo.

Diesmal zog Amelio die Grimasse.

»Es ist kalt«, sagte er.

Als Garofalo vom Fenster zurückkam, sah er, daß Amelio lachte. Man sah jetzt die Zähne mehr als früher, als sein Gesicht von der Sonne gebräunt war.

»So sind die Frauen: solange es geht, geht es... Aber bei mir geht es noch.«

Garofalo lächelte.

»Hat sie dich besucht?«

»Sie kommt heute morgen.«

Garofalo brach auf. Er sagte lachend:

»Darum also erwartest du sie im Bett.«

Als Garofalo erst unterwegs war, fühlte er sich glücklich. Im Grunde war Amelio besser dran als er. Ja, so ist es, wenn einer ein Mädchen für sich zu gewinnen versteht: sie leistet ihm Gesellschaft und freut sich an ihm. In der Sonne, unter dem schon dürren Laub ging Garofalo quer über die Allee und drehte sich vor dem Tabakladen um nach einem Mädchen, das flink vorüberging – er beneidete Amelio.

Wenn er Lust hatte, sich mit jemandem zu unterhalten, so gab es dafür die Kunden, die das Geld auf den Tisch warfen und die Zigarettenpäckchen oder die Zigarren befühlten. Außerdem war die

Mutter da, sie besorgte den Briefmarken- und Salzverkauf. Ein Geschäft, das von allein ging. Garofalo dachte: wäre ihr Geschäft größer gewesen, dann hätte sein Vater auch Amelio einstellen können, der ja doch arbeiten mußte. Doch erst wenn die dort oben sich entschlossen hätten, in ein Erdgeschoß zu ziehen und ihm einen Wagen zu kaufen, in dem er selbst fahren konnte. Aber würde er mit dem auch hinter dem Ladentisch hin und her fahren können?

Sieh da, um ein Uhr trat Natalina ein, ohne Hut, parfümiert; sie sah Garofalo, der aus dem Hinterzimmer herbeieilte, übellaunig an. Natalina kam selten, sie hatte einen Tabakladen vor ihrer Arbeitsstätte, aber sie wußte, daß Garofalo mit Amelio befreundet war, und vor dem Unglücksfall war sie auch mit Amelio manchmal hereingekommen.

»Es war kühl heute morgen«, sagte Garofalo. »Im Bett fühlt man sich wohl.«

Natalina sah auf, zwischen den Haaren hindurch, und lachte. Garofalo öffnete den Ladentisch und holte die Flakons aus dem Glaskasten. Während sie an ihnen schnupperten, verbreitete sich feiner und wärmer ihr brauner Geruch.

Nach dem Kölnischwasser das Veilchenparfüm; nach dem Veilchenparfüm das ›Notturno‹. Natalina hatte Eile und fand nichts nach ihrem Geschmack.

»Einen Hunger habe ich!« sagte sie. »Ich kann schon gar nichts mehr sehen. Ich komme ein andermal wieder.«

II

Noch am Abend, als Garofalo zum Billard ging, war er froh. Dort wartete schon Masino mit seinem verbundenen Kopf, um jemandem etwas vorzujammern.

»Wie geht es?« fragte Garofalo.

»Schlecht.«

»Hör auf: schlechter geht es dem Motorrad.«

»Man muß geschickt fallen«, sagte Masino. Der Wirt, der einen Kaffee brachte, mischte sich ein: »Man muß lernen, gerade zu sitzen.«

»Wäre ich nicht wie eine Kugel heruntergerollt, dann hätte ich mir das Rückgrat gebrochen«, sagte Masino gekränkt. Er hielt eine Weile inne. »Wie Amelio.«

Alle drei waren einen Augenblick still.

»Amelio geht es jetzt ganz gut«, sagte Garofalo. »Er denkt schon an die Mädchen.«

»Ach was?« sagte der Wirt. »Stört es ihn nicht? Das hätte ich nie geglaubt. Nun ja, er kann zufrieden sein.«

»Und die Beine?« unterbrach ihn Masino.

»Als wären sie verdorrt. Das Rückgrat ist verletzt und auch das Rückenmark. Von da gehen die Befehle aus.«

Der Wirt begann von neuem: »Nur Geduld! Er hat wenigstens die Beine behalten, wenn auch die Knochen ohne Kraft sind. Ich bin höchst zufrieden damit: denn das hat er verdient. Das hat er gerade gebraucht. Es ist ein Wunder, das nicht allen passiert. Hat er dir die Beine gezeigt?«

Garofalo lächelte. »Mir nicht.«

Garofalo dachte daran, daß in Amelios Küche sicher dieser Hauch Parfüm zurückgeblieben war. Wer weiß – als Vater und Mutter zurückkamen, war Amelio mit Natalina wohl auf den großen Sessel im Schlafzimmer übergesiedelt. Sie benahmen sich sowieso wie Brautleute, und Amelio war ganz bestimmt nicht schüchtern.

Amelio hatte Natalina immer kommandiert. Man brauchte nur daran zu denken, wie er sie, wenn er hereinkam, die Zigaretten zu kaufen, an der Tür stehen ließ, und wie sie, sobald er heraustrat, herbeieilte, sich bei ihm einzuhaken. Und wenn sie unterwegs jemandem begegneten, blieb Amelio stehen und redete mit ihm, als sei er allein. Eines Abends hatten Masino und Garofalo mit ihr tanzen wollen; aber mitten im Tanz mit Masino hatte Natalina ›pardon‹ gesagt und war zum Eingang entwischt, wo Amelio sie erwartete. Es gab keine Stunde, daß sie die beiden nicht unterwegs trafen, und Sonntags fuhren sie mit dem Motorrad los.

Garofalo versuchte etliche Male, seinen Vater dahin zu bringen, daß er Amelio in den Tabakladen nahm, aber der Vater hörte nicht einmal richtig zu; und seine Mutter sagte ihm ein für allemal, er solle keine Dummheiten machen. »Er kann ja nicht einmal die Treppen herunterkommen.« Und doch, dachte Garofalo – man würde schon helfen, wenn in der Familie ein solches Unglück passierte, und auch, wenn Amelios Eltern genau so einen Tabakladen gehabt hätten.

Aber Unglücksfälle kommen nie recht. Was für ein Leben mochte diese grobe Alte, die sich jetzt mit allen herumstritt, Amelio und seinem Mädchen bereiten! Garofalo ging am nächsten Tag Amelio nicht wieder besuchen, teils um sich nicht zu sehr zu binden, und teils weil er nicht wußte, ob die Alte ausgegangen war.

Er ging eines Nachmittags hin, als sich das Parfüm gewiß verflüchtigt hatte: die Küche roch nach Fußschweiß und Feuchtigkeit. Es war nicht gerade hell – draußen regnete es leicht –, und man hatte Amelio an diesem Tag nicht geholfen, aufzustehen: die Tür stand offen.

Amelio hatte einen Bart, der viele Tage alt war, und als erstes bat er um etwas zu rauchen. Er hatte sich unter den Decken hochgesetzt und lehnte an der kalten Mauer.

»Wann zieht ihr um?«

Man wußte, daß sie nicht vor dem Frühling umziehen würden, aber er fragte es nur, um irgend etwas zu sagen.

Amelio rauchte mit geschlossenen Augen.

»Gestern abend hat es im Kino eine Keilerei gegeben«, erzählte Garofalo. »Da war einer, der tat eine Hand vor das Loch und machte Schattenspiele. Sie haben gepfiffen, und dann hat man eine Frau schreien hören, und sie haben sie halbtot von den Soldaten weggerissen. Ein Strumpf war ihr zerrissen worden, doch als sie wieder zu sich kam, hat man gesehen, daß sie buckelig war. Buckelig wie eine Hexe. Aber was für Leute: sich mit Buckeligen einlassen!«

»Im Dunkeln sind alle Frauen recht«, sagte Amelio.

»Stehst du nicht auf?« fragte Garofalo.

»Wie soll ich?« Amelio öffnete die Augen. »Mich kann nur ein Mann tragen, der darin geübt ist. Aber es ist ja doch gleich.«

»Wohin bringen sie dich?«

»Drüben auf den großen Sessel.«

»Und dein Vater?«

»Er macht weiter, so gut er kann. Das letzte Geld haben sie ihm aus der Tasche gezogen, als sie mir die elektrische Kur verordneten. Ich selbst bin ja kein Dynamo.«

»Was für eine Kur machst du jetzt?«

Amelio zuckte die Achseln. Garofalo fragte ihn, ob er Karten spielen wolle. Er zog die Karten aus der Tasche – sie waren schon feucht – und setzte sich vorsichtig auf das Sofa. Während er sie auf der Decke zu einer ›Briscola‹ austeilte, sagte er herzlich: »Man müßte zu viert sein.« Und dann, als er den Stoß niederlegte:

»Wie geht es Natalina?«

Amelio hob die Karten nach und nach ab und gab keine Antwort. Sie begannen schweigend zu spielen. Amelios knochige Hände und sein Gesicht schienen ins Spiel vertieft. Garofalo gewann, aber wenn man nicht um Geld spielte, machte es keinen Spaß. Als sie ihre Karten ausgespielt hatten, zählte keiner die Punkte, und sie ließen es sein. Einige Karten glitten zu Boden.

Amelios Augen glänzten, es sah aus, als habe er Fieber. Plötzlich zog er die Lippen zusammen und stieß einen Seufzer aus; aber sofort unterdrückte er ihn.

»Ich habe es satt, hier drinnen zu hausen«, jammerte er leise. Es klang, als jammerte ein Kind. Garofalo bückte sich, die Karten aufzusammeln, und stammelte: »Gib dir Mühe, daß du wieder zu Kräften kommst; du bist nur blaß. Sobald es schön wird, gehen wir aus.«

»Solange ich hier drinnen hause wie eine Pflanze im Keller, werde ich dieses Gesicht haben. Bei Kräften bin ich schon. Mir würde wohler sein, wenn ich es nicht wäre.«

»Warum machst du nie das Fenster auf?« fragte Garofalo.

»Dann wird mir kalt. Und wer macht es wieder zu?«

»Deine Mutter ist doch da.«

Garofalo, an die Mauer gelehnt, lächelte.

»Die hat nur Angst, daß mir jemand was zu trinken bringt. Das riecht sie schon in der Luft. Die Flasche hält sie unter Verschluß.«

»Soll ich dir was mitbringen?« fragte Garofalo.

Amelio zuckte die Achseln. »Lieber was zu rauchen. Zu rauchen. Später, wenn du es hast, was zu trinken.«

»Ja. Aber du mußt dich in acht nehmen«, sagte Garofalo und stand auf. »Jede Unvorsichtigkeit kann dir schaden.« Während er sprach, hatte er die Augen anderswo.

»Gehst du?« fragte Amelio.

»Ich gehe, bevor die Alte zurückkommt.« Er legte ihm die drei Päckchen auf das Kissen.

Als er schon an der Tür war, rief Amelio ihm zu: »Willst du nicht meine Beine sehen?«

Garofalo drehte sich um. Amelio lag lang ausgestreckt im Bett, die Laken nur noch auf den Füßen, das Hemd über dem Bauch. Er mußte näherkommen. Die knochigen, starken Beine waren Amelios würdig. Nur sahen die Schenkel durch die Abmagerung aus wie Säbelbeine, und sie waren unter den Haaren schmutzigweiß. Amelio krümmte sich, um mit der Hand auf sie hinzuweisen.

»Sehen sie nicht aus wie gesund?« fragte er.

III

Auf dem Nachhauseweg blieb Garofalo stehen. Er begriff nicht, warum Amelio ihn hatte seine Beine sehen lassen. Als er daran zurückdachte, stellte er sich statt ihrer Natalina vor: ihren weißen festen Körper.

Wenn er es sich recht überlegte, so machten ihm Amelios Beine Eindruck nicht wegen der Lähmung, sondern weil er gesehen hatte, wie nach oben hin die Behaarung der Schenkel dichter wurde – bis in einen rötlichen Wald.

›Wir müßten nackt gehen, dann würden wir uns daran gewöhnen.‹

Es war sonderbar, daß so ein Mann stärker auf ihn wirkte als die Frauen. Aber dann beruhigte er sich: er merkte, daß er in Wirklichkeit an Natalina dachte.

Als er am nächsten Tag im Laden stand, hob er den Blick, sooft jemand eintrat. Ob sie wiederkommen würde? Den Gedanken kann man nicht befehlen.

Hingegen trat Amelios Vater ein, mit roten Augen, und verlangte eine Toskanerzigarre. Da erinnerte sich Garofalo daran, daß Sonntag war.

»Geht es Amelio gut?« fragte er artig.

Der Alte betrachtete ihn von unten bis oben, mit zitterndem Schnurrbart, und antwortete, wie er noch nie geantwortet hatte: »Krepieren sollte er.« Dann wischte er sich über den Mund.

Garofalo fiel aus allen Wolken. Aber der Alte war noch nicht zu Ende. »Er hätte in der Fabrik krepieren und die Unfallversicherung erwischen können; nicht diese blödsinnige Fahrt machen! Wer hat ihm das beigebracht, daß er über neunzig fahren sollte? Da sind sie zwanzig Jahre alt und bilden sich ein ... und denken nicht an den, der sechzig auf dem Buckel hat.«

Er war betrunken. Und er ging. Garofalo wußte, daß seine Mutter im Hinterzimmer zugehört hatte, denn sie hatte einen Augenblick mit dem Kartoffelschälen ausgesetzt. Sicher hatte sie das gern gehört. Er wagte nicht sich umzudrehen.

Natalina sah er wieder, weil er dorthin ging, wo sie wohnte, um sie zu treffen. Als er auf dem Gehsteig ihren knappsitzenden Rock gewahr wurde, lief er los und sah sie an, ließ den Blick über sie hingehen und nickte ihr zu. Es genügte ihm, daß er sie gesehen hatte; und er dachte an ihr gemeinsames Geheimnis. Natalina lächelte und blieb stehen.

Darüber wunderte sich Garofalo nicht; er hatte sie ja oft schon an Amelios Arm gesehen. Er lehnte sich an die Mauer und fragte, warum sie nicht wieder in den Tabakladen komme.

Natalina sah ihn belustigt an und antwortete, sie brauche nichts. Garofalo wechselte das Thema, damit es nicht so aussah, als handle er hier mit seiner Ware. Er fragte sie, wie sie denn den Sonntag so allein verbringe. Natalina zog ein mürrisches Gesicht, wie ein kleines Mädchen; dann sagte sie, während sie weiterging: »Ich kann keinem trauen: alle sind sie unverschämt zu mir...«

»Ich auch?« fragte Garofalo und fuhr sich schützend an die Wange. Natalina lächelte. »O nein, wir kennen uns.«

Am Abend gingen sie in das Kino in der Galleria, und Garofalo schämte sich, daß er versucht hatte, ihre Beine zu mustern. Natalina hatte eine so vernünftige Art, zu sprechen, daß Garofalo bestürzt war, wenn er an die kecken Blicke dachte, die sie früher, an Amelios Arm geklammert, den Vorübergehenden, die sie betrachteten, zugeworfen hatte. Er wagte ihr nicht davon zu sprechen, aber er begriff, daß alles das jetzt von dem Unglück kam. Und er dachte, wenn er ihr so Gesellschaft leiste, bewache er sie für Amelio und tue damit ihm einen Gefallen. Doch als er ihn am nächsten Tag besuchen ging, wagte er ihm nichts zu sagen, weil die Mutter in der Küche war, und er konnte ihm nicht einmal die Flasche Wein geben, die er in der Manteltasche hatte. Sie rauchten zusammen eine Zigarette; dann ging er wieder.

Natalina hatte es freilich nötig, bewacht zu werden. »Bravo«, sagte eines Tages Masino zu ihnen, als er sie Arm in Arm traf, und warf ihr einen Blick zu, der ihm nicht gefiel. Natalina lächelte.

Garofalo gewöhnte sich rasch an Natalinas warmen Arm und an die behutsamen Worte, die sie scherzend tauschten. Sie sprachen von früheren Zeiten, als Natalina für Amelio alles war, sie sprachen davon wie von etwas Vergnüglichem, das weit zurücklag. Dann war das Unglück geschehen. Als Garofalo das erstemal auf Amelios gegenwärtigen Zustand anspielte, drückte Natalina seine Hand, verzog das Gesicht und sagte: »Ich denke so schon immer daran. Wir wollen nicht davon sprechen.« Garofalo sah, daß ihre Augen dabei aufblitzten, und dieser Blick war nicht vernünftig, und er begriff, daß er selbst gar nichts zählte. Aber Natalina preßte sich an ihn und sagte: »Wir sind zusammen!« So nahmen sie die Gewohnheit an, sich manchmal im Gehen aneinanderzupressen, wenn niemand sie sah.

Inzwischen vergingen die Tage, jetzt schneite es oder es war Nebel, und im Kino fühlte man sich wohl. Garofalo fand eines, das etwas abgelegen war und Natalina gefiel.

Natalina hatte Bedenken wegen des armen Mädchens, dem sie seine Gesellschaft stahl. Garofalo sagte lachend, dieses Mädchen gebe es nicht.

Garofalo hatte keine Bedenken. Er freute sich, mit einem Mädchen wie Natalina auszugehen: sie begriff alles so rasch und vertraute ihm. Natalina war aufgeweckt und gewiß auch nicht unerfahren; das sah man an ihrem Gesicht, wenn das Gespräch einmal freier wurde. Garofalo beneidete Amelio, und das war nur natürlich: Natalinas Geruch und Bewegungen machten ihn unruhig. Aber – man darf schließlich die Frauen nicht nur darum suchen, weil sie unter den Kleidern nackt sind.

»Wir sollten uns weniger sehen lassen«, sagte Natalina, »sollten uns nur im Café treffen. Die Leute wissen, daß du Amelios Freund bist, und sie denken schnell etwas Schlechtes.«

Auch das war richtig. Sie beschlossen, Amelio nicht zu sagen, daß sie sich sahen, denn Amelio, immer allein und ans Bett gefesselt, konnte irgendwelche Geschichten machen.

IV

»Gestern habe ich Amelio gesehen, und wir haben Karten gespielt«, sagte er eines Abends zu ihr. »Ich habe ihm was zu trinken gebracht. Er ist erstaunlich. Nicht einmal, als er getrunken hatte, hat er von dir geredet.«

»Und warum sollte er davon reden?« sagte Natalina und runzelte die Stirn.

Garofalo wußte nicht, was er darauf antworten sollte.

»Ihr Jungen habt alle diese schlechte Angewohnheit«, fuhr Natalina fort. »Reden, reden. Wozu?«

»Aber... ich habe doch gesagt, daß Amelio nicht geredet hat...«

»Das heißt, daß ihm der Kopf richtig auf dem Hals sitzt. Halte du es genauso.«

Oft dachte Garofalo darüber nach, wie die Dinge laufen würden, wenn er an der Stelle von Amelio und Amelio an seiner Stelle gewesen wäre. Und er begriff, daß es dumm war, darüber nachzudenken; denn wenn Amelio an seiner Stelle wäre und Natalina hätte, würde gar nichts geschehen. Doch wenn er erst einmal im Erdgeschoß wohnte, würde er wenigstens ausgehen können.

Aber Amelio ging ja noch nicht aus. Eines Morgens, als wieder ein wenig die Sonne schien, wollte Garofalo hinaufsteigen und ihn besuchen. Während er in der Allee wartete, daß die Mutter herunterkäme, überlegte er sich: sollte er Amelio fragen, ob Natalina auch bei ihm so unvernünftige Ausbrüche habe? ›Der Ärmste, richten wir lieber keinen Unfug an‹, sagte er sich. Und inzwischen trat die Alte aus dem Haustor, nachdem sie überallhin einen scharfen Blick geworfen hatte.

Er fand Amelio in der dürftigen Küche; in einen Mantel eingemummt, war er gerade dabei, eine große Tasse Milch zu schlürfen. Sie winkten sich zu.

Als Amelio die Milch getrunken hatte, kaute er an einem Stück Brot, das er in einen Teller kalte Minestra tauchte. Er kaute langsam, stellte den Teller auf den Tisch und legte sich wieder bequem auf das Sofa.

»Hast du jemanden gesehen?«

Amelio zuckte die Achseln, drehte sich in der Hüfte um und streckte eine Hand aus den Decken. »Gib mir die Bettflasche.« Er faßte sie mit knochigen Fingern und nahm sie unter die Laken. Garofalo sah inzwischen aus dem vom Licht erfüllten Fenster und kam zurück, als Amelio die Decken hob und ihm die Flasche vorsichtig hinreichte. »Schütte es in den Ausguß.«

»Wer soll mich schon besuchen?« sagte er, als er die Zigarette angezündet hatte.

»Aber du empfängst doch Natalina hier?« fragte Garofalo.

»Und du – was stellst du mit Natalina an?«

Garofalo sah auf.

»Ich habe sie einmal ins Kino begleitet. Sie beklagt sich, daß sie allein ist. Wer hat es dir gesagt?«

Amelio lächelte. »Natalina bleibt nicht allein, auch wenn man sie anbindet. Hat ein Auge auf den Tabakladen.«

Während Garofalo im Stehen seine Zigarette malträtierte, sah Amelio ruhig auf die Decken. Der Ausguß im Winkel tropfte in regelmäßigen Abständen.

»Hör mal, Garofalo«, sagte Amelio plötzlich, »seit drei Monaten komme ich nicht aus dem Haus. Mein Vater ist nicht imstande, mir das zu verschaffen, was ich will, und für meine Mutter bedeutet das Sünde. Da ist es an dir. Wenn du mir nicht eine Frau ausfindig machst, komme ich um. Bring mir nichts mehr zu trinken und miete mir eine mit diesem Geld. Bring sie her, wenn niemand da ist.«

Garofalo lächelte so blöde, daß Amelio die Stimme erhob:

»Und sag ihr, daß ich ein Krüppel bin, damit sie mir dann keine Geschichten macht. Nimm eine Magere, sonst zerquetscht sie mich. Verstanden?«

Garofalo hatte eine Frage auf der Zunge, aber er stellte sie nicht. Wieder malträtierte er ein wenig die Zigarette, warf den Stummel weg und sagte ruhig:

»Irgendeine Frau?«

»Sie soll nicht zu fett sein, aber auch kein Hering.«

»Je nachdem, was ich finde. Um welche Zeit?«

»Morgen früh um diese Zeit.«

»Wenn ich bis dahin eine gefunden habe. Soll ich sofort gehen?«

»Sofort.«

Natalina sah ihn um Mittag am Haustor, verließ rasch die Kolleginnen, die lachten, und lief neben ihm her.

Als sie um die Ecke waren, begann Garofalo zu reden.

»Stimmt es, daß du seit drei Monaten nicht mehr zu Amelio gehst?«

Natalina blieb stehen, packte ihn am Handgelenk und sagte langsam: »Möchtest du, daß ich hingehe?«

Da Samstag war, hatten sie es nicht eilig. Während sie durch die verlassenen Gäßchen gingen, sagte Natalina ihm alles, ohne ihm vorzuwerfen, daß er mit Amelio gesprochen hatte.

»Ich habe ihn früher gerngehabt, das weißt du«, sagte Natalina und sah vor sich hin. »Ich habe es dir offen gesagt. Im Krankenhaus habe ich ihn immer besucht, obwohl er selbst daran schuld war, daß er hineinkam. Aber danach«, Natalina verzog den Mund, »danach habe ich es nicht mehr aushalten können. Es ist, als hätte er Beine aus Stein. Hättest du eine Frau gern, die Beine aus Stein hat? Ich träume nachts davon, und es schaudert mich.«

»Aber er ist ein Mann wie alle anderen«, sagte Garofalo, nur um etwas zu sagen.

»Was tut das?« Und Natalina sah ihn vorwurfsvoll an. »Ein Mädchen will nicht nur das. Und ich habe es ihm gesagt.«

»Du hast es ihm gesagt?«

»Ja.«

Sie spazierten bis ein Uhr umher, und Natalina nahm lächelnd Garofalos Hand von ihrer Hüfte; denn er dachte an die Frau, die er Amelio bringen sollte, und hielt sich nicht mehr zurück. Sie machten aus, daß sie nach dem Abendessen in den Tabakladen kommen würde, ihn abzuholen. Dann küßten sie sich, unter einem Haustor, in das ein Streifen Sonne fiel.

Natalina hatte es nicht gesagt – aber als Garofalo wieder nach Hause ging, kam ihm der Argwohn, daß Amelio sie auch gequält hatte.

Doch am Nachmittag ging er los, den Auftrag auszuführen. Ihm war es unsäglich peinlich, den Fuß wieder in dieses ›Haus‹ zu setzen: er wußte ja doch, daß es mit Natalina nur eine Frage der Zeit war, und daß er sie womöglich heiraten würde. Ein wenig außer Atem fragte er, ob er die Padrona sprechen könne.

Er war an der Tür zu einem kleinen Salon stehengeblieben; die Padrona hörte ihn an, ohne mit der Wimper zu zucken.

»Am Morgen, um welche Zeit?« fragte sie.

Garofalo sah in einem Seitenspiegel undeutlich etwas Nacktes.

»Wir müssen rasch einig werden. Es macht mindestens hundert Lire.«

»Hundert Lire ...«

Am Nachmittag überlegte Garofalo sich die Sache noch einmal und beschloß, ein Straßenmädchen zu suchen, das auch in Zukunft für Amelios Mittel erschwinglich wäre. Aber vor der Nacht war es nicht möglich.

Am Abend bediente Garofalo am Ladentisch ein wenig zerstreut, denn jetzt dachte er mit allzuviel Vergnügen an Natalinas Beine. Ein Mädchen wie sie zu heiraten, war schon der Mühe wert. Ohne diesen bösen Sturz hätte Amelio sie sicher geheiratet.

Nach dem Abendessen trafen sie sich und gingen spazieren. Diesmal versuchte Natalina nicht mehr auszuweichen, ja sie kam sogar mit in eine dunkle Gasse, wo Garofalo manövrieren konnte. »Dummer Kerl«, sagte Natalina, »wir haben Zeit.« Sie küßten sich und preßten sich aneinander. Dann gingen sie tanzen, und Garofalo erreichte, daß sie nur mit ihm tanzte. Beim Tanzen sah Natalina ihn an, und sie klebten aneinander, als seien sie ein einziger Körper.

Er verließ sie an ihrem Haustor; der Mond schien. Als Garofalo sie küßte, sagte er leise: »Ich heirate dich, dann kann Amelio nichts sagen.«

»Was soll er sagen?« flüsterte Natalina und blickte ihm in die Augen.

Dann ging Garofalo quer durch die Stadt bis zu einer Allee in der Stadtmitte, wo er einmal von einer Alten und einer Jungen, die stritten, angehalten worden war. Es war kalt, er blieb todmüde stehen und sah niemanden: vielleicht verjagte sie der helle Mondschein? Er bog in ein Seitengäßchen, und nach dem ersten Haustor wurde er aufgefordert.

Im Schatten erkannte Garofalo ein blasses Gesicht, es war nichts als Augen und Mund. Die Frau hörte ihn ungeduldig an und faßte seinen Arm. »Und du willst mich nicht?« sagte sie mit rauher Stimme.

Garofalo schüttelte den Kopf. »Du bist doch nicht krank?«

»Probier es doch!«

Sie verabredeten sich auf den nächsten Tag elf Uhr. Die Frau hielt noch immer seinen Arm, sie wollte eine Zigarette. Garofalo zündete sie ihr an; und froh darüber, daß er nicht einmal mit ihr gescherzt hatte, ging er davon: er dachte an Natalina.

BIBLIOGRAPHISCHE HINWEISE

In diesem ersten Band sämtlicher Erzählungen Paveses sind in chronologischer Folge alle seine in den Jahren 1936 bis 1938 entstandenen Erzählungen versammelt.
Die in der einbändigen italienischen Ausgabe sämtlicher Erzählungen (*Racconti*, 1960) zum erstenmal in Buchform veröffentlichten Erzählungen und Fragmente sind in dem folgenden Verzeichnis mit einem Sternchen versehen.
Die Daten beziehen sich auf Anfang und Ende der Niederschrift; Pavese selbst hat sie in den Manuskripten vermerkt. Wo das Jahr in Klammern gesetzt und mit einem Fragezeichen versehen ist, war es in den Manuskripten nicht angegeben und wurde aus anderen Unterlagen oder aus der Anordnung der Manuskripte selbst erschlossen.
Die Bezeichnung ›ohne Titel‹ besagt, daß der Titel von den Herausgebern eingesetzt wurde.

Land der Verbannung (Terra d'esilio)
5.-24. Juli 1936. Manuskript. Im Konzept hat es den Titel *Sterilità*. Veröffentlicht in dem Band *Notte di festa*, 1953. Das Thema wird wieder aufgenommen in dem Roman *Il carcere (Die Verbannung)*, erschienen 1948.

**Der böse Blick (Jettatura)*
11.-13. November 1936. Manuskript.

Hochzeitsreise (Viaggio di nozze)
24. November - 6. Dezember 1936. Veröffentlicht in dem Band *Notte di festa.*

* *Weiberhaß (Misoginia)*
16.-24. Dezember 1936. Manuskript.

Der Eindringling (L'intruso)
30. Dezember 1936 - 14. Januar 1937. Manuskript. Veröffentlicht in dem Band *Notte di festa.*

Die drei Mädchen (Le tre ragazze)
23. Januar – 12. Februar 1937. Manuskript. In einer Abschrift lautet der Titel *Primo amore*, den später eine andere Erzählung erhielt. Veröffentlicht in dem Band *Notte di festa.*

Die Nacht von San Rocco (Notte di festa)
5.-29. März 1937. Manuskript. Veröffentlicht in dem Band *Notte di festa.*

Freunde (Amici)
8.-14. Mai 1937. Manuskript. Veröffentlicht in dem Band *Notte di festa.*

**Sommergewitter (Temporale d'estate)*
30. Mai - 9. Juni 1937. Manuskript mit vielen Korrekturen. Hier wird die vollständige Fassung veröffentlicht, zusammen mit dem ersten Teil, der gestrichen war; die gekürzte Fassung trug den Titel: *La draga* und das Datum: 17. September.

Kanaillen (Carogne)
20. Juni - 7. Juli 1937. Manuskript. Im Konzept lautet der Titel *Un incontro.* Veröffentlicht in dem Band *Notte di festa.*

**Das Idol (L'idolo)*
4.-21. August 1937. Von dieser Erzählung existiert nur der Entwurf.

Erste Liebe (Primo amore)
7.-18. Dezember (1937?). Veröffentlicht in dem Band *Feria d'agosto*, erschienen 1946.

Die Selbstmörder (Suicidî)
1.-13. Januar 1938. Manuskript. Veröffentlicht in dem Band *Notte di festa.*

**»Si parva licet«*
10.-14. Februar 1938. Manuskript.

Haus am Hügel (Villa in collina)
28. Juni - 24. Juli 1938. Manuskript. Der Titel steht nur im Konzept. Veröffentlicht in dem Band *Notte di festa.* Das Thema wird wieder aufgenommen in dem Roman *La spiaggia*, erschienen 1941.

Das Kornfeld (Il campo di grano)
26. Juli - 2. August 1938. Manuskript. Veröffentlicht in dem Band *Notte di festa.*

**Treue (Fedeltà)*
2.-13. Oktober 1938. Manuskript. Das Thema wird später wieder aufgenommen in einer unvollendeten Skizze von fünfzig Seiten vom Dezember 1941, und schließlich in der Erzählung *Il compagno*, erschienen 1947.

Inhalt